BASTEI LÜBBE

Tom Phelan

Keegans Geheimnis

Roman

Aus dem Englischen
von Edith Walter

BASTEI
LÜBBE

BASTEI-LÜBBE-TASCHENBUCH
Band 12 994

Erste Auflage: September 1999

Gesetzt nach den Regeln der neuen Rechtschreibung.

Originaltitel: ISCARIOT
Originalverlag: Brandon Book, Dingle, Irland

Lizenzausgabe im Bastei-Verlag Gustav H. Lübbe GmbH & Co.,
Bergisch Gladbach
Einbandgestaltung: Quadro Graphik, Bensberg
Titelbild: Jürgen Richter
Satz: hanseatenSatz-bremen, Bremen
Druck und Bindung: Ebner Ulm
Printed in Germany
ISBN 3-404-12994-4

Zur Erinnerung an Charlie McDade
In Liebe für Pat und Joe und Michael

Dank

ICH MÖCHTE MICH bei all jenen bedanken, die mich beim Schreiben von »Keegans Geheimnis« unterstützt haben:

Joanne Hourigan hat mich über die Flora und Fauna im irischen Vorfrühling informiert. Anne-Marie Hourigan hat historisches Wissen beigetragen. Kathy Stubing und Dr. Jerome Ditkoff haben mir anatomische und medizinische Sachverhalte erklärt; Seamus Deegan und Angelo Ippolito haben mir bei psychologischen Fragen Auskunft gegeben; Make Daly gab mir technische Informationen. Von C. F. habe ich eine interessante Erklärung erhalten. Joan Clarke hat das Rohmanuskript gelesen. Meine Söhne Joe und Michael haben das Rechtschreibprogramm in meinem Textverarbeitungssystem installiert. Meine Frau Pat hat sich drei Jahre lang jede Woche eine neue Fassung des Plots angehört; sie hat das gesamte Manuskript bearbeitet und war meine Agentin für dieses und mein erstes Buch »In the Season of the Daisies«.

1. Kapitel

Fünfte Fastenwoche

Mittwoch, 7.20 Uhr

DER PRIESTER HASSTE es, die heilige Kommunion zu spenden.

Die meisten Kommunikanten streckten die Zunge heraus und warteten darauf, dass die Oblate wie eine schimmernde Schneeflocke von seinen Fingern fiel. Aber es gab auch ein paar Schnapper und Sauger, die, gierigen Fischen gleich, mit vorgestülpten Lippen nach dem geweihten Brot schnappten und die geistlichen Finger mit ihrem glänzenden Speichel benetzten. Für einen Mann, der keine Schwierigkeiten hatte einen Fisch auszunehmen oder ein Kaninchen auszuweiden, grenzte Pfarrer Keegans Ekel vor dem Speichel anderer Menschen schon ans Pathologische. Er schlurfte über den Terrazzoboden hinter der Kommunionbank und griff in das glänzende Ziborium. Ununterbrochen nach rechts blickend hielt er Ausschau nach den Silhouetten der Schnapper und Sauger.

Mrs Gilligan mit der riesigen Oberlippe und dem vorspringenden Kinn war die Schlimmste. Sie war hässlich wie ein Neunauge, das sich, auf Beute lauernd, hinter einem Stein versteckt. Jedes Mal wenn der Priester aus dem Augenwinkel ihr Profil erkannte, musste er schlagartig an den Tag denken, an dem er seine Finger der herunterklappenden Pferdelippe entrissen und der Gilliganschen dabei die obere Zahnprothese herausgezogen hatte. Die Erinnerung an die fleckigen Hauer und das Klappern, mit dem sie auf den versilberten Hostienteller fielen, den ihr der Ministrant unters Kinn hielt, trieb Pfarrer Keegan immer wieder beißenden Schweiß aus allen Poren. Er hatte seine Albe, das weiße liturgische Untergewand, benutzt um sich von Mrs Gilligans Speichel zu säubern, aber der vernichtende Blick, den er auf sie abgeschossen hatte, war unbemerkt geblieben. Sie war zu eifrig damit beschäftigt gewesen, ihre falschen Zähne zu retten. Der Ministrant hatte sich bemüht den Hostienteller gerade zu halten, doch Mrs Gilligans dicke, ungeschickte Finger hatten die hässliche Prothese an den Rand gestoßen. Mit einem einzigen Griff packte sie schließlich zu, knallte sich das Gebiss in den Mund und ließ es verschwinden.

Aber dieser Vorfall war Maura Gilligan keine Lehre gewesen. Sie lauerte und schnappte wie eh und je.

Es war der Mittwoch der fünften Fastenwoche und Pfarrer Edward Keegan schlich in seinem zweiunddreißigsten Jahr an der Innenseite dieser Kommunionbank entlang. In den ersten beiden Jahren seines Priestertums war er vorübergehend in eine Gemeinde der Diözese Manchester in England versetzt worden. Nach Irland zurückgekehrt wurde er in das Dorf Davinkill geschickt, eine entlegene Ortschaft der Gemeinde Duneamon. Es war beispiellos, dass ein Priester so lange am selben Ort verblieb, und Keegans Kollegen wurden nie müde zu versuchen aus ihm den Grund herauszukitzeln, weshalb kein Bischof ihn versetzt hatte. Selbst als sie ihn mit der Vermutung piesackten, man hätte ihn in Davinkill sitzen lassen, damit er ein Nest illegal gezeugter Bälger unterstütze, hatte Keegan ihre unreife Neugier nicht befriedigt.

Eine neue Silhouette tauchte in Pfarrer Keegans Augenwinkeln auf und sein Gehirn schickte eine Blitzwarnung an seinen Körper. Aber es war nur Paddy Dillon, der Inhaber eines langen Schneidezahns, verfärbt wie eine Klaviertaste aus Elfenbein, die seit Jahrhunderten dem Rauch des Torffeuers ausgesetzt war. Paddy Dillon war weder ein Sauger noch ein Schnapper. Er war hässlich, hatte ein sauertöpfisches Gesicht voller Runzeln und Falten, behaarte Nasenlöcher, behaarte Ohren und einen Atem, stark genug um einen Hengst zum Torkeln zu bringen. Jeden Morgen hatte Dillon frische Schnitte in den Schneisen seines Bartes, wo er mit dem Rasiermesser abgerutscht war.

Als Pfarrer Keegan sich Paddy Dillon näherte, holte er tief Atem. Und während er die Hostie sorgfältig unter dem wie ein Stalaktit in die Mundhöhle ragenden Zahn auf die längste und schmalste Zunge der ganzen Gemeinde platzierte, hielt er die Luft an. Der Priester fühlte sich von der Zunge abgestoßen. Sie erinnerte ihn an das glänzend rote Gehänge eines angreifenden Stiers. Keegan fiel es leichter, den stumpf schwarzen Penis eines Pferdes anzusehen als einen, der aussah wie eine frisch geschabte, in Öl getauchte Karotte. Jedes Mal wenn er über Land fuhr, ging er das Risiko ein, Zeuge sexueller Aktivitäten der heimischen Tierwelt zu werden. Die Hunde taten es selbst auf den Dorfstraßen, das Hinterteil des leidenschaftlichen Rüden zuckend vor Nervosität, die gleichermaßen aus der Furcht geboren war, plötzlich von einem genagelten Stiefel getroffen und verjagt zu werden, wie aus dem Instinkt, der ihn dem Orgasmus entgegentrieb. Und tief in Keegans Gedächtnis vergraben war das Bild eines männlichen Penis im Licht einer Öllampe – der Penis glänzend vom Blut der geschändeten Vagina, aus der er hastig zurückgezogen worden war.

Trotz der Bilder, die Dillons Zunge in ihm aufleben ließ, war Pfarrer Keegan immer erleichtert Paddy Dillon im Gottesdienst zu sehen. Er war nicht nur Pyromane, sondern auch Alkoholiker und der Dorfdieb. Im Dezember war Dillon einmal in den Chorraum eingedrungen, indem er vier Glasscheiben und die Holzrahmen mit einer Schaufel zerschlug. Er machte sich mit einem Lehnstuhl davon und transportierte die Beute im Schubkarren des Priesters über die Hauptstraße. Der Ortspolizist hatte keiner Sherlock Holmesschen Fähigkeiten bedurft um den Übeltäter zu fassen und Paddy Dillon hatte sein Weihnachtsdinner wie geplant im Knast verzehrt und dabei das Elend seiner gleicherweise verrückten Ehefrau und seiner Kinder vergessen.

Als der Priester sich dem Ende der Kommunionbank näherte, kehrten seine Gedanken zu seiner heiligen Pflicht zurück. Er legte die Hostie auf Mrs Cullitons in keiner Weise bedrohliche Zunge. Auf ihrem Kopftuch, demselben, das sie seit zwei Jahren zur Messe trug, prangte ein Fleck. Wie konnte sie ihn übersehen haben, diesen Fleck, der so schwarz war wie Schmieröl? Pfarrer Keegan war der Meinung, Mrs Culliton wäre der Gemeinde und ihrer Familie nützlicher, wenn sie am Morgen zu Hause bliebe und ihre sechs Jungen wüsche.

Des Priesters Blick aus dem Augenwinkel löste ein

weiteres Alarmsignal aus und der Atem stockte ihm. Zwei Plätze hinter Mrs Culliton sah er den einäugigen Kopf des Abdeckers und Totengräbers John O'Brien, dieses Entsorgers menschlicher und tierischer Kadaver. Es war der von O'Brien ausgehende Geruch, der dem Priester die Kehle zugeschnürt hatte. John O'Brien zerlegte Tiere, die an einer Krankheit oder durch Unfall eingegangen waren, und der Geruch faulenden Fleisches durchdrang seine Kleidung und seine Haut – sogar sein Atem roch nach Tod.

Der Priester legte O'Brien die geweihte Hostie auf die Zunge und fragte sich, wie schon so oft, wie Maura Gilligan und John O'Brien miteinander Unzucht treiben konnten – sie so hässlich und er so übel riechend. Beide Sünder versuchten ihre Stimmen zu verstellen, wenn sie zur Beichte kamen, aber sein Gestank und der Speichel, den sie auf das Trenngitter versprühte, verrieten sie jedes Mal. Sie müssen den Sex über die Fastenzeit eingestellt haben, dachte Keegan, denn seit Beginn der Bußwochen kamen beide täglich in die Messe und empfingen die Kommunion. Am Ostersonntag würde mehr als nur eine Auferstehung gefeiert werden.

Das leise Schlurfen der weichen Schuhe des Ministranten hinter sich, ging Pfarrer Keegan zurück zur anderen Seite des Altarraums und zu einer neuen Reihe von Kommunikanten. Er schien dabei den grünschwarzen Terrazzoboden zu betrachten und das violette Messgewand der Fastenzeit raschelte bei jedem seiner Schritte. Doch aus dem Winkel seines rechten Auges suchte er die Reihe der Knienden bereits nach Schnappern und Saugern ab.

Pfarrer Keegan war für seine siebenundfünfzig Jahre gut in Form. Sein Rücken war noch gerade und er maß noch immer stattliche eins siebenundachtzig. Er hatte volles Haar, das zwar inzwischen fast weiß war, aber immer noch so wellig wie früher. Er trug eine randlose, inzwischen jedoch längst aus der Mode gekommene Brille. Der Priester sah sauber aus. Er roch sauber. Er fühlte sich sauber. Er liebte es, sich sauber zu fühlen. Aus der Unsauberkeit der Masse stach seine Sauberkeit hervor wie ein brennendes Haus aus dem Dunkeln.

Der priesterliche Schließmuskel zog sich zusammen, als Keegan sich dem Ende der Kommunionbank näherte. Der Umriss von Maura Gilligans Hut war in sein Blickfeld gerückt.

Da er sie nicht an ihrem üblichen Platz in der ersten Reihe der Kommunikanten gesehen hatte, war er davon ausgegangen, sie werde die zweite Messe am Mittag besuchen. Er hatte auch gehofft, dass sie krank geworden war, vielleicht sogar tot in ihrem Bett lag, das nach Hundekot stank. Stattdessen war sie hier und befeuchtete die Lippen zum Angriff auf den Herrn. Keegan begann sich seelisch auf das Zusammentreffen mit dem Neunauge vorzubereiten.

Mrs Gilligan kniete auf dem siebtletzten Platz der Reihe und Pfarrer Keegan wusste, dass er an nichts anderes würde denken können, ehe er ihr nicht die Kommunion gespendet hatte. Er wünschte die starke Abneigung überwinden zu können, die ihn regelmäßig überkam, wenn er es mit dieser Frau zu tun hatte.

Pfarrer Keegan bewegte sich die Reihe entlang, der gut geschulte Ministrant war ihm immer einen Schritt voraus. Lippen und Nase des Priesters begannen abwehrend zu zucken, als der Hut seiner Peinigerin näher rückte. Weil ihm bewusst war, dass diese unfreiwillige Kontraktion seiner Gesichtsmuskeln dem unbeteiligten Beobachter auffallen musste, fühlte Pfarrer Keegan sich verletzlich, so verletzlich, wie wenn jemand beim Pokerspiel hinter ihm stand.

Ganz von selbst kniffen sich die priesterlichen Lider zusammen und Pfarrer Keegan blickte nur noch durch Schlitze, hinter denen alles unscharf war. Als er Mrs Gilligan erreichte, war die Welt aus seinem Gesichtsfeld verschwunden und nichts war mehr da außer der behaarten Lippe und dem behaarten Kinn, der breiten, nassen Zunge, die sich ihm entgegenstreckte, den gelben Zähnen, die sich durch die Schwerkraft langsam senkten. Mit der Ängstlichkeit eines Kindes, das vor den zusammenklappenden Kiefern eines Albtraummonsters flüchtet, legte Pfarrer Keegan seinen Gott in Mrs Gilligans glänzende Mundhöhle und seine Finger entkamen dem Zusammentreffen ohne mit einer Spur von Körperflüssigkeit in Berührung gewesen zu sein. Es würde ein guter Tag werden.

Das Gefühl, das den Körper des Priesters durchdrang, glich der Zufriedenheit, die er empfand, wenn er am Sonntagabend im Poker gewonnen hatte, ganz besonders wenn der zerstreute Monsignore Johnny Rabber eine Menge Geld und viel Selbstbewusstsein in den Pot investiert hatte. So erleichtert war Pfarrer Keegan, dass er nicht einmal wahrnahm, wer die folgenden fünf oder sechs Gemeindemitglieder waren. Erst als er Dervla Donaghue die Kommunion spendete, wurde ihm wieder bewusst, was er tat. Sein Zeigefinger strich über Mrs. Donaghues Unterlippe und ihn überkam ein neues Gefühl – es war hauchzart und sehr, sehr angenehm. Doch Dervla Donaghue erinnerte ihn an Tony Donaghue. Und Tony Donaghue erinnerte ihn an Kit Foley. Ihre Namen zogen sich wie ein dünner Strang der Angst durch seine ganze Existenz. Wie eine Nadel, die eine Tomate durchsticht, störte diese Angst das angenehme Gefühl.

Keegan schritt weiter die Reihe ab und seine Hand flog zwischen dem glänzenden Ziborium und den offenen Mündern hin und her.

Er hatte viele Jahre gebraucht um der unbestimmten, schwer fassbaren Freude einen Namen zu geben, die Dervla Donaghue in ihm auslöste. Eines Nachts, als er wach lag, war dieser Name plötzlich aus dem Dunkel gefallen.

In sich ruhende Zufriedenheit. Das war es! Und am alleräußersten Rand des Gefühls ein Hauch von sexueller Erregung. Diese Regung des Fleisches hatte er nie in Worte gefasst. Und ganz gewiss hatte der Priester nie mit Mrs Donaghue oder jemand anderem über die erotischen Schattierungen der in sich ruhenden Zufriedenheit gesprochen.

Denn vor allem war Pfarrer Keegan verschwiegen in Worten und Taten. Als Hüter der Sünden und Geheimnisse seiner Gemeindemitglieder wusste er nur allzu gut, dass die Wände aller Häuser im Dorf voller Gucklöcher waren. Es handelte sich nicht um Gucklöcher, die durch Holz oder Beton gebohrt waren. Es waren die Löcher in den Gesichtern der Menschen. Durch diese Löcher sprachen die Leute oft schlecht übereinander und dieses Schlecht-übereinander-Sprechen legte viele Geheimnisse offen. Eine noch gefährlichere Dimension bekamen die Gucklöcher spätabends in den Kneipen, wenn einer den anderen auszustechen versuchte. Dann wurden die Gucklöcher größer und die Lupe der Übertreibung wurde vor die alkoholisierten Öffnungen gehalten.

Wie die anderen Bewohner der Stadt erkannte Pfarrer Keegan auf den ersten Blick, wer in den Kneipen verkehrte. Alle, die bei der Firmung gelobt hatten nicht zu trinken, trugen eine Nadel am linken Revers ihres Jacketts. Die Nadel der »Pioneer Total Abstinence Association« war das Symbol für die Trennung der Klassen in Davinkill und die Pioniere lebten in der Furcht vor dem übertriebenen Gerede, das aus den trunkenen Löchern in den Pubs kam. Die einzige Angst der Trinker war, dass das tägliche Gebet um ihre Bekehrung erhört werden könnte.

Die Sünden und Geheimnisse, die Pfarrer Keegan durch die Beichte erfuhr, bekam er später häufig in den Dorfstraßen als Klatsch zu hören. Das unterstützte seine Ansichten über die Gucklöcher und bestärkte ihn in seiner zwanghaften Verschwiegenheit. Hatte er selbst einmal das übermächtige Bedürfnis ein Gefühl nach außen zu tragen, drang dennoch kein Wort über seine Lippen. Stattdessen schrieb er alles nieder und verbrannte das Papier sofort. Das war, wie er glaubte, genauso gut wie auf der Couch eines Psychiaters zu liegen.

Am oberen Rand seines Gesichtsfelds sah Pfarrer Keegan, dass sich Sankt Willie Gorman der Kommunionbank näherte. Hinkend tauchte er aus dem Schatten des Mittelschiffs auf und trat in die Helligkeit des Altarraums. Während der Pfarrer eine geweihte Hostie auf eine flache helle Zunge legte ohne das dazugehörige Gesicht wahrzunehmen, fragte er sich, ob es für Sankt Willie Gormans Hinken wohl einen Platz im

Guinnessbuch der Rekorde gab. Von einer Größe von eins fünfundsiebzig schrumpfte Willie Gorman von einem Schritt zum anderen auf einen Meter fünfundzwanzig und erreichte beim nächsten Schritt wieder seine volle Größe. Es musste das stärkste Hinken der Welt sein. Nicht, dass Sankt Willie Gorman mit dem Hinkebein geboren wäre. Nicht, dass man ihm im Krieg ein Bein abgeschossen hätte. Mit seinem Rücken war etwas nicht in Ordnung, doch dazu hatte sich noch nie ein Arzt geäußert, denn Sankt Willie Gorman nahm alle Übel des Lebens als Heimsuchungen Gottes hin.

Sankt Willie Gorman hatte in seiner Jugend sechs Jahre einem kontemplativen religiösen Orden angehört, in dem er eine ganz eigene Art von Frömmigkeit entwickelt hatte. Er war in dieser Zeit auch auf einem Ohr taub geworden. Die Behinderung hatte sich als das göttliche Zeichen dafür erwiesen, dass der künftige Heilige nicht zum Priester berufen war, denn wie konnte ein Mönch mit einem tauben Ohr die Beichte in Beichtstühlen hören, die für Priester mit zwei gesunden Ohren gebaut worden waren? Die Berufung zum Priester wurde verworfen, stattdessen fühlte sich Willie Gorman als Heiliger auserkoren. Die Taubheit hatte eines Tages auch auf sein zweites Ohr übergegriffen und der heilige Willie Gorman hörte gar nichts mehr. Doch damit niemand glaubte, er zürne dem Gott, der ihn so gnädig mit dieser Behinderung gesegnet hatte, teilte der Heilige sich der Welt mit einem idiotischen Grinsen mit. Er sah immer so aus, als habe er soeben erfolgreich seinen Darm entleert oder erfahren, irgendein Mann in Dublin, den er nicht kannte, habe eine Million Pfund gewonnen. In seinem Streben nach Heiligkeit verließ sich Sankt Willie Gorman so sehr auf Gott, dass er arm war wie ein Rattenarsch. Seine Frau, seine fünf Töchter, die beiden Söhne und er lebten in göttlichem Elend und göttlichem Schmutz.

Sankt Willie Gorman verschwand grinsend aus dem oberen Rand von Pfarrer Keegans Gesichtsfeld, als er auf einen Meter fünfundzwanzig schrumpfte und darauf wartete, bis er an der Reihe war auf der Kommunionbank niederzuknien.

Wie eine pflichtbewusste Biene, die von Kleeblüte zu Kleeblüte fliegt, schwebte Pfarrer Keegan an der Reihe sich öffnender und schließender Münder entlang. Er wünschte nur, er könnte für die Zungen die gleiche Begeisterung aufbringen wie die Biene für die Staubblätter.

Der glänzende Hostienteller des Ministranten schwebte von Kinn zu Kinn, jederzeit bereit eine fallende Hostie aufzufangen. Er kam nie mit Kinn oder Kehllappen eines Kommunikanten in Berührung und auch nicht mit Körperfetten oder Schuppen abgestorbener Haut. Da Pfarrer Keegan alles, was auf dem Hostienteller landete, später in den Kelch kratzen musste um es mit Wasser den Schlund hinunterzuspülen, wusste er die ruhige Hand des Ministranten zu schätzen.

Keegan war nicht überrascht an diesem windigen Morgen Ende März so viele Menschen in der Kirche zu sehen. Der Glaube war in Davinkill lebendig. Trotz aller Verleumdungen und Hetzereien der Leute untereinander war ihr katholischer Glaube der Leim, der sie zusammenhielt. Er befähigte sie jedem Hindernis die Stirn zu bieten, das ihnen in den Weg gestellt wurde. Ob es eine verheerend verregnete Ernte gab, eine Viehseuche oder ob das Dorf von einer Invasion der Zeugen Jehovas heimgesucht wurde, die bekehren wollten ohne zu überzeugen – ihr gemeinsamer Glaube half ihnen darüber hinweg.

Als der Priester dem letzten Kommunikanten das heilige Sakrament gespendet hatte, seufzte er unhörbar auf. Er war Maura Gilligans schnappenden, mit Krankheiten behafteten Lippen entkommen und hatte den Speichel geringerer Schnapper und Sauger meiden können. Pfarrer Keegan wandte sich von der Kommunionbank ab und stieg, seine Albe mit dem linken kleinen Finger raffend, die Stufen zum Altar empor. Mit einem leisen Klirren, das an den Klang eines Beckens erinnerte, schloss er den Deckel des Ziboriums und schob das heilige Gefäß durch die von Nonnen bestickten Seidenvorhänge in den Tabernakel. Er beugte das Knie, stand wieder auf und schloss die Tür des Tabernakels mit dem vergoldeten Schlüssel ab. Automatisch erledigte der Priester die Handgriffe, die er im Seminar gelernt hatte und die mit den Jahren der Praxis an Glanz gewonnen hatten. Er reinigte den Hostienteller, die Kelchpatene, seine Finger und den Kelch.

Schließlich stand Pfarrer Keegan mit zum Gebet erhobenen Armen vor dem Missale. Er fuhr fort hin und her zu gehen, die Knie zu beugen und zu beten, bis er endlich die Hände hob und für die Gemeinde um Gottes Segen flehte. Bei dieser Bewegung hatte Pfarrer Keegan vor einem Jahr erstmals und ganz unerwartet in den oberen Gliedmaßen die Beschränkungen gespürt, die einem das Alter auferlegt. Er hatte immer gedacht, die ersten Anzeichen des nahenden Alters würden sich schleichend nähern und ihn beim Golfspiel ereilen.

Den Saum seiner Soutane mit leichten Tritten unter seinen Schuhspitzen herausschubsend, kam Pfarrer Keegan die Altarstufen herunter. Den zugedeckten Kelch in der linken Hand, die rechte flach auf dem Kelchtuch, damit es nicht hinunterrutschte, suchten die schweifenden Blicke des Priesters Dervla Donaghue im Hauptschiff. Sofort sah er Kit Foley vor sich im feuchten Morgengras liegen, dort wo er sie verlassen hatte, das untere Ende des langen Mantels wölbte sich wie ein kleines Zelt über ihrem gebeugten rechten Knie. Mit der Heftigkeit, mit der er eine Wespe erschlagen würde, verdrängte Pfarrer Keegan Kit Foley aus seinen Gedanken. Er wusste nicht, dass sein Kopf jedes Mal, wenn er Kit Foley in seiner Erinnerung begrub, von einer Seite zur anderen zuckte; noch wusste er, dass die Leute über seinen nervösen Tick spekulierten und den vermeintlichen Grund dafür zuweilen mit ihren obszönen sexuellen Fantasien in Verbindung brachten.

Auf der untersten Stufe angekommen wandte sich der Priester zum Altar um und wartete, bis die Ministranten in Reih und Glied dastanden. Gemeinsam beugten sie die Knie und Pfarrer Keegan ging hinter der Doppelreihe der Messdiener her, die sich vom Altar entfernten. Weil er an Kit Foley gedacht hatte, fiel ihm ein, dass Ken Considine heute auf der Liste der ans Haus gebundenen Kommunikanten stand.

2. *Kapitel*

Fünfte Fastenwoche

Mittwoch, 11.30 Uhr

AUSSER SEINER KLEIDUNG, seiner Stereoanlage, seiner CD-Sammlung und fünf Büchern hatte Frank Molloy nichts aus New York mitgebracht. Was er sonst noch aus der Habe ausgesondert hatte, die sich zeit seines Lebens angesammelt hatte, befand sich, mit der Anschrift *Postamt Davinkill* versehen, irgendwo auf See. Den Rest hatte er den Mädchen angeboten und was sie nicht nehmen wollten, hatte er der Heilsarmee gegeben.

Als er in der Tür des Cottages in der Wheat Mill Lane stand, das er vor kurzem erworben hatte, und das fast leere Wohnzimmer betrachtete, empfand Molloy bittere Reue, weil er mit seinen irdischen Gütern so großzügig umgegangen war.

Die drei gebraucht gekauften Möbelstücke im Wohnzimmer schienen die Leere des Raums ebenso zu betonen wie zu füllen. Die Couch an der rechten Wand benötigte einen Couchtisch. Die blasse weiße Wand über der Couch schrie förmlich nach einem Bild, nach irgendetwas. Der Tisch unter dem vorderen Fenster mit einem darunter geschobenen Küchenstuhl verlieh dieser Zimmerecke etwas von der Kahlheit einer Mönchszelle. Im Bücherschrank an der Wand gegenüber der Couch waren die Stereoanlage, die CDs und die fünf Bücher untergebracht.

Der kahle Fußboden mit den breiten Dielenbrettern

und herausstehenden Nägelköpfen erinnerte Molloy an die Fußböden in den Klassenzimmern der Klosterschule, in der er gelernt hatte, dass die römisch-katholische Kirche schön, rein und recht sei.

Nachdem Molloy die Haustür geschlossen hatte, legte er Helm und Handschuhe auf ein Bord im Bücherschrank. Der blau-rote Anorak landete auf der Armlehne der Couch. Seine Finger berührten eine Reihe von Knöpfen, die am Verstärker und am CD-Spieler kleine rote Lichter aufleuchten ließen. Als er sich umwandte, erfüllten bereits die ersten Takte einer Haydnsinfonie den Raum.

Er trat an den Mönchstisch und zog einen loses Blatt Schreibpapier zu sich heran. Ohne sich hinzusetzen las er die vier Absätze, an denen er in den vergangenen vier Tagen herumgekritzelt hatte. Als er zur letzten Zeile kam, schürzte er die Lippen. »Scheiße!«, sagte er seufzend und schob das Papier mit einer ungeduldigen Bewegung beiseite. Die hintere Ecke hob sich und das Blatt begann zu fliegen, segelte einer anmutigen Landung unter dem Tisch entgegen. Molloy betrachtete das Papier ein paar Sekunden lang und schlenderte dann lässig durch das ganze Wohnzimmer zur Küchentür jenseits der Couch.

Die Küche war genauso kärglich eingerichtet wie das übrige Haus. Ein runder Tisch und drei Stühle standen unter der Deckenlampe mit dem Schirm aus Hartplastik. Er ging zum Herd an der Rückwand des Hauses. Nachdem er geprüft hatte, ob Wasser im Kessel war, schaltete er eine der elektrischen Herdplatten ein.

Der Einbauschrank rechts vom Herd enthielt sein

gesamtes Geschirr, Besteck und die Lebensmittel. Der Gewohnheit folgend, die er in nur drei Tagen angenommen hatte, nahm er einen Becher, einen Teebeutel und einen Löffel heraus. Die Zuckerdose stand schon auf dem Tisch, immer auf demselben Platz, seit der Tisch und die anderen Möbelstücke aus dem Secondhandladen in Glin geliefert worden waren.

Der Kessel rülpste leise, bevor das Wasser zu kochen begann. Während er wartete, blickte Molloy durch das vorhanglose Küchenfenster. Die Wheat Mill Lane endete genau vor seinem Haus. Auf den letzten Metern wucherte Unkraut durch den festgebackenen Kies.

Die Hände auf dem Rücken verschränkt ließ er den Blick über den Feldweg zu den entfernten Greens des Golfplatzes schweifen. Ungefähr eine halbe Meile weit weg näherten sich zwei Spieler dem zehnten Loch. Einer trug gelbe Hosen. Molloy dachte an das Fernrohr und die anderen Sachen, die er vor seiner Abreise aus New York an sich selbst abgeschickt hatte. Er stellte sich die Kisten im dunklen Frachtraum eines großen Schiffes vor, das durch den Atlantik pflügte.

Hinter den Golfspielern neigten sich die Van-Gogh-Bäume vor Mrs Gilligans Haus im Wind. Molloy hörte heiseres Krähengeschrei und dachte an Maura Gilligan. Mit fünf Hunden war sie heute Morgen aus dem Nichts erschienen, als er gerade sein Motorrad anließ. Auf ihre bohrende Neugier war er nicht vorbereitet gewesen. Er hatte ihr erst entrinnen können, nachdem er ihr zum zweiten Mal energisch erklärt hatte, er habe einen Termin, den er einhalten müsse.

Frank Molloy maß knapp einen Meter dreiundachtzig. Sein Bart war kurz und so weiß wie das Haar an den Seiten und im Nacken seines sonst kahlen Kopfes. Zu seinem größten Ärger war sein Gesicht so rot wie das des sprichwörtlichen irischen Trunkenboldes. Ein Stahlrahmen hielt seine Bifokalbrille auf seiner knolligen Nase fest. Er hatte große Hände und trug Schuhe Größe elf an seinen achtundfünfzigjährigen Füßen. Frank Molloy war weder dick noch dünn.

Molloy löste den Blick von dem Golfer in Gelb. Ohne etwas zu sehen starrte er vor sich hin und seine Gedanken wanderten zu seinem Bruder Gregory.

Warum meide ich ihn?

Weil dein Anblick, Gregory, mir furchtbar auf die Eier gehen wird. Du wirst etwas sagen und ich auch und keiner von uns beiden wird dem anderen zuhören. Ich, der Star, dessen Nutznießer du warst, weil du dich im Abglanz des Ruhms sonnen konntest, bin vom Himmel gefallen und in einem Haufen Scheiße gelandet. Nun, Gregory, ich bin hier. Ich lebe und ich bin zu Hause.

Frank Molloy hieb mit der Faust gegen den Fensterrahmen. Das Glas klirrte. Er ging ins Wohnzimmer und hinüber zu dem Mönchstisch am Fenster. Er zog den Schreibblock zu sich heran, griff nach dem Bleistift und schrieb mit heißem, zornigem Gesicht seine zornigen Worte nieder.

»Ich bin wieder in Irland, Gregory. Ich lebe im ehemaligen Duggan-Haus in der Wheat Mill Lane.« Er unterstrich »lebe« so lange und so heftig, dass das Papier riss.

Der Kessel begann zu pfeifen, aber Molloy hörte es nicht, noch hörte er Haydns Geigen, die gegeneinander anspielten. Über seine Proklamation gebeugt blieb er stehen und Zorn hämmerte ihm im Nacken. Die Brust hob und senkte sich zu seinem keuchenden Atem. Dann dachte er an Padrake und fragte sich, ob sie gebilligt hätte, was er soeben geschrieben hatte. Er wusste, sie hätte es nicht getan. Und als er an sie dachte, steigerte sich sein Ärger auf Gregory zu der Wut, die er noch immer für den Mann empfand, der seine Frau getötet hatte. Sekundenlang wurde seine Wut immer größer, bis das Pfeifen des Kessels endlich zu ihm durchdrang und mit seiner Schrillheit die Qual in seinem Kopf verteilte wie ein Wind, der Nebel wogen lässt. Er hob den Kopf, ließ den Blick wieder zum Fenster hinausschweifen und sah, dass die Golfer im Rough nach einem verlorenen Ball suchten. Molloy kehrte in die Küche zurück. Als er die Milch aus dem kleinen Kühlschrank nahm, hörte er auf der Straße Reifen über den Kies knirschen.

Gregory? Er weiß nicht einmal, dass ich hier bin. Scheiße! Nicht schon wieder diese Frau!

Er ließ den Becher mit dem dampfenden Tee auf dem Tisch stehen und durchquerte mit der Milchtüte in der Hand die Küche. Noch ehe er das Fenster erreicht hatte, war er entschlossen nicht höflich zu Maura Gilligan zu sein. Er schaute hinaus.

Es war nicht der Wagen der Gilligans.

Dem Himmel sei Dank für kleine Freuden.

Eine junge Frau stieg aus dem Wagen – groß, die gebräunte Haut das Auffallendste auf dieser Insel blassgesichtiger Menschen. Sie trug einen weißen Hosenanzug, der sofort verriet, dass sie nicht in diesem Land der tristen Frauenkleidung zu Hause war. Sie war elegant. Sie war schön. Sie war anmutig. Neben Maura Gilligans dampfendem Scheißhaufen war sie ein funkelnder Diamant in einer sorgfältig geschmiedeten Fassung. Die Teile des weiblichen Körpers, die Männeraugen anziehen, waren nicht zu stark betont, aber sie waren nicht zu übersehen.

Lieber Gott!

Sie näherte sich der Tür. Molloy wandte sich vom Fenster ab. Er stellte die Milch auf den Tisch, strich sich mit den Handflächen über die behaarten Schläfen und ging ihr entgegen.

Alter Bock!

Er überlegte noch, wie ein so exotischer Vogel vor seinem Haus gelandet war, als es bereits an der Tür klopfte.

Geiler alter Bock!

An ihrem Gesichtsausdruck erkannte er, dass sie an der falschen Adresse gelandet war. Sie ließ das Kinn herunterfallen vor Überraschung oder Enttäuschung oder Schreck.

Alter Narr!

Ihr schulterlanges, seidiges dunkles Haar schwang mit jeder Kopfbewegung mit.

»Oh!«, rief sie und hob die Hand vors Gesicht. »Sie ist tot!« Sie bedeckte die Lippen mit den Fingern.

»Wenn Sie Miss Duggan meinen, ja, sie ist vor ein paar Monaten gestorben.« In dem Augenblick, in dem es ausgesprochen war, fragte sich Molloy, ob er zu direkt gewesen war. Das Gesicht der Frau war genauso anziehend wie es ihr Körper schon von weitem gewesen war.

»Oh, Gott!«, stieß sie hervor und Tränen erfüllten ihre Augen. Bevor Molloy reagieren konnte, sagte sie mit überraschend ruhiger Stimme: »Es ist nur der Schock. Ich habe nicht erwartet, dass sie ... Ich bin nicht mit ihr verwandt.« Mit einem himmelblauen

Taschentuch tupfte sie sich die Tränen von den Wangen.

»Kommen Sie herein«, forderte Frank Molloy sie auf und ohne zu zögern betrat die Frau das Haus. Sie trug weiße Sandalen. Sogar ihre Füße waren braun. In der linken Hand hielt sie ein kleines Geschenkpäckchen.

3. *Kapitel*

Fünfte Fastenwoche

Mittwoch, 12.30 Uhr

ALS PFARRER KEEGAN in der Mittagsmesse den letzten Segen erteilte, hatte er für diesen Tag genug von Ritualen – Ritualen, die ihn in unmittelbare Nähe schmutziger Körper mit unangenehmen Ausdünstungen brachten. Es war nicht so, dass der Priester den Knauf der Toilettentür nur mit einem Tuch in der Hand öffnen konnte. Es war nur so, dass die Gerüche menschlicher Körper ihn anwiderten. Es ekelte ihn vor verstopften Poren und mit Schmutz gefüllten Falten und Runzeln unter seinen Händen, wenn er segnete, salbte, die Kommunion spendete, traute und die Absolution erteilte. Vor allem ekelte ihn vor den Urzeitgerüchen, die aus den Betten der Kranken und Alten und Sterbenden aufstiegen.

Pfarrer Keegan hatte für die ans Haus gebundenen Gemeindemitglieder eine steil abfallende grafische Kurve angefertigt, die in seinem sauberen, luftigen und nach Geranien duftenden Schlafzimmer hing. An oberster Stelle stand der gepflegte und gewaschene Kevin Bannon. Den untersten Platz auf der Kurve nahm Ken Considine ein, in dessen Schlafraum, seit er zum Krankenzimmer geworden war, noch nie ein Austausch von frischer und verbrauchter Luft stattgefunden hatte und in dem immer ein mit Blumenmuster verzierter, gut gefüllter Nachttopf stand. Um nicht vollends zu verzweifeln teilte Keegan seine Hausbesuche in Gruppen ein, von denen jede aus zwei der besten und zwei der schlimmsten Behausungen bestand. Heute Morgen nach der Frühmesse und vor dem Frühstück hatte er an Considines stinkendem Bett gesessen, die Matratze ein fünfzig Jahre alter Filter, gesättigt mit mächtigen Furzen, die Laken grau von Alter und dem Mangel an Waschpulver. Wieder einmal hatte er sich die übertriebenen und peinlichen Selbstbeschuldigungen anhören müssen, als der reuige Sünder versuchte den Tod von Tony Donaghue zu rechtfertigen, obwohl Keegan als sein Beichtvater dem ehemaligen Polizisten verboten hatte je wieder darüber zu sprechen. Nachdem er die Absolution für Sünden erteilte hatte, die sogar zu lässlich waren um von einer Nonne gebeichtet zu werden, war Keegan vom Bett zurückgetreten und hatte die Arme so weit wie möglich ausgestreckt um dem alten Tölpel die Kommunion zu spenden. Considine, der noch gar nicht so alt war, lag im Sterben, weil er nicht leben wollte. Er wollte nicht leben, weil er glaubte, Gott habe ihn verflucht. Die Luft war nie so süß wie in dem Augenblick, in dem der Priester aus Considines Haus ins Freie trat.

Als er jetzt den zugedeckten Hostienkelch hochnahm, wurde Keegan bewusst, dass er ein unbestimmtes und unerklärliches Gefühl der Erleichterung empfand. Und noch bevor er von der obersten Altarstufe hinuntergestiegen war, hatte er die Quelle seiner Erleichterung gefunden. Ken Considine hatte heute Morgen so schlecht ausgesehen, dass der Priester den Schleimscheißer O'Leary, Doktor der Medizin, angerufen und ihm gesagt hatte, dass Considine sehr schwach sei. Es sehe so aus, als werde sich der lange Kampf des Polizisten um den Tod bald bezahlt machen.

Als er auf seinem Abstieg in den Altarraum die mittlere Stufe erreichte, glitten Keegans Augen wie der Strahl eines Suchscheinwerfers über die Menschen in der Kirche. Sein Blick wurde von den Molloys angezogen, Elisabeth und Gregory. Elisabeth Molloy war des Priesters ästhetische Freude und Entzücken. Keegan, der die Leute seiner Gemeinde nach ihrer Sauberkeit einordnete, stellte Elisabeth Molloy in eine eigene Kategorie. Er verehrte diese Frau und bestückte sie in seiner Fantasie mit Eigenschaften, auf die sie keinen Anspruch hatte. Und er konnte sich ebenso wenig vorstellen mit ihr zu schlafen wie mit der Jungrau Maria ins Bett zu gehen.

Wie ein flacher Stein, der über das Wasser eines stillen Teichs hüpft, verließen seine Augen Elisabeth Molloy und wanderten zu dem widerwärtigen Gesicht von Maura Gilligan.

Was will die denn schon wieder hier? Ich hoffe zu Gott, dass sie nicht Jesus gefunden hat.

Als er den Terrazzoboden unterhalb der Altarstufen erreichte, drehte Pfarrer Keegan sich auf dem Ballen des rechten Fußes wieder zum Altar um. Er hatte diese besondere Bewegung seit dem Tag seiner ersten Messfeier gemacht, weil dies, viele Jahre bevor es zur einer vergessenen Gewohnheit wurde, für ihn eines der Details gewesen war, die ihm das Amt des Geistlichen so reizvoll erscheinen ließen. Der Pfarrer Kelly seiner Jugendzeit hatte sich immer auf diese Weise umgedreht und der Junge Eddie Keegan hatte zugesehen, wie das Messgewand vom Körper seines Kindheitsidols ausschwang wie ein Gewand eines anmutigen, geheimnisvollen Tänzers.

Während er darauf wartete, dass die Ministranten sich aufstellten, kam Keegans anmutig fliegendes Messgewand durch die eigene Schwerkraft wieder zur Ruhe. Mit der tödlichen Bewegungslosigkeit einer vergessenen Kriegsfahne in der dunklen Ecke einer englischen Kathedrale hing es ihm von den Schultern.

Dem Beispiel des Priesters folgend beugten die Ministranten die Knie. Der Clarke-Junge verlor das Gleichgewicht und musste sich mit den Händen auf dem Boden abstützen um nicht umzukippen. Pfarrer Keegan wartete, bis die Messdiener sich in einer Doppelreihe aufgestellt hatten, und als er hinter ihnen her in Richtung Sakristei ging, musste er wie immer, wenn er auf das achtete, was er tat, an den heiligen Nikolaus denken, der seine Rentiergespanne am Weihnachtsabend über den Himmel traben ließ.

Die Sakristeitür in der hinteren Wand des Altarraums öffnete sich vor ihnen. Als Pfarrer Keegan hindurchtrat, neigte die Küsterin, eine Nonne, den Kopf vor dem Zelebranten. Während der Priester die Nonne mit einem leichten Nicken zur Kenntnis nahm, ging ihm der Gedanke durch den Kopf, dass sie sich in ein paar Minuten den Clarke-Jungen vornehmen und mit ihm üben würde die Knie zu beugen ohne zu stürzen.

Während die Jungen, den gut dressierten Zirkustieren gleich, die sie ja waren, in einer Reihe vor der breiten Bank standen, glitt die Nonne lautlos hinter ihnen vorbei. Mit vor der Brust gefalteten Händen warteten die Messdiener. Gemeinsam verneigten sich dann Priester und Ministranten vor dem Kruzifix über der Bank. Dann streckten sie sich, drehten sich um die eigene Achse und verbeugten sich voreinander. Der Priester sagte: »Ich danke euch, Jungs.« Die Ministranten trollten sich in ihre eigene Sakristei. Dort fingen sie sofort an zu schwatzen wie ein Vogelschwarm, der sich in der aufgehenden Sonne wärmt.

Pfarrer Keegan bewegte seine Gliedmaßen. Seine Finger, seine Hände, seine Arme entledigten sich der geweihten Gewänder, während sein Geist träge wie ein mit Gas gefüllter Ballon mit einer Sommerbrise davonsegelte. Ein Teller mit Speck und Eiern trieb vorbei und regte seine Speicheldrüsen an.

Aus der Frühmesse schwebte Dervla Donaghues Gesicht vor sein inneres Auge, mit verzückt geschlossenen Augen empfing sie ihren Herrn, nahm ihn in ihren Leib auf und der Priester dachte daran, wie seine Finger ihre Unterlippe berührten, als er ihr die Hostie reichte. Ein genetisch bedingtes Gefühl suchte sich seinen Weg durch einen Nervenknoten in seiner Magengrube, aber der Priester würgte die Energiequelle mit der Entschiedenheit der zuschnappenden Zähne einer stählernen Tierfalle ab.

Pfarrer Keegans Aufmerksamkeit wandte sich wieder seinen Pflichten zu, als seine Finger den Knoten der langen Bänder des Humerales lösten. Er zog sich das geweihte Schultertuch über den Kopf, faltete es und band es mit den Bändern zu einer Rolle zusammen. Als er sich vorbeugte um das Humerale in sein Fach zu legen, merkte er, dass noch jemand in der Sakristei war. Sein Blut kochte.

Obwohl Pfarrer Keegan unter den liturgischen Gewändern seine Soutane und unter der Soutane eine Hose trug, verlangte sein Gefühl für Schicklichkeit nach einer privaten Atmosphäre, wenn er sich des Priestergewandes entledigte. Einen Zeugen zu haben, während er sich an- oder entkleidete, war für ihn so, als hätte man ihn in Unterwäsche ertappt.

Die Tatsache, dass das Humerale das letzte Teil des Messgewandes war, das er ablegte, milderte seine Verlegenheit nicht, denn es war möglich, dass der Eindringling schon einige Zeit da war. Er war vermutlich schon da gewesen, als er die Albe bis zu den Schultern hochgezogen hatte und sein Hinterteil sichtbar gewesen war wie das einer Frau, die sich, den Kleidersaum bis zu den Schultern lupfend, auszog. Der Eindringling war vermutlich auch da gewesen, als er an die Witwe Dervla Donaghue gedacht hatte.

Er versuchte seinen Zorn zu beherrschen und dem Eindringling entgegenzutreten, wohl wissend, dass die Identität des Voyeurs seinen Zorn entweder lindern oder noch mehr anfachen würde.

Sein Zorn flammte lichterloh auf, als er sah, wer es war. Mrs Gilligan mit den schnappenden Lippen und dem lockeren falschen Gebiss. Sie stand an der Tür, die zum Altarraum hinausführte, den schäbigen Hut lächerlich schief auf dem Kopf. Ihre Augen glitzerten vor Eifer in dem roten Gesicht, ihre roten Hände umklammerten eine abgewetzte Ledertasche und ihre Hängebrüste sahen aus wie halb volle Hafersäcke, die sie sich auf den Bauch gebunden hatte.

In dem Moment, in dem ihre Blicke sich begegneten, sagte Mrs Gilligan: »Frank Molloy is zurück und er hat Bessie Duggans Haus in der Wheat Mill Lane gekauft, Herr Pfarrer.«

»Laien dürfen die Sakristei nicht durch diese Tür betreten!«, sagte Pfarrer Keegan unbewegt.

»Ich habe gedacht, dass Sie's vielleicht gern wissen wollten, Herr Pfarrer.«

»Laien sollten nicht einmal durch den Altarraum gehen.«

»Er is vor ein paar Tagen eingezogen, aber bis gestern hab ich nich gewusst, wer es war. Die Möbel hat er bei Kelly in Glin gekauft.«

»Wenn Sie gehen, verlassen Sie die Sakristei durch diese Tür dort.« Pfarrer Keegan wies auf die Tür, die in die Sakristei der Ministranten führte. »Wenn Sie das nächste Mal mit mir sprechen wollen, warten Sie, bis ich in die Kirche zurückkomme.« Er drehte sich schnell zur Ankleidebank um, das Blut hämmerte in seinen Schläfen und das Bild von Maura Gilligans gieriger Zunge geisterte ihm durch den Kopf.

»Ja, Herr Pfarrer.«

In seinen pochenden Ohren hörte er das Geräusch ihrer scharrenden Schritte. Hörte, wie die Tür zur Sakristei der Ministranten geöffnet wurde, und blickte auf. Maura Gilligans Rücken füllte den Türrahmen aus und als sie sich umdrehte um die Tür hinter sich zu schließen, sah Keegan, wie der wacklige Clarke-Junge sich von einem Kniefall aufrichtete. Vor ihm stand wie eine Löwenbändigerin die Mesnernonne. Der Priester lenkte den Blick zurück auf seine schmerzhaft ineinander verkrampften Finger, die auf dem Stapel abgelegter Kirchengewänder ruhten.

Ihm war klar, dass Maura Gilligans Zunge und ihr unangemeldetes Eindringen der Grund für seinen Zorn waren. In ihrem Geifer hatte er immer das Symbol ihres bösartigen Klatsches gesehen. Doch da war noch etwas anderes. Keegan hatte Angst vor Maura

Gilligan. Er hasste die Frau. Er hasste ihr giftiges Gewieher.

Pfarrer Keegan holte tief Atem und löste die weißen Fingerknöchel voneinander. Jahrelang hatte er unter der Furcht gelitten, dass Maura Gilligan eine schwache Stelle in seinem Panzer entdecken und sie durch ihre Klatschmaschine weithin sichtbar machen würde.

Noch einmal tief Atem holend stieß sich Keegan von der Umkleidebank ab. Er ging zu dem freistehenden hölzernen Garderobenständer in der Nähe der Tür zur Sakristei der Jungen. Erst als er nach seinem Mantel griff, wurde ihm klar, was Gilligan zu ihm gesagt hatte. Er hielt in der Bewegung inne.

»Frank Molloy«, sagte er leise vor sich hin. Noch immer war er durch Maura Gilligans Erscheinen abgelenkt und der Name Molloys war nur eine Lautfolge – bis er ihn zum zweiten Mal vor sich hin sagte. Er fröstelte plötzlich, als sei er aus einer sommerlichen Brandung in den frischen Wind geraten.

Vor vierunddreißig Jahren, als Pfarrer Keegan aus seiner Heimatstadt Mullingar nach Manchester aufgebrochen war, hatte das Dorf Davinkill Frankie Molloy glücklich und triumphierend als frisch geweihten Priester ausgesandt. Mit dem Stolz der Menschen von Davinkill, der ihn stützte, und ihren Geldgeschenken, die ihn niederdrückten, hatte der Missionar das heimische Farmhaus verlassen und war an Englands Südküste gezogen. Den Glanz seines ersten Segens in den Augen, hatten die Menschen ihm zum Abschied gewinkt – ihm, der ihr Geschenk an die Gesellschaft zur Verbreitung des Glaubens war. Er gehörte ihnen, unser Pfarrer Frankie, der stellvertretend für sie Seelen in fernen Landen rettete.

Frankie Molloy und Eddie Keegan hatten in der Internatsschule in Winter Hill und in Carlow im Seminar elf Jahre lang an einer Freundschaft geschmiedet. Aber ihre Beziehung hatte drei Jahre nach der Ordination zu welken begonnen, als Frankie nach Hause gefahren war um seine Familie zu besuchen und nach England zurückkehrte ohne sich mit Eddie getroffen zu haben. Frankie hörte auf zu schreiben und von jenseits der Irischen See drangen Gerüchte herüber, dann sogar von jenseits des Atlantiks. Gerüchte über eine Flucht von England nach Amerika. Gerüchte über das Ausscheiden aus dem Priesteramt. Gerüchte über eine Heirat außerhalb der Kirche und ungetaufte Kinder. Geschichten über das Versagen in mehreren Jobs und häufig wechselnde Adressen. Doch als Freund der Familie Molloy und als Priester, der erst vor kurzem sein Amt in Davinkill angetreten hatte, wusste Pfarrer Keegan, dass die Geschichten keine Gerüchte waren. Auf einer richtungslosen Reise war Frankie Molloy von einer Katastrophe in die andere geschlittert.

Eines Tages hatte Franks Bruder Gregory Pfarrer Keegan wissen lassen, dass die Molloys sich von dem verlorenen Sohn nicht mehr demütigen ließen. Man habe Frank mitgeteilt, er sei aus der Familie ausgestoßen. Pfarrer Keegan hatte schon lange genug in Davinkill gelebt um zu wissen, dass Frankie dem Druck der Dorfgemeinschaft geopfert worden war. So schmerzlich es für die Molloys war, ihren Sohn aus ihrem Leben zu streichen – sie gewannen wieder an Ansehen und wurden eher von der Gemeinde akzeptiert, als bekannt wurde, dass sie ihr zügelloses Kind angemessen bestraft hatten. Einen Priester zum Sohn zu haben, das war es, was den Molloys zuerst besondere Ehre und eine Sonderstellung verliehen hatte, jetzt aber Schande über sie brachte und ihnen einen Platz in der Dorfhierarchie zuwies, der nur den wahrhaft Unglücklichen vorbehalten blieb, den Pechvögeln, den Aussätzigen. Schließlich war es nicht nur seine Familie, die er enttäuscht hatte. Er hatte allen Leuten in Davinkill eine lange Nase gedreht, auch jenen Generationen, die schon siebenhundert Jahre tot waren, den Generationen, die unter den protestantischen Engländern gelitten hatten, weil sie an dem Glauben festhielten, den Frankie so schamlos weggeworfen hatte. Wäre Gott nach dem Bild der Katholiken von Davinkill beschaffen gewesen, hätte Frankie Molloy gleich neben Elisabeth I. für alle Ewigkeit in der Hölle schmoren müssen.

Frankies Mutter konnte ihrem Sohn nicht einmal heimlich schreiben oder Briefe von ihm empfangen, weil Mary Scully, die Postmeisterin, die Adresse auf jeder Sendung las, die das Postamt durchlief. Aber bis zu ihrem Todestag hatte Mrs Molloy immer einen nagelneuen Brief in ihrer Handtasche für den Fall, dass sie einmal unerwartet in eine andere Stadt kam.

Als Pfarrer Keegan die Sakristei verließ und in die Kirche zurückeilte um nach der Messe seine Danksagung zu sprechen, beschloss er Gregory und Elisabeth Molloy zu besuchen. Sie sollten die Neuigkeit erfahren, bevor die Kinder sie vom Schulhof nach Hause brachten.

4. Kapitel

Fünfte Fastenwoche

Mittwoch, 12 Uhr mittags

ALS DIE JUNGE Frau Frank Molloys Haus betrat, strömten ihr aus den Lautsprechern die Klänge einer Haydnsinfonie entgegen. Sie blieb hinter der Tür stehen und musste einen zweiten Schock ertragen. Ihre Hand fuhr zum Gesicht und wieder stöhnte sie leise auf.

»Ich nehme an, es ist ganz anders, als Sie es in Erinnerung haben«, sagte Molloy.

Sie wandte sich zu ihm. »Sind Sie Amerikaner?«

»Ich habe viele Jahre dort gelebt«, antwortete er, doch die Frau sah sich im Zimmer um, als höre sie nicht zu. Molloys Blick fiel auf ihren Körper.

Du lieber Jesus!

»Ohne Klavier ist es einfach nicht dasselbe. Sie muss tot sein, wenn das Klavier nicht mehr da ist. Es gehörte in dieses Haus. Gott! Es ist immer ein Schock, wenn jemand ...« Wieder legte sie die Finger auf den Mund. Sie schaute Molloy ins Gesicht. »Es tut mir Leid. Ich hatte erwartet, dass Miss Duggan mir die Tür öffnen würde, und als ich Sie sah, wusste ich, dass sie tot ist. Ich hatte Unterricht bei ihr. Mein Name ist Mary Delaney. Meine Familie lebt drüben in Gannonbeg.«

»Ich kann mir nicht vorstellen, dass Sie Ihre Sonnenbräune und Ihre Kleidung aus Gannonbeg haben.« Frank Molloy lächelte. Er streckte die Hand aus.

»Ich bin Frank Molloy, der zurückgekehrte Einheimische.«

Mary Delaney umspannte die Hand mit festem Druck und lächelte. Sie hatte ebenmäßige weiße Zähne.

»Auch ich bin eine zurückgekehrte Eingeborene, aber ich bin nur auf Besuch hier. Sieht so aus, als ob Sie bleiben wollten.«

»So hab ich's geplant, aber ich weiß nicht, ob man je wieder nach Hause zurückkommen kann.«

»Das klingt, als hätten Sie kürzlich Thomas Hardy und Thomas Wolfe gelesen.« Mary Delaneys blaue Augen funkelten.

Frank Molloy antwortete nicht sofort und seine Brauen bildeten zwei Fragezeichen.

»*Die Rückkehr. – Es führt kein Weg zurück.*« Mary Delaney wurde rot, weil ihr klar wurde, dass ihr Gastgeber vielleicht keine Ahnung hatte, wovon sie sprach. Ihr Gesicht entspannte sich, als Molloy antwortete.

»Sie müssen entweder Lehrerin oder eine ernsthafte Studentin sein.«

»Weder noch.« Sie lachte erleichtert. »Ich bin Musikerin mit einer Unmenge freier Zeit. Meine Musiklehrerin hat mich mit der Literatur bekannt gemacht.«

»Hätten Sie gern eine Tasse Tee?«

Mary Delaney winkte mit einer flatternden Bewegung der rechten Hand ab. »Oh, ich will Ihnen keine Mühe machen. Ich bin auf der Heimfahrt vom Flugplatz und wollte nur eine alte Lehrerin begrüßen.« Sie hob das kleine Päckchen, das sie in der Hand hatte.

»Es ist keine Mühe für mich«, erklärte Frank Molloy. »Ich habe mir eben selbst Tee aufgebrüht.«

Mary Delaney nahm das Angebot an und Molloy ging voran zur Küche.

»Mögen Sie Haydn?«, fragte sie und Molloy brauchte einen Moment um im Geist umzuschalten. Bevor er antworten konnte, war sie bei seiner CD-Sammlung stehen geblieben und sprach weiter: »Die Einheimischen werden sich nicht gerade drängen diese Musik zu hören. Copland und Haydn sind in dieser Gegend nicht sehr bekannt.« Dann sah sie seine fünf Bücher und las laut die Titel: »*Licht im August, Ulysses, Die Brüder Karamasow, Moby Dick, Die Pest*. Jemand, der diese Bücher besitzt, muss irgendwo eine ganze Bibliothek versteckt haben. Melville ist unerträglich.«

»Vier oder fünf Seiten Melville pro Tag reichen mir«, sagte Molloy.

»Einmal habe ich mich durch hundert Seiten auf einmal durchgewühlt. Ich hatte das Gefühl, Melville muss verstopft gewesen sein. Noch einer hat mich verrückt gemacht – dieser Kerl, der *Der scharlachrote Buchstabe* geschrieben hat. Nathaniel Hawthorne, nicht wahr? Ich habe nur etwa zwanzig Seiten gelesen und das bloß aus schlechtem Gewissen. Miss Duggan hatte mir ihr Exemplar gegeben, als ich das letzte Mal zu Hause war. Vielleicht wusste sie, dass sie sterben würde. Wo sind Ihre anderen Bücher?«

»Inzwischen über ganz New York verstreut. Ich habe sie weggegeben. Bücher sind ein schweres Gepäck.«

Während sie darauf warteten, dass das Wasser kochte, erfuhr Molloy, dass Mary Delaney Musikerin auf einem Kreuzfahrtschiff war, das von Miami aus in See stach und auf den Karibischen Inseln mit den Heiligennamen anlegte: Thomas, Martin, John, Vincent, George, Nicholas.

»Das erklärt die Sonnenbräune und die Kleidung.« Molloy schob die Zuckerdose über den Tisch.

Die Bluse der Frau war bis zu einem schicklichen Punkt geöffnet. Kein Brustansatz in Sicht. »Und wie erklären Sie Joyce und Faulkner, Mozart und Copland und die Haydns – Mike und Joe?«, fragte sie.

»Ich habe an einem der kleineren Colleges in New York Literatur unterrichtet«, antwortete Molloy, »und meinen Musikgeschmack habe ich irgendwo unterwegs aufgelesen. Ich fürchte, wenn es um Musik geht, werde ich immer nur an der Tür horchen. Intellektuell ist Musik zu hoch für mich.«

»Man kann sie verstehen lernen.« Mary Delaney goss Milch in ihren Becher. Während sie den Tee umrührte, schwiegen sie. Rhythmisch stieß der Löffel an die Wände des Bechers, als schlage sie den Takt zu einer Melodie in ihrem Kopf. Erst jetzt bemerkte Molloy das unauffällige Make-up. Zum ersten Mal sah er auch die winzigen Brillantohrringe, die Armbänder und Ringe. Molloy war nie sehr gut darin gewesen, die Requisiten zu entdecken, die benutzt wurden um das Aussehen zu verbessern, es sei denn, sie waren grell und auffallend.

»Miss Duggan ist vor ungefähr zwei Monaten gestorben«, sagte er. »Allein, wie ich gehört habe.«

»Das war sie bestimmt.« Mary Delaney legte den Löffel auf die Untertasse. »Sie hatte keine Verwandten außer irgendeinem Neffen in Südafrika. Sie nannte ihn sarkastisch den Entdecker.« Der exotische Vogel stützte die Ellenbogen auf den Tisch und hielt sich die dampfende Tasse nah ans Kinn. Sie trank. »Miss Duggan war ziemlich geschwätzig. Die meisten Leute meinten, sie sei ein bisschen verrückt.«

»War sie's?«

»Sie war alt, aber ich glaube nicht, dass sie verrückt war. Sie hat den größten Teil ihres Lebens allein verbracht. Wenn Sie niemanden haben, der Ihre Ideen zurückweist, der Ihnen sagt, dass Ihr Benehmen nicht so ganz der Norm entspricht, dann können Sie leicht zum Exzentriker werden. Ich habe einen Onkel, der allein lebt. Er erzählt von den Gesprächen, die er mit seinem Pferd führt.« Mary Delaney lächelte Molloy an. »Sein Pferd kann sehr gut das Wetter voraussagen.« Sie zog eine ihrer dunklen Brauen hoch.

Molloy lächelte. »Miss Duggan hat Gespenstergeschichten erzählt?«

»Ha!« Mary Delaney setzte ihre Tasse ab. »Es war nur eine. Woher wissen Sie das?«

Molloy wies mit einer vagen Geste in die Richtung von Maura Gilligans Haus hinter dem Golfplatz. »Es gibt da eine Nachbarin. Sie leidet an einer Krankheit, die ihre Stimmbänder aktiviert, sobald sie ein anderes menschliches Wesen zu Gesicht bekommt.«

Mary Delaney nickte. »Es war diese Gespenstergeschichte, die ihr den Ruf einbrachte verrückt zu sein. Sie war davon besessen. Sie hat sie mir vor meiner ersten Klavierstunde erzählt und in den folgenden zehn Jahren mindestens einmal in der Woche. ›Eine eintönig graue Wolkendecke überzog den weiten Himmel vom Zenit bis zum Horizont, der Mond, ein himmlisches Schiff, segelte von grellen Blitzen umzuckt über das windgepeitschte Himmelsgewölbe.‹ Sie erzählte alles in einer merkwürdigen Sprache, die schwer zu verstehen war. Jedes Kind, das sie unterrichtete, bekam die Geschichte zu hören. Sie erzählte sie nur Kindern, denn die älteren Leute hörten ihr nicht zu. Die Geschichte handelte von dem Foley-Mädchen, das vor Jahren hier in der Gegend ermordet wurde. Das glaubten wir zumindest alle, wir nahmen an, dass es in der Geschichte darum ging.«

Nach seiner Begegnung mit der unverschämten Maura Gilligan fühlte sich Molloy jetzt, als bade er im warmen Sonnenschein des ersten Frühlingstages im Jahr. »Miss Duggan muss sich über ihren Besuch gefreut haben, wenn Sie nach Hause kamen«, sagte er.

»Ich habe sie nicht regelmäßig besucht, wenn ich hier war. Um ehrlich zu sein, als Sie die Tür aufmachten, war ich auch erleichtert, nicht nur geschockt. Sie war ein schwieriger Mensch, besonders im Alter. Sie wurde verwirrt, mischte in die Gespenstergeschichte irgendetwas über eine Schuld, die sie auf sich geladen habe – so hörte es sich jedenfalls an. Und sie war so religiös.« Gereizt schlug Mary Delaney mit der flachen Hand auf den Tisch. »Alles wurde mit Religion zugekleistert wie eine Brotscheibe mit zu viel Butter drauf. Es wurde sehr schwierig, ihr zuzuhören. Und Sie haben jetzt lange genug mir zugehört.« Mary Delaney deutete mit ihren schmalen braunen Fingern auf die Schachtel mit dem Geschenk. »Mögen Sie Macadamianüsse? Ich hatte sie ihr mitgebracht. Sie gehören jetzt Ihnen, weil sie nicht mehr da ist.«

»Nehmen Sie sie Ihrer Mutter mit.«

»Leider wären sie für die Zähne meiner Mutter viel zu hart und zu ausgefallen für ihren Geschmack.« Mary Delaney stand auf. Sie strich sich mit der braunen Hand über ihre weiße Jacke, als wische sie Krümel weg. »Außerdem haben sie einen Schokoladenüberzug und Schokolade und die Tonnerys vertragen sich nicht.«

Als er den Namen Tonnery hörte, zog sich Frank Molloys Herz zusammen.

»Tonnery?«, fragte er. »Ich dachte, Sie heißen Delaney.« Molloy nahm die Tassen vom Tisch und trug sie in die Spüle.

»Meine Mutter ist Mary Tonnery aus Davinkill. Sie hat Charlie Delaney aus Gannonbeg geheiratet. Kein Tonnery isst Schokolade.«

Du lieber Gott der Protestanten! Einmal hatte ich meine Hand unter dem gestrickten Schlüpfer deiner Mutter.

Molloy drehte sich von der Spüle weg und fragte: »Ist es schwierig für Sie, nach Hause zu kommen?«

Mary Delaney schob den Stuhl unter den Tisch. »Wie meinen Sie das?« Sie warf den Kopf zurück und ihr seidiges Haar fand zu seiner Ordnung wie Wasser zu seinem natürlichen Spiegel.

»Machen die Menschen, Ihre Familie, Sie nicht nervös?«

»Guter Gott, ja. Das Erste, was ich tue, wenn ich nach Hause komme … Nein, ich warte nicht einmal so lange. Ich halte den Wagen schon vorher an und mach's am Rand der Davinkill Road: Ich wische mir das Make-up aus dem Gesicht, nehme Ringe und Armbänder ab.« Sie berührte ihr rechtes Ohr. »Die Andeutungen, das Zwinkern und Nicken und der offene Spott! Man könnte denken, ich wäre eine Prostituierte.« Mary Delaneys Augen blitzten. »Sie sehen, wie stocksauer ich schon bin, wenn ich nur daran denke. Entschuldigen Sie. Und es ist nicht nur das Makeup, ist nicht nur der Schmuck. Ich spreche sonst immer ganz ohne Akzent. Und da gibt es bestimmte

Wörter: Einmal habe ich in der Küche meiner Mutter das Wort ›schwanger‹ ausgesprochen, als gerade ein paar Nachbarinnen da waren. Kaum waren sie weg, sagte meine Mutter: Dieses Wort nehmen wir nicht in den Mund. Sie meinte ›schwanger‹. Sie brachte es nicht einmal fertig, das Wort auszusprechen. Sex existiert natürlich nicht in Irland.«

Frank Molloy lächelte. »Vielleicht sollten wir eine Selbsthilfegruppe für zurückgekehrte Exilanten gründen. Man fürchtet hier das Fremde und Exotische. Ich habe beschlossen mir neue Sachen zum Anziehen zu kaufen – irische. Braun oder marineblau. Die hier fallen zu sehr auf.« Er blickte auf sein rotes Hemd und die Bluejeans hinunter. »Sie dürfen gern mein Badezimmer benutzen um Ihr Make-up loszuwerden.«

»Oh, wie aufmerksam von Ihnen. Danke.« Mary Delaney legte die Macadamianüsse auf den Tisch. »Sie gehören Ihnen.«

Frank Molloy führte sie durchs Schlafzimmer. Mary Delaney betrachtete die Öde und sagte nichts. Molloy öffnete die Badezimmertür, ging ins Wohnzimmer zurück und wartete.

Als sie wiederkam, las er gerade seine zornige Nachricht an seinen Bruder Gregory. Er bemerkte keinen Unterschied in ihrem Aussehen.

»Wenigstens das Badezimmer ist noch dasselbe«, sagte sie. »Danke für Ihre Gastfreundschaft.«

»Gern geschehen«, antwortete Molloy. »Schauen Sie wieder vorbei, wenn Sie über die Davinkill Road fahren. Wir können einander unterstützen im Kampf gegen die Schlingen und Pfeile der einheimischen Fremdenfeinde.«

»Diese abscheulichen Fremdenfeinde.« Mary Delaney kicherte, als sie an Molloy vorbeiging, der ihr die Tür aufhielt. Er begleitete sie zum Wagen und öffnete die Fahrertür für sie.

Bevor sie einstieg, legte Mary Delaney die Hand auf das Wagendach. »Ich werde Miss Duggans Geistergeschichte aufschreiben und Ihnen schicken. Die Geschichte gehört zu diesem Haus und Sie sollten sie kennen.«

»Das wäre schön«, sagte Frank Molloy. »Beschränken Sie sich auf eine Seite und ich hänge sie eingerahmt im Haus auf.«

»Machen Sie sich über mich lustig?«, fragte Mary Delaney und wurde rot.

»Nein. Natürlich nicht. Ich möchte gern die Namen aller Leute erfahren, die je hier gelebt haben, und was sie so gemacht haben – solche Dinge. Ob sie jemanden ermordet oder Schafe gestohlen haben. Sie sollten die Gespenstergeschichte so aufschreiben, wie Miss Duggan sie erzählt hat. Vielleicht könnten Sie mir darüber hinaus auch alles aufschreiben, was sie über Miss Duggan wissen.«

»Alle Verrücktheiten? Zum Beispiel, dass sie jede Dienstagnacht zur Buche ging um den Geist zu hören?«

»Was für einen Geist?«, fragte Molloy vergnügt. »Spukt es im Haus?«

Mary Delaney zerstreute seine Begeisterung mit einem schwachen Zucken ihres Handgelenks. »Das würde Ihnen gefallen, nicht wahr?« Dann wandte sie Molloy den Rücken zu. »Sehen Sie den Baum drüben auf dem Golfplatz in der Nähe der Davinkill Road?«, fragte sie und streckte die Hand aus. Plötzlich schlüpfte die Sonne hinter einer kleinen Wolke hervor. Mary Delaney und Molloy hoben gleichzeitig die rechte Hand über die Augen um sie gegen das Licht abzuschirmen. »Miss Duggan sagte, dass sie den Geist des Foley-Mädchens jede Dienstagnacht in der Nähe des Baumes weinen hörte.« Molloy noch immer den Rücken zukehrend schwenkte Mary Delaney die Hand mit dem ausgestreckten Zeigefinger ein Stück nach links. »Sehen Sie das Gebüsch da drüben? Früher war dort ein kleiner Garten. Kit Foleys Brüder hatten Blumen gepflanzt. Dort war sie ermordet worden und Miss Duggan behauptete an jedem Dienstag zu einer bestimmten Zeit ihren Geist zu hören – sieben Minuten vor elf.«

»Sehr pünktlich, dieser Geist«, stellte Molloy fest.

Wie auf Befehl ließen beide zugleich die Hand von den Augen sinken. »Das war auch Miss Duggan und sie war überzeugt die Schreie des Foley-Mädchens zu hören.«

»Wer hat das Mädchen ermordet?«, fragte Molloy.

»Der schwarze Mann. Anders habe ich es nie gehört. Es war ein Kerl, der von weiter weg zum Arbeiten hergekommen war – ein schwarzer Ire, wissen Sie. Aber er hat sich im Fluss ertränkt. Ich glaube, es waren die Zeitungen, die ihn den schwarzen Mann nannten. Doch das alles ist vor meiner Geburt passiert. Es muss über dreißig Jahre her sein.«

»Sie wissen nicht zufällig, wem das Haus vor Miss Duggan gehört hat?«

Die Ellenbogen auf das Wagendach stützend, wandte Mary Delaney sich zu Frank Molloy um. »Nein, das weiß ich nicht. Doch es gibt einen Mann in Davinkill, der es wissen muss – John O'Brien, der Totengräber. Jeder kennt ihn. Er ist auch der hiesige Abdecker.«

»John O'Brien«, wiederholte Molloy. »Ich erinnere

mich an John O'Brien. Er war früher Steinmetz, hatte aber einen Unfall.«

»Genau den meine ich«, sagte Mary Delaney. »Er verlor ein Auge und hat seinen Beruf vor Jahren aufgegeben. Wollen Sie so Ihren Ruhestand verbringen – indem Sie nachforschen, wer vor Ihnen hier gelebt hat?«

»Will hoffen, dass mir auch noch Zeit für andere Dinge bleibt. Aber ja. Das ist etwas, was ich gern tue. Für Anthropologie hatte ich schon immer eine Schwäche. Wo finde ich John O'Brien, wenn ich ihn einmal ganz zwanglos treffen möchte?«

»In der Irishtown Road, draußen hinter dem Depot der Transportgesellschaft.« Mary Delaney schaute auf ihre Uhr. »Oh Gott, so spät schon!« Sie stieg in den Wagen.

Wäre ich nur dreißig Jahre jünger! Molloy musterte den geschmeidigen Körper hinter dem Steuer.

Heiliger Gott der verdammten Protestanten!

»Vergessen Sie nicht, bei mir reinzuschauen, wenn Sie hier in der Gegend sind, dann können wir uns gemeinsam gegen die Feindseligkeiten der Einheimischen wappnen.«

Mary Delaney sah zu Molloy auf. »Ich muss mich jetzt schon wieder wappnen. Auf meiner Fahrt hierher bin ich für meinen Besuch bei Miss Duggan ganz in meine irische Haut geschlüpft. Doch während wir uns unterhielten, habe ich mich noch einmal gehäutet. Bewahren Sie den Glauben!« Sie grinste und er platzte heraus: »Die Pest soll ihn holen!«

Ohne zu zögern erwiderte Mary Delaney: »Das haben Sie sehr gut gesagt. Die Pest soll den Glauben holen!« Und sie ließ den Motor an.

Das Blut schoss Frank Molloy ins Gesicht, als er sich

schweren Herzens eingestehen musste, dass er sich mit seiner unbesonnenen Bemerkung über den Glauben verraten hatte. Trotz seines Unbehagens sah er, dass die Frau ebenfalls errötete.

Mit einer Mischung aus Erleichterung und Verlangen sah er, wie Mary Delaney die Finger um den Schalthebel schloss und den Gang einlegte. Er trat zur Seite, damit sie wenden konnte – diese Tochter von Mary Tonnery, die auf Schokolade allergisch war. Sie fuhr los und winkte. Molloys Augen folgten dem Wagen die Straße entlang und seine Gedanken schweiften achtundvierzig Jahre zurück.

Die gelben Butterblumen wiegten sich im Sommerwind und die zehnjährige Mary Tonnery sauste nach der Schule Rad schlagend den Hügel vom Beech Tree Field hinunter. Ihr Kleid, das sie von den älteren Schwestern geerbt hatte, war bis zur Taille hinaufgerutscht. Weiß und weich wie der Hut eines jungen Pilzes waren die Beine, die aus dem roten, gestrickten Schlüpfer ragten.

Der Junge, der zehnjährige Frankie Molloy, saß auf dem Kamm des Hügels im grünen Gras. Er beobachtete das Feuerrad aus wirbelnden weißen Beinen und einer Welle langen roten Haars. Bevor sie wieder auf den Hügel heraufgeklettert war, hatte er schon einen Plan entworfen.

Sie kam näher und der Wind blies ihr das rote Kleid zwischen die Beine.

Auf dem Kamm des Hügels angekommen, hob Mary Tonnery die Hände über den Kopf. Frankie rannte zu ihr.

»Diesmal komm ich mit«, quakte der böse Frosch zur Prinzessin.

Sie lächelte ihn einen Augenblick an und dann war sie nur noch ein verschwommener Wirbel aus Haar, Beinen und Schlüpfer. Frankie lief ihr nach. Er fiel auf Mary Tonnery und während sie rollten und purzelten erzwang sich seine neugierige Hand den Weg unter ihre rote Unterwäsche. Doch durch den Sturz war er zu abgelenkt um sich auf das zu konzentrieren, was seine Hand fühlte.

Schleunigst rannte Mary Tonnery weg. »Ich werde deiner Mutter sagen, was du gemacht hast!«

Frankie lag im kühlen Gras auf dem Bauch. Als er das rennende Mädchen über den Hügel verschwinden sah, fragte er sich, was über ihn gekommen war. Seine Mutter würde ihn umbringen.

Die Bremslichter von Mary Delaneys Wagen leuchteten in der Ferne auf. Ohne den Blinker zu setzen bog sie nach rechts in die Davinkill Road ein.

Es war nicht nur die Pubertät, es war ebenso Neugier. Aber die Schlüpfer ihrer Tochter sind etwas ganz anderes.

Molloy ging ins Haus zurück.

Du alberner alter Bock! Und was würde Padrake denken?

5. *Kapitel*

Fünfte Fastenwoche

Mittwoch, 12.30 Uhr

WEIL ES NICHT seine Art war, an anderer Leute Türen anzuklopfen, trommelte Dr. O'Leary kurz und heftig an Ken Considines Haustür. Er drückte die Klinke hinunter und stieß die Tür, deren Lack abblätterte, nach innen, wo sie sich am Zementboden rieb.

Wie immer, wenn er den Windfang betrat, spürte er, wie seine Haut und sein Haar den Rauch des Torffeuers aufnahmen. Der scharfe Rauch ließ ihn nach Luft schnappen wie einen Goldfisch, der in sein Glas zurückplumpste, nachdem das Wasser gewechselt worden war. Als er die Tür hinter sich schloss, fühlte er klebrigen Ruß auf der Klinke. Bevor er die Küche zu seiner Linken betrat, wischte er sich den Handteller an seinem in blaues Kammgarn gehüllten Oberschenkel ab und sagte laut: »Ich bin's, der Doktor!«

O'Leary hörte Stiefel über den Küchenboden scharren. Ken Considine war aufgewacht und hatte seine Füße herangezogen. Der Doktor war überrascht, dass sein Patient nicht auf dem Totenlager in seinem verdreckten Bett lag.

Puta Keegan hatte sich wieder als Panikmacher betätigt.

Der Spitzname Puta kam von *P*oker-*u*p-*t*he-*a*rse.

Als O'Leary die Küche betrat, setzte Considine sich

zurecht und wischte sich mit dem Handrücken den Geifer vom Kinn. Considine vollzog diese hastige Säuberung in der Art eines stolzen, einsamen Menschen, der von einem unerwarteten Störenfried in nicht gesellschaftsfähigem Zustand überrascht wird. Er raffte sich zu einem Versuch auf hellwach und normal zu erscheinen und fragte mit schwacher Stimme: »Bistes du, Con?« Sofort versuchte er seinen Fehler wieder gutzumachen, indem er schmeichelnd und zu laut sagte: »Ah, Sie sind's, Doktor O'Leary. Augenlicht is bein Teufel. Ziehn Se sichn Stuhl ran.«

O'Leary stellte schwungvoll einen ramponierten Stuhl in die Mitte des Raums und der Patient demonstrierte weiterhin, wie normal er war. Aber seine rauchige Stimme war für den Doktor bloß störender Lärm. »'s is wohl Pfarrer Keegan, wo Ihnen geschickt hat. War schon Viertel vor achte da, kurz vorm Morgengraun. Dasn Mann wien Uhrwerk. Un seine Verdauung is grad so. Der geht bestimmt alle Tag um die gleiche Zeit auf Klo, tät ich sagn. Nix gegns Regelmäßige, aber wenn was passiert un du kannst nich gehn, wenn de sollst, kriegste ne Verstopfung wie ne brütende Truthenne.« Der Patient rang keuchend mit offenem Mund nach Luft.

Während Considine weiterhin seine Eindrücke von der pfarrherrlichen Skatologie darlegte, wanderten die hochmütigen Augen des fünfundvierzigjährigen O'Leary durch die Küche, angefangen bei dem löchrigen Flechtwerk auf der Sitzfläche des Stuhls, auf den er sich niederlassen wollte. Er war so oft in dieser Küche gewesen, hatte dieselben Geschichten und dieselbe Scheiße so oft gehört, dass er um sich abzulenken ein Spiel erfunden hatte. Er versuchte zu entdecken, ob sich im Raum etwas verändert hatte, seit er das letzte Mal hier gewesen war.

Mit derselben Entschlossenheit, mit der er Gespräche mit Betrunkenen vermied, scheute Dr. O'Leary davor zurück, kollabierende psychische Strukturen zu stützen. Doch er hinderte seine Patienten nicht daran, ihren Geist ein wenig durchzulüften, solange er die Dauer kontrollieren konnte und nicht mehr als ein verständnisvolles Grunzen von ihm erwartet wurde. Der Doktor war der Meinung, dass geistige Entlüftung auf ihre Weise genauso wichtig war wie die Entlüftung des Verdauungstrakts. In Considines Fall hörte man die eine und roch die andere. O'Leary benutzte die eine dieser Entlüftungen als diagnostisches Instrument und ertrug die andere in kleinen Dosen im Interesse der geistigen Gesundheit seines Patienten.

Da Considine so plötzlich aus dem Schlaf aufschreckt war, blockierte seine zerebrale Verstopfung den Abzug. Schwach zeigte er auf einen Schrank an der entgegengesetzten Küchenwand. »Mein Mudda hat immer untern Regalen dort ne Truthenne gehaltn un nur jeden zweiten Morgn rausgelassn. Der sin valleich die Winde rausgepfiffn, was das für Töne warn un was das fürn Schmerz war, da haste selber Erleichterung gespürt. Alles blockiert in ihr, aber wenns mal losging, Gott! 's muss ihrn Arsch weggerissen ham. Jeden zweitn Morgn um achte. Ich denk, Truthennen müssen öfter scheißn als 'n Mensch.«

O'Leary wandte das plumpe sonnengebräunte Gesicht ab und setzte seine Erkundung der Bruchbude fort, doch Considines vergleichende Betrachtungen über die Ausscheidungen von Vögeln und Menschen hatte er gespeichert um sie irgendwann in Gesellschaft zum Besten zu geben. O'Leary betrachtete die breite Wand über der offenen Feuerstelle, schwärzer als Kohle. Der hängende Kessel war mit rußigen Stalaktiten besetzt. Sie waren von den Tropfen auf Hochglanz poliert, die bei Regen durch den Kamin fielen. Über dem geschwärzten Kaminsims hing ein verblasstes Bild des Geheiligten Herzens hinter verrußtem Glas. Ein paar Bücher lagen achtlos auf den Sims geworfen neben einer Socke und zwei kleinen Blechbüchsen. Alles war völlig verdreckt und nichts war in den dreizehn Jahren, in denen O'Leary Considine behandelte, von der Stelle gerückt worden. Vor langer Zeit hatte der Doktor sich einmal gefragt, ob Considine zum Gedenken an seine Frau, die vor zwanzig Jahren verstorben war, alles unberührt gelassen hatte. Jetzt fragte er sich, ob Considine überhaupt noch wusste, dass es in der Küche einen Kamin gab.

»Die Frau hat auch mal ne Truthenne da drin gehabt, aber türlich war das Glück damals nich mit uns un die hat kein einziges Ei nich ausgebrüt. Und wenn die Frau sich selber draufgesetzt hätt, wärn die auch nich ausgebrüt worn.«

O'Leary ließ den Blick zu der Wand schweifen, die dem Kamin gegenüberlag. Eine offene Porzellanvitrine stand auf dem Schränkchen, in dem Considines Mutter und Ehefrau ihre brütenden Truthennen gehalten hatten. Das ganze Ding war vom Alter völlig verzogen. Auf dem obersten Bord standen zwei Servierschüsseln mit Weidenmuster, jede mit so vielen Sprüngen, wie es Runzeln im Gesicht eines alten Weibes gab, jede bis zur Unkenntlichkeit verblasst, weil sich der rußige Rauch in die Lasur gefressen hatte.

Auf dem mittleren Bord lagen Papiere, Hoffnungen, aus ihren Briefumschlägen gerissen und dann, weil sie nichts als Enttäuschungen brachten, verärgert weggelegt und unter dem ständig rieselnden Ruß begraben. Das unterste Bord enthielt sieben leere Bierflaschen.

Links von der Vitrine hing das Bild zweier gelb gefiederter Küken. Eins hatte ein blaues, das andere ein rosa Band um den Hals. Nur weil O'Leary die Küken schon gekannt hatte, bevor der Rauch sich ihrer bemächtigt hatte, wusste er Bescheid über ihre Farben. Eines Tages, vor langer Zeit, war das Bild zu einem Hauptthema von Considines geistiger Entlüftung geworden. Aber da er die Lebensgeschichte seines Patienten so oft gehört hatte, glaubte der Doktor, die allmähliche Einbeziehung des Bildes sei nur wieder ein Stück Moos, das seine Erzählung ansetzte. Mit der immer länger werdenden Geschichte Schritt zu halten war Considines eigene Talfahrt in den Abscheu gegen sich selbst. Seine Fantasie nährte seine zunehmende Selbsterniedrigung, indem sie immer neue Schrecken gebar, so wie seine Verzweiflung es verlangte.

O'Leary wusste noch genau, wann das Bild der beiden Küken in die Geschichte aufgenommen worden war. Es war an einem von Considines angsterfüllten Tagen, an denen er überzeugt war, dass Gott ihn aus den Wolken anspringen, packen und an die hinterste Wand der Hölle schleudern würde für alle Ewigkeit. Er war dem Blick des Doktors gefolgt und das neue Moosstückchen war hinzugekommen.

Mrs Considine hatte gerade das Bild von der Wand genommen um das Glas zu säubern, als sie an diesem letzten Tag ihres Lebens auf der Straße Schreie hörte. Was sie hörte, waren die Hilferufe eines Mannes. Er schrie nach jemandem, der sein Rind auf der Straße vor dem Haus aufhalten konnte. Considines Frau stürzte hinaus um zu helfen und lief dem heranstürmenden Bullen von Sankt Willie Gorman direkt in eins seiner Hörner. Gelähmt vor Entsetzen packte sie das andere Horn des Bullen und blieb aufgespießt hängen, während der verwirrte Bulle sein Möglichstes tat um sie loszuwerden, indem er immer wieder den Kopf aufwarf.

Während O'Leary dieser in Selbstmitleid gehüllten Geschichte lauschte, bekam er den Eindruck, dass Considine seine Seele dadurch reinigen wollte, dass er sich in besonders schrecklichen Einzelheiten erging wie eine Sau, die sich im Schlamm suhlt.

Der Bulle von Sankt Willie Gorman, der nichts mehr sah und es nicht schaffte, die schreiende Last von seinem Horn abzuschütteln, fiel in einen wütenden Galopp, der schon eine Sekunde später zu Ende war, als er in den tiefen Graben neben der Straße stürzte. Das Horn tat den Eingeweiden von Considines Frau das an, was der bohrende Stock eines Jungen im Frühjahr Froschlaich antut. Es riss ihr den Magen heraus. Nachdem der Bulle ein paar Mal auf ihrem Gesicht herumgetrampelt war, stieg er aus dem Graben und galoppierte, an einem Horn ein flatterndes, blutiges Band, die Straße entlang.

Einen Tag später legte Considine diskret das Stück purpurfarbenen Gedärms, eingewickelt in Butterpapier, in ihren Sarg in dem frommen Glauben, dass alle Körperteile am selben Ort verwesen sollten, damit am Jüngsten Tag der Körper so vollständig wie möglich wieder auferstehen konnte. Trotz seines Eifers war Considine jedoch nicht überzeugt von der Unversehrtheit des Körpers seiner Frau. Weil er ein solcher Pechvogel war, sorgte er sich, dass er vielleicht eine Niere nicht bemerkt hatte, die auf dem Grund des Grabens gelegen hatte und inzwischen von einem hungrigen Hund gefressen worden war, dessen Gaumen sich an dem zarten Uringeschmack ergötzt hatte.

»Wenn Gott seine Hand von dir abzieht, kannste gar nix nich machen. 's war nur natürlich, dass der Bulle sie am Ende gekriegt hat. Das Einzige, was mir überrascht hat, war, dass ich's nich war, der an seim Horn gebaumelt is. Ich hätts verdient, sie nie un nimmer. Das Schlimmste, was sie je getan hat, war im Bett furzen.«

O'Leary betrachtete noch immer das Bild mit den beiden Küken, als ihm bewusst wurde, dass Considine gesprochen und seine Frau wieder ausgegraben hatte. Doch bevor der Doktor ihm den Spaten aus der Hand reißen konnte, sagte Considine: »Hab ihr das Bild geschenkt, zwei Wochen bevor das Kind geborn wurd. Blaues und rosa Band, nur um ganz sicherzugehn. War alles, wasse behaltn hat, als das Kind gestorbn war. Alles andre hatse verbrennt.«

Dr. O'Leary fragte sich, ob diese neue Enthüllung wieder nur ein Stück Scheiße war. Und während seine abwehrenden Worte Considines begeisterte Exhumierung stoppten, beschloss er die Angelegenheit nicht weiter mit dem Patienten zu besprechen, sondern Puta Keegan danach zu fragen.

Er fixierte Considine mit seinem lähmend professionellen Blick und fragte: »Geht es Ihnen schlecht, Ken?«

Die plötzliche Frage traf Considines Gedankengang

mit der Breitseite und er brauchte einen Moment um damit zurechtzukommen. Noch begrub er Tochter und Ehefrau. Bevor sein Gehirn Zeit hatte zu ordnen, platzte er heraus: »Ich sitz in eim schwarzen Loch, Herr Pfarr-ich-mein-Dok-ter.«

»Sie haben wieder getrunken, Ken«, sagte O'Leary ohne jeden Vorwurf und wies auf die leeren Bierflaschen in der Vitrine, die einzigen Dinge, die seit seinem letzten Besuch ihren Standort geändert hatten.

»Nurn paar Flaschn Ale, Herr Pfarrer, un ich habse getrunken, als ich schon im Loch war, ich mein Dokter.« Considines Kopf rollte auf seinen Schultern herum wie der Ball auf der Nase eines Zirkusseehunds. Schließlich hörte er auf zu rollen. Considines Kinn ruhte auf seiner Brust. Müde und mit selbst verschuldeter Verzweiflung sagte er: »Wenn ich 'n Gewehr hätt, erschießn tät ich mir.«

Voller Unbehagen rutschte O'Leary auf dem durchlöcherten Rattansitz herum. Er fühlte sich ausgenutzt, war stocksauer. Doch trotz seines Unbehagens interessierte sich ein Teil seines Gehirns für die Situation, vor die Considine ihn soeben gestellt hatte. Er glaubte, dass Considine ihm etwas anderes sagen wollte, als dass er sterben wolle. Aus früheren Erzählungen wusste O'Leary längst, dass Considine sich wünschte etwas ändern zu können, was vor langer Zeit geschehen war – lange bevor der Bulle von Sankt Willie Gorman seiner Frau den Bauch aufgeschlitzt hatte. O'Leary vermutete, dass er in diesem Augenblick vielleicht wieder an dieses Ereignis dachte. Die Aussicht ein altes Geheimnis zu erfahren, das jahrelang in der Brust eines anderen Menschen geeitert hatte, erschien ihm sehr aufregend.

Der Doktor betrachtete Considine. Er sah immer noch dasselbe graue Haar, das in dicken, breiten Wellen von der Stirn wegwuchs. Es war seit Tagen ungekämmt. Die pergamentartige Haut wirkte eher zerknittert als runzlig. Es waren die überraschend schwarzen Brauen, die dieses Gesicht kennzeichneten, die schwarzen Brauen und die schrecklichen braunen Augen. Considine hatte sich seit einer Woche nicht mehr rasiert und die grauen Stoppeln gaben ihm das Aussehen eines zwei Tage alten Leichnams. Das ehemals weiße kragenlose Hemd war schmutzig und stand bis zum dritten Knopf offen. Die Hände in den Taschen hatte er sich fest in seinen Gabardinemantel gewickelt, die eine in der Tasche steckende Hand im Schritt über die andere gelegt. Von seiner Hose, die früher einmal jede beliebige Farbe gehabt haben konnte, war nur ein kleines Stück sichtbar. Die Ansammlung von jahrelangem Schmutz, Schweiß, Speichel und Schnodder hatte ihr einen wasserdichten Glanz verliehen. Seine grünen Gummistiefel, mit alten Dreckstreifen verschmiert, reichten ihm bis an die Knie.

Die Lippen verzogen, als hätte er eben einen toten Hund geküsst, starrte Considine auf den Knoten von O'Learys Krawatte.

»Meinen Sie nicht, es ist besser zu leben als tot zu sein, Ken?«, fragte der Doktor.

Considine antwortete nicht, starrte nur weiter die Krawatte des Arztes an. O'Leary räusperte sich leise, bereitete sich auf eine nächste Frage vor. Aber Considine sah, dass sich der Adamsapfel hinter dem Krawattenknoten bewegte, und er sagte: »Ich hab mal was getan mit drei andern und geschwört, ich sags nie keim.« Er sah dem Doktor in die Augen. »Sonst sterb ich am nächsten Tag.«

Der Doktor glaubte nicht mit anhören zu können, dass Considine und seine Freunde hinter einer Hecke ein Schaf gevögelt hatten – oder was die vier Tölpel sonst angestellt haben mochten. Er konnte ohne zurückzuschrecken jede Öffnung von Considines Körper untersuchen, aber die gefährliche Position des Betrachters von Considines Seele verlangte eine andere Objektivität, die der Doktor seiner Meinung nach nicht aufbringen konnte.

Lange Zeit saßen sie schweigend in der Küche und der Doktor fragte sich schließlich, ob er es noch länger fertig bringen würde, nicht aufzustehen und zu gehen. Doch sein Gefühl für Anstand sagte ihm, dass er Considine täuschte, dass er die Rolle des Priesters spielte, seine lüsterne Neugier befriedigte, mit vorgestrecktem Hals gaffte, während eine lang begrabene, schändliche Tat ans Licht drängte.

»Wenn ich Ihn' was sag, versprechen Sie's keim nich weiterzusagn?«

Dr. O'Leary schaute über die Schulter aus dem Fenster. Hätte man ihn gefragt, was er durch die schmutzige Scheibe sah, er hätte es nicht sagen können. Der Blick über die Schulter war ein nervöser Tick aus seiner Jugendzeit, als er Angst gehabt hatte jemand könne ihn erwischen, wenn er im Schuppen hinter seinem Elternhaus in Dublin onanierte. Er wusste, er spielte mit Considine.

»Se müssn versprechn, Herr Pfarrer-Doktor. Se müssn schwörn.«

Die glänzenden braunen Schuhe des Doktors bewegten sich auf dem schmutzigen Fußboden. Sein

Hintern sagte ihm genau, wo das Rattangeflecht des Stuhls durchlöchert war.

»Ich schwöre«, sagte er und etwas in seinem Hals widersetzte sich den Worten.

»Sagn Se, ich schwör zum Gott.«

Wie ein Junge, der in einen Geheimbund aufgenommen wird, wiederholte Peter O'Leary, Doktor der Medizin, leise die magische Formel, die das verschlossene Tor öffnen würde.

Augenblicklich, wie ein plötzlich befreiter Strom, flossen die Worte aus Considines Mund: Wie er mit drei anderen Wachmännern Tony Donaghue eines Nachts in Duneamon in der Kaserne in einem Ausguss ertränkte und wie Considine Kelly die Hand auf die Schulter legte und hochsprang und sich auf Donaghues Kopf setzte und wie Magee sagte Donaghue werde sagen dass er Kit Foley ermordet habe wenn sie ihn nur halb ertränkten und da waren Magee und Considine und Kelly und Collins sie vier und Magee war der Sergeant und Considine der Jüngste und Magee hockte die Arme um Donaghues Fußknöchel geschlungen auf dem Fußboden und die beiden anderen drehten Donaghue jeweils einen Arm auf den Rükken und zwei Jahre später fiel Magee in Sligo vom Fahrrad und spaltete sich den Schädel und Kelly schoss sich auf der Kaninchenjagd selbst in die Brust als die Flinte losging während er sich auf einem Berg in Wicklow durch eine Hecke zwängte und Collins soff sich blind und blöd und ertrank in einem Wassergraben in Cork und deshalb starb jetzt auch Considine und sie waren alle verflucht verflucht von Gott und dabei wollten sie Donaghue nur zwingen zu sagen er hätte es getan und als er es nicht sagte und ertrank sagten die vier er hätt's gesagt und Magee hatte es ihnen aufgetragen und dann hatten Kelly Collins und er selbst den Leichnam in den Fluss geworfen.

Als Considine geendet hatte, sah er den Doktor so wütend an wie sein Alter und seine Schwäche es zuließen, voller Trotz, denn der Doktor sollte ja nicht wagen ihm nicht zu glauben und er sollte auch ja nicht wagen hinauszustürzen und allen zu erzählen, was er eben gehört hatte. Stolz war in dem wilden Blick, mit dem er O'Leary ansah, als bilde er sich etwas darauf ein, dass er derjenige war, den Gott erwählt hatte für seine Sünde zu leiden. Nicht Donaghue war das Opfer, nein. Considine war Opfer und Märtyrer zugleich.

Dann sprang O'Leary auf, als habe jemand einen Eimer voll heißer Kartoffeln in seinen Schoß geleert. Der Stuhl fiel um und gab einen fast musikalischen Ton von sich, als das leichte Holz auf den Zementboden traf.

»Warum haben Sie mir das erzählt?«, schrie O'Leary. »Das hätten Sie beichten müssen!«

»Hab's gebeichtet«, sagte Considine.

»Warum, zum Teufel, haben Sie es dann mir erzählt? Ich will diese Scheiße nicht wissen. Was soll ich damit anfangen? Warum erzählen Sie es nicht den verfluchten Polizisten?«

»Pfarrer Keegan hat nich zugelassn, dass ich's noch mal sag, un eim musst ich's sagn, bevor ich sterb, nur für den Fall.«

»Für was für einen Fall?«, brüllte O'Leary. Ihm war bewusst, dass er einen Sterbenden anbrüllte, doch es war ihm egal. Der Mistkerl verdiente angebrüllt zu werden.

»Nur fürn Fall, dass ich nich richtig hab gebeicht.«

»Oh, Sie verfluchter Kerl! Was soll ich denn nun tun, da ich weiß, dass derjenige, der Kit Foley ermordet hat, noch immer herumläuft?«

»Se könn gar nix nich tun, weil Sie geschworn ham nix zu sagn.«

»Aber ich *weiß* es jetzt, Sie großer, verfluchter Narr! Ich bin Arzt, kein Priester!«, donnerte O'Leary. Er schnappte sich die Arzttasche vom Küchentisch und marschierte hinaus.

6. *Kapitel*

Fünfte Fastenwoche

Mittwoch, 13.30 Uhr

DIE RECHTECKIGE UHR aus Chrom und Glas, die auf dem marmornen Kaminsims stand, gab ein schwirrendes Geräusch von sich, sammelte ihre Kraft um die halbe Stunde zu schlagen. Seit kurz nach eins hatte Pfarrer Keegan auf dieses Geräusch gewartet. Er hatte die Brille nicht auf und sah das Zifferblatt der Uhr mit den römischen Ziffern und den beiden Schlüssellöchern nur verschwommen. Er hörte, wie der Mechanismus das Hämmerchen hob, und hörte das Klicken, bevor es fiel.

Die Mitglieder seiner Gemeinde in Manchester hatten ihm vor zweiunddreißig Jahren diese Uhr geschenkt. Sie schlug gerade, als die Lady mit den dikken Armen sie ihm überreichte, und sie hatte gesagt: »Bing! Bing Crosby.« Alle hatten gelacht. Es waren fast ausschließlich Frauen, nur ein oder zwei Männer. Immer waren es Frauen, die den jungen Priester umringten, Sohn für die älteren, Onkel für die jüngsten, ungefährliche Fantasie für die dazwischen.

Das Schlagen der Uhr hätte Pfarrer Keegan wecken sollen, der, die Füße auf dem Betkissen, in einem schwarzen Lehnstuhl ruhte. Doch er hatte überhaupt nicht geschlafen.

Seit Maura Gilligan ihm nach der Zwölf-Uhr-Messe ihre Neuigkeit überbracht hatte, beschäftigten sich die Gedanken des Priesters mit Frank Molloy. So wie ein rasch vorbeischießender Hecht Schlamm vom Grund eines Sees aufwirbelt, hatte Maura Gilligans Klatsch beunruhigende Erinnerungen geweckt. Frankie Molloy hatte sich in einen tanzenden Derwisch verwandelt, der durch die Synapsen von Keegans Hirn wirbelte.

Frankie, ein engerer Freund als es ein Bruder je sein konnte, hatte Davinkill als frisch geweihter, enthusiastischer Priester verlassen. Doch er hatte sich sein Priestertum aus dem Herzen gerissen und es der Kirche ins Gesicht geworfen. Die Leute im Dorf empörten sich noch mehr, als Frank mit einer Frau zusammenzog, die nicht einmal katholisch war, sie später heiratete ohne die Kirche zu befragen und auch mit ihr Kinder bekam – Bastarde nach der in Davinkill vorherrschenden Meinung. Genauso gut hätte er schreien können: »Steckt euch die Kirche in den Arsch!« Frankies Mutter und sein jüngerer Bruder Gregory waren tief beschämt gewesen.

Mit einem Ruck setzte sich Pfarrer Keegan im Lehnstuhl auf. Er legte die Hände auf der Brust zusammen und presste die Fingerspitzen an die Lippen. Frankies Verrat am Priestertum, Frankie, der in Keegans Erinnerung einen ganzen Haufen von Zurückweisungen kassiert hatte, Frankie zog die Aufmerksamkeit auch auf Keegan.

Keegan wusste, dass in der Seele eine jeden Priesters Zweifel schlummern wie Bodensatz in einer Flasche Wein. Und der abtrünnige Priester wird für den loyalen immer eine Bedrohung sein – das Licht der Gewissheit des Abtrünnigen beleuchtet die verborgenen Zweifel des Loyalen. Mit den Jahren hatte Pfarrer Keegan seine Bedenken mit dem Fuß unter einen Teppich aus Furcht und Scham befördert, wo gesellschaftlicher und kirchlicher Druck sie platt gewalzt hatten. Da die Zweifel sicher verstaut waren, hatte er keinen Grund gehabt für sich selbst eine Entscheidung zu treffen.

Der Priester schauderte, als er sich erinnerte, was geschah, als Frankie beschlossen hatte die Frucht vom Baum der Erkenntnis zu essen. Seine persönliche Entscheidung hatte dazu geführt, dass er gefährlich abrutschte, immer tiefer rutschte. So sicher wie die Zeremonie der Ordination einen jungen Mann durch viele gesellschaftliche Schichten nach oben beförderte und ihm sofort Zutritt in eine privilegierte Welt verschaffte, den er sich mit Leichtigkeit durch eine tägliche Dusche erhalten konnte, so sicher konnte der Abfall von der Kirche einen Mann aus den vertrauten Kreisen schleudern – den Kreisen, in denen er strahlend geleuchtet hatte – und ihn in eine Leere stürzen, in der er nicht nur ohne Freunde war, sondern in der er nur auf unverhüllte Feindseligkeit stieß.

Oh Jesus. Und wie Keegan sich von seinem Freund abgewandt hatte. Er war taub, einfältig und schwach gewesen, denn er ließ Frankie abgleiten ohne zu versuchen ihm finanziell auf die Beine zu helfen, ohne ein Wort der Ermutigung, weil er befürchtete, Kommunikation könne Kontamination bedeuten. Wie selbstgerecht war er damals gewesen, er, Keegan, der gute, streng gläubige Priester.

Diese Art zu denken war so, als ziehe man ein Stück Haut zurück und sehe darunter eine lebendige Masse weißer Maden in einer eitrigen Wunde ausschwärmen.

Pfarrer Keegan erhob sich aus dem Sessel und hörte

mit der Erleichterung eines Schläfers, der aus einem Albtraum erwacht, die Haushälterin leise an die Tür klopfen und sagen, das Mittagessen sei fertig. Einen Moment blieb er stehen und verdrängte Frankie Molloy in den Hintergrund seines Bewusstseins. Dann ging er ins Esszimmer.

Pfarrer Keegan liebte den Gedanken ein lebenswichtiger Teil des Dorfes zu sein. Aber er hielt sorgfältig Abstand von den Menschen, einen Abstand, den er selbst gewählt hatte und eifersüchtig überwachte. Nur zwei Leute in Davinkill nannten ihn beim Vornamen.

Obwohl er sich so fern hielt, hatte der Priester zu jeder Zeit des Tages eine ziemlich genaue Vorstellung davon, wo die meisten Mitglieder seiner Gemeinde sich aufhielten. Daher wurde es drei Uhr, bis er sich sagte, dass Gregory und Elisabeth Molloy nun gegessen haben würden. Er verließ das Pfarrhaus um die beiden in Roongarry aufzusuchen.

Bevor er durch die Hintertür hinausging um seinen Wagen zu holen, sagte er der drallen, verwitweten Mrs Westman, wohin er fuhr. Er wusste nicht, ob seine Haushälterin schon Maura Gilligans Klatsch gehört hatte, aber selbst wenn das der Fall war und Mrs Westman einen Zusammenhang zwischen dem Klatsch und Pfarrer Keegans Besuch bei Molloys Bruder sah, ließ sie sich weder im Ton noch durch das Hochziehen einer Braue etwas anmerken. Der Geistliche hatte sie seit langem darauf gedrillt, zu Gemeindeangelegenheiten nichts zu sagen, weder verbal noch durch Körpersprache. Doch gleichgültig wie sehr sie sich aus allem heraushielt, Keegan fürchtete noch immer, sie könnte ein Guckloch in sein Haus sein. Daher sagte er nie etwas, tat nie etwas, ließ nie etwas herumliegen, das zur Grundlage für Klatschereien werden konnte.

Dem Kalender nach war es der letzte Tag im März und dem Wetter nach ein x-beliebiger Märztag. Der Priester liebte das Wetter mit dem aufmüpfigen Wind, der wild aus allen Richtungen blies. Er liebte das streitsüchtige Krächzen der Krähen in der abgestorbenen Ulme hinter der Mauer des Obstgartens. Ihr Nestbauinstinkt war nach einer Woche milden Wetters hellwach. Noch ein stürmischer Tag wie dieser mochte ihren Eifer dämpfen, aber ihr Blut würde nicht mehr abkühlen, nachdem es einmal im gebieterischen Rhythmus des Frühlings kreiste. Als Pfarrer Keegan durch den vertrauten Hof ging, hüpfte eine trotzige Krähe mit starrem Blick vor ihm her, den stumpfen Schnabel voller Zweige und kleiner Stöckchen.

Der Pfarrer durchschritt den offenen Torbogen der Scheune, in der sein Wagen stand. Obwohl irgendwo im Schatten der Irish Setter winselnd um Aufmerksamkeit bettelte, schweifte der Blick des Priesters von seinem Wagen zu den Dachsparren hinauf. Noch bevor er sie sah, wusste er, dass sie wieder da waren. Er hörte sie zwitschern.

Verdammte Spatzen!

Jedes Jahr bauten sie ihre Nester da, wo früher, als es noch Pferde gegeben hatte, der Heuboden gewesen war. Jetzt verrottete der Hängeboden und war voller Löcher. Bis die junge Brut aus den Nestern geworfen wurde, würde sein Wagendach der Dunghaufen der Spatzen sein. Jedes Mal wenn er die Plastikplane vom Dach des französischen Wagens zog, feuerte Pfarrer Keegan in seiner Fantasie eine Schrotladung in den

Hängeboden über sich. Doch er wusste, dies würde mehr schaden als nutzen. Und irgendwo dort oben zwischen den Spatzennestern lag ein Paar Schuhe. Wieder dachte er an Kit Foley. Kit Foley und Tony Donaghue. Um sich von der unwillkommenen Heimsuchung einer Erinnerung abzulenken, die tief in seinem Bewusstsein vergraben war, setzte Keegan viel mehr Kraft als nötig ein, als er die fleckige Plastikplane beiseite warf. Er inspizierte den Lack. Obwohl er sauber war, nahm er einen Lappen und wischte an dem polierten Metall herum, wobei Hand und Lappen sich schwach in der blauen Farbe spiegelten. Er wischte um die Türklinke herum und als er den Lappen in das Loch in der Wand zurückwarf, wurde das Winseln des Hundes eindringlicher. Ohne Hoffnung klopfte er mit dem Schwanz an die Wand der hölzernen Hundehütte. Keegan ging zu seinem Hund und gab ihm den Trost, den er suchte, kraulte ihn hinter den Ohren, bis der erhobene Hinterlauf vor Wohlbehagen unkontrollierbar zu zittern begann.

Als er zum Wagen zurückging, hörte er den zufriedenen Hund in der Dunkelheit mit den Pfoten sein Strohlager zurechtscharren.

Um die vertrauten Löcher im Hinterhof herum fuhr der Priester zu dem offenen Torbogen in der Mauer des Pfarrhauses.

An der üblichen Stelle nahm er den Fuß vom Gas und der Wagen blieb, ohne dass Keegan auf die Bremse trat, kurz vor dem Fußweg stehen. Behutsam tippte der Pfarrer wieder das Gaspedal an und die Schnauze des Wagens schob sich sehr vorsichtig hinaus, da die Sicht des Fahrers hier behindert war und er nicht sah, was vor ihm war.

Als er durch den Torbogen glitt, blickte Pfarrer Keegan nach rechts und erschrak, als dicht vor seinem Gesicht zwei großäugige Gesichter auftauchten. Zwei der jüngeren Culliton-Tunichtgute gafften ihn an. Beide trugen einen Schulranzen auf dem Rücken. Die Mäntel waren ihnen so grob übergestreift worden, dass die nach innen geklappten Krägen und die verdrehten Ärmel dem Priester Juckreiz verursachten.

Einer der Jungen ließ einen Redeschwall los, der sich anhörte wie: »Mr Kelly hat Mr Fayne heut Morgen eins aufs Aug gehauen und überall war Blut, Herr Pfarrer.«

Die Wimpern des Jungen waren noch von der vergangenen Nacht verklebt, sein Haar war ein wildes Stachelnest.

Pfarrer Keegan hielt den Wagen an. »Was hast du gesagt?«, fragte er, nicht etwa weil er das Kind nicht verstanden hätte, sondern um ausreichend Zeit zu gewinnen um auf das, was er gehört hatte, angemessen zu reagieren. Kelly und Fayne waren Lehrer an der Knabenschule. Fayne war der Rektor. Kraft seines Amtes war Pfarrer Keegan leitender Direktor der Knaben- und der Klosterschule. Als leitender Direktor war er Faynes Vorgesetzter.

Der Junge, der nicht gesprochen hatte, stupste seinen Bruder mit dem Ellenbogen. Sie sahen sich gegenseitig an und flohen – wirbelnde Beine, Füße, flatternde Mäntel mit auf den Schultern auf und ab hüpfenden Schulranzen. Pfarrer Keegan öffnete den Mund um sie zurückzurufen, überlegte es sich dann jedoch anders.

Die Geschichten, die die Jungen erzählen, sind so übertrieben, der Kern der Wahrheit oft schwer zu finden.

Während er sich noch fragte, ob es nötig sein würde, sich Fayne wieder einmal vorzunehmen, hob der Priester den Fuß von der Kupplung und fuhr in die Pearse Street hinaus. Er bog links ab. Die Gedanken an Fayne waren Nadelstiche in seinem Gehirn.

Auf den Fußwegen zu beiden Seiten der Straße tummelten sich Schulkinder auf dem Heimweg. Ständig der intimen Entblößung des Allzumenschlichen ausgesetzt war Pfarrer Keegan mit den Jahren immer zynischer geworden. Doch die Kinder konnten ihn immer noch ablenken. Ihre Unschuld, gleichgültig, wie widerwärtig ihr Benehmen, war immer wieder rührend. Sie beschimpften sich mit einer Frische, die die böse Absicht überwog. Und in ihren wilden Geschichten steckte mehr von ihren eigenen Ängsten als von Tatsachen.

Einige Kinder erkannten seinen Wagen. Sie winkten ihm und die Jungen legten salutierend die Hand an die Stirn. Die Mädchen, die ihn sahen, neigten den Kopf.

Hier bin ich, der Privilegierte, der die Hochrufe seiner Untertanen erwidert.

Als er zu Connor's Corner kam, wo die beiden größten Straßen des Dorfes sich kreuzten, hielt er an und wartete ab, bis eine weit auseinander gezogene Reihe von Jungen über die Fahrbahn gezockelt war. Connor's Corner war auch an den besten Tagen eine windige Stelle und die Jungen sahen genauso zerzaust aus wie die vom Wind zerrupften Krähen in Pfarrer Keegans Hinterhof. Eine kühle Brise blies über den Priester hinweg und er begann sein Fenster hinaufzukurbeln. Während die Scheibe hinaufglitt, hörte er eine schrille Stimme: »Es war Fayne, der geblutet hat!«

Der Priester blickte auf, doch der Schreihals steckte in der Menge. Die dahintrottenden Kinder sahen aus wie eine Wäscheleine voller Mäntel und Mützen.

Vielleicht war etwas dran an dem, was das dreckige Culliton-Kind gesagt hat. Dieser verdammte, dämliche Fayne. Jedes Treffen mit ihm artet in eine Auseinandersetzung aus.

In der Reihe der Jungen entstand eine Lücke und der Schulrektor bog über die Kreuzung in die Downs Road ein.

Bill Fayne ist ein Narr und Michael Kelly ein Irrer.

Je offensichtlicher es wurde, dass Fayne ein Riesenesel war, desto weiter standen seine Zähne vor und desto dicker wurden seine Brillengläser.

Wie konnte die Schulbehörde nur einen solchen Esel zum Rektor ernennen! Auf dem Papier war er gut. Wenn sich nur jemand die Mühe gemacht hätte eine halbe Minute mit ihm zu sprechen, bevor er ernannt wurde.

Fayne hatte den gesellschaftlichen Schliff eines hungrigen Ochsen vor der Futterkrippe. Er hatte keine Ahnung, wie man unterrichtete. Erst vor einigen Wochen hatte er die Seiten aus zwei Geometriebüchern herausgeschnitten um zu zeigen, dass zwei Dreiecke identisch waren. Eine Seite über die andere legend hielt er sie vor dem Fenster in die Höhe, damit die Schüler sehen konnten, dass die Dreiecke einander absolut glichen. Eines der verstümmelten Schulbücher gehörte dem Sohn von Bankdirektor Tom Bergin, einem von Keegans Golfpartnern. Bergin war über die Zerstörung des Schulbuchs, das er bezahlt hatte, fast ebenso verärgert wie über Faynes Methode die Gleichheit von Flächen zu beweisen, die von gleich langen Linien umschlossen waren. Als Pfarrer Keegan mit Fayne über Bergins Beschwerde gesprochen hatte, war die Aussprache schnell zu einem Wettbewerb entartet, bei dem es darum ging, wer den anderen tiefer verachten konnte, ohne dass es so aussah, als sei es persönlich gemeint.

Der andere Lehrer, Michael Kelly, war ein übererregbarer Mann und Keegan hatte seine eigenen Theorien darüber, warum Kelly immer am Rand eines Nervenzusammenbruchs dahintaumelte.

Erstens war da seine Frau mit dem grellen Make-up und den gefärbten Haaren. Sie sprach nur mit Leuten, die ihr gesellschaftlich gleichgestellt waren oder über ihr standen. Der Priester vermutete, dass Mrs Kelly mehr Geld für Kleider und Schminke ausgab, als das Gehalt ihres Mannes vertrug.

Dann gab es die vier Töchter mit den exotischen Namen: Dympna, Georgina, Griselda, Cynthia, alle noch Teenager. Ihre schön entwickelten Körper waren für jedes weibliche Wesen im Dorf eine Quelle boshaften Neides und ihr Vater misstraute jedem Mann, der zu einer Erektion fähig war.

Zum Schluss war da noch die Tatsache, dass Kelly Fayne zum Boss hatte.

Als Pfarrer Keegans Gedanken sich mit den Körpern der Kelly-Mädchen beschäftigten, stellte er sich eine geheimnisvolle Schönheit und Vollkommenheit vor, wie sie nur in einer unerfahrenen Fantasie existieren konnte. Hätte man sie ihm erzählt, er hätte nicht gewusst, wo der Witz in der Geschichte von dem Blinden lag, der den Hut lüftete, als er an einem Fischgeschäft vorüberging, und sagte: »Guten Morgen, Ladys.«

Der Traktor von Sankt Willie Gorman kam laut ratternd über den Kamm des kleinen Hügels bei Cullens

Laden. Blauer Rauch entwich in dichten Schwaden dem langen Auspuffrohr und das Donnern des Motors erweckte den Eindruck großer Geschwindigkeit. Zusammengesunken hockte der heilige Willie Gorman auf dem Sitz, der leere Dungstreuer hinter dem Traktor war so dick mit getrocknetem Mist bedeckt, dass man seine ursprünglich rote Lackierung bestenfalls noch erahnen konnte. Als er den Wagen des Priesters sah, lüftete Sankt Willie Gorman den Hut und der Traktor geriet gefährlich schwankend auf die andere Seite der Fahrbahn. Pfarrer Keegan erwiderte den Gruß in stark abgeschwächter Form, indem er zwei Finger vom Steuer hob. Dann verschwand Sankt Willie Gorman in einer Wolke aus Lärm und Rauch.

Die Körper der weiblichen Kellys erschienen wieder in Pfarrer Keegans Kopf und vertrieben den heiligen Willie Gorman, doch auch sie wurden rüde und gewaltsam vertrieben, als plötzlich eine Autohupe so wütend gellte, dass er einen Augenblick glaubte, es werde jeden Moment krachen. Seine Füße und Schweißdrüsen reagierten gleichzeitig, als er sah, dass der verdreckte Wagen der Saugerin Gilligan darauf wartete, aus der Davinkill Road hinauszufahren. Sie lächelte und winkte und es war offensichtlich, dass sie gehupt hatte um ihn auf sich aufmerksam zu machen.

Mit rasendem Herzen und juckenden Poren erwiderte Pfarrer Keegan mit einer schwachen Geste ihr Winken.

Schwören könnte man darauf, dass mit uneingeschränktem Ablass belohnt wird, wer einen Priester grüßt. Doch sie war gar nicht daran interessiert, mir zu winken. Sie wollte mich nur wissen lassen, dass sie weiß, dass ich ihren Klatsch ernst nehme und handle. Sie glaubt zu wissen, wo-

hin ich fahre. Wenn diese Frau stirbt, werde ich genauso erleichtert sein wie damals, als das Duggan-Frauenzimmer starb. Aber bestimmt wartet schon jemand darauf, in ihre Fußstapfen als lästigste Person in der Gemeinde zu treten.

Bin ich es oder sind sie es? Ich hoffe zu Gott, dass ich es nicht bin. Dieser schmutzige Wagen!

Bilder vom Golf spukten durch das geistliche Gehirn, als Pfarrer Keegan die Maybridge Road passierte. Das Einzige, was seine Leidenschaft für Golf unter Kontrolle hielt, war die Angst, die Leute könnten darüber reden, wie viel Zeit er beim Golfspiel verbrachte. Ein Satz Schläger lag immer im Kofferraum seines Wagens für den Fall, dass sich die Gelegenheit zu einer Runde ergab, wenn er sich außerhalb seiner Gemeinde aufhielt. Einmal war er in einem Golfklub gelandet anstatt am anderen Ende der Diözese an der Beerdigung eines alten Priesters teilzunehmen – es war das Extremste, zu dem er sich jemals durch seine Besessenheit hatte hinreißen lassen.

Kit Foley drängte sich in seine Gedanken, obwohl er sich bemühte sie zu vergessen. Sie lag auf dem Golfplatz im Gras und als er sich zu ihr schleppte, schienen seine Füße in Bleischuhen zu stecken.

Überrascht sah er die Roongarry Road plötzlich vor sich auftauchen und seine Reifen protestierten, als er zu hastig nach links abbog.

Der Wagen nahm die ganze Breite der schmalen Straße ein. Im zweiten Gang lenkte der Priester ihn zwischen unbelaubten Hecken vorsichtig um die Kurven. Auf schmalen Landstraßen hatte er immer Angst, ein Tier könne über eine Hecke springen und gegen die Flanke seines Wagens prallen oder ein Traktor könne um eine Ecke schwanken. Langsam fuhr er an der bröckelnden Ruine eines längst verlassenen Cottages vorbei. Die Stummel gelber Lehmmauern ragten wie faulende Zähne halb versteckt zwischen den Stängeln der Nesseln vom vergangenen Jahr hervor.

Gregory Molloys Haus lag am Ende des Sträßchens, der Farmhof und die Stallungen waren von einer drei Meter hohen Mauer umgeben. Pfarrer Keegan hielt den Wagen genau vor dem soliden grünen Tor an. Er stieg aus und der scharfe Märzwind zerrte an ihm. Der Pfarrer stellte den Mantelkragen auf und zog sich den Hut tief in die Stirn.

Als Keegan durch das Tor ging, betrat Gregory Molloy aus der Küche kommend den gepflasterten Hof. Er war für die Stadt angezogen und hatte den Autoschlüssel in der Hand. Als er das Tor zufallen hörte, blickte er auf. »Eddie! Ich war eben auf dem Weg zu dir. Frankie ist nach Hause gekommen.«

7. Kapitel

Fünfte Fastenwoche

Mittwoch, 15.00 Uhr

»FRANKIE IST NACH Hause gekommen.«

Pfarrer Keegan vermutete, dass Gregorys beiläufiger Ton das Glitzern stählernen Sonnenlichts war, das von einer winzigen Unruhe in einem stillen Wasser zurückgeworfen wird, Sekunden bevor ein zorniger Wal die Oberfläche durchbricht.

»Deshalb bin ich hier. Mrs Gilligan hat es mir heute Vormittag erzählt«, sagte Keegan und ging auf Gregory zu.

»Ich habe sie gestern Abend getroffen und ich habe noch nie zuvor erlebt, dass sie mit ihren Hunden hier spazieren gegangen wäre«, antwortete Gregory. »Sie genießt das Missgeschick anderer Leute. Komm rein und trink eine Tasse Tee mit mir.«

Pfarrer Keegan war sich seiner Grenzen im Hinblick auf die Erwartungen seines Gemeindemitglieds, das einen hilfreichen Rat von ihm erhoffte, sehr genau bewusst. Ohne große Begeisterung folgte er Molloy zur Küchentür.

Obwohl die Molloys in dem Priester einen Freund der Familie sahen, hielt er sie, wie alle Leute in Davinkill, gewissermaßen auf Armeslänge von sich fern. Nur wegen seiner Freundschaft mit Frankie erlaubte er Gregory und Elisabeth ihn beim Vornamen zu nennen.

Keegan liebte das Haus der Molloys. Es war eine willkommene Abwechslung nach den anderen Häusern der Gemeinde, in denen es nach Kohlenrauch roch, schmutziges Geschirr herumstand, die Fußböden dreckig waren, in denen Wäsche herumlag und die von rotznasigen Kindern überquollen. Der einzige Grund, der ihn daran hinderte, die meisten Leute von Davinkill als ungehobeltes Bauernpack zu bezeichnen, waren sein Schuldgefühle, weil er sich für etwas Besseres hielt.

Obwohl er schon viele Male in dieser Küche gewesen war, beeindruckte sie ihn auch jetzt wieder, als er sie, geführt von seinem reichsten Gemeindemitglied, betrat. Was den Priester am meisten beeindruckte, war vielleicht die Tatsache, dass es in der Gemeinde kein zweites Haus wie dieses gab. Oder dass dieses Haus Reichtum verriet in einem Land, in dem Reichtum nie zur Schau getragen wird, weil sich sonst eine Lawine ärmerer Verwandter und gieriger, hydraköpfiger Wohltätigkeitsorganisationen darauf stürzt wie ein Schwarm Schmeißfliegen auf ein Stück verwesendes Fleisch.

Durch mehrere kleine Fenster in breiten Kirschholzrahmen in der West- und Nordwand der Küche fiel funkelndes Licht auf die Kirschholzschränke. Über der Arbeitsplatte aus synthetischem Marmor hob sich von den Fensterwänden ein schwanenhalsiger Wasserhahn ab, der über das Doppelspülbecken in gebrochenem Weiß hinausragte. Unter der Marmorplatte waren hinter Kirschholztüren der Abfalleimer, die Spülmaschine und der Müllzerkleinerer untergebracht. Der sechsflammige Gasherd schloss sich an einen großen, zweitürigen Kühlschrank an und neben dem Kühlschrank war an der Wand ein kombinierter Toaster und Mikrowellenherd angebracht.

Es sind Gregorys Reichtum, sein Erfolg, die ihn zur Zielscheibe machen. Dieser Spott, den seine Mutter erduldete, als Frankie in seinem Wirbelwind der Schande in Amerika unterging, sie, die sich um ihr Kind härmte, während alle anderen sich einen Spaß daraus machten. Es war ein großer Tag für diejenigen, die den Erfolg bei allen hassen, nur nicht bei sich, die selbst noch auf der gesellschaftlichen und finanziellen Ebene ihrer Großeltern stehen. Zum Schneiden dick waberten Spott und Hohn in der Luft.

Töpfe und Pfannen mit Kupferböden, Siebe und andere Küchenutensilien hingen an Deckenbalken. Ein großer Tisch mit sechs Stühlen ließ im Raum noch genügend Bewegungsfreiheit. In der Mitte spiegelte sich in der glänzenden Tischplatte ein Arrangement aus Trockenblumen in einem Korb aus Waterfor-Kristall.

Der Hohn ist schon wieder im Anmarsch. Maura Gilligan, Eselin mit einem Bündel stachliger Disteln unter dem Schweif, schreit die Neuigkeit von Frankies Rückkehr in der ganzen Gegend herum, gräbt einen längst begrabenen Leichnam aus und wirft ihn auf die Straße. Sie alle werden ihren zweiten Kick genießen und den Klatsch hinauskrähen wie Gockel.

Zwei Sofas mit solider blauer Polsterung standen einladend an der Wand gegenüber der Arbeitsecke. Eine hellblaue Tapete mit kleinen Blüten gab der Küche die Atmosphäre eines heiteren Sommertags. Die mit braunem Kalk ausgegossenen Fugen zwischen den italienischen Bodenfliesen in gebrochenem Weiß schienen zum gegenüberliegenden Ende der Küche hin zusammenzulaufen. Dort gediehen mehrere Hängepflanzen.

Als die beiden Männer eintraten, blickte Molloys

neues Aupairmädchen, das in einer Nische am Computer arbeitete, lächelnd auf. Molloy stellte das errötende Mädchen als Claudine Duchosal aus Charrot in der Schweiz vor. Etwas in ihrem Gesicht – die Kinnlinie vielleicht oder die Form der Nase, der Schnitt des Mundes, er wusste nicht, was – löste in Pfarrer Keegans Gedächtnis explosionsartig eine Erinnerung aus, die geradezu wütend nach einer Ähnlichkeit suchte. Als das Mädchen ihn in gespreiztem Englisch anredete, forschte Keegan in ihrem Gesicht nach dem, was in seinem Kopf die Suche nach dieser Ähnlichkeit in Gang gesetzt hatte.

Während das Mädchen sprach, nahm Molloy Pfarrer Keegan Mantel und Hut ab und hängte beides an den frei stehenden Kleiderständer in der Nähe der Tür.

Claudine Duchosal trug einen schwarzen Trainingsanzug, der die Form ihres Körpers verbarg. Das glatte schwarze Haar war nicht ganz schulterlang. Ihre Nasenspitze zeigte leicht nach oben und der Zustand ihrer Zähne erlaubte ihr breit zu lächeln. Weil sie Schweizerin war, vermutete Keegan, dass die frische Bergluft für ihre schimmernde Haut verantwortlich sei. Sie wirkte reifer als eine Siebzehnjährige.

Nachdem Claudine ihre mündliche Englischübung beendet hatte, bat Molloy sie Tee zu machen und ihn ins Wohnzimmer zu bringen.

Das Wohnzimmer war genauso kostspielig ausgestattet wie die Küche und strahlte die gleiche Wärme aus. Vor den Fenstern hingen bodenlange Vorhänge. Pferde mit überlangen Hälsen und aufgeblähten Hängebäuchen galoppierten auf gerahmten Drucken über die tapezierten Wände. Alle Pferde schienen zu lachen und ihre Reiter, dickbäuchig, mit roten Röcken, roten Gesichtern und schwarzen Zylindern, drohten alle aus dem Sattel zu rutschen. Auf dem Boden und auf Beistelltischen standen Messinglampen mit grünen Glasschirmen. Es waren genug Sofas und Sessel für zwanzig Leute vorhanden und dennoch war der Raum nicht überfüllt.

Gregory Molloy ging mit Pfarrer Keegan ans Ende des Raums, wo vier Polstersessel um einen runden, intarsienverzierten Cocktailtisch standen. In dem großen Raum war dies der Platz für vertraute Gespräche.

Gregory zeigte auf einen Sessel und sagte: »Elisabeth holt gerade die Kinder ab.« Er wählte einen Sessel auf der anderen Seite des Tischs, dem Pfarrer gegenüber.

Gregory Molloy war so mager wie ein Langstreckenläufer. Sein schwarzes Haar hatte seinen Glanz verloren, doch das Grau hielt sich noch zurück. Die Brille mit Metallfassung und kleinen Gläsern gab ihm ein intellektuelles Aussehen.

Gregory hatte nach dem Studium acht Jahre als Landtierarzt in Tipperary gelebt. Dort hatte er mithilfe seines guten Blicks und viel Glück ein Vollblutfohlen gekauft, das, als es herangewachsen war, das Grand National gewann. Plötzlich war Gregory der Eigentümer der wertvollsten Hoden in der Welt des Steeplechase. Jetzt lebte er auf der Farm, auf der sein Vater, dem Hunger immer nur einen Schritt voraus, ein Leben lang geschuftet hatte. Hätte der alte Mann von den Toten zurückkehren können, er hätte den Ort nicht erkannt, dem er auf Kosten jeder wachen Minute einen Ertrag abgerungen hatte. Aus den etwa fünfundzwanzig Hektar waren einhundertfünfundsiebzig geworden. Es gab weder Kühe noch Hackfrüchte auf der Farm. Das alte Haus und der Farmhof existierten nicht mehr. Hecken waren meilenweise platt gewalzt und durch weiße Holzzäune ersetzt worden. Fünfundvierzig hochmoderne, immer besetzte Stallboxen waren die Quelle von Gregorys unaufhaltsam größer werdendem Vermögen. Doch genauso wichtig wie sein Vermögen war es Gregory Molloy, wie die Leute aus der Gemeinde ihn sahen. Sein Vater hatte alles, was er in der Öffentlichkeit tat, von der Meinung der Nachbarn abhängig gemacht und in dieser Beziehung war Gregory ganz seines Vaters Sohn. Seine Vorstellung von dem, wie in der Gemeinde über ihn gesprochen wurde, war sein Über-Ich, mehr als sein Gewissen. Wäre seine Frau nicht gewesen, hätte Gregory noch immer in dem feuchten Haus mit den niedrigen Decken und den kleinen Räumen gewohnt, in dem seine Eltern gelebt hatten. So scharfsinnig und spitzfindig er auf geschäftlichem Gebiet war, ein Teil seiner Persönlichkeit war in den dunklen Winkeln seiner Kindheit zurückgeblieben, von der er sich nie ganz hatte befreien können.

Keegan wurde unsanft in Gregorys Gegenwart zurückgeholt, als sein Gastgeber auf das Thema zu sprechen kam, das sie zusammengeführt hatte. »Ich hätte nie gedacht, dass dieser Tag kommen würde, Eddie.« Molloy rieb sich nervös die Finger. Nach einem kurzen Schweigen sagte er, wie dankbar er sei, dass seine Eltern nicht mehr lebten, denn der Tod schütze sie vor dem Schmerz des Wissens.

Pfarrer Keegan stützte die Arme auf die Seitenlehnen des Sessels, legte die Zeigefinger aneinander und drückte sie an die Lippen. Er wusste, dass der zornige Wal gleich an die Oberfläche schießen würde.

»Ich habe gebetet, dass er wegbleibt«, fuhr Gregory fort. »Die ganze Scheiße über den abtrünnigen Priester Frankie wird aufs Neue im Ort verteilt werden wie eine Ladung aus dem Stallmiststreuer und ich bin derjenige, den die Scheiße treffen wird. Du kennst diesen Ort, Eddie. Sie lieben es, jemanden aufs Gesicht fallen zu sehen. Ich habe gebetet, dass er wegbleibt, dass alles begraben bleiben soll, auch wenn es ganz dicht unter der Oberfläche liegt.« Gregory beugte sich in seinem Sessel vor und ließ den Kopf zwischen die Schultern sinken. Blicklos starrten seine Augen in eine Vergangenheit, von der er sich vergeblich wünschte sie ändern zu können.

Es blieb lange still und dann fragte Keegan: »Glaubst du nicht, dass da irgendwo ein Widerspruch ist, Gregory?« Doch Molloy war damit beschäftigt, die Vergangenheit zu verfluchen. Er antwortete nicht.

Der Priester fuhr fort: »Wenn du an das Evangelium glaubtest, würdest du Frankie entgegeneilen und ihn mit offenen Armen begrüßen. Aber selbst wenn du nie etwas vom Evangelium gehört hättest – denkst du nicht, du solltest das gemästete Kalb endlich schlachten?«

Gregory kehrte aus der Vergangenheit zurück und sah Keegan hasserfüllt an. »Es gibt einen höllischen Unterschied zwischen dem, was ich denken sollte, und dem, was ich fühle.«

»Frankie ist dein Bruder.«

»Er hat schon vor langer Zeit aufgehört mein Bruder zu sein, Eddie, das weißt du genauso gut wie ich.« Gregory fuhr sich mit den Fingern übers Gesicht, legte sie auf dem Bauch zusammen und fuhr sich dann wieder durchs Gesicht. Plötzlich stand er auf und stieß hervor: »Für mich ist Frankie vor Jahren gestorben. Dieser – dieser Mensch, der in Miss Duggans Haus wohnt, ist nicht mein Bruder. Er ist nur eine Schande.« Gregory schlug mit der Faust auf die Lehne des Sessels, in dem er gesessen hatte. »Der Teufel soll ihn holen! Verpissen soll er sich!«

Die Aussicht gegen Gregorys Unnachgiebigkeit ankämpfen zu müssen drückte Pfarrer Keegan tiefer in seinen Sessel. Erst als er anfing sich als Schlichter zwischen den beiden Brüdern zu begreifen und nicht als Priester, von dem man fromme Sprüche erwartet, begann die schwächende Wirkung seines wurmstichigen Glaubens sich aufzulösen. Plötzlich befreit stand er auf und legte Molloy die Hand auf die Schulter. »Komm schon, Gregory«, sagte er. »Schaff die Sache aus der Welt und leb dein Leben weiter.«

Grob schüttelte Gregory die Hand des Priesters ab. Er fuhr herum und schnaubte fast vor Wut. Sein Mund war hässlich verzogen, bereit Gift und Galle zu spucken, doch bevor das erste Wort gesprochen war, klopfte es an der Wohnzimmertür. Die Tür schwang auf und Claudine Duchosal kam mit einem Tablett herein. Gregory machte Keegan ein Zeichen sich zu setzen und als der Priester wieder Platz genommen hatte, ließ sich auch Gregory nieder.

Claudine kam über die gesamte Länge des stillen Raums auf die beiden Männer zu und ihre Wangen färbten sich mit jedem Schritt röter. Sie stellte das Tablett ab und griff nach der Teekanne, doch Molloy dankte ihr und sagte, er werde selbst einschenken. Als wüsste sie, dass sie sich wie auf rohen Eiern bewegen musste, verließ Claudine das Zimmer ohne mit den Absätzen den Boden zu berühren.

Erst nachdem sich die Küchentür hinter Claudine Duchosal geschlossen hatte, nahmen die Männer ihr Gespräch wieder auf. Sie setzten gleichzeitig an, brachen ab und Pfarrer Keegan sagte: »Du zuerst.« Seine Stimme klang herausfordernd, so als wolle er sagen, Gregory solle es nur wagen, auch nur andeutungsweise einen Grund zu nennen, warum Frankie eine Schande sei.

»Ich habe Frankie vor langer, langer Zeit das Versprechen abgenommen nie wieder nach Irland zurückzukehren.«

8. Kapitel

Fünfte Fastenwoche

Mittwoch, 15.30 Uhr

DU HAST FRANKIE das Versprechen abverlangt nie wieder nach Hause zu kommen!«, rief Pfarrer Keegan. »Mir hast du erzählt, Frankie habe gesagt, dass er nie mehr etwas mit Irland zu tun haben wolle, dass Irland Joyces Sau sei, die immer ihre eigenen Ferkel fresse. Und jetzt sagst du mir, du hast ihm das Versprechen abgenommen?«

»Ich hab's getan um Mutter zu schützen«, sagte Gregory zornig.

»Um deine Mutter zu schützen hast du ihn gezwungen dir zu versprechen sie nie wieder zu sehen?«

Die Anklage in Keegans Stimme fachte Molloys Zorn an. Er sprang auf und an seinem glasigen Blick und dem feinen Film aus Speichel um seinen Mund war deutlich zu erkennen, dass er völlig die Beherrschung verloren hatte.

»Ja! Deshalb habe ich ihm gesagt, dass er nie wieder nach Hause kommen darf!«, brüllte er und der stets so diskrete Pfarrer Keegan wusste, dass Claudine Duchosal Gregory hören konnte, gleichgültig wo sie sich im Haus aufhielt. »Und dann habe ich meiner Mutter gesagt, dass sie ihn nie wieder sehen wird. Ich habe ihr gesagt, nur so könne sie ihn aus ihrem Leben ausmerzen und vergessen, diesen Kummer um Frankie, der an dem Tag begonnen hatte, als Frankie den Priesterstand aufgegeben hatte. Was glaubst du, wie es für sie war, im Dorf ganz arglos gefragt zu werden, ob es wahr sei, dass der arme Frankie kein Priester mehr sei, und sie dabei nichts anderes hörte als den Hohn in Maura Gilligans Stimme? ›Und stimmt es denn, dass der arme Frankie mit einem Flittchen zusammengezogen ist?‹ Deshalb musste Frankie mir versprechen nie zurückzukommen. Nur dann würde es vorbei sein – soweit es überhaupt einmal vorbei sein konnte. Dann würde man ihn vergessen und Mutter würde das Gerede von Leuten wie Maura Gilligan nie wieder anhören müssen. Denn wenn er nicht mehr da war, würden sie nicht mehr an ihn denken und würden nicht mehr über ihn klatschen, in den Pubs keine Witze mehr über ihn reißen. Frankie hat geschworen, dass er nie mehr nach Hause kommen wird. Nie, hat er gesagt. Nun, jetzt ist er da und alles ist wieder so frisch wie ein getrockneter Pferdeapfel nach einem Regenschauer. Es ist nicht Frankie, den sie verhöhnen werden. Ich bin es.« Gregory Molloy zeigte mit dem Daumen auf seine Brust. »Ich werde wieder zum Gespött werden. Ich bin der Erfolgreiche, den sie gern herunterziehen. Frankie ist mein Albatros. Sein verpfuschtes Leben zerrt jetzt mich mit. Ich leide für die Sünden meines Bruders, des Bruders, der immer nur an sich selbst gedacht hat, nie an jemand anderen.« Gregory unterbrach sich um Luft zu holen. Sein Zorn hatte seinen Höhepunkt erreicht und er stand zitternd da, so heftig erschütterte ihn sein Ausbruch.

Pfarrer Keegan atmete tief aus, als habe er dem Druck dieses Ausbruchs standhalten müssen. Er war jetzt unentschlossen, wusste nicht, ob er seinen Zorn über Gregorys titanische Dreistigkeit in Worte kleiden oder einen sehr unsicheren Gregory auffordern sollte sich nicht länger nur selbst in den Mittelpunkt zu stellen, sondern einmal zu sehen, wie sich Frankies lange Verbannung auf viele andere Leute und auch auf Frankie selbst ausgewirkt hatte.

Keegan trat am anderen Ende des Raums ans Fenster. Er legte die Hand auf den unteren Rahmen und betrachtete die weiß umsäumten Felder. Der Märzwind schlüpfte durch die verstreut dastehenden knospenden Bäume und ließ sie dann reglos zurück. Nachdem er ein paar Minuten hinausgeschaut hatte, kam er zu dem Schluss, dass er sich zurückhalten und nicht angreifen sollte. Gegen Entscheidungen anzugehen, die in der Vergangenheit getroffen worden waren, das war jetzt höchst überflüssig. Außerdem war er nicht da um anzugreifen. Er sollte heilen. Dann dachte der Priester daran, dass Frankie in Davinkill war und dass er glücklich war über die Heimkehr seines ehemals besten Freundes.

Durch das Fenster sah er eine Schar Rebhühner über einen Zaun flattern und in einem nahen Feld niedergehen. Nach der Landung blieben sie reglos hocken und schauten sich um. Dann, wie auf ein Signal, fingen alle zugleich an zu picken. Er dachte an seine Jagdflinte, seinen Hund und das Knirschen von Gummistiefeln im Stoppelfeld.

Als Keegan sich vom Fenster abwandte, putzte Gregory gerade mit dem Taschentuch seine Brille. »Gregory«, sagte er, »dies ist keine Zeit des Zorns. Schau über deine Scham hinaus und sieh, was wirklich geschehen ist. Dein Bruder ist nach Hause gekommen.«

»Mein Bruder ist tot für mich und tot wird er bleiben.« Noch immer seine Brille putzend blickte der kurzsichtige Gregory zu dem Priester hinüber.

»Wenn du dich so benimmst, wird man noch mehr über dich spotten. Doch du kannst dich den Tatsachen jetzt auch stellen und allen Mrs Gilligans den Wind aus den Segeln nehmen.«

»Ich werde mich den Tatsachen schon stellen«, erwiderte Gregory energisch. »Frankie ist ein egozentrischer kleiner Junge. Für Frankie wurde immer Geld ausgegeben, auch wenn keins da war. Es war immer Frankie! Mein Vater ist zur Bank gegangen um ihn nach Winter Hill schicken zu können, für fünf Jahre. Und in jedem Brief, den wir von ihm bekamen, verlangte Frankie etwas Neues. Schickt mir Süßigkeiten, schrieb er, als hätten wir nichts anderes zu tun, als zu Hause herumzusitzen und Süßigkeiten zu essen. Ich molk damals jeden Morgen zwei Kühe, bevor ich mit dem Fahrrad zwölf Meilen zu den Christian Brothers in Duneamon und wieder zurückfuhr, und wenn ich nach Hause kam, musste ich bis zum Abend auf der Farm helfen, bevor ich meine Hausaufgaben machen konnte. Mein Vater ist nur ein einziges Mal zur Bank gegangen – wegen Frankies Ausbildung. Und Frankie hat sein geistliches Amt aufgegeben, bevor der Kredit zurückgezahlt war. Das war die größte Ironie des Ganzen – zur Bank gehen zu müssen um Frankies Kredit abzuzahlen und zu wissen, dass er alles weggeworfen hatte. Es war so, als müsste man einen Arzt für eine Heilung bezahlen, die keine war, und die Leiche verwest längst in ihrem Grab. Wegen Frankie hatte mein Vater nie einen roten Heller übrig.«

Pfarrer Keegan ging zu seinem Sessel zurück und setzte sich. Er wusste, es hatte keinen Zweck etwas zu sagen, ehe Gregory nicht sein Gift losgeworden war. Er schob die Hände in die Ärmel seines Jacketts, eine alte Gewohnheit aus den Tagen im Seminar, als es den Studenten nicht erlaubt war, die Hände in die Taschen zu stecken.

»Nie hat er einen Finger gerührt um uns zu helfen. Nie habe ich gehört, dass Frankie den Kredit erwähnte. Er bedankte sich kein einziges Mal und wir zahlten das geliehene Geld brav ab, während er sich in Amerika herumtrieb und Gott weiß was anstellte. In drei Jahren hatte er dreißig Adressen von einer Küste Amerikas zur anderen. Manchmal haben wir monatelang nichts von ihm gehört, meine Mutter härmte sich seinetwegen zu Tode, wusste nicht, ob er tot oder lebendig war. Ihre Freundinnen fragten sie, was Frankie mache, und sie gab vor erst kürzlich von ihm gehört zu haben und es gehe ihm großartig. Ich habe sie dort drüben seinetwegen weinen sehen.« Gregory Molloy machte eine unbestimmte Geste ins Zimmer hinein.

Pfarrer Keegan ließ die Augen auf dem Schaukelstuhl ruhen, in dem Mrs Molloy die letzten Jahre ihres Lebens verbracht hatte. Er erinnerte sich, dass sie in diesem Schaukelstuhl um ihren verlorenen Sohn geweint hatte, weil sie ihn noch einmal sehen wollte, bevor sie starb. Und er, Keegan, der besorgte Priester, hatte ihre Hand gehalten, selbstgerecht und hochmütig, weil er an seinem geistlichen Amt festhielt.

Gregory setzte sich wieder in den Sessel, aus dem er schon zweimal wütend aufgesprungen war. Mit erschöpft klingender Stimme sagte er: »Frankie hat mir vor vier oder fünf Monaten geschrieben. Ich habe den Brief ignoriert. Dann schrieb er ein zweites Mal vor ungefähr zwei Monaten und wieder teilte er mir mit, dass er nach Hause komme. Auch diesen Brief habe ich ignoriert.« Er wischte sich mit dem Taschentuch übers Gesicht, schob die Brille auf die Stirn und rieb sich die Augen, als hätte er geweint. »Elisabeth weiß von den Briefen. Sie hat mir geraten ein Inserat in die *Duneamon Times* zu setzen, bekannt zu geben, dass Frankie kommt, und ihn zu Hause willkommen zu heißen. Das, meinte sie, werde ihnen den Wind aus den Segeln nehmen. Als ich Nein sagte, hat sie sich nicht mehr eingemischt.«

»Glaubst du nicht, du solltest zu Frankie gehen und ...«

»Nein!« Molloy schüttelte seine Erschöpfung ab. »Er hat uns alle im Stich gelassen, Eddie«, sagte er. »Die Wunde ist zu tief und er kennt keine Scham. Es wird wieder unendlich peinlich sein, ins Dorf zu gehen, den Leuten gegenüberzutreten. Das ist schlimmer als einen Denunzianten in der Familie zu haben. Ich werde tatsächlich ein Inserat in die *Duneamon Times* setzten, nur wird drinstehen, dass Frankie für mich tot ist.« Er griff nach seiner Tasse und leerte sie, als stärke er sich mit einem Schuss Whiskey.

Pfarrer Keegan wandte den Blick von Gregorys Gesicht ab. Auf dem Boden seiner Tasse entdeckte er ein paar Teeblätter, die sich in den Zucker mischten und ihn sepiabraun färbten. Dann sagte er, als spräche er zu einem Kind, das den Kopf seines kleinen Bruders unter Wasser drückt: »Du weißt, dass du das nicht tun kannst, Gregory. Du wirst es anders versuchen müssen.«

»Ja. Jemand muss Frankie sagen, dass er verschwinden soll und – nimm es mir bitte nicht übel – ich glaube, du solltest derjenige sein, der es ihm sagt. Er ist eine Schande für das ganze Dorf.«

Wieder senkte sich Schweigen zwischen die beiden

Männer. Der Märzwind rüttelte an den Fenstern und obwohl das Zimmer so behaglich war, fuhr dem Priester ein Frösteln über den Rücken. Pfarrer Keegan setzte seine Tasse ab und schob die Hände wieder in die Ärmel. Er starrte auf das Tischchen ohne die Schönheit der Einlegearbeit wahrzunehmen. »Ich werde mit Frankie sprechen«, sagte er. »Ich werde ihn nicht auffordern zu gehen. Aber wenn du willst, werde ich ihm ausrichten, was du gesagt hast.«

»Ja, Eddie, richte ihm aus, dass ich gesagt habe, ich wünschte, er wäre längst tot.«

»Das wirst du ihm schon selbst sagen müssen, Gregory.«

Molloy stellte seine Tasse auf die Untertasse und beide hörten, wie sich die Küchentür öffnete. Dann wurden Kinderstimmen laut. Pfarrer Keegan drehte sich nicht um, als durch das Wohnzimmer Schritte auf ihn zukamen.

»Daddy! Wo ist Pfarrer Keegan? Sein Wagen steht draußen und Claudine sagt, er ist hier drin.« Das Mädchen trat an den Sessel des Priesters, sah ihn aber erst, als es zu Ende gesprochen hatte. Sie presste die Finger auf den Mund, wurde rot und ihre Augen funkelten. Pfarrer Keegan stand auf. »Ann Marie! Ich glaube, ich habe dich erschreckt«, sagte er zu der Zwölfjährigen mit dem langen Zopf auf dem Rücken, der ihr bis zur Taille reichte.

»Ja, Herr Pfarrer. Ich habe Sie nicht gesehen, aber es ist schon wieder gut.« Sie ging zu ihrem Vater und küsste ihn auf die Wange.

Pfarrer Keegan mochte es, dass die Molloy-Kinder so direkt mit ihm sprachen, wie sie es von ihrer Mutter gelernt hatten. Da gab es keine Verbeugungen, kein verlegenes Scharren mit den Füßen, wie es ihm sonst meist begegnete.

Beim Klang weiterer Schritte drehte der Priester sich um. Martha und Michael. Acht und sieben.

Der schwarzhaarige Junge mit der Brille redete wie ein Wasserfall. »Mr Fayne hat Mr Kelly eins mit der Faust gegeben und überall war Blut.«

Bevor jemand darauf reagieren konnte, kam Elisabeth Molloy mit einem Päckchen Briefe in der Hand herein. Sie war achtzehn Jahre jünger als ihr Mann, ebenso intelligent wie er, ihm jedoch überlegen, wenn es um den gesunden Menschenverstand ging. Sie war nicht schön, sah aber gut aus auch ohne Make-up zu Hilfe zu nehmen. Verglichen mit den meisten Frauen des Ortes sah sie sauber und gesund aus. Ihr schulterlanges blondes Haar wirkte immer wie frisch gewaschen. Sie trug einen schwarzen Hosenanzug und Schuhe mit flachem Absatz.

Elisabeth schüttelte Pfarrer Keegan zur Begrüßung die Hand und schaute ihm ohne rot zu werden in die Augen. »Schön Sie zu sehen, Herr Pfarrer«, sagte sie wegen der Kinder förmlich. Dann wandte sie sich an ihren Mann: »Bereite dich auf eine Ankündigung vor, Greg.«

»Daddy«, sagte Martha, »wir haben einen Onkel und der ist aus Amerika nach Hause gekommen. Er war Priester, ist aber mit einer Frau weggelaufen. Das hat Sisso Casey Schwester Eucharia erzählt.«

»Warum ist er weggelaufen?«, fragte Michael.

»Sisso Casey hat Schwester Eucharia erzählt, er ist weggelaufen.«

Gregory Molloy stand auf, die Augen fielen ihm fast aus dem Kopf. Er sah Pfarrer Keegan an. »Genau das ist es …«, begann er mit zusammengebissenen Zähnen, doch seine Frau schnitt ihm das Wort ab. Sie kniete vor Martha und Michael nieder.

»Ihr habt einen Onkel. Sein Name ist Frank. Onkel Frank.«

»Elisabeth!«, stieß Gregory hervor, aber sie ignorierte ihn.

»Onkel Frank ist Daddys Bruder und er war viele, viele Jahre in Amerika. Vor langer Zeit war er ein Priester, beschloss dann aber, keiner mehr zu sein. Er ist verheiratet und hat zwei Töchter.«

»Elisabeth!«, fauchte Gregory Molloy wieder.

Elisabeth Molloy sprach weiter, als wäre sie nicht unterbrochen worden. »Onkel Frank ist nach Irland zurückgekommen und wird jetzt hier leben.«

»Hat er uns aus Amerika etwas mitgebracht?«, fragte Martha. »Brigids Tante hat ihr ein Hemd mit dem Bild von Mickymaus drauf mitgebracht.«

»Mr Kellys Nase ist gebrochen«, sagte Michael. »Überall war Blut.«

»Wie heißen unsere Cousinen?« Ann Marie lächelte.

Elisabeth stand auf. »Karen und Jeanne«, sagte sie und strich Ann Marie übers Haar. »Aber sie sind viel älter als ihr. Jetzt geht in die Küche, Kinder, wir reden später noch darüber. Daddy und ich müssen ein paar Minuten mit Pfarrer Keegan sprechen. Claudine macht euch heiße Schokolade.«

Kaum war die Küchentür hinter den Kindern zugefallen, sagte Gregory scharf: »Ich glaube nicht, dass das die richtige Art ist mit der Sache umzugehen, Elisabeth.«

»Elisabeth hat genau das Richtige getan«, sagte Pfarrer Keegan. »Die Kinder haben es schon gewusst,

Gregory. Elisabeth hat dem Klatsch nur das Wasser abgegraben und der Geschichte das Geheimnisvolle genommen.« Dann wurde ihm klar, dass er sich in die Auseinandersetzung der Eheleute eingemischt hatte. Hastig trat er den Rückzug an. »Aber ich dürfte Elisabeth nicht das Wort reden.«

Einen Augenblick blieb es still. Gregory Molloy blickte vom Priester zu seiner Frau. »Mir ist der Gedanke verhasst, dass die Kinder in Frankie ihren Onkel sehen«, sagte er grollend.

»Aber das ist er, Greg, ihr Onkel«, sagte Elisabeth. »Das lässt sich nun einmal nicht ändern. Und es sieht so aus, als hätte der Onkel dir einen Brief geschrieben.« Sie streckte ihrem Mann einen weißen Umschlag entgegen. »Er hat einen Absender wie in Amerika üblich, aber keine Marke. Frank muss ihn selbst herausgebracht haben.«

Gregory nahm seiner Frau den Brief nicht ab. »Lies du ihn«, sagte er.

Elisabeth riss den Umschlag auf und nahm den Briefbogen heraus. Sie las laut: »*Ich bin wieder in Irland, Gregory. Ich lebe – unterstrichen – im Haus der alten Miss Duggan in der Wheat Mill Lane. Frank*«. Sie ließ die Hand mit dem Brief sinken und sah ihren Mann an. »Das ist alles, Greg.«

»Klingt wie der Schrei eines trotzigen Kindes«, sagte Gregory.

»Klingt, als wärst du entschlossen auf Frankie wütend zu sein, egal was er tut«, erwiderte Elisabeth.

»Betrachte den Brief so, als reiche er dir die Hand«, sagte Pfarrer Keegan.

»Wie kann ich das?«

Wieder wurde es still im Raum. Dann fragte Pfarrer

Keegan: »Kannst du denn überhaupt nicht daran denken, was Frankie empfindet? Glaubst du, er ist nur nach Hause gekommen um dich zu verletzen? Was auch immer seine Gründe gewesen sein mögen, glaubst du, es war leicht für ihn?«

Es dauerte lange, ehe Gregory antwortete. Als das Schweigen sich hinzog, befürchtete Pfarrer Keegan in eine Privatsphäre vorgeprescht zu sein, in der er nichts zu suchen hatte. Als Gregory schließlich sprach, waren seine Worte ruhig wie Herbstlaub, das an einem atemlosen, frostigen Morgen zu Boden fällt.

»Eddie, du hast nicht erlebt, wie sehr Vater und Mutter wegen Frankie gelitten haben. Es wäre leichter für sie gewesen auf dem Friedhof zu stehen und zuzusehen, wie sein Sarg in die Erde gesenkt wird.«

Pfarrer Keegan sah Elisabeth an. »Ich gehe jetzt«, sagte er. Elisabeth wollte ihn hinausbegleiten, doch er bedeutete ihr mit einer Handbewegung, sie möge bei ihrem Mann bleiben.

Als Keegan in die Küche kam, saßen die Kinder am Tisch und löffelten ihre heiße Schokolade aus dampfenden Bechern. Claudine Duchosal aus der Schweiz stand am Herd. In gepresstem Englisch lud sie den Priester zu einer Tasse Schokolade ein. Als er ihr Angebot ablehnte, holte sie seinen Mantel und Hut vom Kleiderständer und reichte sie Keegan.

Die Kinder riefen Auf Wiedersehen und Claudine lächelte zum Abschied. Keegan winkte ihr zu und sein Gedächtnis schloss die Suche ab, die es eine Stunde zuvor begonnen hatte.

9. Kapitel

Fünfte Fastenwoche

Mittwoch, 16.05 Uhr

Es war der Anblick von Claudines hängenden Lidern, der seiner Gedächtniserforschung das unerwünschte Ergebnis bescherte.

Als er zu seinem Wagen ging, sah er vor seinem inneren Auge sich selbst, wie er auf den knapp bedeckten Leichnam zuging, der in der weißen Morgensonne draußen auf der ebenen Fläche des Golfplatzes lag. Mit der Langsamkeit einer Traumgestalt schritt er vorwärts, wohl wissend, dass er die Wunde wieder sehen würde, wenn er ihren Kopf aufdeckte um ihr zum zweiten Mal die Letzte Ölung zu spenden. Er war so verängstigt und so erschöpft, dass er glaubte, er werde es nie schaffen, er werde zusammenbrechen und dem Sergeant alles erzählen. Langsam, mühsam hob er die Augen von den bloßen Füßen, die unter dem Mantel des Sergeants herausragten, und unter dem kahlen Baum, jenseits des taufunkelnden Grases, begegnete sein Blick Miss Duggans anklagenden Augen. Mit der rechten Hand hielt sie verzweifelt das feine Taschentuch zwischen den zusammengebissenen Zähnen fest, das sie davor bewahren sollte, in den Kummer abzugleiten, der ihren Geist ihr restliches Leben lang lähmen sollte. Durch das weiße Sonnenlicht und das nasse Gras schleppte er sich weiter, als ob er hüfthoch durch Sirup watete, der Blick der Musiklehrerin unbeirrbar, unversöhnlich, verzweifelt.

In dem Albtraum in Zeitlupe kniete er nieder, hob den schwarzen Regenmantel mit den Silberknöpfen und den Epauletten, hob den Mantel von dem bleichen Gesicht im Gras, von den halb geschlossenen Augen, die durch das lange Haar, das über sie gefallen war, ins Leere blickten, von dem leicht geöffneten Mund, von der furchtbaren Wunde seitlich am Hals.

Als erwache er allmählich aus tiefem Schlaf, merkte Pfarrer Keegan, dass seine Arme auf dem Wagendach lagen und er den Kopf darauf gebettet hatte. Zusammenzuckend richtete er sich auf und blickte zurück zu dem Tor in der Mauer, die Gregory Molloys Hof umgab. Er schaute auf seine Uhr und sah sich dann wieder um. Doch niemand hatte ihn in seinem geistesabwesenden Zustand gesehen. Alle Molloys waren im Haus und ihr nächster Nachbar wohnte eine Meile entfernt. Pfarrer Keegan setzte sich in den Wagen.

Die panische Angst vor dem Entdecktwerden, die aus der Erinnerung in ihm aufgestiegen war, ließ nach, während er losfuhr. Noch bevor er die erste Kurve der schmalen Straße erreichte, zwang er sich wieder über Frankie nachzudenken. Er erkannte, dass er Gregory wider Willen bewunderte, weil es ihm gelungen war, Frankie aus dem Bewusstsein der Allgemeinheit zu drängen. Seit vielen Jahren war Frankies Name Keegan in Davinkill nicht mehr zu Ohren gekommen. In der kleinen Gemeinde war das Unmögliche gelungen. Wenn der Skandal auch nicht aus dem kollektiven Gedächtnis des Ortes verschwunden war, so war die Geschichte doch seinem Bewusstsein entschlüpft. Und dann dachte Pfarrer Keegan an Kevin Bannon.

Langsam schüttelte der Priester den Kopf über das, woran er sich erinnerte.

Zwei Wochen nach seiner Ankunft in Davinkill hatte Kevin Bannons Mutter ihm von Kevin erzählt. Durch einen Trick wie jener, der das alte Ägypten aus dem Gedächtnis der Menschen gelöscht hatte, bis Napoleons Offiziere es wieder entdeckten, war Kevin Bannon dem Gedächtnis der Menschen von Davinkill entfallen. Außerhalb der engsten Familie wusste niemand etwas von Kevins Existenz. Und als sprichwörtliche Glucke hatte Mrs Bannon dem Priester Kevins Existenz enthüllt, indem sie ihr Kind bei der Beichte eine Zielscheibe der Lieblosigkeit nannte. Kevin war ein Beichtgeheimnis und nur als solches konnte Mrs Bannon ihn außerhalb des Beichtstuhls erwähnen. Bevor Keegan das kleine Türchen über das Drahtgitter schieben konnte, hatte Mrs Bannon dafür gesorgt, dass der Priester sich um die geistig-seelischen Bedürfnisse ihres Kindes kümmern würde. Als Keegan eine halbe Stunde später den Beichtstuhl verließ, wartete sie in der Kirche auf ihn. Sie habe auch eine »geistesschwache« Tochter, die niemals das Haus verlasse und die seiner Seelsorge bedürfen würde, behauptete sie.

Nachdem Keegan das erste Mal an die Tür des Cottages geklopft hatte, führte die winzige Mrs Bannon ihn ohne ein Wort der Begrüßung durch die Küche zur Schlafzimmertür.

Er sah sich um und war überrascht, wie frisch die Luft roch. Gewöhnlich landete er in Krankenzimmern, in denen die Luft von verbrauchtem Atem und schon historischen Fürzen so dick war, dass man Worte hineinschnitzen konnte. Das Erste, das ihm auffiel, war der Topf mit Geranien auf dem breiten Fensterbrett gegenüber der Tür. Aber dann stellten sich Keegans sämtliche Körperhaare auf, als er die junge Frau sah, die in der Nähe des Bettes kniete. Sie trug ein gelbes Kleid mit großen roten Tupfen. Ihr Gesicht war schmal – wie das eines Frettchens, dachte Keegan – und ihr Haar war dünn, lang und feucht. Auf ihrem Schädel waren die Spuren eines Kamms mit weit auseinander stehenden Zähnen sichtbar.

In ihrer Nähe kniete ein behaarter Mann auf einem Stuhl ohne Lehne. Sein Bart war wild, schwarz und widerspenstig. Kevin Bannon betrachtete den Priester aus winzigen Augen wie eine in die Ecke gedrängte Ratte, die auf die nächste Bewegung des Terriers wartet. Sein Kopfhaar war schwarz und in Schulterhöhe abgeschnitten. Es war ebenfalls mit einem Kamm gezähmt worden, auch bei ihm waren die Spuren zu sehen.

Als der Schock nachließ, stieg Ärger gegen Mrs Bannon in ihm auf. Sie hatte nicht gelogen, doch sie hatte ihn getäuscht. Keegan schluckte seinen Zorn hinunter und tat, was er zu tun hatte.

Als er sich den beiden näherte, erklärte das Mädchen mit erschreckend hoher Stimme, sie bräuchten keine Beichte. Der Priester spendete ihnen das Sakrament und beschränkte sich auf die für das Ritual vorgeschriebenen Worte. Er verließ Kevin und seine Schwester, wie er sie vorgefunden hatte: Kniend, nur hielten sie jetzt die Augen geschlossen.

Nachdem der Priester aus dem Zimmer gegangen war, schloss Mrs Bannon die Tür hinter ihm. »Mrs Bannon«, bat Pfarrer Keegan, »ich brauche Ihre Erlaubnis mit Ihnen über etwas zu sprechen, das Sie mir in der Beichte anvertraut haben.«

Mrs Bannon verschränkte die Arme vor der Brust. »Sie haben diese Erlaubnis nicht, Herr Pfarrer, dürfen über nichts sprechen, das ich in der Beichte zu Ihnen gesagt habe. Aber damit Sie aufhören sich um das Wohl von irgendjemandem zu sorgen, will ich Ihnen erzählen, dass es vor siebenunddreißig Jahren einen Jungen gab, dessen Vater nichts taugte. Der Vater missbrauchte eine Frau, die nicht seine Ehefrau werden wollte. Die Schwestern der Mutter dieses Jungen bedrohten das Kind, als es zum ersten Mal Dada sagte. Es sprach nicht mehr, bis es fünf war, und dann lachten es die Kinder in der Schule aus. Die Mutter schickte den Jungen nicht mehr in die Schule, behielt ihn zu Hause und wenn jemand kam, rannte er in ein Zimmer und versteckte sich unter dem Bett. Nach einiger Zeit wollte er tagsüber nicht mehr aus dem Zimmer rauskommen und wenn er abends rauskam, lief er zuallererst zur Haustür und sperrte sie zu. Die Mutter sorgte gut für ihn. Der Vater starb vier Jahre später und die Mutter und ihre anderen vier Kinder kümmerten sich um das scheue Kind. Ich danke Ihnen, dass Sie gekommen sind, Pfarrer Keegan.«

Das war's. Seit zweiunddreißig Jahren spendete Pfarrer Keegan Kevin Bannon einmal im Monat die Sakramente und die Leute im Dorf dachten, er kümmere sich um Mrs Bannons geistig zurückgebliebene Tochter. Niemand hatte jemals Kevin Bannon erwähnt. Mrs Bannon lebte heute noch und würde, so wie sie aussah, auch noch ein paar weitere Jahre leben. Kevin war jetzt kahlköpfig, sein Bart war weiß und seine Schwester hatte einen Buckel. Sonst hatte sich nichts geändert und Mrs Bannon und ihre Familie hatten ihr Geheimnis in diesem Dorf ohne Geheimnisse bewahrt.

Pfarrer Keegan bog vorsichtig um eine scharfe Kurve der Roongarry Lane. Er ließ das Steuer selbsttätig in seine ursprüngliche Stellung zurücklaufen und der Wagen fuhr geradeaus auf die Kreuzung zu.

Seine Gedanken beschäftigten sich wieder mit Gregory Molloy, der Frankie fern gehalten hatte, bis Frankie beschloss die Spielregeln zu ändern. Gregory hatte selbst unter dem Druck nicht nachgegeben, den er gespürt haben musste, als er sah, wie seine Mutter sich um den Sohn grämte, den sie nie wieder sehen sollte.

Nachgeben! Auch Keegan hatte Druck ertragen ohne ihm nachzugeben. Aber sogar nach dreißig Jahren brach ihm noch der Schweiß aus, wenn er daran dachte, wie der Sergeant an die Tür des Pfarrhauses gekommen war um ihn zu bitten Kit Foley die Letzte Ölung zu spenden.

Wieder verdrängte er Kit Foley aus seinem Kopf. Der Priester zwang sich an den Silberstreif in der Wolke von Frankies Rückkehr zu denken. Er würde eine zweite Chance haben für seinen alten Freund das Richtige zu tun.

Am Anfang der Roongarry Lane hupte ihn jemand geradezu wütend an. Ein Laster raste auf der Downs Road vorbei und hinter dem Fenster sah Keegan eine winkende Hand.

Der Abdecker.

Der Priester richtete sich auf seinem Sitz auf.

Wie lange habe ich hier gesessen? Er schaute auf seine Uhr. »Zum Donner!« Ihm fiel ein, dass er Bill Fayne aufsuchen musste um zu erfahren, was, zum Teufel, heute in der Schule los gewesen war. Er bog nach rechts in die Downs Road ein.

10. Kapitel

Fünfte Fastenwoche
Mittwoch, 21.00 Uhr

ALLE TRINKER IN FitzGibbons Pub hatten einen Buckel, alle saßen mit aufgestützten Ellenbogen und krummem Rücken da, drängten sich an der Bar und an schmalen Tischen. An den Pints und Half-Pints zwischen den schützenden Ellenbogen klebten Speichel und Zigarettenasche. Alle Männer trugen Anzug, Hemd und Krawatte, ehemals blau – in den noch früheren Stadien ihrer Existenz weiß und blau. Alter, Schmutz und die Schmiere des Lebens hatten den Kleidungsstücken einen metallischen Glanz verliehen. Die Schirme der Tuchmützen auf den Köpfen der Männer waren nach jahrelangem Gebrauch in der Mitte speckig und abgegriffen.

Das halbe Dutzend Frauen im FitzGibbon's hatte schwere Brüste, große Zähne, dicke Arme, laute Stimmen und große Hintern. Ihre geblümten Kleider waren bis zum Hals geschlossen. Ihre Kopftücher mit aufgedruckten Palmenstränden und blauen Meereswellen mit weißen Schaumkronen waren unter wuchtigen Kinnladen fest verknotet. Sie tranken Schaumwein.

Die Frauen waren im Pub um die Kontrolle über den Familienetat zu bewahren.

Immer wenn die Tür aufging, fuhren alle Häupter in die Höhe so wie die Köpfe alter, auf der Stange hockender Hennen bei einem unerwarteten Geräusch.

War der Neuankömmling erkannt, senkten sich die Köpfe wieder.

In FitzGibbons Pub waren über dem Gemurmel, vergleichbar mit dem Geräusch, das eine weit entfernte Büffelherde in einem Cowboyfilm erzeugte, nur wenige verständliche Worte zu hören. Verständliche Worte waren auch nur erforderlich, wenn etwas Neues gesagt wurde. Die Büffelherde rannte schon seit mehreren Wochen, Altes wurde nuschelnd und brummend wiederholt.

Hin und wieder schüttelte sich der Körper eines der Trinker und sein Gesicht verfärbte sich von rot zu violett. Das mochte nach einem Herzanfall aussehen, doch der Trinker lachte nur.

Laute Fürze wie scharfe Gewehrschüsse waren häufig zu hören, man reagierte ebenso wenig darauf wie auf einen Husten. Gelegentlich sorgte ein Stoß mit dem Ellenbogen dafür, dass der Gestankpegel eines bestimmten Ausstoßes beachtet wurde.

Rülpser, egal wie laut oder wie groß ihre nach Galle riechenden Wolken waren, wurden überhaupt nicht wahrgenommen.

Der Inhaber des Pubs, Matty FitzGibbon, servierte alle Drinks und nahm alle Bestellungen entgegen. Seine Kleidung war alt und schäbig wie die aller anderen. Sein Gesicht sah aus wie das eines Kindes, nachdem die Mutter es mit einem derben Tuch abgerubbelt hat, das sich windende Kindergesicht gefangen zwischen mütterlichem Oberschenkel und säubernder Hand. Das Fett in seinem ausgeblichenen roten Haar hätte geglänzt, wäre das Licht ausreichend stark gewesen. Das Haar klebte am Schädel fest, nicht eine einzige Strähne hing lose herunter.

Während FitzGibbon mit über der Brust verschränkten Händen darauf wartete, dass jemand sein nächstes Glas bestellte, ließ er den Blick über seine Gäste huschen. Im Kopf zählte er das Geld zusammen, das nach der Sperrstunde in der Kasse liegen würde. Er hatte den Betrag nun schon an sechsunddreißig Tagen hintereinander richtig erraten. Es wäre sogar noch zehn Tage länger gut gegangen, hätte Pat Farrell nicht eines Abends zu Beginn der Fastenzeit ein Pint weniger getrunken.

Heute würde die Buchführung schwierig sein, denn Paddy Dillon kam mit seinem Vortrag und seiner Kollekte an. Man konnte immer nur raten, ob die Münzen, die Dillon vor die Füße geworfen wurden, für anderthalb Pints reichen würden. Wenn Dillon nur mit drei Pennys unter dem Preis für das zusätzliche Half-Pint lag, dann spendete FitzGibbon oft die fehlenden Münzen – jedoch nur dann, wenn dadurch seine Glückssträhne nicht unterbrochen wurde.

In FitzGibbons Pub durfte Paddy Dillon nur anständige Wörter für weibliche und männliche Körperteile und den Sexualakt benutzen. FitzGibbon bildete sich etwas darauf ein, dass er ein strenger Zensor war. Er glaubte, es verleihe ihm ein besonderes Ansehen in der Gemeinde. Wenn er sonntagmorgens durch den Mittelgang der Kirche zurückstolzierte, nachdem er die Kommunion empfangen hatte, konnte er den Kopf hoch tragen, denn er wusste, dass man in ihm einen aufrechten Mann sah, der in seinem Lokal keine Obszönitäten duldete. Jeder wusste, dass Matty FitzGibbon tiefe Ergebenheit gegenüber dem Geheiligten Herz empfand und dass in seinem Pub ein Bild des Geheiligten Herzens hing, vor dem immer ein rotes

Lämpchen brannte. Wenn seine Gäste eine unzensierte Version von Paddy Dillons Aufzählung schmutziger Wörter wünschten, sollten sie in nicht ganz salonfähige Pubs wie das Lamb's oder Dunphy's oder Mansfield's gehen. Dort konnten sie dann richtigen Schmutz zu hören bekommen. Niemand konnte jedoch behaupten, den schmutzigen Paddy Dillon je im FitzGibbon's erlebt zu haben.

FitzGibbons dicke Ehefrau spülte am Ende der Bar Gläser in schaumigem Wasser. In ihrer gebeugten Haltung war ihr Kleid hinten hochgerutscht und entblößte die Polster weißen Fleischs in ihren Kniekehlen und an den Seiten ihrer Knie. Das schwabblige Fleisch über ihren Ellenbogen wackelte, während sie schrubbte und spülte.

Versunken in die Betrachtung des Hinterns seiner Frau hörte Matty FitzGibbon, wie die Eingangstür des Pubs geöffnet wurde. Bevor er aufblickte, brach die Büffelherde in einen Galopp aus. Ein paar verständliche Worte flogen durch die Luft. Und noch ehe er die Augen auf die Tür gerichtet hatte, ahnte FitzGibbon, dass Paddy Dillon eingetroffen war.

Doch er irrte sich.

Zuerst erkannte er nicht, wer unter dem einzigen hellen Licht in Türnähe stand. Er erwartete einen Mann zu sehen und sein Gehirn konnte sich anfangs nicht auf eine Frau einstellen. Aber als er Maura Gilligan erkannte, raste ihm sofort ein Gedanke durch den Kopf: Maura Gilligan war gekommen um jemanden zu finden, der es mit ihr trieb. Sie hatte zwar den Abdecker, doch es war Fastenzeit und da lebten die beiden gewöhnlich enthaltsam. Vielleicht war sie wild auf Sex.

Maura Gilligan stand in der Tür des Pubs wie zwei schlecht zusammengebundene Säcke Haferflocken unter einem Hut. Als sie den Mund öffnete um zu sprechen, ließ sie die Hände sinken und Matty Fitz-Gibbon dachte, dass er Recht gehabt hatte: Sie brauchte einen, der sie umlegte, und gleich würde sie ihr Kleid hochziehen, ihren behaarten Hängebauch und ihre fleischigen Oberschenkel entblößen. Er wollte eben die Augen schließen und sich abwenden, da begann sie zu reden.

»Frankie Molloy ist aus Amerika zurückgekommen und er wohnt im Haus der alten Duggan in der Wheat Mill Lane.« Das war ihr großer Augenblick.

Ehe sie sich zum Gehen wandte, konnte man den Glanz des Triumphs in ihrem Gesicht sehen. Mit dieser Sensationsmeldung hatte sie alle anderen ausgestochen, es war der Treffer ihres Lebens gewesen, sie merkte es an dem fassungslosen Schweigen ihres Publikums. Den ganzen Tag hatte sie ihr Geheimnis für sich behalten und gehofft, dass niemand ihr zuvorkommen würde. Jetzt wusste sie: Sie hatte hoch gespielt und gewonnen.

Mit dem Schwung eines Superstars wirbelte Maura Gilligan zur Eingangstür herum und prallte mit Paddy Dillon zusammen, der gerade aus der Kälte hereingekommen war. Die beiden schwankten und kämpften um ihr Gleichgewicht. Das schweigende Publikum gaffte. Maura Gilligan nannte Dillon einen blinden Bastard und Dillon nannte Maura eine ausgetrocknete Möse. Dann glitten sie aneinander vorbei wie Schiffe in der Nacht.

»Es war fantastisch«, berichtete einer der Trinker später seiner Frau. »Eben war Maura Gilligan noch da und in der nächsten Minute verschwunden wie eine Erscheinung der Heiligen Jungfrau und stattdessen stand Paddy Dillon da und schaute drein wie der Teufel.«

Unter dem hellen Licht in Türnähe stand Paddy Dillon, die verschorften Schnitte der Rasur deutlich sichtbar zwischen den Bartschneisen, die das Rasiermesser verfehlt hatte. Sein Erkennungszeichen, die lange, schmale Zunge, hing ihm bis zum Kinn hinunter.

Paddy Dillons schmierig grauer, knöchellanger Gabardinemantel war nicht zugeknöpft. Seine Hände verloren sich in den viel zu langen Ärmeln. Mit weit ausgebreiteten Armen genoss er die missverstandene, schweigende Bewunderung der Gäste. Unter dem Mantel kamen Anzug, Hemd und Krawatte zum Vorschein, die so aussahen, als hätten sie früher einem Automechaniker gehört, der in einer Ölwanne gearbeitet, geschlafen, gegessen und gehurt hatte. Er lächelte den Männern, die er irrtümlich für seine Fans hielt, breit zu und dabei schimmerte sein einziger langer Schneidezahn gelblich im Licht.

FitzGibbon konnte die Haarbüschel in Paddy Dillons Ohren und Nase sehen. Das Kopfhaar hatte Dillon sich mit einem nassen Kamm aus der Stirn gekämmt.

Paddy Dillon verbeugte sich vor dem, wie er glaubte, atemlosen Publikum. Als er sich wieder aufrichtete, eine Parade vulgärer Ausdrücke auf der Zunge, die er bereit war von sich zu geben, erschreckte ihn eine laute Stimme.

»Das ist euer Mann! Wie hat sie ihn genannt? Euer Mann, der tot war und zum Leben zurückkehrte. Wie lautet sein Name? Lazarus! Lazarus, unser Bruder, ist nicht tot, sondern schläft! Lasst es mich sagen! Ich hab's! Ich hab's! Molly Malone!«

»Molloy, du dicker Ficker, Maguire!«

»Achte auf deine Sprache, FitzGerald!«, rief FitzGibbon scharf.

Paddy Dillon verwirrten diese unerklärlichen Ausbrüche. Er holte tief Atem um seine obszöne Litanei loszuwerden und so einen berechtigten Anspruch auf das Geld für einen Drink zu erwerben. Doch bevor er ein einziges Wort herausbrachte, wurde eine Frage in den Raum geworfen.

»Dieser Kerl, Pfarrer Molloy, was er damals war, hat mir bei seiner Weihe den ersten Segen geben. Meine Frage ist: Wenn Gott schon damals gewusst hat, dass Pfarrer Molloy ein Judas wird, hat er – ich meine Gott – die Wirkung von diesem ersten Segen gestoppt, weil er nichts wert war? Beantwortet mir das, Männer. Wenn ich Gott wäre, ich hätt's gewiss tan.«

»Getan.«

»Gedan is heut Abend nich hier. 'ne Kuh von ihm kalbt.«

Paddy Dillon schnappte nach Luft, doch bevor er seine Stimmbänder in Schwingungen versetzen konnte, wurde schon die zweite Frage aufgeworfen.

»Als seine Lordschaft Lord Gregory Pferdezüchter-des-Jahres Molloy vor vielen Jahren zugab, dass sein Bruder, der Priester, sein Amt an den Nagel gehängt hatte, haben meine Frau und ich Pfarrer Keegan eine Messe für ihn lesen lassen und ich habe seiner Lordschaft ein Messekärtchen geschickt, weil ich jede Woche sechs Ladungen Pferdemist aus seinen Stallungen geholt habe ...«

»Und besseren Pferdemist kriegt man nirgends!«

»... und meine Frage ist: Was ist diese Messe wert gewesen, die für einen verlorenen Priester gelesen wurde, der verloren geblieben ist, und die mich damals zehn Shilling gekostet hat? Fliegt der Segen dieser Messe irgendwo im Weltraum rum und wartet, bis Pfarrer Molloy stirbt, um dann seine Seele vorm Fegefeuer zu retten? Das möcht ich gern wissen, Männer. Oder sollt ich zu Pfarrer Keegan gehen und ihn bitten mir meine zehn Shilling zurückzugeben?«

Paddy Dillon hatte unterdessen wieder tief Atem geholt und hielt die Luft an. Sobald die Frage zu Ende formuliert war, wollte er loslegen und sich in den Wortschwall stürzen, damit man ihm die Aufmerksamkeit schenkte, die ihm zustand. Aber die Frage war so lang, dass Dillon schließlich bloß feuerrot im Gesicht wurde und ausatmen oder platzen musste. Hastig sog er wieder Luft ein. Und wieder war er zu spät.

»Als Pfarrer Molloy zum Priester geweiht wurde, haben meine Frau und ich ihm zwei Pfund geschenkt. Ich hab damals einen Job gehabt. Jetzt ist er kein Priester mehr und er muss meine zwei Pfund längst ausgegeben haben, so lange ist es her. Meine Frage ist: Ich hab ihm das Geld gegeben, weil er Priester war. Jetzt ist er keiner mehr. Kann ich hingehen und mein Geld zurückverlangen, besonders weil ich in den letzten fünfzehn Jahren keinen Tag Arbeit gehabt hab? Das ist meine Frage, Männer, und ich frag nicht deshalb, weil ich geizig bin oder so.«

»Mit Zinsen, Mick.«

»Ja. Mit Zinsen, natürlich.«

Hinter der Bar begann FitzGibbon sich Sorgen zu machen, dass Paddy Dillon sich sein Pint nicht verdienen konnte. Dann würde er mit seiner Schätzung danebenliegen, seine Glückssträhne richtiger Vorhersagen würde abreißen, wenn der Entertainer mit der langen Zunge sich kein Gehör verschaffen konnte.

Bevor der Wirt Gelegenheit hatte sich für Dillon stark zu machen, erhob sich aus der Büffelherde eine andere Stimme.

»Ich hab von jemandem, der's wissen muss, gehört, dass ein gefallener Priester immer noch Kräfte wie ein Priester hat, aber alles ist umgekehrt, weil er nicht mehr Gott dient. Wird der gefallene Priester seine neue böse Macht gegen uns verwenden und wird er uns Unglück bringen, denn er lebt mitten unter uns?«

»Gelobt sei das Geheiligte Herz Jesu!«, schrie FitzGibbon um die Aufmerksamkeit seiner Gäste auf sich zu ziehen. Aber im selben Moment brüllte auch Paddy Dillon los um ins Scheinwerferlicht zu gelangen. Niemand im Pub verstand, was der Barkeeper und der Unterhaltungskünstler von sich gegeben hatten.

Als eine nächste Frage in den dunklen Raum geworfen wurde, klatschte sich Paddy Dillon auf den Oberschenkel und rief laut und lispelnd: »Eberscheiße!« Das krankhafte Verlangen nach Alkohol durchdrang die dreckverkrusteten Poren seines Körpers.

»Also! Pfarrer Molloy war Priester. Er hat außerhalb der Kirche geheiratet und zwei Kinder gekriegt. Meine Frage lautet: Hat Pfarrer Molloy jedes Mal, wenn er's seiner Frau besorgt hat, eine Todsünde begangen? Und ganz nebenbei, ich hab immer gedacht, dass sie, wenn sie einen Mann zum Prieser weihen, irgendwas mit seinem Stößel anstellen, damit er ihn nicht mehr benutzen kann. Hat er also, als er ein Judas geworden ist, zum Doktor gehen müssen, damit der ihn wieder herrichtet?«

Es wurde still und Paddy Dillon fuhr sich mit der gar nicht so feuchten Zunge über die trockenen, süchtigen Lippen. Doch nicht nur seine Zunge war trocken, seine Kehle war fast ausgedörrt von dem angsterfüllten, viel zu schnellen Atem, der schon während der letzten Frage seinen Körper geschüttelt hatte. Das Bild eines schaumgekrönten Pints begann in seiner Vorstellung zu verschwimmen. Er schlug mit den Armen wie ein Truthahn, der zu fliegen versucht, die Schöße seines Mantels flatterten, seine Frisur geriet aus der Form. Noch einmal versuchte er sich den ihm zustehenden Platz unter den Trinkern im Pub zu sichern.

»He! He! He!«, wollte er schreien. Aber was herauskam, war nur ein Krächzen: »Ee, ee, ee ...«

Eine gewaltige Stimme erhob sich aus der Reihe der Männer an der Bar. Die Worte hingen wie eine eingestürzte Decke über den Köpfen der Gäste und Paddy Dillon wurde mit seiner Angst nicht mehr fertig. Mit der linken Hand packte er seine Hose im Schritt und fing an wie ein kleiner Junge zum Pissoir am hinteren Ende des Pubs zu hüpfen. Als er sich von den sitzenden Gästen entfernte, spürte er, wie die Wasser der Angst seine zupackende Hand warm überrieselten. Er stieß die Tür zum Pissoir auf und verschwand in der von Uringestank geschwängerten Dunkelheit, während ihn schon die kräftige Stimme des nächsten Fragers in den Rücken traf.

»Glaubt ihr, Männer, dass er nach Hause gekommen ist, weil seine Frau tot ist und er sich eine neue suchen will oder wenigstens eine, die er bespringen kann? Werden unsere Frauen vor ihm sicher sein? Das ist meine Frage!«

Ein paar Augenblicke hörte man nur das weit entfernte Stampfen der Büffel, während die Trinker ihre Sorge um ihre Ehefrauen, Mütter, Schwestern, Enkelinnen, Töchter und Großmütter äußerten. Aus dem aufwirbelnden Staub lösten sich abgebrochene Sätze, die alle mit den Worten begannen: »Wenn ich den Scheißkerl jemals in der Nähe meiner ...« Allmählich steigerte sich der Pegel des Stimmengewirrs, bis der Lärm ohrenbetäubend wurde. Mrs FitzGibbon hörte auf Gläser zu spülen und streckte den Rücken. Sie schaute Trost suchend ihren Mann an und sah, dass er die Lippen bewegte und andachtsvolle Blicke auf das Bild des Geheiligten Herzens warf. Mrs FitzGibbon tat es ihrem Mann gleich. Dann betrachtete sie das Beil, das er unter dem Tresen stehen hatte. Damit könne er einem Bison mit einem Hieb den Schädel spalten, hatte er einmal zu ihr gesagt. Nachdem sich Mrs FitzGibbon mit diesem Gedanken beschwichtigt hatte, wandte sie sich wieder der Spüle zu und erblickte Paddy Dillon, der, seinen Mantel fest zuhaltend, in der offenen Tür des Pissoirs stand.

Paddy Dillon begab sich auf den langen Rückweg zu der Stelle, wo er hoffte gesehen und gehört zu werden. Doch er war nicht imstande einfach an der Bar vorüberzugehen. Die Gier nach Alkohol überwältigte ihn und seine Hand schoss zwischen zwei Krüge und kam mit einem fast leeren Half-Pint zurück. Wie ein ertappter Spion, der geheime Pläne verschluckt um sie zu vernichten, hob Dillon das Glas mit beiden Händen an den Mund. Klirrend stieß es gegen den vorstehenden Zahn. Doch bevor er das Porter in seinen gierigen

Rachen kippen konnte, wurde ihm das Glas aus der Hand geschlagen und fiel zu Boden. Dann versetzte ihm jemand heftig fluchend einen Stoß vor die Brust, er taumelte nach hinten und wurde von groben Händen gepackt, die ihn in Richtung Tür beförderten. Während er auf den Ausgang zustolperte, erhob sich eine weitere Stimme aus dem Tumult.

»Dieser Pfarrer Molloy – auch ich hab seinen ersten Segen bekommen – ist ein Judas, weil er den Glauben verraten hat. Er ist ein Atheist wie ein Russe. Wird er unsere Kinder vom Glauben unserer Väter weglotsen? Das ist meine Frage.«

Da die Trinker nun laut ihre Meinung zu dem befürchteten atheistischen Einfluss äußerten, konnten sie nicht hören, was Paddy Dillon ihnen zuschrie.

»Ihr Haufen geiziger Eberschädel!« Der gelbe Zahn glänzte. »Ihr gemeinen, verfluchten Bauern!« Sein giftiger Speichel besprühte die Trinker, die ihn jedoch nicht beachteten. »Der Fluch Gottes soll auf eure ganze verdammte Bande fallen, geizige, verfluchte Eberschädel, die ihr seid!« In seinem Zorn wurde Paddy Dillon persönlich. »Und auf dich, FitzGibbon! Dein verfluchtes Pub soll abbrennen samt dir und deinem fetten, verfluchten Weib!« Mit den Händen in den Manteltaschen seinen nassen Schritt verdeckend machte Paddy Dillon auf dem Absatz kehrt und stieß mit dem Fuß die Tür auf. »Alle sollt ihr verflucht sein!« Und von allen außer FitzGibbon unbemerkt verschwand er in der Dunkelheit.

»Hast meine Vorhersage versaut, du räudiges Arschloch!«, rief FitzGibbon ihm nach. »In der Gosse sollst du verdursten!«

11. Kapitel

Fünfte Fastenwoche

Donnerstag, 11.10 Uhr

JOHNNY UND JIMMY Culliton waren eineiige Zwillinge. Das war offensichtlich bis hin zu ihren dreckigen Nasen. Es gab nur einen Unterschied zwischen ihnen: Johnny war ein nervöses Kind und Jimmy nicht. Mit ihren zwölf Jahren waren sie für die Bewohner von Davinkill und ihr Eigentum ein bedrohliches Doppelwesen, das ständig in Bewegung war. Allein dass sie existierten, war so nervenzermürbend, als lebe man stromabwärts unter einem rissigen Staudamm.

Die beiden wussten, dass Pfarrer Keegan jeden Donnerstag Golf spielte. Sie wussten auch, dass auf dem faulenden Hängeboden der alten Scheune, in der Pfarrer Keegans Wagen stand, Spatzen nisteten. Dass der Pfarrer Golf spielte, wussten sie, weil das ganze Dorf es wusste, und von den Spatzen wussten sie, weil sie im Umkreis von einer halben Meile vom Hause ihrer Eltern aus jeden Platz kannten, an dem Vögel ihre Nester bauten.

Die Culliton-Zwillinge schnitten Jungvögeln gern die Köpfe ab und experimentierten dabei mit immer neuen Formen der Enthauptung. Wenn sie alle Küken aus einem Nest hingerichtet hatten, teilten sie die warmen, rothäutigen Leichen untereinander auf und bewarfen sich damit, wie andere Kinder sich im Winter mit Schneebällen bewerfen. Seit sie entdeckt hatten, dass es auf dem faulenden Hängeboden in der Scheune des Priesters Nester geben musste, hatten sie sich mit ihren Fantasien über die große bevorstehende Vogelleichenschlacht gegenseitig vollkommen verrückt gemacht. Und jetzt war der Augenblick gekommen.

Sie kletterten über die hohe Mauer, die ihren von Unkraut überwucherten Hinterhof vom Obstgarten des Priesters trennte. Jimmy trug ein Seil, das sie mit großer Mühe von den Scheuklappen des Esel ihres Vaters losgebunden hatten. Johnny hatte eine zusammengefaltete Papiertüte in der Jackentasche, in der die beiden ihre Beute sammeln wollten. In der linken Hand trug er ein Stück Brot.

Unverfroren schritt Jimmy durch die schmale Pforte, die vom Obstgarten in den Hinterhof des Priesters führte. Johnny, wie üblich nervös, folgte ein paar Schritte hinter ihm. Sie schlüpften nun von einem Versteck ins andere, denn wenn Mrs Westman sie entdeckte, würde sie petzen. Sie war die Cousine ihrer Mutter, schämte sich aber ihrer Verwandtschaft mit allem, was Culliton hieß. Dass sie zur Haushälterin des Priesters auserkoren war, hatte Mrs Westman über das Landvolk erhoben und sie schützte sich mit glühendem Eifer gegen jeglichen Kontakt mit ihren Kusinen, die sie in ihrer ehemaligen Gesellschaftsschicht zurückgelassen hatte.

Die Zwillinge flitzten aus der Deckung durch den offenen Bogengang in die Scheune. Eine Wolke erschrockener Spatzen schwirrte dicht um ihre Köpfe. Jimmy blinzelte nicht einmal. Diese Spatzen hatten sie durch ein Loch in der Mauer des Obstgartens rein- und rausfliegen sehen und daraus den Schluss gezogen, das hier Nester sein mussten.

Auf Pfarrer Keegans Irish Setter waren sie vorbereitet. Als sie hörten, dass er sich wachsam in seiner dunklen Hütte regte, warf ihm Johnny mit tödlicher Treffsicherheit ein Stück Brot vor die Pfoten. Da der Hund unter ständigem Hunger litt, hatte er zwischen Bellen und Fressen keine Wahl.

Sie hatten bereits ausgemacht, wer als Erster versuchen durfte das Seil über den vorspringenden Dachsparren fünfeinhalb Meter über ihren Köpfen zu werfen. Die Kunst bestand darin, das Seil nicht nur über den Sparren zu werfen, sondern auch zu vermeiden, dass es einem auf den Kopf knallte, wenn es auf der anderen Seite herunterfiel.

Jimmy legte sich das Seil vor die Füße, spuckte in die Hände und rieb sie aneinander, bis die Nervenenden prickelten – ganz so wie er es bei den Geldschrankknackern im Kino gesehen hatte. Er hob das Seil auf, tarierte es auf den Fingerspitzen aus und warf.

Das Seil tat genau das, was Jimmy wollte, und die Jungen gafften sich gegenseitig mit der gleichen ungläubigen Miene an. Jeder sah im anderen sein Spiegelbild: eine ganze Galaxie von Sommersprossen auf der Nase, blaue Augen, die zu eng standen um von besonderer Intelligenz zu zeugen, fast unsichtbare Brauen, Haare von der Farbe eines Orang-Utans, die aussahen, als wären sie gerade von irgendeinem Artgenossen auf Flöhe untersucht worden. Beide Jungen hatten übereinander wachsende Schneidezähne und beträchtliche Lücken zwischen diesen und ihren Nachbarn rechts und links. Wenn die Jungen sprachen, spritzte eine Menge Speichel.

Sie hatten vorher ausgemacht, dass derjenige, dem

es nicht gelang, das Seil zu sichern, als Erster klettern musste. Also stieg Johnny, die Unregelmäßigkeiten der Steinmauer nach Fußtritten absuchend, hinauf. Oben angelangt richtete er sich auf und was er sah, übertraf bei weitem seine kühnsten Erwartungen. Er war in eine Spatzensiedlung geraten, jedes Nest voll aufgerissener Schnäbel und jeder Schnabel zitterte und gab tonlose gutturale Laute von sich.

»Jesus, Jimmy!«, war alles, was Johnny Culliton herausbrachte. Er spähte in die dunkleren Ecken, und nachdem seine Augen sich an die Dunkelheit gewöhnt hatten, sagte er wieder nur: »Jesus, Jimmy!«

»Was siehst du da?«, rief Jimmy.

Johnny rückte von der Mauer ab um seinem Bruder Platz zu machen und kaum war Jimmy oben angelangt, rief auch er: »Jesus, schau dir das an!«

»Ja, Jimmy. Willst du auch die da drüben ansehn?« Johnny zeigte in die dämmrige Ecke des Heubodens.

»Die mein ich nicht, ich mein das vor deinen Füßen.« Jimmy zeigte nach unten. »Beweg dich nicht, sonst trittst du drauf.«

Johnny schaute hinunter. »Oh Jesus, sieh dir das bloß an!«

Dicht vor seinem Stiefel lag ein Haufen Moos und Spatzenkot. Doch die Jungen sahen nicht den Schmutz und den Vogeldung, die sich in vielen Jahren angesammelt hatten. Alles, was sie sahen, war ein Nest, das in die Ferse eines Schuhs gebaut war, und darin die fünf kahlen, quietschenden Köpfe an lang gestreckten roten Hälsen.

»Das glauben uns die Kumpels nie«, sagte Johnny. Er nahm die Papiertüte aus seiner Tasche und schüttelte sie in Form. »Ich steck das ganze Ding da rein, dann kann ich's ihnen zeigen.« Mithilfe seiner Stiefelspitze löste er den Schuh aus dem Dunghaufen. Er hob ihn auf und blies in die offenen Schnäbel der fünf Küken um sie aufzuregen.

Als der Schuh voller aufgeregter Nestlinge in der Tüte steckte, knickte Johnny den oberen Rand zweimal um. Mit der Tüte in der rechten Hand betrat er den Hängeboden, der vor mehr als neunzig Jahren eingezogen worden war. Obwohl er voller Löcher war, kam es den Jungen nicht in den Sinn, dass die Bretter verrottet sein könnten.

Und so kam es, dass Johnny durch die Bretter brach und einen Schauer aus Staub, Vogeldung, Nestern voller bettelnder Schnäbel und Splittern von verfaultem Holz mit sich nach unten riss. Stöhnend wie ein erwachsener Mann, der einen Tritt in die Hoden abbekommen hat, prallte er auf dem Boden auf und rührte sich nicht mehr.

Voller Panik rutschte Jimmy das Seil hinunter und rannte in den Hof des Priesters. Er schrie.

Als Mrs Westman zur Hintertür kam um nachzusehen, was los war, brüllte er, sein Bruder sei tot.

»Mein Brudder 's tot! Mein Brudder 's tot!«

Die leicht schwerhörige Haushälterin sah ihn angeekelt an und fragte ihn, was er gesagt habe.

12. *Kapitel*

Fünfte Fastenwoche

Donnerstag, 11.10 Uhr

DIE KUH WAR schwarz und der Bauch zwischen ihrem toten Hinterteil und ihrem toten Kopf sah aus wie ein Berg. Die toten Zitzen glichen vier schlaffen Fingern an einem weißen, dünn behaarten Ballon, aus dem langsam die Luft entwichen war.

Auf dem toten Berg saß John O'Brien im Märzwind, der auch an diesem ersten April noch blies. Aus der Ferne gesehen konnte man ihn für einen mageren Geier halten, der seine Mahlzeit betrachtete.

Neben O'Brien lag eine Hälfte seines Sandwichs auf einem Stück braunen Einwickelpapier und die Haare der toten Kuh berührten in der Brise den Rand der oft benutzten Verpackung. Winzige Wellen kräuselten den milchigen Tee in der Plastiktasse neben dem Sandwich.

Alles an John O'Brien war lang und dünn. Er brauchte seine großen Füße um seinen hohen Körper fest am Boden zu halten. Aus der Nähe betrachtet hätte er einem Gemälde von El Greco entstiegen sein können. Das Leuchten war aus seinem glatten roten Haar verschwunden, aber seine Brauen und Handrücken erinnerten noch an das feurige Rot von früher. Sein Gesicht war im Lauf seines sechzigjährigen Lebens lang genug geworden um einer Nase Platz zu lassen, aus deren höhlenartigen Nasenlöchern ein ausgeblichener, buschiger Hängeschnurrbart wucherte. Der Kopf war zur Seite verdreht, sodass eine senkrechte Linie von seinem linken Auge zu seinem Nabel verlief. Diese verdrehte Haltung hatte er angenommen, nachdem er mit vierundzwanzig durch einen Kalksteinsplitter das rechte Auge verloren hatte. Das Stück Glas, das jetzt seine Augenhöhle ausfüllte, starrte bläulich und blind und reglos ins Nichts. Als wolle er den Brunnen abdecken, nachdem das Kind schon hineingefallen war, trug John O'Brien die Imitation einer Fliegerbrille aus dem Zweiten Weltkrieg. Das schwarze Gummiband, das sie hielt, zog eine Furche durch das ausgeblichene rote Haar und ließ seine Erscheinung ein wenig makaber wirken. Die obere Kopfhälfte über dem Gummi sah aus, als wäre sie von einem Chirurgen mit schwach entwickeltem Sinn für Proportionen dort angebracht worden.

Als er das Sandwich an den behaarten Mund hob, erblickte O'Brien einen Mann, der auf die Tür in dem hohen Maschendrahtzaun zuging. Der Mann schob ein leichtes Motorrad neben sich her.

O'Brien nahm einen Bissen. Der Schatten einer Wolke huschte über das eingezäunte Stück Land. Der Wind wurde sofort kälter.

Der Eindringling, ein etwas zaghafter Frank Molloy, der auf seinem ersten Ausflug in die Umgebung ein wenig die Fühler ausstrecken wollte, blieb vor dem Maschendrahtzaun stehen und betrachtete die fünf Schilder.

John O'Brien – Abdecker. Rote Buchstaben auf weißem Grund.

Unbefugten ist das Betreten verboten. Die Buchstabenreihe war mit einer Bleistiftlinie unterstrichen.

Tag und Nacht Abholung von toten Tieren jeder Art.

Auf diesem Schild hatte noch etwas anderes gestanden. Molloy ging näher und kniff die Augen zusammen. Die übermalten Worte waren mit schwarzer Farbe geschrieben gewesen: *Du verdammter Geier.*

Das in dieser Anlage verarbeitete Fleisch ist für den menschlichen Verzehr nicht geeignet. (Das Gesundheitsamt.) Der Schmierfink war auch hier tätig gewesen und die weiße Farbe hatte zwar gedeckt, aber nicht vollends gelöscht, was er geschrieben hatte. Die Botschaft lautete: *Der Abdecker frisst tote Kühe, verdammte Hyäne.*

In dieser Anlage wird Fleisch für Windhunde verpackt.

Frank Molloy betrachtete das Grundstück durch die offene Tür. Der Schatten der Wolke fegte wie eine riesige Raupe über den Boden. Etwa fünfzehn Meter entfernt, in der plötzlich wieder enthüllten Sonne, sah Molloy die Silhouette von John O'Brien, der auf dem ausgestreckten Körper eines toten Tieres saß. Der Gedanke an den erschöpften Don Quichotte schoss Molloy durch den Kopf. Es sah aus, als esse O'Brien etwas.

Vielleicht erkennt er mich nicht. In das Leben dieser Leute zurückzukehren wird mir schrecklich auf den Geist gehen. Sich ihren Fragen zu stellen wird sein, als müsse man eine kleine Armee abwehren. Aber einmal muss ich in die Höhle des Löwen, und das kann ich hier genauso gut üben wie woanders.

Hinter dem müden Ritter und seiner toten Rosinante erhob sich die Fassade eines großen Wellblechschuppens. Das hohe zweiflügelige Tor stand offen. Sonnenschein fing sich im Dreck der schmalen Fenster an der Rückwand. Hinter dem Schuppen erstreckte sich weit das einsame, flache Heideland. Gruppen von kümmerlichen Zwergbirken, mit Wasser vollgesogen, glichen Tupfen in der Landschaft. Ihre Blätter tanzten wie Silberpennys wild in der Sonne.

Salvador Dalí muss hier gewesen sein.

John O'Brien fuhr sich mit dem Ärmel seiner braunen Anzugjacke über die Lippen. Er griff nach der Teetasse in ihrem Bett von toten Kuhhaaren.

»Kommen Sie rein oder was?«, rief er.

Molloy blickte zu einem der Schilder auf, das er eben gelesen hatte. »Wäre das unbefugtes Betreten?«

»Ich bin doch da, oder?«, rief O'Brien zurück. »Ich bin O'Brien. Was wollen Sie?«

»Bin nur vorbeigekommen!«, rief Frank zurück.

O'Brien schüttelte den Kopf, als wolle er verschwommene Bilder aus seinem einäugigen Blickfeld vertreiben. »Suchen Sie was?«, fragte er.

»Schon mal was von Salvador Dalí gehört?« *Was für ein großartiger Anfang, Molloy. Salvador Dalí! Wen willst du beeindrucken?*

O'Brien lies ein Schnauben hören, das er sich für Leute vorbehielt, die glaubten etwas Besseres zu sein, als sie tatsächlich waren.

»Hier in der Gegend sagt man Daly, nicht Dowlee, und Sie sind ganz falsch. Mister Daly wohnt auf der Straße nach Duneamon. Sind Sie 'n Verwandter?«

»Nein.« Molloy betrachtete weiterhin die Landschaft. *Daly.* »Ist einsam hier draußen!«, rief er in den Wind.

»Was haben Sie gesagt?«, fragte O'Brien ohne die Stimme zu heben. Er bewegte die Finger im Henkel seiner Tasse und knickte das Handgelenk ab.

»Es ist still hier draußen!«, schrie Frank.

Eine kurze, schnelle Drehung des Handgelenks

und O'Brien hatte sich vorgebeugt und war aufgestanden, noch bevor der Tee in die weiche Erde neben den runzligen Nüstern der toten Kuh eingedrungen war. Er kehrte dem Eingang seines Grundstücks den Rücken.

Frank Molloy besah sich den eingezäunten braunen Staubkreis in einer sonst grünen und purpurnen Landschaft. *Sieht aus wie ein Gefängnis. Ob er wohl ein bisschen verrückt ist, wie er hier so ganz allein mitten im Nirgendwo auf einer toten Kuh sitzt? Vielleicht hat er mich nicht verstanden.* »Ich hab gesagt, es ist sehr still hier draußen!«, schrie er noch einmal und ging gleichzeitig weiter, die Hände um die Lenkstange des Motorrads gelegt. Aber der Don schien wieder nicht verstanden zu haben.

Er drehte Molloy noch immer den Rücken zu, hob seine Thermosflasche auf und schraubte die Tasse darauf fest. Als er sich umdrehte, war er überrascht Molloy so nahe zu sehen und platzte heraus: »Sind Sie 'n Inspektor oder was?«

Frank Molloy trug Jeans, die er an den Knöcheln zweimal umgeschlagen hatte. Sein Hemd war grün, der Anorak blau und rot. Segeltuchschuhe, die gleiche Brille wie O'Brien. »Was sollte ich denn inspizieren?«, fragte er.

»Keine Ahnung, was Sie inspizieren täten«, erwiderte O'Brien.

»Kommen oft Inspektoren zu Ihnen?« *Gott! Wie er stinkt!*

»Sind Sie vom Gesundheitsamt?«, erkundigte sich O'Brien und schaute Molloy fest in die Augen.

»Nein, bin ich nicht. Bin nur zufällig vorbeigekommen.«

»Nun, wenn Sie vom Gesundheitsamt sind, ich hab nichts zu verbergen.« O'Brien wischte den Schmutz vom Boden der Thermosflasche an einem Hosenbein ab. Er ging um den Kopf der toten Kuh herum und weiter auf den Schuppen zu.

»Was ist mit der Kuh passiert?«, rief Molloy ihm nach.

»Ist gestorben«, warf der Abdecker über die Schulter zurück. Er ging weiter auf den Eingang des Schuppens zu und bog nach links ab.

»Was Sie nicht sagen! Ich habe gedacht, sie tut nur so!«, rief Molloy. Er war nicht sicher, ob er nicht verstanden oder schlicht ignoriert wurde.

Als O'Brien nach ein paar Sekunden wieder auftauchte, hielt er eine Schürze und ein kurzes Seil in den Händen. Frank Molloy stand leicht gebeugt neben dem Kopf der Kuh und betrachtete forschend das tote Auge. Er hatte seine Motorradbrille über den Mützenschirm nach oben geschoben.

O'Brien ließ das Seil auf den Bauch der Kuh fallen. Er schüttelte die Schürze so energisch und so laut aus, dass Molloy vermutete, der Abdecker wolle ihm zu verstehen geben, er solle sich verziehen. Offensichtlich verärgert hängte er sich die Schürze um und verknotete mit seinen langen, knochigen Fingern das Band vor dem Bauch. »Das war ein großartiges Tier«, sagte Molloy. »Ich wette, dass der, dem sie gehört hat, sich in den Hintern tritt.« Er sah den Abdecker an.

»Das tät er lieber bei mir«, antwortete O'Brien.

»Warum das?« *Dieser Gestank! Ich werde mich in den Wind stellen müssen.*

»Wie heißen Sie?«, fragte O'Brien.

»Frank Molloy. Warum sollte der Besitzer auf Sie wütend sein?«

»Weil ich der Abdecker bin – der, den alle Bauern hassen. Niemand nennt mich John. Für alle bin ich der Schinder. Sind Sie mit den Molloys von Roongarry verwandt?« Nach seinem Tonfall zu urteilen mochte John O'Brien seinen Spitznamen nicht.

»Bin ich. Den Schmierereien habe ich schon entnommen, dass es hier jemanden gibt, der Sie nicht mag«, sagte Molloy und wies mit dem Kopf auf die Schilder am Eingang. »Aber warum sollten die Leute Sie nicht mögen?«

O'Brien schaute zu dem Tor im Zaun hinüber, als habe man ihm gesagt, ihm sei etwas entgangen. Dann sah er Frank an. »Nun ja, Mr Molloy, ich bin derjenige, der ihre toten Tiere abholt.«

Frank verstand noch immer nicht, warum die Bauern O'Brien nicht mochten. »Sie müssten selbst Löcher ausheben und die Tiere begraben, wenn Sie sie nicht abholen würden«, sagte er. »Tun Sie ihnen denn keinen Gefallen damit?«

»Es ist ein Gefallen, für den sie bezahlen müssen. Woher, denken Sie, kommt das Benzin für den Laster und das Geld für die Versicherung und die Wartung und die Reifen? Die Bauern denken, ich sollte ihnen für das tote Tier etwas bezahlen. Man braucht Geld um den Betrieb hier aufrechtzuerhalten.«

»Und deshalb ärgert man sich über Sie?«

»Deshalb würden sie lieber mir einen Tritt geben als sich selbst, wenn ihnen ein Tier stirbt. Ich bin bei ihnen willkommen wie ein Leichenwagen bei einer Hochzeit, denn ich bin der lausige Wichser, der sie dafür bezahlen lässt, dass er die Kadaver der Tiere wegbringt, die der Tierarzt nicht retten konnte. Sie bezahlen viel lieber den Tierarzt als mich. Und dann denkt der Bauer, er hat dreimal hintereinander verloren: das Tier und das, was er dem Tierarzt bezahlen musste, und das, was er mir bezahlen muss.« O'Brien zerrte an seiner Schürze. Sie hatte von oben bis unten schmale blaue und weiße Streifen. Obwohl er sie so energisch ausgeschüttelt hatte, war sie noch mit Tierhaaren bedeckt, die im Wind zitterten.

Frank Molloy wandte sich von O'Brien ab und ließ den Blick über das eingezäunte Gelände schweifen. »Deshalb haben Sie Ihr Geschäft also hier draußen, weit weg von allen«, sagte er.

»Was meinen Sie?«

»Um von ihnen wegzukommen haben Sie sich hier draußen eingerichtet«, erklärte Frank Molloy.

»Nein, nein! Ich hab mich wegen dem Gestank hierher verzogen. Aber abgesehen vom Gestank bin ich froh, dass ich's getan hab. Es ist besser hier draußen zu sein, wo die Wichser keine höhnischen Bemerkungen über mich machen können. Alles, was sie hier draußen tun können, ist irgendeine Gemeinheit auf die Schilder dort zu schreiben.«

»Die Schmierereien«, sagte Frank. »Ja, ich hab das Zeug gesehen, als ich reinkam.«

Wieder schaute O'Brien zum Tor hinüber, als erwarte er etwas zu sehen. Dann nahm er das kurze Seil vom Bauch der Kuh. Die beiden Enden waren zusammengeknotet. Er ging zum Hinterteil des Tieres, legte ihm das doppelte Seil unmittelbar über den mit Dung bedeckten Hufen um die Beine und zog es mit einem scharfen Ruck fest. »Gehen Sie in die Pubs?«, fragte er und wischte sich die Hände an der Schürze ab.

Molloy trat von der Kuh zurück, als er sah, dass O'Brien etwas mit dem Kadaver vorhatte.

»Welche Pubs?«, fragte er. »Fangen Sie jetzt an die Kuh zu zerlegen?«

»Die Pubs. Irgendwelche Pubs in der Gegend eben.« Die Handbewegung, die O'Brien machte, bezog jedes Pub von Waterford bis Donegal mit ein. Er packte den Schwanz der Kuh und zog ihn wie beiläufig nach oben. Der Wind blies den Staub aus den Haaren. O'Brien sah Molloy an, der von dem jetzt sichtbaren, geschwollenen Anus zurücktrat.

»Nein, ich mag keine Pubs«, sagte Frank und schob das Motorrad ein Stück weiter, als O'Brien der Kuh seinen riesigen Stiefel auf den Bauch stellte.

»Wo wohnen Sie?«, fragte O'Brien. Er trat die Kuh fest in den Bauch. Unter dem Schwanz entwichen prustend übel riechende Gase.

Frank Molloy nahm die linke Hand aus der Tasche und schüttelte ein gefaltetes weißes Taschentuch aus. Er hielt es sich vor Mund und Nase. *Jesus! Was für ein Gestank. Davon riecht O'Brien so gut.* »In solchen Dingen bin ich ganz schlecht«, sagte er. Seine Stimme klang durch das Taschentuch verzerrt. »Ich habe noch nie zugesehen, wie ein Tier zerlegt wurde.« Er machte noch einen Schritt zurück. »Fangen Sie jetzt an sie zu zerschneiden?«

»Zuerst muss ich sie häuten. Der Kran ist dort drin.« Der Abdecker warf über die Schulter einen Blick in Richtung Schuppen. »Wo wohnen Sie, haben Sie gesagt?«

»In der Wheat Mill Lane am anderen Ende von Davinkill«, sagte Frank. »Ich denke, es ist hier wie überall. Man gewöhnt sich daran.«

»Woran muss man sich in der Wheat Mill Lane gewöhnen? An Maura Gilligans Beagles?« O'Brien lachte wie ein gedankenloser Vater, der sein Kind auslacht, weil es sich wegen eines Albtraums ängstigt. Er nahm den großen Gummistiefel von der Kuh herunter.

»Ich habe nicht gemeint, dass man sich an die Wheat Mill Lane gewöhnt«, sagte Molloy. »Ich meinte, man gewöhnt sich daran, Tiere zu zerlegen. Aber es dauert bestimmt lange.« Molloy legte die Hand wieder auf sein Motorrad, behielt aber das Taschentuch in den Fingern. *Gott! Das wird ungeheuer mühsam.*

O'Brien sagte: »Ich kenne alle Leute aus der Wheat Mill Lane. Oder sind Sie in Miss Duggans Haus gezogen? Es ist in der Straße das einzige leer stehende Haus, soviel ich weiß.«

»Ja, früher hat Miss Duggan dort gewohnt.«

John O'Brien trat vom Hinterteil der Kuh zurück. Aus der Schürzentasche nahm er zwei harte, in Papier eingepackte Bonbons. Am Einwickelpapier klebten kurze Haare. Mit der Hand, mit der er den Kuhschwanz hochgehoben hatte, hielt er Molloy einen von den Bonbons hin. Molloy winkte ab und sagte: »Nein, danke.«

»Das ist ein gemütliches kleines Haus«, sagte der Abdecker und schob einen der Bonbons in die Schürzentasche zurück. Mit seinen langen Fingern begann er die Hülle vom anderen abzuziehen. »Die arme alte Miss Duggan war nicht mehr dieselbe, nachdem man das Foley-Mädchen umgebracht hatte. Die beiden waren wie Mutter und Tochter gewesen, nur war Miss Duggan nie verheiratet und Kit Foleys Mutter war tot. Ihr Vater übrigens auch. Und am Ende wurde sie irre, die Miss Duggan, und hat mit ihren wilden Geschichten die Kinder erschreckt. In den letzten paar Jahren vor ihrem Tod haben die Leute um sie und ihr verrücktes Geschwätz einen Bogen gemacht. Sie hat ein paar Tage tot im Haus gelegen, bevor Maura sie gefunden hat – oder vielmehr ihre Hunde, wegen dem Geruch. Haben Sie das Haus gekauft?«

»Das hab ich«, sagte Molloy. Und um die nächste Frage abzuwenden fuhr er fort: »Es ist die Eibenhecke, die das Haus so gemütlich macht. Sie umgibt es auf drei Seiten.«

»Wie, haben Sie gesagt, sind Sie mit den Molloys von Roongarry verwandt?«

»Ich habe es noch nicht gesagt«, entgegnete Molloy. »Aber ich bin Frank, Gregorys Bruder.«

Zuerst schien es, als werde O'Brien zur nächsten Frage übergehen. Seine Lippen begannen schon die Worte zu formen. Doch dann fiel seine Miene plötzlich in sich zusammen. Durch Lippen, wie von Zitronensaft verklebt, sog er tief Luft ein, während der Blick seines einzigen Auges sich auf die Gegend von Franks Nabel konzentrierte. Seine Finger hörten auf mit dem Bonbonpapier zu spielen.

»Pfarrer Frank.« Es klang wie ein Seufzer, eine Erinnerung. Dann fielen die Worte aus ihm heraus wie die ersten Wassertropfen aus dem schmelzenden Schnee des Winters. »Sie haben mir an dem Tag, an dem Sie Ihre erste Messe gelesen haben, den ersten Segen gespendet.« Das einzige Auge richtete sich wieder auf Molloys Gesicht. »Wissen Sie noch? Es waren schrecklich viele Leute da. Alle, die in der Kirche waren, haben sich angestellt, weil wir Sie alle kannten, seit Sie ein kleiner Junge waren, Peters Sohn.« Molloy, von diesem Gefühlsausbruch überrumpelt, war nicht imstande O'Briens eindringlichen Blick zu ertragen. Er fixierte den Knoten von O'Briens Schürzenband und die zitternden Haare auf der Schürze. »Die Frau war in der Frühmesse gewesen und wieder zu Hause bei dem Kind. Ich weiß nicht, ob Sie sich erinnern, wie zart es war, das Kind. Bin mit dem Fahrrad nach Hause zu Ballafalia gefahren und hab ihr gesagt, sie soll in die Kirche zurück und sich von Ihnen segnen lassen. Er ist bestimmt nicht mehr da, wenn ich hinkomme, sagte sie. Dann hab ich ihr erzählt, wie viele Leute darauf warten, dass Sie ihnen die Hand auflegen. Sie fuhr mit dem Fahrrad, das Kind in der Tragetasche. Ich werde es nie vergessen, ich dachte, uns dreien würde nie was geschehen, weil wir Ihren ersten Segen bekamen, Ihren, der einer von uns war und ein neuer Priester ohne Sünden. Aber das Kind ist gestorben, bevor es drei war – ein Loch im Herzen. Und die Frau hat es nur ein paar Monate länger ausgehalten. Sie hatte ihren ganzen Lebenswillen verloren. Eine Lungenentzündung hat sie umgebracht.«

In der Stille, die O'Briens Redeschwall folgte, sah Molloy sich selbst an jenem Tag, wie er die Reihe der Gläubigen abschritt, ihnen die frisch gesalbten Hände auflegte und Gottes Segen für sie erflehte. Erbittert sah er sich auch im ersten Überschwang der Priesterschaft, eine zarte, arglose Blume, kurz davor, aus dem Boden gerissen und auf unfeine Weise zerkaut zu werden, bestimmt für den ersten Magen der großen, sprachlosen Kuh, der institutionellen Kirche. In der Stille, die sich zwischen den beiden Männern ausdehnte, wurde Molloys Vorstellung überflutet von Bildern der Orte, an denen er gewesen war, der Staaten, die er besucht, der Beziehungen, die er durchlebt hatte, von Schmerzen und Freuden. Ohne es zu wissen war er die ganze Zeit in O'Briens traurige Erinnerungen verwoben gewesen und jemand hatte seiner vielleicht freundlich gedacht in Zeiten, in denen er über ein wenig Freundlichkeit und Güte froh gewesen wäre. Viel zu viele Jahre hatte er Güte bei seinen geistlichen Brüdern gesucht. Als ihm klar wurde, dass die Suche von Anfang an vergeblich gewesen war, war er selbst zu geistigem Ödland geworden, seine Seele zu einer dürren Mondlandschaft mit Gebirgen aus Zorn und Bitterkeit.

Als Molloy zu O'Brien aufblickte, regte sich in seiner Brust eine Wärme, die einem unklaren Zusammengehörigkeitsgefühl entsprang, und er wusste, dass er wahrscheinlich noch Priester wäre, wenn er bei seinen geistlichen Brüdern wenigstens so viel Verbundenheit gefunden hätte wie hier.

Seine Augen fielen auf den Bonbon, den O'Brien zwischen den Fingern drehte und knetete. »Ich glaube, meine Mutter hat mir in einem Brief von Ihrer Frau und Ihrem Kind geschrieben«, sagte er. »Wenn man fort ist, fällt es einem nach ein paar Jahren schwer sich zu erinnern, wer gestorben ist. Der Tod eines Menschen in einem Brief sind nur ein paar Worte auf einer Seite. Man sieht nicht den Kummer in den Gesichtern der Menschen am Grab, an den man sich später erinnern kann.«

»Schon gut«, sagte O'Brien. »Ich hab diese Geschichte noch nie jemandem erzählt. In dem Moment, in dem Sie mir gesagt haben, wer Sie sind, ist sie mir irgendwie herausgerutscht.«

»Ich bin froh, dass Sie mir davon erzählt haben«,

erwiderte Molloy. »Und ich habe noch immer die Ohren eines Priesters.«

O'Brien nickte dankbar, die Lippen auf eine Weise zusammengepresst, die verriet, wie sinnlos der Versuch war sich irgendwie mit der Scheiße abzufinden, die sich auf der Straße des Lebens über einen ergoss. »Was soll's!«, rief er endlich. Und mit einem heftigen Schaudern, als wolle er seine Traurigkeit abschütteln, fragte er: »Wann haben Sie's gekauft, das Duggan-Haus?« Ohne Molloy Gelegenheit zu einer Antwort zu geben redete er weiter, versuchte das Zittern in seiner Stimme zu unterdrücken. »Maura Gilligan war vor einer Woche hier und hat nichts gesagt. Sie kommt jeden Donnerstag und holt sich einen Kopf. Müsste eigentlich gleich hier sein. Sie kommt immer gegen zwölf. Vielleicht geb ich ihr den.« O'Brien wies mit dem Kinn auf die Kuh. »Sie wohnt in der Gasse hinter Ihnen, Summers Lane, im letzten Haus. Sie haben sie mit ihren Hunden bestimmt schon auf dem Golfplatz gesehen. Nichts als Beagles, seit Seamus gestorben ist. Sie züchtet sie für die Fuchsjagden zu Pferd. Die Golfer beschweren sich immer über die Hundescheiße auf den Greens.« O'Brien lächelte und fummelte weiter an dem Bonbonpapier herum. Er hielt den Bonbon auf Armeslänge vor sich hin und kniff das Auge zusammen. »Sie hassen es, Hundescheiße auf ihre schicken Schuhe zu bekommen, die Doktoren und Bankleute und Priester.« Er bewegte die Arme und versuchte sein Auge auf die Süßigkeit einzustellen. »Das Auge ist beim Teufel und die verdammte Brille macht es nur noch schlimmer«, sagte er. »Spielen Sie Golf?«

»Nein.« *Ich will nicht hier sein, wenn die Gilligan kommt.* Molloy lehnte den Sattel des Motorrads an seine Hüfte und schaute auf die Uhr. Es war zwei Minuten vor zwölf. »Ich muss jetzt los. Ich habe Mrs Gilligan mit ihren Hunden schon getroffen.« *Hat mich vom ersten Moment an mit Fragen gelöchert.* Um sich nicht allzu plötzlich zu verabschieden fragte er: »Was war das mit dem Kopf?«

Der Abdecker legte ein Ende der Papierhülle an die Lippen und blies hinein. »Da haben wir's!« Er schälte die Süßigkeit aus dem Papier. »Ich werde nie begreifen, wie die Haare in das Papier hineingeraten. Aber zum Teufel, es hat mich noch nicht umgebracht. Sie kocht den Kopf für die Hunde. Wo haben Sie früher gewohnt?«

Kocht den Kopf. Augen und alles. Fell und alles! Wie nimmt sie ihn aus dem Topf, wenn die Lippen und die Ohren abfallen? Die grinsenden Zähne. Die schrecklichen Augen! Gekocht! »In New York. Vielleicht schaue ich mal wieder rein, wenn ich vorbeikomme.« Er schob sich die Motorradbrille wieder über die Augen.

»Klar. Wenn Sie noch ein paar Minuten warten, lernen Sie Maura kennen.«

Molloy entfernte sich schlurfend von der toten Kuh. »Ich kenne Mrs Gilligan schon.« Er schaute zum Tor. »Nun, Mr O'Brien, ich muss jetzt gehen. Wir sehen uns.« Er schob das Motorrad an.

»Die Wachleute wollten, dass ich ihnen mit Miss Duggan helfe.« O'Brien legte einen Köder aus um Franks Flucht zu verzögern. »Nur weil ich Gräber aushebe und tote Tiere zerlege, dachten sie, ich geb mich auch mit einer verwesenden alten Frau ab.«

Molloy blieb stehen und blickte zurück, doch sein Körper blieb dem Fluchtweg zugewandt. »Was haben Sie den Wachleuten gesagt?«, fragte er.

O'Brien ließ den Bonbon von einer Wange in die andere wandern. Er streckte die Zungenspitze heraus und nahm mit Daumen- und Zeigefingernagel ein Haar aus dem Mund, wischte sich die Hand an der Hose ab. »Ich habe ihnen gesagt, ich mache es, aber nicht aus Gefälligkeit. Sie wussten, was ich meine.« Er blinzelte mit dem gesunden Auge und gab mit einer schnellen Kopfbewegung zu verstehen, dass er sich gegenüber den Wachleuten überlegen gezeigt hatte.

»Das war klug von Ihnen«, sagte Molloy. »Es schadet nie, das Gesetz auf seiner Seite zu haben.« Er wandte den Kopf und ging weiter, doch O'Brien legte schnell einen weiteren Köder aus. »Sie wäre mir fast auseinander gefallen. Aber ich hab sie in den Sarg gekriegt, ohne dass sie platzte. Ich war froh, denn ich fand, sie war eine nette alte Dame. Verrückt, aber nett.«

Frank schob sein Motorrad weiter und drehte den Kopf zu O'Brien um. »Sie waren bestimmt froh über Ihre Hilfe.« Er wandte sich wieder dem Tor zu. Ein Wagen, so dreckverkrustet, dass man die Farbe nicht erkennen konnte, holperte langsam über den unebenen Boden durch das Tor im Maschendrahtzaun.

»Scheiße!«, stieß Molloy zwischen zusammengebissenen Zähnen hervor.

13. Kapitel

Fünfte Fastenwoche

Donnerstag, 11.35 Uhr

TOM BERGIN WAR ein schlechter Verlierer und wenn er mit Pfarrer Keegan Golf spielte, begann der Ärger in ihm zu schwelen, bevor der erste Ball abgeschlagen war. Er wusste, dass er gegen den Priester nie gewinnen würde.

Nach außen hin war Bergin, Filialleiter der Bank of Ireland in Davinkill, ein angenehmer Golfpartner, innerlich kochte er jedoch vor Eifersucht und Bitterkeit. Jedes Mal wenn Pfarrer Keegan über einem Ball stand, richtete Bergin im Geist eine Flut von Golfflüchen gegen ihn.

Als Pfarrer Keegan sich anschickte den Ball vom zehnten Tee abzuschlagen, stand Bergin ihm auch diesmal gegenüber und wünschte, der verfluchte Ball würde von dem verfluchten Schläger in einem verfluchten rechten Winkel abrutschen, in dem verfluchten Furzgebüsch verloren gehen und nie wieder gefunden werden. Als das Holz zwei einen perfekten Bogen beschrieb und den Ball haargenau in der Mitte traf, wuchs in Bergin ein urzeitlicher Sumpf aus Schmähungen und Beschimpfungen. Während er mit den Augen dem Flug des Balles folgte und ihn mit einer Fülle lautloser Kraftausdrücke herunterzuholen versuchte, sah Bergin aus dem Augenwinkel eine Bewegung. Doch er ließ Keegans Ball nicht aus den Augen und verfluchte ihn auf seinem ganzen Weg bis zum Green.

»Das war ein guter Schlag, Herr Pfarrer«, sagte er liebenswürdig, als der weiße Fleck drei Meter vor der Fahne ausrollte. Dann schaute er sich um und versuchte zu erkennen, was sich bewegt hatte, während Keegans Ball durch die Luft geflogen war.

Anthony Furlong, der Platzwart, kam in einem Golfcart auf sie zu. Mit der ganzen Kraft, die seine Seele aufbrachte, betete Bergin, dass etwas geschehen möge, das den Priester daran hindern würde, an diesem Loch einen Eagle zu erzielen.

»Der beste Schlag, der mir an diesem Loch jemals gelungen ist, Tim«, antwortete Keegan auf Bergins honigsüßen Glückwunsch. Eine Spur von Stolz auf eine einzigartige Leistung flackerte in einem Lächeln um Keegans Lippen. Dann fügte er besorgt hinzu: »Hoffentlich kommt Anthony mich nicht holen.«

Anthony Furlong brachte den Wagen vorsichtig zum Stehen und tippte an den Schild seiner Mütze.

»Männer!«, grüßte er und sagte ohne auf Antwort zu warten: »Sie werden gebraucht, Herr Pfarrer.«

Keegan warf einen Blick auf das Fairway und den Ball, der dort wartete eingelocht zu werden. Dann sah er Furlong an und der Platzwart beantwortete seine unausgesprochene Frage: »Es geht um einen der Culliton-Zwillinge, Herr Pfarrer. Mrs Westman sagt, er ist durch den Hängeboden in Ihrer Scheune gebrochen. Sie sagt, er ist vielleicht tot.«

Bei den Worten »Hängeboden in Ihrer Scheune« kam Keegan so plötzlich die Galle hoch, dass ihm schwindlig wurde und er gegen einen Brechreiz ankämpfen musste. Er bekam weiche Knie und auf der Stirn brach ihm klebriger Schweiß aus. Doch trotz seiner körperlichen Reaktion erwachte sogleich zitternd sein gut gedrillter Abwehrmechanismus und stellte seine Stacheln auf. Noch bevor Furlong zu Ende gesprochen hatte, glich Keegan nach außen hin einem Mann, der sich vom Einschlag einer Granate, die drei Meter vor seinem Gesicht explodiert war, völlig erholt hatte. In seinem Kopf ging es drunter und drüber und sein Magen kämpfte mit dem Einbruch überflüssiger Säfte, doch Keegan besaß die Geistesgegenwart seine ganze Kraft auf seine Knie zu konzentrieren, damit sie nicht unter ihm nachgaben.

Tim Bergin beobachtete, wie Keegan seinen Ball auf dem fernen Green betrachtete, ein Juwel auf smaragdgrünem Samt, das nie getragen werden würde.

Doch Bergin irrte: Keegan dachte dabei nicht einmal an den Golfball. Er wich Blicken aus, er saugte an seinen Speicheldrüsen, versuchte ein wenig Flüssigkeit in den Mund zu bekommen, damit er seine Stimmbänder befeuchten konnte, er bemühte sich um den Anschein äußerlicher Gelassenheit, ohne dass es gewollt wirkte. Im Lauf seines Lebens hatte der Priester viele Betrunkene erlebt, die versuchten nüchtern zu wirken, aber so krampfhaft, dass sie sich gerade dadurch verrieten. Keegan suchte nach einer passenden Erwiderung auf die Botschaft, die der Platzwart überbracht hatte, und er musste äußerst vorsichtig sein, damit nichts anderes durchsickerte.

»Wahrscheinlich war der Junge hinter den Vogelnestern her«, sagte er schließlich. »Seit dreißig Jahren nisten die Spatzen dort.« Kaum hatte er »dreißig Jahre« gesagt, zuckte Keegen innerlich zusammen. Er hatte genau das getan, was er um jeden Preis vermeiden wollte, hatte eine Verbindung zwischen dem Heuboden und der Zeit vor dreißig Jahren hergestellt.

Zwar war es nicht so, dass das ganze Dorf die Zeit vor dreißig Jahren ständig im Kopf hatte, doch das ganze Dorf hatte vor dreißig Jahren tief Atem geholt und horchte noch immer auf einen kleinen Hinweis, der die Identität eines Mörders preisgeben würde. Offiziell war Tony Donaghue der Mörder, doch in ihrem tiefsten Innern wussten alle, dass er unschuldig war und irgendjemand, der unter ihnen lebte, eine aus ihrer Mitte getötet hatte.

Tim Bergin gab einige der Tragödie angemessene Töne von sich. Er und Keegan warfen die Golftaschen auf den Cart und zwängten sich schweigend neben Anthony Furlong auf den Sitz.

Als Furlong wendete und zum Klubhaus fuhr, frohlockte Tim Bergin insgeheim über die Wendung der Dinge. Nie würde Keegan sich über den Eagle am achten Loch freuen können – etwas, das so selten vorkam wie ein Ass beim kurzen sechzehnten. Plötzlich wurde ihm bewusst, dass die Schadenfreude sich auf seinem Gesicht abzeichnen könnte, und er schaute rasch zu Keegan hinüber.

Dem Anschein nach war der Priester in genau dem Geisteszustand, den Bergin ihm wünschte. Doch wieder irrte Bergin.

Die Culliton-Zwillinge hatten einen Zorn in Keegans Kopf ausgelöst, der wie ein Sturmwind tobte. Er wütete auch gegen ihre Mutter, die Jesus als Ersatz für ihren Ehemann gewählt hatte, und zwar in dem Ausmaß, dass sie als Elternteil genauso untauglich geworden war wie der ständig betrunkene Vater der Kinder. Auch wurde Pfarrer Keegan von einer Angst zermürbt, die so heftig war wie die, die er vor dreißig Jahren empfunden hatte, als er auf dem Hängeboden, durch den das Culliton-Kind jetzt durchgebrochen war, ein Paar Schuhe versteckt hatte – Schuhe, die seine Existenz ruiniert hätten, wenn man sie mit ihm in Verbindung gebracht hätte. Als er sie zwischen den Vorder- und Hintersitzen seines Wagens gefunden hatte, war er in Panik ausgebrochen. Dreizehn heimlicher Würfe hatte es bedurft, bis er sie endlich erfolgreich durch das kleine Loch auf den Hängeboden befördert hatte, ohne dass sie wieder zurückkamen und ihm auf den Kopf knallten. Gott, diese Angst! Das ganze Dorf hatte zwei Tage lang den Golfplatz nach diesen Schuhen abgesucht und sie hatten die ganze Zeit in seinem Wagen gelegen. Jedes Mal wenn er das Loch verfehlt und die Unterseite des Hängebodens getroffen hatte, war eine Staubwolke heruntergerieselt, hatte ihn geblendet. Als der zweite Schuh endlich dort war, wo er ihn haben wollte, hatte er geweint und seine Hose war vorn nass gewesen.

Als der Golfcart holpernd die Davinkill Road hinauffuhr, kam Pfarrer Keegan in die Gegenwart zurück. Er versuchte sich zurechtzufinden. Wie lange war es her, seit er etwas gesagt hatte? Würde er mit seinem nächsten Satz seine Angst verraten? Er war nicht imstande länger zu schweigen.

»Hoffentlich ist alles in Ordnung mit dem Kind«, sagte er und wandte sich an Furlong. »Hat Mrs Westman gesagt ... Was hat sie gesagt?«

»Er könnte tot sein, das hat sie gesagt. Ich habe sie gefragt, was sie meint. Sie sagte, sie hätte ihn nur von weitem gesehen und er hat sich kein bisschen gerührt. Gesicht nach unten. Ich hab ihr gesagt, sie soll Doktor O'Leary rufen, und sie hat mich gefragt, ob ich denk, sie wär eine Vollidiotin oder was!«

Nach einer Pause meinte Tim Bergin: »So etwas musste ja dem einen oder dem anderen früher oder später passieren.« Er wollte noch sagen, dass die Zwillinge für das Dorf eine Heimsuchung seien wie eine Heuschreckenplage, da spürte er einen Druck am Oberschenkel. Er schaute hinunter und sah, wie Pfarrer Keegan seinen kleinen Finger zurückzog.

Dankbar für die Gelegenheit rational zu erscheinen, fragte der Priester: »Wie sind sie mit Ihnen verwandt, Anthony? Ist Mrs Culliton nicht Ihre Kusine ersten Grades?«

»Ganz recht, Herr Pfarrer, und die Zwillinge sind meine Neffen zweiten Grades, wie es im Katechismus heißen würde«, antwortete Anthony Furlong. Tim Bergin merkte, dass Furlong sein Bestes tat um den Priester zu beeindrucken, so wie alle Bauern in diesem verdammten Dorf. Tim Bergin merkte auch, dass er Pfarrer Keegan dankbar sein musste, weil der ihn davor bewahrt hatte, sich den Mund zu verbrennen. Das war einer der Nachteile, wenn man in einem Dorf, egal in welchem, nicht dazugehörte: Man wusste nie, wer mit wem verwandt war.

»Sie haben ein gutes Gedächtnis, Anthony«, sagte Pfarrer Keegan und diese Worte waren wie ein Seufzer der Erleichterung für ihn, weil niemand seinen Schnitzer, dieses »seit dreißig Jahren«, bemerkt und aufgegriffen hatte.

»Und es ist viel länger als dreißig Jahre her, dass Kit Foley und ich unsern Katechismus gelernt haben«, entgegnete da Furlong. Pfarrer Keegans Dünndarm bäumte sich auf wie eine bisher schlaff hängende Angelschnur, an der nun ein wütender Hecht zerrt. Aber Furlong schwadronierte weiter: »Ich weiß auch noch, wie meine Mutter mir beigebracht hat Katechismus zu buchstabieren: ›*K*athy *A*rnold *T*rug *E*inmal *C*harlys *H*olzpantoffeln *I*m *S*üdlichen *M*eer *U*nd *S*tolperte‹. Das Wort Katechismus zu buchstabieren ist schrecklich schwer und Mr Goodwin war ein Satan mit dem Stock, wenn Sie das Wort entschuldigen, Herr Pfarrer.«

Tim Bergin war nicht geneigt sich das Geschwätz eines Bauernlümmels noch lange anzuhören. Grob mischte er sich ein und brachte das Gespräch auf eine zivilisierte Ebene zurück. »Hätten Sie den Eagle am achten geschafft, Herr Pfarrer?«, fragte er wohl wissend, dass er damit nicht nur Furlong, sondern auch den Priester traf.

Nur allzu froh, dass die Spannung gemildert war, antwortete Pfarrer Keegan. Doch er lenkte das Thema gleich wieder zurück auf das Culliton-Kind – für den Fall, dass man es für herzlos hielt, wenn er unter diesen Umständen von Golf redete. »Das werde ich nie erfahren, Tim ... Es würde mich nicht wundern, wenn Doktor O'Leary gerade oben in Blackwater Bridge bei Ken Considine wäre. Falls Mrs Westman versucht ihn zu erreichen, wird sie ihre liebe Mühe damit haben. Ken ist es heute Morgen nicht allzu gut gegangen.« Es fiel Pfarrer Keegan nicht schwer, sich sorgenvoll zu äußern, auch wenn er sich die Worte zwischen wütendem Zorn und großer Angst abringen musste.

Anthony Furlong hielt den Golfcart vor dem Spielereingang des Klubhauses an. Noch bevor die Räder vollkommen stillstanden, sprang Pfarrer Keegan vom Sitz und lief zum Eingang. Aber es war nicht der Culliton-Junge, an den er dachte. Das Einzige, was ihn beschäftigte, war das bewusste Paar Schuhe.

Was ... was, wenn sie mit dem ... dem ... dem kleinen Mistkerl zusammen heruntergefallen waren?

Pfarrer Keegan rannte zu seinem Spind und fummelte am Schloss herum. Unter keinen Umständen wollte er in seiner gelben Hose im Pfarrhaus erscheinen.

14. Kapitel

Fünfte Fastenwoche
Donnerstag, 12.05 Uhr

MAURA GILLIGANS WAGEN kam langsam wie ein alter Windhund, der sich an die ruhmreichen Tage seiner Jugend erinnert, über den Hof des Abdeckers gefahren. Er sah aus, als habe ihn jemand mit Stallmist besprüht, die einzigen sauberen Stellen waren die von den Scheibenwischern freigeputzten Dreiecke. Die verdreckten Scheinwerfer glichen den blinden Augen in den Marmorbüsten alter Römer.

In dem sauberen Fleck auf der Fahrerseite war Maura Gilligans begeistertes Gesicht zu sehen. Die Reste ihrer letzten Dauerwelle hingen seitlich von ihrem Kopf herunter wie ausgeleierte Federn einer kaputten Maschine, die unter einer Hecke vor sich hinrostet. Ihr gelbes Gebiss glich dem einer alten Schindmähre und ihre Nase der eines Boxers, der viel zu oft eins zwischen die Augen bekommen hatte.

Als der Wagen über den rauen Boden holperte, bliesen Windstöße den Staub von den fast profillosen Reifen. Frank Molloy, der sein Motorrad zum Tor in dem hohen Maschendrahtzaun schob, beschleunigte die Schritte und gab sich den Anschein eines Mannes, der in Eile war.

Aber drei Meter vor ihm blieb der Wagen stehen.

Scheiße.

Das schmutzige Fenster auf der Fahrerseite war

halb offen. In der Öffnung hing Mrs Gilligans Kopf. Ihre Zähne waren ihr voraus.

»Also wenn das nich Frank Molloy ist, mit Motorradbrille und so!«, schoss sie los. »Was, zum Teufel, machen Sie an einem solchen Ort? Gestern hab ich Pfarrer Keegan getroffen, als er unterwegs nach Roongarry war.« Den Blick auf O'Brien richtend rief sie: »Du verdammter Schlaumeier, O'Brien! Du hast gewusst, dass Frank Molloy nach Hause gekommen ist, und hast mir kein Wort davon gesagt.« Wenn Maura Gilligan sprach, setzte sie jeden beweglichen Teil ihres Gesichts ein um Worte zu formen: Wangen, Lippen, Augen, Brauen, Stirn, Kinnbacken und Kehllappen, alle wurden hin und her geschoben wie die Teile eines klappernden Motors. Wenn ihr die Luft ausging, gab sie beim Einatmen weiterhin Geräusche von sich. »Ihr beide schaut mit euren Brillen wie Käfer aus. Zwei große Käfer.« Sie wieherte über ihre witzige Bemerkung.

Molloy sah hilflos zu, wie O'Brien sich in Bewegung setzte, grinsend wie die Katze auf dem Baum. Seine Sieben-Meilen-Gummistiefel brachten ihn mit wenigen Riesenschritten voran. Aber für Mrs Gilligan ging er nicht schnell genug.

»Mach, mach, John!«, rief sie. »Ich bin schrecklich in Eile. Die Hunde bellen vor Hunger und diese hochnäsige Hure von weiter unten in der Straße wird sich wieder beim Sergeant beschweren. Möge Gott mich von diesem kreischenden Miststück befreien. Was die für Vorstellungen hat. Jetzt hat sie eine Frau, die einmal in der Woche zu ihr zum Putzen kommt, stell dir das vor! Mag Dempsey aus Ratnafir, zwei Pfund in der Stunde und das Essen. Ich hoffe, du hast einen

Kopf für mich fertig.« Frank Molloy hatte das Gefühl, dass er Mrs Gilligans Publikum war, und die Identität des kreischenden Miststücks gleich auf dramatische Weise enthüllt werden würde.

John O'Brien fiel mühelos in die Rolle des Chors.

»Du meinst die Frau von Pat Farrell?«, fragte er. Sein einziges Auge betrachtete den dreckverkrusteten Wagen. O'Brien sprach schneller als vorher, so als sei Maura Gilligans gehetzter Redestil ansteckend.

»Sie höchstpersönlich«, erwiderte Maura und nickte Molloy blinzelnd zu.

»Du kannst den da drüben haben.« O'Brien schaute zu dem Kuhkadaver hinüber.

»Großartig. Einen ganz frischen. Wem hat die Kuh gehört?«

»Sankt Willie Gorman. Ist beim Kalben gestorben. War schon zu alt, aber einer von den jungen Bullen hat sie erwischt.«

»Was ist aus dem Kalb geworden?«

»Auch tot. Es liegt im Laster.«

»Wenn Sankt Willie Gorman so viel Zeit bei der Arbeit wie beim Beten verbringen würde, wäre er ein besserer Bauer. Hätte er sich vor Jahren um seine Zäune gekümmert, wäre sein Bulle nich entwischt und hätte nich Ken Considines Frau umgebracht.« Maura Gilligans Urteil war endgültig und unfehlbar. »Habe noch nie jemanden auf Kosten anderer so hart an seiner Seeligkeit arbeiten sehen. Diese Kuh hätte vier fünfzig eingebracht. Seine Frau wird jetzt wieder mit ihren Apfelkuchen in die Läden gehen und versuchen ein paar Shilling zu verdienen.«

Frank Molloy wandte sich vom Wagen ab und sah überrascht, dass O'Brien strahlte. Ihm schoss der Gedanke durch den Kopf, dass die beiden vielleicht ein Interesse zusammenführte, das sich nicht auf das Fleisch für Maura Gilligans Hunde beschränkte. Sein Entschluss so schnell wie möglich zu verschwinden geriet ins Wanken. Er entdeckte eine amüsante Seite an Maura Gilligan und sie schien jetzt auch nicht so ungestüm, wie wenn sie allein auf Klatschgeschichten Jagd machte. Er würde ihre Vorstöße einfach so gut wie möglich parieren.

Als sich die Wagentür öffnete, schob der ehemalige Priester die Schutzbrille wieder über den Mützenschirm hinauf. Von Arthritis geplagt stieg Mrs Gilligan aus, den rechten Handteller auf die Hüfte pressend um so ihren ächzenden Körper wieder in Form zu bringen. Mit der linken Hand stützte sie sich auf das Dach.

Ihre Gummistiefel waren mit getrocknetem Kuhmist übersät, der Saum ihres farblosen Kleides bedeckte den oberen Stiefelrand. Sie trug eine ehemals kastanienbraune Strickjacke, die so formlos über ihren Schultern und Brüsten hing wie eine Decke auf einem Dornbusch bei Gewitter. Ihre Hände waren schmutzig, die Fingernägel abgebrochen.

Der Abdecker hob den Fuß und stellte ihn auf die Stoßstange. Er legte einen Ellenbogen auf das abgewinkelte Knie und machte einen Buckel. O'Brien kehrte wieder zu seinem normalen Sprachrhythmus zurück.

»Wenn du deine Klapperkiste weiter so oft wäschst, Maura«, sagte er, »wird man von der Farbe bald gar nichts mehr sehen.« Er lachte über seinen Witz und das Lachen klang angenehm.

»Wasch mir den Arsch, John!«, antwortete Mrs Gilligan mit einem Grinsen. »Und wann wolltest du mir sagen, dass du weißt, dass Frank Molloy nach Hause gekommen ist?«

»Wir haben uns eben kennen gelernt«, warf Frank Molloy ein und erzwang sich seinen Weg aus den Kulissen. Doch sofort wurde er mit Ellbogenkraft von der Bühne gefegt.

»Er is im Ruhestand, John. So viel hab ich gestern wenigstens aus ihm rausgekriegt.« Sie warf O'Brien einen Blick zu, sah dann aber wieder Molloy an um ihn in Schach zu halten. »Er is seit Montag wieder da und lebt wie ein Lord von seinem amerikanischen Geld und ich hab bis gestern nichts davon gewusst.«

O'Brien versuchte seinen Senf dazuzugeben. »Er wohnt im Haus der alten Duggan ...«

»Das weiß ich.« Mrs Gilligan schlug mit den Worten wie mit Karatehieben nach ihm. Dann wandte sich die Meisterin in der Kunst der Geschwätzigkeit Frank Molloy zu und lähmte ihn mit Blicken. »Ich hab ihm schon erzählt, wie du die alte Duggan vom Fußboden abgekratzt hast. Ich hab sie nie gemocht. Hat mit ihren Geistergeschichten Marion und Ned zu Tode erschreckt, seit sie Kinder waren. Sie fürchten sich noch immer in die Nähe dieses verdammten Gartens ohne Blumen zu gehen, dabei ist er fünfundzwanzig und sie vierundzwanzig. Hast du sonst noch was aus ihm rausgeholt, John?« Mrs Gilligan raffte das Revers ihrer Strickjacke am Hals zusammen. Ihre Hand mit den schmutzigen Fingernägeln hielt es zum Schutz gegen den Wind fest.

Molloy kam sich vor, als belausche er an einem Schlüsselloch ein Gespräch über sich selbst. Er versuchte das Thema zu wechseln. »Um was ging es in

Mrs Duggans Geschichten? Sie ...« Er nickte O'Brien zu. »... haben sie auch erwähnt.«

O'Brien ignorierte Franks Frage. »Hat Gregory das gemästete Kalb geschlachtet, als Sie gekommen sind?«, fragte er.

Molloys Verteidigung war ganz auf Maura Gilligan ausgerichtet und jetzt kam O'Brien von hinten angetanzt. Einen Moment lang geriet er in Verlegenheit, fing sich aber schnell wieder.

»Ich war noch nicht bei Gregory und ein gemästetes Hähnchen wäre mir lieber. Rotes Fleisch ist nicht gut für die Arterien.« Er sagte es lächelnd und hoffte, die Antwort würde wie eine Hand voll Sand wirken, die er den beiden in die Augen streute. »Erzählen Sie mir doch, um was es in Mrs Duggans Geschichten ging.«

»Um Kit Foley«, antwortete O'Brien und der Klang seiner Stimme war wie Benzin für Maura Gilligans schwelende Stimme. Die verbale Selbstentzündung erfolgte so unmittelbar, dass Frank sich fragte, ob ihr labiler Mund das Spiegelbild ihres labilen Geistes und Wesens war.

»Mrs Duggan!«, empörte sie sich. »Sie war Miss Duggan. Und sie war wirklich eine richtige Miss. Hat alles verpasst, sogar einen Mann. Ob sie ihn auch ver*misst* hat, die *Miss*? Sie hat mit allen Leuten geredet, als wären sie sechsjährige Kinder. Was hab ich gern vor ihr geflucht! Derbe Ausdrücke hat sie gehasst, aber sie hat sich nichts dabei gedacht, Kinder mit ihrer Geschichte über das Foley-Mädchen zu erschrecken. Es hat nur diese eine Geschichte gegeben und sie war schwer zu verstehen, denn die Miss hat Worte benutzt wie vor Urzeiten. Das war so schlimm wie das Confiteor, als die Messe noch auf Lateinisch gelesen wurde.«

Als Mrs Gilligan innehielt um Atem zu schöpfen, sprang John O'Brien ein.

»Der kleine Garten des Foley-Mädchens ist fünfzig Meter von Ihrem Haus entfernt, draußen auf dem Golfplatz. Wenn man nicht weiß, wo man ihn suchen soll, sieht man ihn vor lauter wilden Rosensträuchern und Nesseln nicht. Dort ist sie ermordet worden.«

»Das stimmt nich, John.« Mrs Gilligan entzog O'Brien wieder das Wort. »Dort hat man ihre Leiche gefunden.«

»Das hab ich ja gemeint«, stimmte O'Brien zu.

»Diese zwei Brüder von ihr taugen nich mal 'nen Schweinefurz«, erklärte Mrs Gilligan. »Sie haben den Garten von Unkraut und Sträuchern überwuchern lassen und niemand traut sich dort Ordnung zu schaffen. Die olle Bessie Duggan hat den Kindern weisgemacht, dass Kits Geist jede Dienstagnacht um elf seine Totenklage singt. Bessie war ein bisschen verrückt, hat die ganzen Jahre allein mit ihren Katzen gelebt und ist an jedem Tag ihres Lebens zur Messe gegangen. Sie hatte nichts als ihr Klavier und die paar Kinder, die zu ihr gekommen sind um darauf spielen zu lernen. Ich schwöre, dass ich dieses Klavier mitten in der Nacht bis über den Golfplatz gehört habe, wenn ich auf war, weil eine Hündin warf oder als Seamus gestorben ist. Diese Töne, die im Dunkeln über den Golfplatz geisterten, haben mir die Schauer das Rückgrat rauf- und runtergejagt.«

»Vielleicht war es die Totenklage von dem Geist, die du gehört hast.« Im Vergleich zu Maura Gilligans mächtigem, durch die Landschaft dröhnenden Organ glich John O'Briens Stimme einer Lerche, die nach einem Regenschauer aufsteigt. Er nahm den Fuß von der Stoßstange und beugte sich nach hinten, die Hände auf den Hüften und die Daumen nach vorn zeigend.

»Geist – du willst mich wohl verarschen, John«, sagte Maura Gillian kichernd. »Kein Mensch glaubt mehr an Geister und wer hat schon an den von der ollen Duggan geglaubt – außer den Kindern? Gott sei Dank sind wir sie los, mein ich.« Sie löste den Blick von Molloys Gesicht. »Schneidest du den Kopf für mich ab, John?« Ihre schmutzige Hand zeigte mit einer schwungvollen Geste auf die tote Kuh. »Ich möchte nicht dass der verdammte Sergeant an meine Tür klopft und mir sagt, dass eine gewisse Person sich beschwert hat, weil meine Hunde bellen. Als er mir das letzte Mal was von einer ›gewissen Person‹ erzählt hat, hab ich zu ihm gesagt: ›Gewisse Person, Sergeant? Sie meinen wohl dieses aufgetakelte Miststück, das, bevor es Farrell geheiratet hat, nur 'n Paar löchrige Gummistiefel an den Füßen hatte ...‹ Wie ist Amerika, Frank?«

Der unerwartete Wechsel vom Bericht zur Frage traf Molloy wie ein Schlag in den Nacken. Er brauchte einen Moment um sich davon zu erholen.

»Das ist so, als würde ich Sie fragen, wie Irland ist«, antwortete er. »Sie sagen mir, wie Irland ist, und ich sage Ihnen, wie Amerika ist.«

»Aber Sie sind hier geboren und aufgewachsen«, sagte Maura Gilligan. »Sie wissen, wie Irland ist.«

»Ich war vierunddreißig Jahre lang von hier fort.«

Mrs Gilligan war einen Augenblick sprachlos und das belustigte John O'Brien. »Ha, Maura«, sagte er, »jetzt weißte nicht mehr weiter.«

»Ich weiß nich mehr weiter, John? Dass ich nich lache! Ich hab nur gerade im Kopf ein paar Zahlen zusammengezählt. Zeig du ihm, dass du weiterweißt, und sag ihm, wie Irland ist.«

»Es ist die Insel der Heiligen und der Gelehrten«, zitierte O'Brien ohne zu zögern. »Das hat uns der Lehrer gesagt, als ich noch klein war. Ich hab mir vorgestellt, dass alle entweder in der Schule beim Lernen oder in der Kirche beim Beten sind, und da hab ich gedacht, so großartig kann ein solches Land nicht sein.«

»Das is lange her, John«, meinte Maura Gilligan, »und ich möchte behaupten, dass es auch damals ein paar Huren und Dummköpfe gegeben hat, genau wie's heute viele hart arbeitende und nüchterne Leute gibt, auch wenn manche sagen, Irland ist die Insel der Schmarotzer und Säufer.«

»Schmarotzer und Säufer!«, sagte Frank Molloy. »Ist das nicht ein bisschen hart?«

Doch sie wurde von einer Frage O'Briens abgelenkt: »Was ist 'n Schmarotzer, Maura?«

»Das is 'n Kerl, der seit fünfzehn Jahren Stempelgeld kriegt, obwohl er nich mehr Recht drauf hat als ich, weil er 'n Job hat oder einen haben könnte. Das is 'n Schmarotzer«, sagte Mrs Gilligan und schien damit bei einem ihrer Lieblingsthemen gelandet zu sein. Ihre Stimme klang übertrieben lebhaft. »Wenn ich die Kerle seh, wie sie jeden Dienstagvormittag in Duneamon vor der Kaserne Schlange stehen, damit der Sergeant ihnen den Arbeitslosenschein unterschreibt, möchte ich die ganze verdammte Bande am liebsten in den Arsch treten. Der Sergeant weiß genau, dass sie kein Recht auf Stempelgeld haben. Das habe ich ihm auch schon einmal gesagt und wisst ihr, was dieser

Vollidiot mir geantwortet hat? ›Ach klar‹, sagt er, ›das ist ja nur Geld fürs Pub, dadurch kommen Frau und Kinder nicht zu kurz.‹ Gott! Und das Land is pleite und wir anderen zahlen Steuern, bis wir schwarz werden.« Sie raffte die Strickjacke wieder am Hals zusammen. »John! Schneid mir endlich diesen Kopf ab, damit ich heut Abend nicht den fetten Arsch von diesem Idioten zu sehen kriege. Dieser Wind geht einem durch und durch.«

»Ich gehe«, sagte Frank Molloy. Er zog sich die Schutzbrille über die Augen.

Doch Maura Gilligan ließ ihre Beute nicht so leicht entkommen. »Wieso hat es so lang gedauert, bis Sie nach Hause gekommen sind?«, fragte sie. »Hat Ihr Bruder Sie nich gewollt oder was?«

Eine Windbö wirbelte den Staub vom Boden auf und blies ihn zwischen das Trio. Maura Gilligan drehte sich weg und presste die Hände auf die Augen. O'Brien wandte sich ab und spie Staub aus. Frank Molloy holte das Taschentuch heraus und wischte sich damit über die Schutzbrille.

»Oh, wir schlagen wohl alle verschiedene Wege ein, wenn wir erwachsen sind«, sagte Molloy. »Ich habe eben so lange gebraucht um nach Hause zu kommen.« Seine Antwort zog ein kurzes Schweigen nach sich. *Vielleicht besitzt sogar Maura Gilligan Respekt davor, sich in bestimmte Dinge einzumischen.*

Aber sie kannte keinen Respekt. »Hat Gregory Sie nie zu sich eingeladen?«

»Darum ging's nicht. Manche Leute gehen weg und kommen nie wieder. Sie führen ihr eigenes Leben.«

Maura Gilligan duldete nicht, dass ihre Opfer ihr gegenüber im Vorteil waren. Kaum war Molloy die letzte Antwort über die Lippen gekommen, legte sie schon mit ihrer nächsten Frage los. »Was für ein Leben haben Sie in Amerika geführt?«

»Ein Leben, wie ich es wollte«, erwiderte Molloy. Er packte den Lenker seines Motorrads.

»Aber Ihr Bruder war der Meinung, dass an diesem Leben etwas falsch war?«

John O'Brien fiel plötzlich in eine Art Veitstanz. Maura Gilligan bemerkte seine zuckenden Bewegungen erst, als er sie mit dem Ellenbogen in die Seite stieß. Für weniger als eine Sekunde ließen ihre Augen Molloys Gesicht los und sie sah O'Brien an. Kaum hatte sie sich wieder Molloy zugewandt, wurde sie jedoch wieder angestoßen.

»Um Christi willen, O'Brien!«, fauchte sie. »Was, zum Teufel, is los mit dir?«

O'Brien bewegte den Daumen ruckartig in Molloys Richtung.

»Hast du einen Anfall oder was?«

Wie ein Stotterer, der seiner Kehle plötzlich ein Wort entreißt, stieß O'Brien hervor: »Du bringst ihn in Verlegenheit.«

Molloy sah einen Fluchtweg. »Sie bringt Sie vielleicht in Verlegenheit, Mr O'Brien, bei mir gelingt es ihr nicht. Wenn ich eine Frage nicht beantworten will, dann beantworte ich sie nicht. Und jetzt gehe ich endgültig.« Er schob sein Motorrad weiter. »Wir sehen uns!«, rief er. Molloy drehte sich um und winkte dem Paar zu, das jetzt neben der toten Kuh stand.

»Oh, nur keine Sorge, Frank«, sagte Mrs Gilligan. »Schließlich sind wir Nachbarn.«

Als der ehemalige Priester das Bein über den Motorradsattel schwang, fragte Maura Gilligan:

»Warum, zum Teufel, hast du dich eingemischt, John?«

»Weil du – weil du ihn regelrecht gelöchert hast.« O'Brien war verärgert. »Es war so, als ob ich hier stehe und zusehen muss, wie jemand in kleine Stückchen zerhackt wird. Was du ihn gefragt hast! Manchmal gehst du zu weit. Das alles ist seine Sache.«

»Nein, das is es nich.« Mrs Gilligan zog die Strickjacke fester über ihrem Busen zusammen. »Wenn er hier leben will, dann müssen wir etwas über ihn wissen.«

»Lass ihm Zeit, dann wird er es dir schon erzählen. Du brauchst ihn nicht zu löchern.«

»Nicht löchern – dass ich nich lache, John! Es gibt Sachen, von denen er nich will, dass einer sie weiß, weil er sich für sie schämt.«

»Woher willst du das wissen – außer weil jeder was hat, für das er sich schämt?«

»Weil er mit seinen Antworten so vorsichtig ist«, erklärte Mrs Gilligan und ihre Worte klangen nicht mehr ärgerlich. »Er is allzu vorsichtig. Und jetzt hol den Kranwagen und schneid mir diesen Kopf ab.«

O'Brien legte die Hand ans Kinn. »Hm, ich glaub, ich hab ein paar Mal verflucht gesagt, bevor ich wusste, wer er ist.«

»Du Vollidiot, glaubst du, er hat das Wort verflucht noch nie gehört?« Maura Gilligan knuffte O'Brien mit dem Ellenbogen in den Magen.

Er brummte. »Tiefer und nicht so hart.«

»Ich mach dich hart, wenn die Fastenzeit vorbei ist, du alter Stier.« Maura Gilligan stieß ihm ihr Hinterteil in den Schritt.

»Aber, aber, Weib«, sagte O'Brien mit spöttischer

Bestürzung. »Was würde Pfarrer Keegan sagen, wenn er das gesehen hätte?«

»Dem Mann würde es auch nicht schaden, sich mal richtig im Heu zu wälzen.«

»Komm schon, Maura.« Aus O'Briens Stimme war aller Spott gewichen. »Sei nicht so respektlos.«

»Respektlos – dass ich nich lache!«, erwiderte Maura. »Wenn dieser Mann einmal im Leben einen guten Ritt gehabt hätte, würde er vielleicht aufhören so auf der Kanzel rumzutanzen. Ein guter Bums hat noch keinem wehgetan.«

O'Briens respektvolle Haltung geriet unter Maura Gilligans sexuellen Anspielungen ins Wanken. Er griff nach ihr und wollte sie an seinen Schritt pressen um ihr die Wirkung ihrer Worte zu demonstrieren. Aber sie riss sich von ihm los. »Mach mir diesen Kopf zurecht, John, dann kriegst du von mir am Ostersonntag einen geblasen, dass dir Hören und Sehen vergeht.« Ihr Lachen klang wie das Gackern eines Fasans im Winter.

Als Frank Molloy gerade abfahren wollte, hörte er Motorengeräusch. Durch den Zaun des Abdeckers sah er einen Traktor aus dem Schuppen kommen. Zwischen den Hinterrädern war ein langer Arm befestigt.

Im Rückwärtsgang lenkte John O'Brien den Traktor zu der Kuh hinüber. Mrs Gilligan trat unter den langen Arm und zog den schweren Metallhaken herunter. Sie schob ihn unter die Schlinge des Seils, mit dem die Hinterbeine der Kuh zusammengebunden waren. Über den Traktorenlärm hinweg hörte Molloy ihre Stimme: »Zieh sie rauf!« Maura Gilligan ging zur Seite und die Hinterbeine der Kuh erhoben sich vom Boden, der Schwanz fiel ihr über den Rücken und der Berg zwischen Hinterteil und Kopf geriet in Bewegung, als der Kran den Kadaver in die Höhe zog. Endlich bewegte sich auch der Kopf, hob sich und die Ohren fielen über die Augen und bedeckten sie. Ein Windstoß fegte den Staub aus dem Fell der Kuh und blies ihn wie einen verschwindenden Geist über das Heidekraut.

Der Traktor fuhr los in Richtung Schuppen und mit jeder Radumdrehung berührte die Nase der Kuh den weichen Boden und hinterließ einen Tupfer.

Die Handschuhe, die Frank Molloy aus den Anoraktaschen nahm, waren schwarz. Schwarzes Leder mit weißem Wollfutter, das letzte Weihnachtsgeschenk von Padrake vor ihrem Tod, erworben bei einem Straßenhändler in Manhattan. »Wahrscheinlich sind sie einem Laster von der Ladefläche gefallen«, hatte sie lachend gesagt. Er zog die Handschuhe an und schüttelte die Erinnerung aus seinem Kopf. Molloy grübelte über seinen Entschluss nach aufrichtig jede Frage zu beantworten, die man ihm nach seiner Rückkehr nach Irland stellen würde. In New York hatte er nicht mit Großinquisitoren wie Maura Gilligan gerechnet.

Molloy startete das Motorrad. Er zog sich die Mütze tief in die Stirn und dachte an Walter Cotswold.

15. Kapitel

Fünfte Fastenwoche

Donnerstag, 12.05 Uhr

JEDER UNVOREINGENOMMENE MANN und jede unvoreingenommene Frau wissen, dass sich ein Paar vernachlässigter Lederschuhe nach dreißig Jahren aufgelöst haben musste, dass es zu Staub zerfallen und vom Wind verweht sein würde. Aber Pfarrer Keegan war, wenn es um Leder ging, nicht unvoreingenommen und er hatte von Archäologen gelesen, die ägyptisches Leder noch dreitausend Jahre, nachdem es gegerbt worden war, in gutem Zustand ausgegraben hatten.

Wenn die ägyptischen Handwerker Leder so perfekt über Tausende von Jahren haltbar hatten machen können, dann konnten moderne Hersteller bestimmt ein Paar Lederschuhe produzieren, das wenigstens dreißig Jahre überstand. Die Zeit war das Einzige, dem die Schuhe dort oben auf dem faulenden Hängeboden seiner Scheune hatten standhalten müssen.

Pfarrer Keegan war wie benommen. Er hatte das Gefühl erbrechen zu müssen.

Leder! Er kannte die Geschichte des Leders, weil er sie studiert, nach einem Schimmer der Erleichterung gesucht hatte. Er wusste, dass bis ins 19. Jahrhundert Hundekot zu Herstellung von Leder verwendet worden war, und zwar wegen eines bestimmten Enzyms, das er enthielt.

Jedes Mal wenn er das Wort Leder hörte, musste er

daran denken, dass dicht neben seinem Herzen eine Kugel steckte, die nicht zu entfernen war.

Das Paar Lederschuhe, das auf seinem Heuboden versteckt war, durfte nie entdeckt werden. Denn sonst würde Pfarrer Keegan sterben und dieser Tod wäre schlimmer als der physische. Man würde ebenso streng mit ihm verfahren wie mit Hester Prynne, der Heldin aus Nathaniel Hawthornes *Der scharlachrote Buchstabe*. Ein scharlachroter Buchstabe für Hester, die verschwiegene, ein öffentliches Anprangern des ebenso verschwiegenen Klerikers, ein Freudenfest zum Sündenfall des vermeintlich tugendhaften Mannes anstelle der Wurfgeschosse, die auf den im Halseisen gefangenen Kopf zielen.

Als er vom Golfplatz zum Pfarrhaus fuhr, überschritt Pfarrer Keegan die Geschwindigkeitsbegrenzung – weniger um dem Culliton-Jungen beizustehen als um festzustellen, ob die Schuhe gefunden worden waren, ob der kleine Scheißkerl sie bei seinem Sturz mitgerissen hatte. Schon stellte er sich vor, wie er die schimmligen Schuhe mit einem Tritt verstohlen in eine dunkle Ecke befördern würde.

Keegan fühlte sich innerlich ganz schwach, als er viel zu schnell die schmale Straße entlangfuhr. Schon vor dreißig Jahren, während der halben Stunde, die er gebraucht hatte um die Schuhe auf den Heuboden zu befördern, hatte der Priester begriffen, wie dumm es war, sie dort zu verstecken. Irgendwann würde sie jemand finden. Doch er hatte keine Möglichkeit gehabt sie wieder herunterzuholen. Er besaß keine Leiter. Wenn er sich eine ausgeliehen oder gekauft hätte, dann hätte es das ganze Dorf erfahren. Ebenso wie die Untertanen eines Königreichs es erfahren hätten, wenn ihr König mit Krone, Hermelin und einer langen Leiter über der Schulter in sein Schloss zurückgekehrt wäre, so hätten auch die Leute in Davinkill von Pfarrer Keegans Leiter erfahren. Und was tat der König mit einer Leiter? Die Frage, was Pfarrer Keegan mit einer Leiter tat, hätte die Neugier der Dorfbewohner so angestachelt, dass ein heftiger Wettbewerb darum entbrannt wäre, wer es als Erster herausbekam oder eine gute Antwort erfand.

Die Reifen quietschten, als er an der Ecke Maybridge Road in die Downs Road einbog. Niemand war in Hörweite um den Wagen des Priesters und die quietschenden Reifen in einen Zusammenhang zu bringen, sonst hätte dies irgendwann in späteren Jahren als Zeitbestimmung mit Bezug auf den Sturz des Culliton-Jungen gedient: »Das war zwei Jahre vor dem Tag, als der Culliton-Junge stürzte und Pfarrer Keegan vom Golfplatz angefahren kam mit Reifen, die quietschten wie eine Sau, die mit den Titten in den Stacheldraht geraten ist.«

Der Heuboden lag fünfeinhalb Meter über dem Scheunenboden. Wie oft hatte er hochgeschaut und überlegt, wie er hinaufkommen könnte. Er hatte nie eine Lösung gefunden. Er konnte auch keinen Außenseiter anheuern unter dem Vorwand, er solle mit einer Leiter kommen und kontrollieren, wie sicher der Hängeboden war. Das Erste und Einzige, das der Handwerker zu sehen bekommen hätte, waren Schuhe.

So hatte Pfarrer Keegan dreißig Jahre lang mit der Kugel dicht neben seinem Herzen gelebt. Und die Kugel war gewandert, als der Platzwart des Golfplatzes ihm die Neuigkeit vom Sturz des Culliton-Jungen überbracht hatte. Als der Priester jetzt ins Dorf kam, war seine Kehle so trocken wie die Wüste Gobi, sein Mund stand offen und seine Atemzüge wurden kurz und heftig. Das Steuerrad glich einem Rettungsring, an dem er sich festklammerte um nicht von der hohen Welle seiner Angst verschluckt zu werden. In seinem Magen hatte sich alles in Flüssigkeit verwandelt und schwappte unkontrolliert herum.

Er bemerkte die Leute auf den Gehsteigen nicht, die sich nach ihm umdrehten, als sie seinen Wagen durch die Downs Road brettern hörten. Was sie sahen und hörten, würden sie der dramatischen Geschichte beifügen, die man sich in der nächsten Zeit in Davinkill erzählen würde. Aber für Keegan waren sie nur dunkle Scherenschnitte auf dem sonst sonnigen Gehsteig.

Ein seltsames Gefühl überkam ihn, so als sei das Wasser einer kalten Dusche unerwartet heiß geworden. Ihm war, als sitze er in einem riesigen Glaskrug, bewege sich mühsam in einer klaren, dicken, angenehm warmen Flüssigkeit. Seine Hände lagen nur noch gefährlich locker am Steuer und er hatte den Eindruck, als bewege sich sein Wagen im Tempo eines Faultiers die Straße entlang.

Endlich tauchte die Einfahrt zum Pfarrhaus vor ihm auf und er wusste, dass er unmöglich normal erscheinen konnte, wenn er gleich aus dem Wagen stieg.

Er bog in die Einfahrt ein, verpasste mit einem Vorderrad den abgeschrägten Teil des Gehsteigs und rumpelte über den Bordstein. Der Priester wurde aus seiner Angst aufgerüttelt und in der Zeit, die er brauchte um in den Hof einzufahren, gelang es ihm, tief Atem zu holen. Langsam atmete er wieder aus.

Seine Unterlippe zitterte und einen kurzen Augenblick sah er sich selbst als Kind, wie er seiner Mutter hysterisch berichtete, das Hündchen sei in der Nacht gestorben.

Er konnte nicht ganz in den Hof hineinfahren, denn der Wagen des Doktors stand im Weg. Von einem Mikrochip aus teilte eine krächzende Stimme mit japanischem Akzent der Welt mit, dass der Doktor die Wagentür offen gelassen hatte.

Mit Knien aus Gummi ging Keegan zum Scheunentor, wo O'Leary neben dem Jungen kniete. Der Pfarrer schluckte mehrmals und ließ die Blicke über den Boden in Tornähe schweifen. Als er näher kam, suchte er auch den Bereich hinter den gebeugten Schultern des Arztes ab.

Nur mit Mühe konnte Keegan seinen Darm kontrollieren und der japanische Mikrochip attackierte seine Trommelfelle wie ein spitzer Eiszapfen in der Hand eines Folterers. In der dunklen Scheune lagen mehrere Klumpen. Einige waren groß genug um ein mit Vogeldung überzogener Schuh sein zu können. Auch eine braune Papiertüte lag herum.

Augenblicklich steuerte Pfarrer Keegan auf den größten Klumpen zu, doch plötzlich wurde ihm bewusst, dass außer Dr. O'Leary auch noch andere Leute da waren. Sie traten vor ihm zur Seite, als wären sie die Wasser des Roten Meeres und er Moses' Befehl sich zu teilen.

Der Priester blieb dicht hinter dem Scheunentor stehen. Der Doktor und der Junge schienen zu schwanken, als säßen sie in einer Hängematte und er auf einem Baum, drauf und dran auf sie zu stürzen. Er spürte Brechreiz im Hals. Dann fiel der verzweifelte

Priester vor den Augen der Zuschauer direkt gegenüber von Dr. O'Leary auf die Knie. Die Zeugen konnten mit ansehen, wie er, den geistlichen Kopf geneigt und die Hände zwischen den Oberschenkeln gefaltet, um Genesung, vielleicht sogar um die Wiederbelebung des Opfers betete. In Wahrheit kämpfte Keegan mit aller Macht gegen eine innere Dunkelheit an, die ihn in völlige Bewusstlosigkeit zu reißen drohte. Während er mit jedem ihm zur Verfügung stehenden Muskel seinen rebellierenden Magen zu beherrschen versuchte, kniff er sich mit beiden Händen in die Innenschenkel und quetschte sie so fest, bis seine Aufmerksamkeit sich ausschließlich auf den Schmerz richtete, den er sich selbst zufügte.

Gerade als er durch den Schmerz eine Erektion aufkommen spürte, bewegte sich der Junge, der zwischen ihm und dem Doktor auf dem Boden lag, und prustete. Keegan blickte auf und sah, wie der Doktor sich das Stethoskop aus den Ohren riss und es beiseite warf. O'Leary legte eine Hand auf das Hinterteil des Jungen, die andere in seinen Nacken.

»Rühr dich nicht!«, befahl er. Dann wandte er sich an die Zuschauer. »Welcher ist das?«, fragte er.

»Johnny«, antworteten mehrere Leute gleichzeitig, denn jeder wollte, dass in künftigen Berichten über dieses Drama auch sein Name genannt wurde.

Bevor der Doktor wieder etwas sagen konnte, spürte er in seinen Händen eine schwache Bewegung. »Es ist alles in Ordnung, Johnny. Bist durch Pfarrer Keegans Hängeboden durchgebrochen und warst eine Weile bewusstlos.« Wie eine gefesselte Ente wand sich der Culliton-Junge unter dem Griff, der ihn am Boden festnagelte. »Ich bin Doktor O'Leary und halte dich fest, damit du dich nicht bewegst. Du hast dir vielleicht den Rücken oder etwas anderes verletzt. Ich werde dich jetzt loslassen und untersuchen. Entspann dich und wenn ich etwas berühre, das dir wehtut, sag es mir.« Als O'Leary vorsichtig den Druck lockerte, drehte Johnny Culliton den Kopf und blinzelte mit einem Auge nach oben. Das andere hielt er geschlossen, weil er mit einer Gesichtshälfte auf dem Kies lag. Was Johnny sah, war Pfarrer Keegans Gesicht. Mit einem lauten Quieken sprang der Junge auf, rannte los und verschwand durch das Tor in Pfarrer Keegans Obstgarten. Der kleinen Gruppe von Menschen entrang sich ein Seufzer und eine Frau und ein Junge liefen hinter Johnny Culliton her.

Auf dem Scheunenboden kniend, schauten sich der Priester und der Doktor an. Der Platz zwischen ihnen war leer. Sie sahen aus wie zwei erwachsene Männer, die im Staub kauerten um mit Murmeln zu spielen.

Keegan blieb von der schnellen Genesung des Jungen unberührt. Er war noch immer in Todesgefahr und deshalb äußerst vorsichtig. Seine Nerven waren zum Zerreißen gespannt. Er konnte jeden Augenblick die Beherrschung verlieren. Dann würde er zusammenbrechen, ein sabbernder Klumpen in dem Gewirr seiner zerfetzten Nervenstränge, und die Wahrheit über die Schuhe herausplärren, weil er sie allein nicht mehr ertrug.

Völlig geräuschlos atmete er tief ein, entspannte sich und beschloss nichts zu sagen, ehe ihn der Doktor nicht ansprach. Den Atem anhaltend hockte er sich auf die Fersen und schaute zu O'Leary hinüber. Der Doktor griff nach seinem Stethoskop. Er sah den Priester an. »Sie sollten wegen dieses Hängebodens wirklich etwas unternehmen, Herr Pfarrer.« Im Stillen titulierte er Keegan mit dem Spottnamen, den er für ihn erfunden hatte: Puta, Puta, Puta – Poker-up-...

Statt an dem unbegründeten »guten Rat« Anstoß zu nehmen, nahm Keegan plötzlich in seinem Kopf eine ganze Kette von flimmernden Weihnachtslichtern wahr. Ihm wurde bewusst, dass er jetzt am helllichten Tag eine lange Leiter ins Pfarrhaus tragen konnte und dass die Leute ihm dafür, statt neugierig zu werden, auch noch verständnisvoll Beifall spenden würden. Doch die Lichter verblassten wieder, als ihm einfiel, dass die Schuhe vielleicht gar nicht mehr auf dem Hängeboden waren, dass sie vielleicht irgendwo direkt vor den Füßen der gaffenden Zuschauer lagen. Er wünschte, sie würden alle gehen, damit er sich umsehen und sich am eigenen Schopf aus dieser Grube der Angst herausziehen konnte.

Dr. O'Leary richtete sich auf. Das Stethoskop hing ihm aus der Jackentasche. »Ich denke, der Junge wird ein paar Tage im Bett liegen«, sagte er. »Wenn es nicht der Schock ist, der ihn dort festhält, werden es die schmerzenden Muskeln und Knochen sein.« Er stand auf ohne sich mit der Hand am Boden abzustützen.

Wäre der Priester nicht von Angst geschwächt gewesen, so wäre es ihm vielleicht gelungen, mithilfe von nur einer Hand aufzustehen. So aber schaffte er es kaum mit beiden. Er kam sich so schwerfällig vor wie ein Seelöwe auf heißem Sand. Pfarrer Keegan wurde bewusst, dass er zu dem Arzt noch etwas sagen musste, etwas, das zu den augenblicklichen Umständen passte. Während er sich mit seinem makellosen Taschentuch den Schmutz von den Händen wischte, murmelte er deshalb: »Der Hängeboden wird morgen abgerissen, Doktor.« Dann wiederholte er im Geist die Worte um sicherzugehen, dass sie nichts Belastendes enthielten.

O'Leary klopfte den Schmutz von den Knien seiner Hose. Dann betrachtete er die Überreste der Vogelnester und die Splitter faulenden Holzes, die überall herumlagen. »Jungs und Vogelnester«, sagte er.

Und dann fragte er, plötzlich das Thema wechselnd: »Ihr Mann, Considine – hat seine Frau jemals ein Kind zur Welt gebracht?«

Im Geist wiederholte Keegan ein paar Mal das Wort Considine. O'Leary zerrte ihn in ein Minenfeld, das genauso tückisch war wie das, auf dem er gerade stand. Keegan fragte sich, ob Considine dem Doktor endlich die ganze Geschichte erzählt hatte. Und er fragte sich, ob O'Leary ihm eine Falle stellte. Als er antwortete, sprach er wie ein verwirrter alter Mann. »Ja ... Considine ... Ja ... Ken. Seine Frau hatte ein Baby. Ein Mädchen. Es hat ungefähr einen Monat gelebt.«

»Was ist passiert?« Der Doktor machte sich noch einmal an seiner Hose zu schaffen.

»Die Mutter hat es mit ihrer Milch irgendwie angesteckt.«

Schließlich zog der Doktor seine Jacke zurecht. »Ich war nur neugierig, er hat da etwas gesagt. Ich muss gehen. Auf Wiedersehen, Pfarrer Keegan.«

Obwohl sie zwei der wenigen Respektspersonen im Dorf darstellten, gingen Priester und Arzt sehr förmlich miteinander um. Als der Doktor ins Dorf gekommen war um die Praxis zu übernehmen, hatte er sich dem Priester als Peter O'Leary vorgestellt und der Geistliche sich dem Doktor als Pfarrer Keegan. Seither hatte O'Leary die Förmlichkeit beibehalten.

Als der Doktor seine Wagentür schloss und endlich den krächzenden Mikrochip zum Schweigen brachte, wurde Keegans Sorge um einen Hauch geringer. Considine! Was hatte Considine ...?

Doch während er dem abfahrenden Wagen nachsah, fiel ihm ein, dass er die kleine Gruppe seiner Gemeindemitglieder loswerden musste. Ohne zu überlegen nahm er wieder seine alte autoritäre Rolle an, ging auf die Gaffer zu und sagte: »Was hat das Kind für ein Glück gehabt!« Er breitete die Arme aus, als scheuche er eine Schar Truthühner vor sich her.

Zum ersten Mal, seit er in den Hof gefahren war, war er fähig die Leute als Einzelwesen zu erkennen. Der Erste, den er erkannte, war Paddy Dillon und Keegan wusste, dass noch vor der Sperrstunde in allen Pubs des Dorfes eine übertriebene und grausam komische Version der Ereignisse in seiner Scheune die Runde machen würde.

Während er die Zuschauer aus dem Hof drängte, lehnte er energisch ihre Bitten ab ihnen die Nester zu zeigen, die vom Hängeboden gefallen waren. Er nahm auf, was O'Leary gesagt hatte, und redete oberflächlich über Jungen und Vogelnester. Er brachte seine Herde bis zum Fußweg, schloss dann die große Doppeltür zum Bogengang und prüfte nach, ob das Tor abgesperrt war.

Eine Sekunde lang lehnte er sich mit dem Rücken an das Tor, stieß sich dann mit den Schultern ab und kehrte rasch in die Scheune zurück. Dort überprüfte er jeden Klumpen, der auf dem Boden lag, drehte die meisten mit der Schuhspitze um.

Er fand keine Schuhe, nur Nester. In einigen lagen zerbrochene Eier, in einem ein totes Vogeljunges mit vorquellenden Augen unter purpurnen Lidern. Mehrere Küken lagen zwischen den Trümmern und erfroren. Endlich war Keegan an der hinteren Wand angelangt. Da, wo er stand, war es fast dunkel. Er lehnte sich zurück, hob die Hände ans Gesicht und legte die Finger unter der Brille auf die Augen. Er weinte.

Es war das Wimmern seines Hundes, das seine Konzentration auf sich selbst unterbrach und ihm die Zuversicht gab, dass alles wieder normal war. Das Wimmern verwandelte sich in Musik, und während er zuhörte, machte der Priester ein paar tiefe, schluchzende Atemzüge. Er holte sein Taschentuch heraus und trocknete sich das Gesicht ab. Dann schnäuzte er sich laut.

Völlig unerwartet schüttelte ihn ein weiterer Seufzer, als er durch das Halbdunkel dahin ging, wo er den Hund erwartungsvoll mit dem Schwanz klopfen hörte. Das Tier kam ihm entgegen und Pfarrer Keegan nahm den Kopf des Hundes in beide Hände. Wäre er weniger gehemmt gewesen, hätte er ihn auf die Stirn geküsst. So aber winselte der Hund gepeinigt unter dieser überfallartigen, schmerzhaften und einseitigen Zuneigung. Er wich zurück und versuchte sich dem Griff zu entwinden. Keegan, der nicht merkte, dass er dem Tier wehtat, folgte ihm durch das Stroh. Er trat auf etwas, das sich unter seinem Fuß bewegte und sein Knöchel verdrehte sich schmerzhaft. Der Hund entschlüpfte ihm.

Der Priester bückte sich und tastete im Halbdunkel nach dem Ding, auf das er getreten war. Was es auch war, es fühlte sich nicht gut an. Es war bedeckt mit kleinen Klumpen, die unter seinen Fingern abbröckelten. Als er zum Tor ging um seinen Fund zu betrachten, stolperte er über die Papiertüte. Sie war nicht leer. Er bückte sich, hob auch sie auf und ging damit in die Helligkeit am Eingang.

16. Kapitel

Fünfte Fastenwoche
Donnerstag, 12.05 Uhr

IMMER WENN ER an Walter Cotswold dachte, begann sein Magen mit sich selbst zu hadern.

Obwohl es inzwischen über dreißig Jahre her war, dass er ihm zuletzt begegnet war, hatte Frank noch immer deutlich vor Augen, welche Macht Cotswold früher einmal über ihn besessen hatte. Sein erster kirchlicher Vorgesetzter hatte sich für immer und ewig in seiner Seele eingenistet und nie würde er sich von der üblen Erinnerung befreien können.

Irgendwann im Lauf der Zeit hatte Frank begriffen, dass man sich Macht nicht nimmt, Macht wird einem geschenkt. Und von da an hatte sich die Erinnerung noch tiefer in ihn hineingefressen.

»Rattengesichtiger Mistkerl!«, hörte er sich selbst über das Tocktock des Motorrads hinweg sagen.

Vor ihm in der Ferne liefen die vorfrühlingsgrünen Hecken zu beiden Seiten der schmalen Straße aufeinander zu. Die mit Gras bewachsenen Straßenränder waren mit Löwenzahnblüten gesprenkelt, deren Sonnengesichter vor dem bevorstehenden Frühling warnten. Weder Mensch noch Tier war zu sehen. Aber Cotswold kam wieder.

The Very Reverend Canon Walter Cotswold war die Verkörperung der dunklen Seite der Heiligen Kirche und Frank Molloy hatte sie als neu geweihter Priester im Pfarrhaus von Falworth entdeckt.

Als er durch die Tür dieses Pfarrhauses getreten war, schritt er hinein in die dunklen Tunnel, die sich im Lauf von Jahrzehnten der Abgeschiedenheit unter dem Felsen der Heiligen Kirche gebildet hatten. Molloys Unschuld, Begeisterung und Frische hatten ein erhellendes Licht in die Korridore des Entsetzens geworfen. Schleimige, zahnlose Kreaturen mit großen Mäulern rutschten um ihn herum, bis Rückzug bei ihm zu einem Dauerzustand wurde, bis ihm nichts anderes übrig blieb, als ständig zur Seite zu springen um den klebrigen, übel riechenden Körpern auszuweichen, auf die er in den engen Gängen stieß. Er brauchte eine Woche um das Schreckliche zu erkennen und zu benennen: Zynismus, Faulheit, Fremdenhass, Großspurigkeit, Eigendünkel, Unreife. Unter diesem Felsen gab es keine Religion, keine Humanität, keine Liebe. Cotswold verbrachte sein Leben hechelnd vor der Tür des Bischofs, hoffte bemerkt zu werden, hoffte eine Position in der Verwaltung der Diözese zu ergattern, in der er seine geistlichen Mitbrüder herumstoßen und zwingen konnte seine privilegierte Stellung anzuerkennen. Cotswold war der Inbegriff des alten Priesters, wie er in der Vorstellung des Theologiestudenten herumspukte, ein psychologisches Ungeheuer, das ins Kraut geschossen war, aufgebläht von seiner Überzeugung, dass dem Priester in der Gemeinde eine privilegierte Stellung gebühre. Für Cotswold waren alle Nicht-Geistlichen minderwertig.

Von dem Augenblick an, in dem er durch die Tür dieses Pfarrhauses getreten war, hatte Frank Molloy sieben Jahre lang versucht sich von seinem geistlichen Amt zu befreien. Und in fünf Jahren hatte sich sein

Angstpegel dem eines hysterischen Weibes genähert, das an einem dunklen Abend verzweifelt versucht eine quietschende Fledermaus aus ihrem Haar zu entfernen.

Frank Molloy, unterwegs zu seinem neuen Haus in Davinkill, schauderte.

Es war meine Furcht vor Maura Gilligans bohrenden Fragen, die mich an Cotswold erinnert hat. Gerade weil ich so entschlossen bin ihn aus meinem Gedächtnis auszumerzen, taucht er immer wieder auf. Das ist so, als versuchte man mit ganzer Kraft einen aufgeblasenen Ballon unter Wasser zu halten. Vielleicht werde ich eines Tages fähig sein den Ballon zum Platzen zu bringen und forttreiben zu lassen. Vielleicht werde ich eines Tages endgültig zu der Überzeugung gelangen, dass Cotswold nur ein nach Liebe hungerndes Kind war und sein Verhalten von einer schlimmen Verletzung herrührte. Doch selbst wenn mir das gelingen sollte: Werde ich imstande sein ihn loszulassen, den Mistkerl ein für alle Mal zu begraben? Die elende Scheiße zu vergeben?

Wieder lief ihm ein Schauer über den ganzen Körper und er fühlte, dass Walter Cotswold entwich wie die harte Spitze einer Sonde nach einer Dickdarmuntersuchung.

Als er sich Davinkill näherte, begann die Straße anzusteigen. Die Hecken zu beiden Seiten wichen Stacheldrahtzäunen und an den unteren Stacheln zitterten Wollflocken. Gruppen von nicht ganz reinweißen Schafen belebten die Landschaft. Einige, die in der Nähe weideten, betrachteten das ratternde Motorrad, drehten die schwarzen Ohren in Richtung des aufdringlichen Geräuschs und schienen die Stirn zu runzeln.

Joyce sagte, eine Nonne habe den Stacheldraht erfunden. Joyce war ein Spötter und sein kleiner Scherz auf Kosten der ängstlich gehüteten Unschuld der Nonnen bereitete ihm Vergnügen. Doch kann jemand von zu Hause fortgehen ohne gegen jene Unduldsamkeit zu fühlen, die bleiben, die Stubenhocker, von empfindlichem gesellschaftlichem Druck auf so natürliche Weise gehemmt wie die Schildkröte von ihrem Panzer? Ich war unduldsam gegen Maura Gilligan und John O'Brien; gegen ihn, der auf einer toten Kuh saß und sein Mittagessen von ihrem Fell aß; gegen sie, schmutzig und so weiblich wie das Hinterteil eines Kamels. Ich muss meine Unduldsamkeit zügeln. Bevor ich nach New York ging, habe ich auch nicht täglich geduscht und ich hatte von chemischer Reinigung oder Deodorants noch nie etwas gehört. Ich muss mich vorsehen und darf nicht preisgeben, wie ich mich von den Fesseln der Kirche und dem unversöhnlichen gesellschaftlichen Druck befreit habe.

Die Straße bekam ein leichtes Gefälle in Richtung der Kreuzung mit der Limerick Road. Molloy richtete sich im Sattel auf und stellte den Motor ab. Als er den Abhang hinunterrollte, pfiff ihm der Wind in den Ohren.

In diesem Augenblick bin ich ganz sicher, dass es richtig war, nach Hause zurückzukommen. An diesen Augenblick muss ich mich erinnern, wenn die Dinge schwierig werden, wenn ich Gregory gegenübertreten muss.

Er bremste ab, als er, noch immer mit abgestelltem Motor, um die scharfe Kurve am Fuß des Hügels bog. Zehn Meter vor ihm flitzte ein grüner Bus vorüber und das Dröhnen des Auspuffs schien die Luft zu zerreißen.

Am Stoppschild stellte Molloy die Füße auf den Boden. Neben ihm kreischte eine Autohupe.

»Jesus Christus!« Molloy musterte wütend den Wagen. Die heisere Hupe hatte ihn so erschreckt, dass er eine Gänsehaut bekommen hatte.

Er erkannte den Wagen sofort. Noch bevor das Fenster neben ihm heruntergekurbelt war, trat sein innerer Abwehrmechanismus in Aktion.

Maura Gilligan beugte sich über den Beifahrersitz zu ihm herüber und verdrehte die Augen nach oben um ihn anzusehen. »Ich habe ja gesagt, dass wir uns wieder sehen!«, überschrie sie den Motorenlärm.

Wie ein roter Strich fegte ein Motorrad ohne Auspuff vorbei. Der metallische Lärm war so ohrenbetäubend wie der einer Nietmaschine in einem winzigen Raum.

Als der Angriff auf seine Ohren überstanden war, wich Frank vor dem Geruch zurück, der ihm aus Maura Gilligans Wagen entgegenschlug. Er presste die Hand auf den Mund. *Gott, sie muss Scheiße in der Hose haben. Wie hält sie das aus?*

Molloy war nicht imstande auf Maura Gilligans Gruß zu antworten. Er hustete in seine Hand.

»Ich hab O'Brien gesagt, ich werd Sie einholen, bevor Sie auf der Hauptstraße sind, und außerdem will ich Sie noch was fragen, ohne dass O'Brien zuhört. Ihm isses peinlich. Also, erzählen Sie! Was war los mit Ihrem Leben in Amerika, was hat da nicht gestimmt?«

Frank zog sich ein Stück von dem Wagen zurück. Ihm war klar, dass er damit nicht nur dem ekligen Geruch, sondern ebenso der Frage auswich, und er begann nach einer passenden Antwort zu suchen.

»Sie haben also doch nicht auf den Kopf gewartet!«, rief er unvermittelt.

Mit einem kurzen Blick hinter sich rief Maura Gilligan zurück: »Oh doch, den Kopf hab ich. Der war schnell abgeschnitten und im Wagen verstaut. Ich hab zu O'Brien gesagt: Ich wette, die Geschichte, die wir über ihn gehört haben, is wahr – er hat nich kirchlich geheiratet. Und O'Brien hat gesagt: Nein, er sieht nich aus wie'n Mann, der nich in der Kirche geheiratet hat.« Der Wagen rollte ein Stück zurück und als Maura Gilligan den Fuß auf die Bremse rammte, zitterte ihre zusammengefallene Dauerwelle.

Daher kommt der Gestank! Sie hat den Kopf im Kofferraum und der Geruch dringt in den Wagen.

»Sieht nicht so aus wie ein Mann, der nicht in der Kirche geheiratet hat?«, fragte Molloy. »Als wir noch klein waren, dachten wir, wir könnten einen Protestanten an seinem Aussehen erkennen. Wir dachten, Protestanten hätten alle rote Gesichter und wären ein bisschen fetter als Katholiken. Sie wären eine andere Sorte Mensch.«

Durch das offene Fenster sah Molloy ins Wageninnere. Auf dem Armaturenbrett stand eine Plastikstatue des heiligen Christophorus. Die Falten seiner Plastikgewänder waren verdreckt und er versank fast völlig in zerrissenen Briefumschlägen und kleinen Papierstückchen. Hundehalsbänder und -leinen waren in einem total verhedderten Haufen an die Scheibe gepresst.

Maura Gilligan lag noch immer halb über dem Beifahrersitz, die Augen schräg nach oben auf ihre Beute gerichtet. »Ich tät einen Protestanten im Finstern rausfinden!«, schrie sie und entblößte dabei einen Moment lang ihre falschen Zähne. »Sie riechen anders als die Katholiken. Das kommt von ihrer parfümierten Seife. Ich finde sogar einen Katholiken raus, der von irgendwann protestantisches Blut hat. Man sieht's an den Augen.«

Ob sie wohl auch einen Atheisten herausfindet, der früher Katholik war?

Molloy hörte das Geräusch eines Traktors. Er warf einen Blick zurück. »Da kommt jemand!«, schrie er. »Vielleicht sollten Sie lieber Platz machen!«

Maura Gilligan richtete sich auf und kurbelte das Fenster auf der Fahrerseite herunter, so weit es eben ging. Sie winkte den Traktor vorüber. Da das Fenster jetzt offen war, fiel mehr Licht in den Wagen und Molloy konnte in den Fond sehen.

Auf dem Rücksitz entdeckte er den Kopf der Kuh – Hörner, Ohren, Augen, Nasenlöcher. Er lag auf der Seite. Der Kiefer war ein wenig verrutscht und man sah am Rand der höhnisch verzogenen Lippe mehrere grün verschmierte Zähne. Das Ganze sah riesig aus, monströs. Frank zog sich noch einen Schritt zurück. Um den Kuhkopf nicht länger ansehen zu müssen wandte er seinen Kopf ab.

Gott! Mit dem Handrücken wischte er sich den Speichel von den Lippen. *Diese Frau ist eine Wilde.*

Das Tuckern des Dieselmotors übertönte den Motor des Wagens der Hunde-Frau. Einen Sekundenbruchteil lang drohten der Lärm und der Geruch Molloy zu überwältigen. Er umklammerte seine Lenkstange.

Der Traktor fuhr nicht vorbei. Als er mit ihnen auf gleicher Höhe war, rammte der Fahrer die Füße auf Kupplung und Bremspedal. Den Gashebel schob er nicht zurück. Der Motor heulte auf und der Traktor vibrierte, während sein Auspuffrohr schwarzen Rauch in den Himmel spie. Der Fahrer, ein etwa siebzigjähriger Mann, grinste. Er trug einen Filzhut, den er nun vor Maura Gilligan zog.

Anscheinend ein Idiot.

Der Traktorfahrer bewegte die Lippen.

Durch den Motorenlärm hörte Frank Maura Gilligans schreiende Stimme, sah ihre gestikulierende Hand über dem Wagendach durch die Luft wedeln. Molloy startete seine Maschine. Ohne zurückzublicken stahl er sich über die Limerick Road davon und tuckerte dann gemächlich die Hauptverkehrsstraße entlang.

Kein Wunder, dass Joyce ein Spötter war. Verfluchte Arschlöcher!

17. Kapitel

Fünfte Fastenwoche

Donnerstag, 12.20 Uhr

COMMONS HIESS EIN niedriges Plateau, ungefähr fünf Quadratmeilen groß. Im Westen trennte die Davinkill Road es von den umliegenden Bauernhöfen und im Osten die Maybridge Road. Zwei kleinere, von der Davinkill Road abzweigende Straßen teilten die Commons, doch sie endeten, bevor sie die Maybridge Road erreichten. Maura Gilligan wohnte im letzten Haus der Sommers Lane und die alte Musiklehrerin Bessie Duggan hatte im letzten Cottage der Wheat Mill Lane gewohnt. An die zwanzig Häuser lagen in den Commons verstreut, obwohl das Land der Grafschaft gehörte. Die Bauern, die hier ihre Schafe weiden ließen, mussten dafür pro Kopf bezahlen.

Ein Teil der Commons Golf Links lag zwischen Sommers und Wheat Mill Lane und der Klub musste eine jährliche Pacht entrichten.

Auf dem Plateau gab es nur wenige Bäume und die vorhandenen Hecken dienten nicht als Begrenzungen, sondern waren Klumpen wuchernder Sträucher, gewachsen aus willkürlich verstreutem Samen.

Frank Molloy fuhr hügelaufwärts. Er hörte lebhaftes Hundegebell.

Maura Gilligans hungrige Beagles. Ich hoffe zu Gott, ich komme an der Einmündung zur Sommers Lane vorbei, ehe sie mich wieder eingeholt hat. In kleinen Dosen könnte ich sie ertragen – es würde mir sogar Spaß machen, mich mit ihr zu kabbeln. Aber sie weiß nicht, wann Zurückhaltung geboten ist. Ich kann es mir nicht leisten, ihr zu sagen, sie soll sich um ihren eigenen Kram kümmern. Nichts ist so unangenehm wie eine feindselige Nachbarin, besonders eine, der man jeden Tag über den Weg läuft. Was war eigentlich so schlecht an meinem Leben in Amerika?

Hinter einer Grünfläche zu seiner Linken konnte Molloy Maura Gilligans Haus sehen. Zwei schlanke van-Gogh-Bäume, die dahinter aufragten, ließen es winzig erscheinen. Das Cottage neben Maura Gilligans gehörte den Farrells. Bridie Farrell, deren einziger Besitz einst ein paar löchrige Gummistiefel gewesen waren, war jetzt die Frau von Patrick Farrell und sie war diejenige, die sich beim Sergeant über Maura Gilligans lärmende Hunde beschwerte.

Bridie Farrell ist durch Maura Gilligans Gehässigkeit für immer abgestempelt. Die undichten Stiefel machen aus Bridie armes Pack und geben Gilligan die Gelegenheit sich höher einzustufen.

Molloy war noch etwa fünfzig Meter von Sommers Lane entfernt, als er das Motorengeräusch eines näher kommenden Wagens hörte. Noch bevor er sich wünschen konnte, es möge nicht Maura Gilligan sein, hupte sie schon ohrenbetäubend.

Verdammt, schon wieder sie.

Der Wagen tauchte neben dem Motorrad auf und wieder kreischte die Hupe.

Gott! Was für ein lärmendes Frauenzimmer!

Maura Gilligan hielt vor ihm an. Molloy fuhr heran und blieb in gebührendem Abstand vom Wagenfenster stehen. Mrs Gilligan lag halb ausgestreckt über dem Beifahrersitz, die Augen auf Frank Molloy gerichtet. Strähnen grauschwarzen Haares hingen ihr in die Stirn.

Vielleicht fährt sie auch so – über dem Sitz liegend, immer redebereit.

»Der mit dem Traktor war Sankt Willie Gorman. Er is taub wie 'n Laternenpfahl, schaltet aber nie sein Hörgerät ein und antwortet immer auf Fragen, von denen er glaubt, dass man sie ihm gestellt hat. Das is, als ob man mit jemandem redet, der nich ganz dicht is. Das Hörgerät trägt er nur wegen seiner Frau. Er denkt, wenn Gott ihn taub gemacht hat, dann soll er auch taub bleiben. Wenn ich mit dem verheiratet wär, dann wär er außer einem Heiligen schon lang ein Märtyrer. Er hat fünf Minuten lang geredet, während der Traktor unter ihm gedonnert hat wie 'n Vulkan. Sie haben meine Frage nich beantwortet – isses wahr, dass Sie verheiratet waren, sich haben scheiden lassen und wieder geheiratet haben?«

»Nein. Das ist nicht wahr. Ich glaube, ich habe vorhin die Beagles bellen gehört.«

»Die wer'n noch eine ganze Weile bellen, bis ich das Ding gekocht hab. Die Missus Farrell kriegt 'n Herzkasper. Also scheiden lassen haben Sie sich nie?«

»Nein.«

»Aber ohne den Segen der Kirche geheiratet.«

»Ja.«

»Was is 'n aus Ihrer Frau geworden? Is sie noch in Amerika?«

»Sie ist gestorben.«

»Das is mein Seamus auch, vor fünf Jahren. Wenn ich ehrlich bin, hat mir das neuen Auftrieb gegeben. War höchste Zeit für ihn zu sterben. Wir war'n ungefähr ein Jahr zuvor hierher gezogen. Ich hab Ned den Hof übergeben. Marion lernt in Schottland Buchhaltung. Sie wollte Krankenschwester werden, aber ich hab ihr gesagt, Krankenschwestern gibt's so viele, dass sie in England die Dächer der Schweineställe mit ihnen decken.«

Maura Gilligans Kopf verschwand. Plötzlich stand sie auf der anderen Seite des Wagens und legte die Arme auf das schmutzige Dach.

Scheiße! Ich sitze in der Falle.

»Zwei der Hunde gehören O'Brien. Alles, was Seamus konnte, war über die Futterkosten stöhnen und meckern. Nun, jetzt kosten sie nichts. Ich kümmere mich um die Hunde von O'Brien und er gibt mir dafür die Köpfe.« Maura Gilligan grinste zufrieden. »O'Brien is in Ordnung, auch wenn die Bauern ihn nich mögen. Man könnte denken, dass er schuld wär, wenn das Vieh eingeht. Er hasst es, wenn sie ihn Schinder nennen. Viele sagen sogar ›der Scheißer aus Gannonbeg‹ zu ihm. Er is seit ungefähr vierzig Jahren im Dorf und man könnt denken, er kommt aus China. Sie kennen ja diese Gegend. Wenn man nich im Ort geboren ist, bleibt man immer 'n Außenseiter, auch wenn Gannonbeg nur zwei Meilen entfernt liegt. Wir sind zwei Außenseiter. O'Brien und ich. Ich hab kurz nach Ihrer Weihe in den Hof von Seamus eingeheiratet und ein paar Alte von hier behandeln mich noch immer wie eine Fremde. Wenn ich irgendwo reinkomme, werden auf einmal alle stumm und schauen mich an, als ob ich 'ne Krankheit wär. O'Brien geht's genauso. Sie hassen ihn, weil sie denken, er is 'n Außenseiter, der ihnen das Geld aus der Tasche zieht. Sie hassen den Geruch nach Tod in seinem Laster, wenn er die toten Tiere abholen kommt. Die Bauern sagen, O'Brien is so geizig, dass er auch noch die Löcher der Tiere verpacken und verkaufen tät, wenn er nur wüsste, wie. Er sagt, dass er sich nur in der Kirche traut einem Bauern den Rücken zuzukehren. Soviel er weiß, is in Irland noch nie jemand in der Messe umgebracht worden. Ich hab ihm gesagt, es gibt immer ein erstes Mal.« Maura Gilligan gackerte.

»Da, das sind wieder die Hunde«, sagte Molloy und hielt horchend den Kopf schief um seinen Worten Nachdruck zu verleihen. Aber Mrs Gilligan zog es vor, nichts zu bemerken.

»Er is wirklich geächtet, weiß aber mehr über die Leute als jeder andere im Dorf. Es ist, als ob er aus Bosheit alles aufschnappt um sie ärgern zu können. Ich bin so ungefähr seine einzige Freundin, die früher einmal Bäuerin war. Der Geruch der toten Tiere is wie alles andere. Man gewöhnt sich dran. Hat Ihre Frau Kinder gehabt?«

»Zwei.«

»Sie verraten nie viel über sich selber, stimmt's, Frank? Zuerst Priester, dann verheiratet, dann zwei Kinder. In einem Monat weiß ich alles. Worum wetten Sie, Frank?«

»Es gibt nichts zu wissen«, sagte Molloy.

»Oh, ich denk, da gibt's eine ganze Menge, Frank. Sie können nicht einfach herkommen und unter uns leben, solang wir nich alles über Sie wissen. Das wär nich fair. Hier weiß jeder alles über jeden. Hören Sie die Hunde? Die Missus Farrell wird schon wieder an der Strippe hängen, die affektierte Gans, und den Sergeant anrufen, wenn ich nich mach, dass ich nach Hause fahr. Kommen Sie doch mal rüber auf 'ne Tasse Tee.«

»Ich komme«, log Frank Molloy.

»Ich hab noch nie jemanden gekannt, der ohne den Segen der Kirche geheiratet hat und früher sogar 'n Priester war, und Sie sind gar nich so übel. Ich hatte gedacht, dass Sie richtig schrullig und schwierig sein würden.« Maura Gilligan verschwand und der Wagen federte, als sie sich hineinsetzte. Sie ließ den Motor an und rief, schon im Fahren, durch das offene Fenster: »Einen Monat, Frank!«

Frank Molloy schaute dem Wagen nach. Wieder startete er seine Maschine und legte den Gang ein.

Walter Cotswolds Kopf tauchte vor seinem inneren Auge auf wie eine Zielscheibe in einer Schießbude. Den Mund voller Schimpfwörter, knallte Molloy ihn sofort ab.

Nie hätte ich gedacht einmal so seziert zu werden. Ich bin zu sehr an die Anonymität der Vorstädte gewöhnt. Anonymität war der erste Gewinn, den ich zog, nachdem ich mein geistliches Amt aufgegeben hatte, und es macht mich stocksauer, dass man mir die jetzt nehmen will. Aber wenn ich mich weigere mich zu integrieren, wird man mich ignorieren. Und um mich zu integrieren, muss ich mein Innerstes nach außen kehren. Vielleicht sollte ich mit den profanen Dingen großzügiger sein. Aber Maura Gilligan mit einem Fetzen Klatsch ist wie ein Kind, das auf einem überfüllten Schulhof eine schwere Kette schwingt.

Molloy warf im Vorbeifahren einen Blick in die Sommers Lane. Maura Gilligans Wagen holperte, von einer Staubwolke verfolgt, davon.

Rutscht der Kuhkopf jetzt auf dem Rücksitz hin und her, verschmiert alles mit Blut und Sekreten? Macht sie den Wagen jemals sauber? Vielleicht lässt sie die Hunde die Schweinerei wegschlecken. Gott im Himmel!

Die Straße, die den Golfplatz durchschnitt, glich einem schwarzen Band, das ein vorüberlaufendes Riesenkind in die Landschaft geworfen hatte. Das von den Schafen »geschorene« kurze Gras reichte an beiden Seiten dicht an den Asphalt heran. Hundert Meter weiter links flatterte die Fahne des zwölften Lochs in demselben Wind, der die braunen Blätter der nahen Buche schüttelte.

Golfer waren weit und breit nicht zu sehen.

Die kahlen, blütenlosen Stängel des Greiskrauts ragten wie abgestorbene Miniaturbaumstämme aus dem Boden, aber die Farben des Frühlings warteten schon dicht unter der Erde um dem Löwenzahn zu folgen.

Schneeglöckchen. Anemone. Tochter des Windes. Sie sind schon verblüht. Aber im nächsten Frühling werde ich die Schneeglöckchen hier in Irland sehen. Yeats und seine Schwester in Holland Park wünschten sich wieder die Erde von Sligo zu fühlen. Wie oft habe ich mich danach gesehnt die weißen Schneeglöckchen zu sehen, die Primeln zu riechen, ein großes Büschel Schlüsselblumen im Gesicht zu spüren. Schlüsselblume, Schlüsselblume, sag mir die Wahrheit, wie lange muss ich noch zur Schule gehen? Ein Stück Schnur zwischen zwei Küchenstühle gespannt und wir beide fädeln die Schlüsselblumen auf.

Das Motorengeräusch eines anderen Fahrzeugs brach in Frank Molloys Gedanken ein wie eine eisige winterliche Welle, die sich an einem kalten Strand brach. Als er an den Straßenrand fuhr, gellte die Hupe und wieder überlief Frank vor Schreck ein kalter Schauer.

Die mit ihren verfluchten Hupen! Das Motorrad wackelte und um die Balance zu halten musste er es ins Gras steuern. *Scheiße!*

Als der kleine rote Laster ihn einholte, schnappte Frank Molloy nach Luft. Der Gestank faulenden Fleischs. Verwesung. Das Fahrzeug scherte vor ihm auf das Gras aus und Molloy hielt das Motorrad an. Er stellte die Füße auf den Boden und zog sein Taschentuch heraus. Die Dämpfe des Todes senkten sich in seine Lungen, noch bevor er sich das Tuch vor Mund und Nase halten konnte.

Das kann nur der Abdecker sein. Kein Wunder, dass die Leute ihn hassen.

»So trifft man sich wieder!«, rief John O'Brien, als er hinter seinem Fleischtransporter auftauchte. Ohne die Schutzbrille wirkte sein Gesicht länger und das Glasauge sah kleiner aus als das echte. Während er auf Molloy zukam, redete er ununterbrochen. »Wie Maura schon sagte, wir werden uns dauernd irgendwo übern Weg laufen.« O'Briens lange Storchenbeine hatten ihn rasch zu Molloy getragen, der gerade versuchte seinen Magen zu beschwichtigen. Eine schwächere Version des Geruchs aus dem Laster ging von O'Brien aus.

Molloy wischte sich über die Augen und presste dann das Taschentuch wieder vor Mund und Nase.

»Alles in Ordnung?«, fragte O'Brien. »Sie sehen nicht grade gut aus.«

»Ich bin den Geruch nicht gewöhnt. Er hat mich ein bisschen überrumpelt.«

O'Brien schlug Frank Molloy auf die Schulter. »Wie Maura sagt, man kann sich an alles gewöhnen.«

Molloy spürte noch die Fäulnis im Mund, doch die Übelkeit, die ihm fast den Magen umgedreht hätte, ließ nach. Er nahm das Taschentuch vom Mund. »Ja, das kann man wohl«, sagte er.

O'Brien legte seine bratpfannengroßen Hände mitten auf Molloys Lenkstange. »Ich zeig Ihnen was. Erinnern Sie sich, dass Maura und ich Ihnen von dem Folcy-Mädchen erzählt haben? Gleich da drüben hat man sie ermordet aufgefunden.«

O'Brien zeigte hinter den Laster auf das hohe Gras und die unbelaubten wilden Rosen nicht weit vom Straßenrand. Es war dieselbe Stelle, die Mary Delaney ihm am Tag zuvor von seiner Haustür aus gezeigt hatte. »Zwischen den Sträuchern liegt ein kleiner Garten mit Steinen rundherum. Ich bin ungefähr einen Monat, nachdem die Blumen gepflanzt wurden, zum letzten Mal dort gewesen. Damals kamen die Leute von überallher um ihn anzuschaun. Kommen Sie.« O'Brien nahm die Hände vom Lenker und setzte sich in Bewegung.

»Ich treffe Sie drüben«, erwiderte Molloy. »Möchte mich auf der Windseite des Lasters halten.«

Als die beiden Männer wieder zusammentrafen, sagte O'Brien: »Sie haben die Stelle nie gefunden, an der Donaghue reingesprungen ist, aber er ist schon am nächsten Tag bei der Insel Scattery angespült worden. Es heißt, dass er ein sehr großer Mann war, fast eins siebenundneunzig. Ich hab ihn nich gekannt. Ist erst ein paar Monate zuvor hergekommen. Hat für die Transportgesellschaft CIE gearbeitet.«

Frank Molloy blieb auf der Windseite von O'Brien. »Brächten *Sie* es fertig, sich selbst zu ertränken?«, fragte er.

»Wenn ich zu Hause meiner Frau und vier Kindern gegenübertreten müsst, nachdem ich's mit einem jungen Mädchen getan und es danach umgebracht hätt, dann könnt ich's.« O'Brien schob die Hand unter seine Jacke und kratzte sich in der Achselhöhle mit der Hingabe eines Hundes, der sich mit seinem Hinterbein kratzt.

»Was meinen Sie mit es *getan*?«, fragte Frank Molloy.

John O'Brien nahm die Hand aus der Achselhöhle und schwenkte sie durch die Luft. »Oh, Sie wissen schon – waren ja selbst verheiratet. Er hat ihr die Reliquie poliert. Und dann hat er sie umbringen müssen, damit sie's keinem erzählen konnte.«

Molloy sah den Abdecker an, der vor Verlegenheit rot geworden war. »Die Reliquie poliert?«, sagte er mit einem Fragezeichen in der Stimme. »Eine Reliquie des wahren Kreuzes?«

Sie waren inzwischen bei den Wildrosen und dem hohen Gras angekommen. Die Stängel toter Nesseln und spröde, tote schwarze Blätter fröstelten im Wind.

O'Brien tastete mit seinem langen Bein in dem Wildwuchs herum. »Sie sind aber komisch, Frank. Hier. Legen Sie Ihre Maschine hin und stellen Sie sich zu mir, damit ich das Gleichgewicht halten kann.«

Molloy bockte das Motorrad auf und als er in das Unkraut trat, grub O'Brien ihm die langen Fingernägel in die Schulter. Er schwang den Fuß hin und her. »Einmal hab ich 'ne Reliquie vom wahren Kreuz geküsst. In Knock.«

»Ich habe gelesen, wenn man alle Reliquien vom wahren Kreuz aneinander legen würde, hätte man genug Holz für Eisenbahnschwellen von Jerusalem bis Jericho«, antwortete Molloy.

O'Briens Körper schwankte jetzt in die dem schwingenden Bein entgegengesetzte Richtung und

Molloy stemmte sich gegen jeden dieser energischen Schwünge, die auf ihn übertragen wurden.

»So was sagen Protestanten über Katholiken«, sagte O'Brien und hüpfte auf dem linken Fuß vorwärts. »Einmal im Norden, als die Katholiken 'ne Demonstration hatten, da haben die Protestanten eine Speckseite ins Schaufenster von 'nem Fleischerladen gehängt und darunter geschrieben: *In Lourdes geheilt*. Ist das nich furchtbar? Eine schreckliche Blasphemie. 'n Wunder, dass Gott sie nich auf der Stelle getötet hat. Und Sie sind Katholik.« O'Brien hielt in seiner Bodensäuberungsaktion inne und sah Frank Molloy an.

»Ich bin nicht mehr katholisch.«

O'Brien hörte auf das tote Unkraut niederzutrampeln. »Sie sind nich katholisch? Und das, wo Sie doch ein Priester waren!«, sagte er vorwurfsvoll. Dann, als wolle er rasch vertuschen, womit er herausgeplatzt war, machte er einen Schritt vorwärts und zog Molloy mit dem Druck seiner Finger hinter sich her. »Sie sollten nich so über das wahre Kreuz reden, egal, was Sie sind, weil Gott Sie auf der Stelle töten könnt.«

»Ich habe Ihnen nur etwas erzählt, das ich gelesen habe«, sagte Molloy.

»Trotzdem. Man muss vorsichtig sein mit solchen Sachen. Ah! Grad hab ich mit dem Zeh 'nen Stein gespürt. Schaun Sie! Da isses. Ein paar Steine in einem Ring. Die Familie hatte nich mal 'nen Pisspott. Entschuldigung.« O'Brien ließ Molloys Schulter los und ging weiter. Er trampelte das letzte Unkraut mit seinen großen Stiefeln nieder.

Außer dem Kreis aus Feldsteinen gab es keinen Beweis, dass hier einmal von einer trauernden Familie ein Gedenkgarten angelegt worden war.

O'Brien ging in die Hocke. Er blickte zu Frank Molloy auf. »Donaghue war ein Außenseiter wie Maura und ich, auch wenn ich nur von zwei Meilen weit weg bin. Er war aus der Grafschaft Donegal, ganz weit weg, am Arsch der Welt.« John O'Brien stand auf und massierte sich energisch die Waden. Er wandte sich von dem Garten aus Steinen ab. »So viel über Donaghue. Hat eine Minute das Gehirn in den Eiern gehabt und Sie sehn, was passiert ist. Das Mädchen ist ermordet worden, er hat sich selber umgebracht, seine Frau ist Witwe geworden und seine fünf Kinder Waisen. Und alles nur wegen zwei Eiern.«

Frank Molloy machte sein Motorrad fahrbereit. »Lebt die Witwe noch?« Er ging auf die Straße zu. O'Brien hielt mit ihm Schritt. Aber auf der falschen Seite. Molloy holte das Taschentuch heraus und hielt es sich vors Gesicht.

»Sie lebt noch. Ich hab sie heut Morgen in der Messe gesehn. Sieht großartig aus, die Frau. Es heißt, sie is richtig nett und hat bei den Kindern großartige Arbeit geleistet. Alle sind auf die Universität gegangen. Eine Tochter war sogar in einer Schule in Frankreich. Sie ist schrecklich intelligent. Es heißt, die Witwe hat reiche Brüder in Amerika, die alles bezahlt haben. Vielleicht war sie besser dran, nachdem der Bursche sich umgebracht hatte.«

Ich wollte mich auch einmal umbringen. Zumindest habe ich mir damals sehr gewünscht zu sterben.

Sie kamen zur Straße zurück und Molloy stellte sich in den Wind. »Nun, ich muss jetzt«, sagte er. *Habe für heute genug gesellschaftlichen Umgang gepflegt.*

»Auf Wiedersehen, Frank!«, rief O'Brien dem Motorrad hinterher. »Ich werd Maura erzählen, dass ich Sie wieder getroffen hab.«

Zweihundert Meter bis zur Einmündung in meine Straße. Schaffe ich die, bevor man mir wieder auflauert?

Als er sich der Wheat Mill Lane näherte, hörte er hinter sich den Laster des Abdeckers. Er wappnete sich gegen die gellende Hupe. Der Lärm nahm zu, bis er das Motorrad übertönte.

Als er in seine Straße einbog, blickte er zurück um zu sehen, welches Fahrzeug jetzt seine Trommelfelle peinigte. Ein Traktor dröhnte in einem niedrigen Gang vorbei, sein Motor der Überflutung durch Dieselöl, durch das er abzusaufen drohte, immer eine Umdrehung voraus. Sankt Willie Gorman, den Hut verwegen auf dem Kopf, saß, ein idiotisches Grinsen im Gesicht, inmitten des Lärms und winkte begeistert.

Molloy erwiderte den Gruß mit einer kraftlosen Geste und fuhr weiter.

18. Kapitel

Fünfte Fastenwoche

Donnerstag, 21.06 Uhr

DIE KLÄNGE VON Vivaldis Dixit Dominus versetzten die Luft in Schwingungen.

Der »rothaarige Priester« hatte in einer Zeit gelebt, in der das Volk von Venedig sicher war, dass Gott auf seiner Seite gestanden hatte, als seine Stadt die Herrschaft über die Wasser übernahm. Die selbstgerechten und triumphierenden Gefühle, die fast 300 Jahre zuvor die Brust eines jeden Venezianers schwellten, hatte Vivaldi in seiner Musik eingefangen. Der Komponist hatte die verschiedenen Emporen für die Chöre in der Kirche San Marco für großartige stereofone Effekte ausgenutzt, aber Frank Molloy fragte sich, ob Vivaldi seine Komposition jemals so klar und so machtvoll gehört hatte wie er, der ihr in einem kleinen Zimmer auf der Couch liegend lauschte.

Molloy schloss die Augen um den spärlich möblierten Raum und die Glühbirne mit dem Plastikschirm an der Decke nicht sehen zu müssen. Als Musik und Stimmen lauter wurden, spannte er alle Muskeln an und hielt die Spannung, bis der Chor aus dem Crescendo hinausglitt. Freude erfüllte ihn, fast ergriff ihn ein Schauer. Er zog die bunte Decke enger um sich und genoss ihre Wärme, als säße er an einem Winterabend in einem heißen Bad und draußen heulte der Wind.

Frank dachte an den Athabasca-Gletscher in Alberta. Er und Padrake hatten sich an der Hand gehalten, als sie über das schmutzige Eis gegangen waren, hatten einander festgehalten, weil der Boden so rutschig gewesen war. Die kleinen Gletscherspalten, die aussahen wie riesige Messerschnitte, ließen den Gletscher wie eine eng zusammengedrängte Herde weißrückiger Tiere aussehen. Sie hatten sich von dem Eisberg, der von Touristen überlaufen war, abgewandt. Zehn Meter entfernt lag die Fußspitze des Gletschers, wo das Eis schmolz und in schnellen, schmalen Bächen davonfloss.

Frank fragte: »Kannst du dir vorstellen ein Wassertropfen zu sein und dich zu fragen, ob du jemals frei sein wirst? Seit tausend Jahren gefangen zu sein und an die Zeit zu denken, in der du in einer Wolke geschwommen oder einen Berghang hinuntergerauscht bist oder eine Narzisse gewässert hast?«

»Oh, du großer poetischer Ire!« Padrake lächelte. »Du bist so romantisch.«

»Ich wollte nicht romantisch sein. Ich habe an mich gedacht, als ich das Wasser sah, an mein geistliches Amt – und an das Gefangensein in diesem Amt, an die Versuche einen schmerzlosen Weg hinaus zu finden, mich aufzulösen, so wie das Wasser aus dem Eis schmilzt.«

Sie hatten auf das Wasser hinuntergeschaut, das eilig vor dem Ungeheuer floh, das es so lange gefangen gehalten hatte.

Vivaldis Musik wurde wieder lauter und er wusste, warum sein Gedächtnis den Gletscher aus seinem Speicher hervorgeholt hatte. Venezianische Gefühle, Gletscherwasser und er selbst. Alle einst gefangen. Alle jetzt frei. Frank schauderte bei der Erinnerung an die Ketten, die ihn gefesselt hatten. Aber zurückzublicken hieß wieder in die Falle zu geraten, wie Lots Frau. Keine Vorwärtsbewegung war möglich, wenn man beide Augen auf die Vergangenheit richtete. Nie wieder! Wie die Juden nach dem Krieg – nie wieder.

In der Sekunde, in der die Musik im Raum verstummte, hörte er ein lautes Klopfen.

Molloy sprang auf. Seine Knie protestierten gegen die überhastete Bewegung und er ging steifbeinig zur Tür, die Decke über dem linken Arm.

Wer es auch ist, er muss seit einer Ewigkeit geklopft haben. Gott! Vielleicht ist es mein Bruder.

Er warf sich die Decke über die Schulter und zog den primitiven Riegel in Fußbodennähe zurück. Dann drehte er den altmodischen Schlüssel herum und öffnete mit hämmerndem Herzen die Tür.

Es war ein Mann mit Hut. Schwarzer Mantel. Brille. Hoch gewachsen. Glänzende Schuhe.

Molloy sagte: »Guten Tag«, und der Mann an der Tür sagte: »Frankie.«

Franks Herz machte einen Sprung und er spähte in das Gesicht, das vom Deckenlicht hinter ihm kaum beleuchtet wurde. »Gregory?«

»Eddie Keegan.«

Eddie Kee ... Enttäuschung und Erleichterung schlugen wie eine Welle über ihm zusammen. »Eddie! Jesus! Eddie, komm rein!« Molloy streckte dem Priester die Hand entgegen. Pfarrer Keegan trat ein und nahm den Hut ab.

Sie schüttelten sich die Hand, schauten sich gegenseitig prüfend an. Beide grinsten, Molloy barfuß, das Freizeithemd offen, farbige Decke wie ein nordamerikanisch-indianisches Requisit.

Der Priester in seiner offiziellen Tracht: schwarzer Anzug, schwarze Schuhe, schwarzer Hut, weißer Kragen. Wenn Kleider Leute machen, dann wirkte Keegan wesentlich einschüchternder als Molloy.

Beide waren rot geworden. Nach so vielen Jahren war Molloy geschockt zu sehen, wie das Alter Keegans Züge, die Haltung, das Haar verändert hatte, und er sah in Keegan sich selbst.

»Du hast dich gut gehalten, Eddie«, sagte Molloy schließlich. *Er ist der sauberste Mensch, den ich seit meiner Rückkehr hierher gesehen habe.*

»Ich glaube, ich habe mich besser gehalten als du, Frankie.«

»Das hast du, Eddie, wenigstens äußerlich.« Molloy strich sich mit der Hand über den kahlen Kopf. »Gib mir deinen Mantel.«

Sie lächelten beide. Molloy hängte den Mantel an die Innenseite der Tür. Er zeigte auf die Couch. »Setz dich, Eddie.«

Mit beinahe hektischen Fragen und Antworten machten sie sich gegenseitig mit ihren derzeitigen Lebensumständen vertraut. Keegan schlug sich reuig an die Brust, weil er den Freund im Stich gelassen hatte, als Frankie ihn am dringendsten brauchte. Molloy erinnerte ihn daran, dass sich vor dreißig Jahren die Reihen hinter einem Priester, der seiner Kirche den Dienst aufkündigte, sofort geschlossen hatten. Der abtrünnige Priester war eine Bedrohung für jene, die blieben, und es gab nur eine Möglichkeit ihn unschädlich zu machen – er musste ausgestoßen und geächtet werden.

»Du warst ein Kind der Zeit, Eddie.«

Dann stotterten sie eine Weile herum, verlegen, als

wären sie nackt und fürchteten sich davor zusammenzuprallen – Molloy, weil er nicht wusste, weshalb Keegan gekommen war, und Keegan, weil er jemandem gegenübersaß, der alles weggeworfen hatte, woran er selbst noch festhielt.

»Wie lange hattest du schon geklopft?«

»Vier oder fünf Minuten. Ich dachte, du wärst entweder tot oder taub.«

»Weder noch. Ich höre meine Musik gern laut.«

»Was du da gespielt hast, war aber nicht *Galway Bay*.«

»Vivaldi. *Dixit Dominus*.«

Eddie Keegan, der auf dem äußersten Rand der Couch gesessen hatte, lehnte sich jetzt bequem zurück. »Es heißt, man kann sie nie ganz aus sich verbannen.«

»Was meinst du?«, fragte Molloy, nachdem auch er sich entspannt und in die andere Ecke der Couch zurückgelehnt hatte.

Keegan zeigte lässig auf die Lautsprecher im Regal. »Die Kirche, die sakrale Musik.«

»Ich höre sie nicht, weil sie sakral ist. Ich bin nicht sicher, dass Vivaldi sie für sakral hielt. Er war mehr Musiker als Priester.«

Keegan setzte sich anders zurecht. »Oh, ich habe nicht einmal gewusst, dass er Priester war. Aber wie dem auch sei, ich wollte nicht ...« Sein Mund lächelte breit, doch seine Augen wussten nichts von diesem Lächeln. »Wie, zum Teufel, geht es dir, Frankie? Wäre es nicht schön, wenn wir uns in ein paar Sekunden gegenseitig alles übermitteln könnten, was passiert ist, seit wir uns das letzte Mal gesehen haben?«

»Ich müsste es ein bisschen redigieren, bevor ich es

übermittle«, sagte Molloy. »Und ich könnte mir vorstellen, dass es bei dir genauso ist.«

Der Priester zögerte. »Ganz gewiss müsste ich das. Ich glaube, kein Mensch stellt sich gern ungeschützt zur Schau.«

Sie schwiegen eine Weile, als listeten sie im Innern auf, was sie voreinander verstecken wollten.

»Bevor wir weitersprechen – könntest du mir sagen, warum du gekommen bist, Eddie? Ich denke, dann hätten wir beide die gleichen Voraussetzungen.«

Lächelnd breitete Keegan die Hände aus um zu zeigen, dass er nichts zu verbergen hatte. »Gregory hat mich gebeten dich zu besuchen, aber ich wollte ohnehin kommen.«

»Wie lautet Gregorys Botschaft?« Molloys Stimme klang misstrauisch.

»Komm schon, Frankie.« Pfarrer Keegan rutschte wieder auf der Couch herum. Für einen Beobachter hätte es nicht wie eine Geste der Verlegenheit gewirkt, aber für Pfarrer Keegan war es das Äußerste, das er gegenüber einem anderen Menschen je an Unbehagen gezeigt hatte. Er atmete tief und seufzend durch die Nase ein. »Ich war gestern bei Gregory, weil ich gehört hatte, dass du wieder da bist.« Keegan bewegte sich wieder – es sah aus, als hielten ihn Fangarme fest, aus denen er sich herauszuwinden versuchte. »Leider wurden die Molloys Opfer bösartiger Klatschereien, nachdem du dein Priesteramt niedergelegt hattest. Gregorys Erfolg mit den Pferden machte ihn zur augenfälligen Zielscheibe. Du weißt, wie es hier ist. Wenn du irgendwoanders in der Welt Erfolg hast, schreien alle dreimal Hurra. In Irland brüllen sie drei höhnische Bemerkungen. Dein vermeintliches Versagen wurde dazu benutzt, auf Gregory einzuschlagen, weil es sonst nichts gab, womit man ihn angreifen konnte. Aber mit der Zeit dörrte der Klatsch aus. Jetzt ist deine unerwartete Heimkehr Tagesgespräch im Dorf und Gregory hat natürlich große Angst.«

»Er hat große Angst!« Frankie ahmte Keegan mit so viel bitterem Spott nach, dass der Priester bestürzt war. »Und du bist sicher, dass Angst der richtige Ausdruck ist? Ist er ängstlich oder zornig, Eddie? Zornig, weil er glaubt, dass jetzt wieder an seinem Image gekratzt wird?«

Um Keegans Gleichmut war es geschehen. »Ganz nüchtern gesagt, Frankie, er ist zornig, weil du ihm, wie er mir sagte, versprochen hattest nie wieder nach Hause zu kommen. Dass du so plötzlich aufgetaucht bist, hat ihn total aus der Fassung gebracht. Er hat eine sehr schwere Zeit durchgemacht, nachdem du dein Priesteramt aufgegeben hattest und ...«

»Und was, glaubst du, habe ich gemacht, Eddie? Verdammte Flitterwochen?« Molloy stand auf und obwohl er wusste, dass er unfair war, überschüttete er den Priester mit seiner ganzen Wut. »Sein eigener Bruder kommt nach Hause und seine einzige Reaktion ist Zorn! Ach, zum Teufel mit Gregory!«

Keegan schien zu schwanken wie ein Segelschiff, das unerwartet von einer Bö erfasst wurde. »Ach, komm schon, Frankie.« Seine Stimme appellierte an Molloys gesunden Menschenverstand. »Versetz dich einmal in Gregorys Lage. Deine Heimkehr hat eine alte Wunde bei ihm aufgerissen. Ich denke, seine Reaktion ist ziemlich normal.«

»Ist es auch deine Reaktion, Eddie? Bist du so normal wie Gregory? Bist du auch stocksauer, weil ich zurückgekommen bin?« Molloy ging zu seiner Musikanlage und schaltete sie aus. Das rote Licht an der Konsole erlosch. Als er sich umdrehte, war Eddie Keegan aufgestanden.

»Frankie«, bat der Priester, »ich sage ja nicht, dass Gregory Recht hat. Vielleicht warst du zu lange aus Irland fort um seine Reaktion verstehen zu können.« Als er sah, dass Frank drauf und dran war die nächste Salve abzuschießen, hob er die Hand und mit dieser Geste veränderte sich seine Stimme. Die Worte bekamen einen stählernen Unterton. »Ich weiß nicht, warum du zornig bist, Frankie, doch was auch der Grund sein mag, du wirst deinen Zorn nicht an mir auslassen. Sei bitte ...«

Frank war nahe daran zu brüllen. »Ich will den Scheiß nicht mehr hören über das, was ich ihm angetan habe!« Er ballte die Hände und fuchtelte dem Priester dicht vor dem Gesicht herum. »Ich übernehme die Verantwortung für das, was ich getan habe.« Er stieß sich den Daumen an die Brust. »Aber ich fühle mich nicht für das verantwortlich, was mein Bruder empfindet.«

»Du hattest ihm versprochen nie wieder nach Hause zu kommen«, sagte Keegan. »Musst du nicht die Konsequenzen tragen, wenn du dein Versprechen brichst?«

»Ja, Herr Pfarrer Keegan. Bilde dir nur keine Sekunde lang ein, du könntest dich vor mir als Priester aufspielen, Eddie. Zum Teufel mit dir und deiner lahmarschigen, abstrakten Moral. Zuerst einmal hatte Gregory überhaupt kein Recht mir ein solches Versprechen abzuverlangen.« Seine Stimme klang eine Oktave höher, als er seine nächste Erklärung abgab.

»Er hat das Versprechen aus mir herausgequetscht. Er sagte, ich brächte unsere Mutter um und deshalb wäre es besser, wenn ich nie wieder nach Davinkill zurückkäme.«

Die beiden Männer sahen sich über die Länge des Raums hinweg an. Dann wandten sie gleichzeitig den Blick wieder ab. Frank ging zum Fenster und schaute auf den dunklen Golfplatz hinaus. Keegan trat ans Bücherregal und starrte wie blind die Reihe der CDs an. Er fuhr mit dem Finger über die glatten Ränder der Kunststoffhüllen. Endlich drehte er sich zu Frank um. Mit ruhiger Stimme sagte er: »Gregory hat mir aufgetragen dir zu sagen, dass du verschwinden sollst, weil du ein Skandal für das ganze Dorf bist. Ich habe ihm erklärt, ich würde seine Botschaft an dich weitergeben, dich aber nicht bitten zu gehen.«

Frank Molloy reagierte nicht. Er hielt die Hände hinter dem Rücken verschränkt.

»Das ist alles über Gregory«, fuhr Keegan fort. »Ich sehe nicht ein, warum dein Bruder und das, was er denkt, zwischen uns stehen sollte.«

Molloy drehte sich um und sah den Priester an. »Was meinst du, Eddie? Denkst du, ich sollte wieder gehen? Denkst du auch, ich sei für die Leute hier ein Skandal?« Mit seinem Tonfall zeigte Molloy an, dass er eine nicht akzeptable Antwort erbarmungslos niederknüppeln würde.

Keegan antwortete: »Ich habe mich gefragt, warum du an einem anderen Ort keinen Platz gefunden hast, und sei es nur deshalb, damit du deinem Bruder die Unannehmlichkeit erspartest die Familienquerelen in aller Öffentlichkeit auszutragen wie auf einer Bühne, sodass das gesamte Dorf zum Zuschauer wird. Was den Skandal anbelangt, Frankie, wirst du wohl vorsichtig sein, denke ich.«

Frank Molloy sagte nichts. Es sah aus, als habe Keegans Antwort ihm den Wind aus den zornig geblähten Segeln genommen. Doch obwohl sein Zorn geringer wurde, reichte er immer noch um die Segel flattern zu lassen. »Du sagst, du erwartest, dass ich vorsichtig bin, und damit meinst ganz offensichtlich auch du, ich sei die Ursache eines Skandals«, stellte er fest. »Mir macht es nichts aus, Eddie, wenn du mich so siehst. Natürlich werde ich nichts tun um einen Skandal vom Zaun zu brechen, ganz gleich wie dieser Skandal auch geartet sein könnte. Aber ich werde Fragen immer so aufrichtig beantworten, wie ich kann, egal wer diese Fragen stellt. Und du hast Recht, wenn du sagst, Gregory darf nicht zwischen uns stehen.« Er unterbrach sich einen Moment, als warte er darauf, dass sein Bruder sich in nichts auflöste. Dann fragte er: »Möchtest du eine Tasse Tee?«

Wie ein allzu prall aufgeblasener Ballon, aus dem plötzlich das Helium entweicht, gab Keegans Körper seine abwehrende Haltung auf und schien zu schrumpfen. Seine Schultern sackten nach vorn. »Lieber Jesus!«, stieß er mit einem Seufzer hervor. »Oh ja, ich hätte gern eine Tasse.«

Während er den Tee aufbrühte, erfuhr Frank Molloy, dass Keegans Vater und Mutter vor sechs Jahren innerhalb von zwei Wochen gestorben waren. Seine drei Brüder und die beiden Schwestern waren verheiratet und er hatte vierundzwanzig Nichten und Neffen. Jede Woche besuchte er an seinem freien Tag abwechselnd eines seiner Geschwister. Sie lebten alle in Westmeath und Dublin. Molloy erkundigte sich insbesondere nach Keegans Schwester Deidre, weil er in den Sommerferien seines vierten Jahrs in Winterhill einmal erfolgreich die rechte Hand unter ihre Bluse hatte schieben können. Sie war jetzt Ärztin und hatte zwei Kinder. Die Erinnerung, wie es gewesen war, zum ersten Mal eine Mädchenbrust zu fühlen, hatte Molloy in seinem Gedächtnis aufgehoben und bei späteren Gelegenheiten liebevoll betrachtet, in reiferen Jahren allerdings mit weniger Lüsternheit. Die Brustwarze war rauer gewesen als erwartet.

Als sie mit ihrem Tee am Küchentisch saßen, versanken sie wieder in Schweigen. Frank wusste: Wenn sie sich überhaupt irgendwie verständigen wollten, dann musste einer die Mauer des anderen erklettern. Ein Seil hinunterzulassen um sich gegenseitig das Eindringen zu erleichtern wäre zu peinlich gewesen. Nachdem die Stille schon viel zu lange angedauert hatte und allmählich unangenehm wurde, schlug er halbherzig eine Bresche in Keegans Schutzwall. »Wieso hat man dich eigentlich nie aus Davinkill versetzt?«

Der Priester stellte seine Teetasse mit so großer Sorgfalt ab, dass Molloy sofort klar war, dass er eine empfindliche Stelle getroffen hatte.

»Ich habe da so eine Theorie über Gucklöcher in den Häusern irischer Kleinstädte und Dörfer, Frankie. Die Gucklöcher sind die Münder der Menschen. Das Guckloch in mein Haus ist mein Mund. Ein Priester in einer kleinen Stadt kann es sich nicht leisten, jemanden in die Nähe seines Gucklochs zu lassen, daher spreche ich nie über mich.« Keegan legte die Hände um seine Tasse, als ob er sie wärmen wollte oder als ob er zeigen wollte, dass er eine Tür fest geschlossen hatte und weiteres Anklopfen nicht dulden würde.

Frank Molloy sah ihn erstaunt an. Er musste erst das Gefühl überwinden, dass man ihn zurückgewiesen hatte, dann fragte er: »Auch nicht mit deinen Amtsbrüdern?«

»Vor allem nicht mit meinen Amtsbrüdern«, antwortete Keegan ohne zu zögern.

»Du sprichst mit niemandem über dich?«

»Du bringst mich in die Lage mich verteidigen zu müssen, Frankie.«

»Du hast dich selbst in eine Lage gebracht, die es mir unmöglich macht, an dich heranzukommen, Eddie.«

»Natürlich kannst du an mich herankommen. Ich bin kein Ungeheuer. Ich glaube auch nicht, dass es für die Leute in der Gemeinde schwierig ist, an mich heranzukommen.«

»Das mag ja sein – sie kommen zu ihrem Priester, nicht zu ihrem Freund. Vertraust du überhaupt niemandem? Nicht deinen Brüdern? Deinen Schwestern?«

»Ich fühle mich von der Art, wie du deine Fragen stellst, in die Ecke gedrängt, Frankie. Fühle mich tatsächlich unbehaglich. Ich finde, du bist neugierig.«

Molloy stützte die Ellenbogen auf den Tisch und legte das Kinn auf die Finger. Seine Augen und der leicht geöffnete Mund verrieten Erstaunen. »Ich bin kein Mitglied deiner Gemeinde, Eddie. Du bist nicht mein Priester. Mir ist es scheißegal, warum du nie aus diesem Dorf versetzt wurdest. Du bist uneingeladen in mein Haus gekommen. Du hast gesagt, du seist hier, weil ich einmal dein Freund war. Ich habe gedacht, du spielst darauf an, dass wir wieder Freunde werden könnten – zumindest habe ich das herausgehört. Jetzt sitzt du hier und schließt mich aus, als wäre ich das Gemeindeklatschweib. Wenn du gehofft hast eine alte Freundschaft zu erneuern, dann ist dieser Versuch im Keim erstickt.«

Pfarrer Keegans Blick fiel auf Molloys Gesicht. Seine Hände lagen flach auf dem Tisch, die Finger bewegten sich unruhig. Lange Zeit starrte er blicklos vor sich hin. Dann sagte er ohne aufzuschauen: »Ich habe keine Freunde, Frankie.«

Keegans herbe Zurückweisung schmerzte Molloy noch immer. »Und warum nicht, Eddie?«

Keegan hob die Hand, sah aber Molloy nicht an. »Nun schön, Frankie, ich höre den Sarkasmus. Ich habe keinen Freund gehabt, seit ich zum Priester geweiht wurde. Man kann nicht Priester sein und einen Freund haben.«

»Ist das auch eine deiner Theorien?«

Abrupt riss Keegan sich zusammen. Seine ausgestreckten Beine scharrten über den Fußboden. Die Bewegung und das Geräusch wirkten wie seine Art des Säbelrasselns. Er schaute Molloy in die Augen. »Du bist sehr direkt, Frank.«

»Das Leben ist kurz, Eddie.«

»Früher warst du nicht so.«

»Du auch nicht, Eddie.«

»Wie du mir, so ich dir, Frankie.«

»Aber gar nicht. Du hast eine Feststellung gemacht. Ich habe eine Feststellung gemacht. Wir sind anders als damals mit zwanzig. Ich würde die Freundschaft gern erneuern. Ich vertraue dir, Eddie. Offensichtlich vertraust du mir nicht, also was soll's? Wir verabschieden uns und das war's.«

Zu Molloys Überraschung fauchte Keegan: »Nein, ich sage nicht: Das war's.«

Wieder saßen sie lange schweigend da. Keiner von beiden rührte seine Tasse an, so als könnte die Bewegung als ein Augenzwinkern, als Versuch einer Annäherung missverstanden werden.

»Warum bist du nach Hause gekommen, Frankie?«

»Scher dich zum Teufel, Eddie!« Molloy stand auf und sein Stuhl kratzte über den Fußboden wie ein Nagel über eine Tafel. Er schaltete die Platte unter dem Wasserkessel ein. »Willst du noch Tee?«

»Ja, bitte.« Keegan drehte seinen Stuhl um, damit er zum Herd blicken konnte ohne sich den Hals zu verrenken. »Zwei Jahre nachdem ich hierher kam, wurde ein Mädchen ermordet«, sagte er. »Ein gewisser Donaghue wurde zur Vernehmung in die Kaserne zitiert. Die Wachleute ließen ihn gegen ein Uhr morgens wieder laufen. Am nächsten Tag wurde seine Leiche auf Scattery Island angespült. Seine Frau stand mit vier kleinen Kindern allein da. Die Leute zeigten ihr die kalte Schulter und die Dorfkinder fingen an ihr Schimpfnamen nachzurufen. Ich ließ mich bei ihr im Haus und mit den Kindern auf der Straße sehen. Eins führte zum anderen und ich wurde so etwas wie ein entfernter Ersatzvater für die Kinder. Die Zeit verging und ich bildete mir ein meine Rolle in der Familie Donaghue sei so wichtig, dass ich jedes Mal, wenn der Bischof mich versetzen wollte, darum ersuchte, noch ein paar Jahre bleiben zu dürfen. Das letzte Kind war vor ungefähr sechs Jahren mit der Schule fertig. Seit damals hat man mich nicht mehr versetzen wollen. Der Bischof füllt sein Amt schon lange nicht mehr vollständig aus. Doch nach seinem Tod wird der neue Mann mich wohl von hier wegschicken.«

Als er geendet hatte, drehte Keegan die Handteller nach oben, zog die Brauen hoch und hob die Schultern.

Während Keegan erzählte, hatte Frank mit vor der Brust verschränkten Armen am Herd gelehnt. Jetzt stieß er sich ab und straffte sich. »Wenn der Vater vor dreißig Jahren gestorben ist und das Kind erst vor sechs Jahren die Schule beendet hat, muss es wenigstens ...«

»Sie war fünfundzwanzig«, sagte Keegan. »Als ihr Vater starb, war sie ein Jahr alt.«

»In welche Schule ging sie denn? Ist sie geistig zurückgeblieben?«

Eddie Keegan lachte. »Nein, sie ist nicht geistig zurückgeblieben. Sie ist sogar genau das Gegenteil. Sie hat an der Sorbonne den Dr. phil. gemacht. Peggy heißt sie.«

»An der Sorbonne.« Frank Molloy war beeindruckt. Er kniff die Augen zusammen und neigte den Kopf leicht zur Seite. »Willst du damit sagen, du hast ihr Studium bezahlt, Eddie?«

Eddie Keegan erinnerte Molloy an eine Schildkröte, die dabei ist, sich in ihrem Panzer zu verkriechen. Doch bevor er es ganz geschafft hatte, packte Molloy ihn am Kragen und hielt ihn fest.

»Um Himmels willen, Eddie! Hör auf zu redigieren und zu streichen. Glaubst du denn, ich renne los und klatsche es weiter? – Um Christi willen!« Mit Schwung drehte er sich zu dem Kessel mit dem kochenden Wasser um und riss ihn vom Herd. Das heiße Wasser sprudelte in die Teetassen. Er stellte den Kessel zurück und wandte sich wieder Keegan zu. »Eddie, ich will die Geheimnisse deiner Seele nicht wissen. Aber bevor du jedes Mal, wenn du sprichst, abwägst, wie weit du mir vertrauen kannst, erzähl mir lieber gar nichts. Ich will dich nicht durch deine Angstfilter kennen lernen. Ich will nicht sehen, wie du mir misstraust.« Molloy schlug sich auf die Oberschenkel. Frustriert legte er die Handflächen an die Wangen und schloss die Augen. »Tut mir Leid«, sagte er. »Es geht mich nichts an, was du tust oder getan hast. Ich habe lange keinen Freund mehr gehabt, seit Padrake gestorben ist nicht mehr und wahrscheinlich klammere ich zu sehr.« Er setzte sich an den Tisch, drückte den Teebeutel über dem Löffel aus und beobachtete die Tropfen, die in die Tasse fielen.

»Es war nicht leicht, nach Hause zu kommen«, sagte er mit gedämpfter Stimme. »Es war beängstigend, emotional und finanziell, aber das Geld war nicht das Schlimmste.« Molloy stützte die Ellenbogen auf den Tisch. »Es gibt ein paar Gründe für meine Rückkehr. Erstens musste ich mich selbst davon überzeugen, dass ich mit dem Menschen, der ich geworden bin, unbefangen umgehen kann. Zweitens möchte ich als Ungläubiger, der ich bin, gerade in diesem Land leben, das durchtränkt ist vom Katholizismus und wo ich als Kind eine Gehirnwäsche erfuhr.« Molloy lächelte schwach und schaute zu Keegan hinüber. »Ich bin nach Hause gekommen um mir die Kirche auszutreiben, Eddie. Ich habe Gott ausgetrieben. Noch nicht ausgetrieben habe ich jedoch die Kirche, die in meine wehrlose Seele eindrang, als ich noch ein Kind war. Ich weiß jetzt, dass die Kirche ein Pilz ist, der sich in etwas Hochempfindliches eingenistet hat und es verrotten ließ.«

Keegan blickte in seine Tasse. Der Tisch und alles, was darauf stand, spiegelte sich in seiner funkelnden randlosen Brille.

»Von meiner Position aus klingt das beunruhigend, Frankie. Meine spontane Reaktion ist, dass ich dich retten muss vor ...«

Molloy legte Keegan die Hand auf den Arm und sah dem alten Freund in die Augen. »Rette mich nicht, Eddie. Keine Hölle könnte schlimmer sein als die, in der ich gelebt habe, als ich ...«

Der Priester zog den Arm weg und übernahm wieder die Führung des Gesprächs. »Du hast mich nicht ausreden lassen. Ich wollte sagen, dass es meine automatische Reaktion war, dich retten zu wollen. Aber du bist es gar nicht, den ich retten muss, Frankie. Ich bin es. Deshalb habe ich gesagt, deine Worte seien beunruhigend. Vor Jahren hat das bloße Bewusstsein, dass du dein Amt niedergelegt hattest, an meinen Ankerketten gezerrt. Aber du warst weit fort, ich wusste nicht, warum du gegangen warst, und die Anspannung ließ schnell nach. Als ich hörte, dass du nach Hause gekommen bist, war Angst das Erste, was ich empfand. Ich wusste, ich würde erfahren, warum du damals gegangen warst, und ich würde vor mir selbst darüber Rechenschaft ablegen müssen, warum ich blieb. Die Strömungen, die dich mitrissen, werden wieder an mir zerren. Die Glieder der Ankerketten fangen von neuem an sich aneinander zu reiben.«

In der Stille, die Keegans Worten folgte, sah Molloy sie beide als kleine Boote, die auf einem windgepeitschten Teich tanzten. Eines zerrte an einem Seil, das andere wurde übers Wasser geweht, zur Seite, nach links, nach rechts, vorwärts und zurück.

Die Geräusche des Hauses, das sich für die Nacht zur Ruhe setzte, blieben unbemerkt. Das Jaulen von Maura Gilligans Beagles, die den Abend anbellten, drang nicht in ihr Bewusstsein vor. Der Herd knackte und knisterte, während er sich abkühlte, doch auch das hörten sie nicht.

Schließlich gab Pfarrer Keegan einen Laut von sich, als wolle er auf sich aufmerksam machen. »Ich habe Peggy Donaghues Ausbildung bezahlt«, sagte er. »Ich bin auch für die der anderen Kinder aufgekommen.«

»John O'Brien hat mir erzählt, Mrs Donaghue habe einen reichen Bruder in Amerika.«

Keegan lächelte. »Das habe ich auch sehr oft gehört.«

Dann fragte Frank Molloy: »Hast du je mit Mrs Donaghue geschlafen, Eddie?«

Eddie Keegan sprang auf und sein Stuhl fiel krachend um. Molloys Herz begann zu rasen. »Jesus, Eddie!«, rief er.

»Jesus, Frankie!«, brüllte Keegan.

Frank Molloy kam langsam auf die Beine. Er legte die Hand auf sein tobendes Herz. »Protestierst du etwa zu laut, Eddie?«, fragte er mit einem zynischen Unterton.

»Nein, ich protestiere nicht zu laut, Frankie«, antwortete Keegan und versuchte dabei Molloys Tonfall nachzuahmen. »Ich beteuere auch nicht meine Unschuld. Aber ich protestiere gegen deine Unverschämtheit.«

»Wenn du findest, dass meine Frage unverschämt war, dann hast du zu lange in einem Elfenbeinturm gelebt.«

»Mit wie vielen Frauen hast du geschlafen, Frankie?«, fragte Keegan mit so viel Hohn in der Stimme, dass seine Frage rein rhetorisch wirkte.

»Mit achtzehn oder neunzehn«, antwortete Molloy.

Einen Moment lang blieb Keegan der Mund offen stehen. Dunkle Röte schoss ihm ins Gesicht. »Das ist widerlich«, sagte er.

»Was soll daran widerlich sein? Es waren lauter nette Frauen.«

Sie standen am Küchentisch und starrten sich feindselig an. In Keegans Brille sah Molloy die Spiegelung des Deckenlichts, das von seiner Glatze reflektiert wurde.

Es sah aus, als wollte Pfarrer Keegan gehen, zur Haustür rennen und fliehen. Doch Frank vermutete, dass Eddie Keegan zu erregt war um zu gehen. Und es war nicht Franks Geständnis, das ihn erregte. Es war der Geschmack der nackten Wahrheit, der ihn bleiben ließ.

Im selben Moment entdeckte jeder der beiden Männer ein leichtes Zittern um die Lippen des anderen, sah die Fältchen in dessen Mundwinkeln, die zu einem Lächeln wurden, das schließlich das ganze Gesicht überzog.

Keegan strahlte wie ein Magier nach einem spektakulären Zaubertrick. »Nein, ich habe nicht mit Dervla Donaghue geschlafen, Frankie«, sagte er.

Und sofort fragte Molloy: »Aber vorgestellt hast du's dir?«

Molloy sah winzige Risse in Keegans Lächeln, aber tapfer antwortete der Priester: »Ich habe mir sehr oft vorgestellt mit Dervla Donaghue zu schlafen.«

Fünf Minuten später kochte wieder das Wasser in dem vergessenen Kessel und Molloy stellte den Herd ab. Eddie Keegan sagte: »Einmal kam ein Mann zur Beichte. Er machte mehrere Anläufe dem Priester zu sagen, dass er mit einer Frau Sex gehabt hatte. Es bereitete ihm aber Schwierigkeiten in einer akzeptablen Sprache auszudrücken, was er getan hatte. Endlich sagte der Priester grollend zu ihm: ›Hast mit der Frau geschlafen oder was?‹ Und der Mann antwortete: ›Das versuche ich Ihnen ja gerade zu erklären, Herr Pfarrer. Geschlafen habe ich keine Sekunde.‹«

19. Kapitel

Fünfte Fastenwoche

Donnerstag, 21.55 Uhr

ZWAR SCHAUTE EINMAL wöchentlich ein Stadtmensch herein, aber sonst waren Paulie Lambs Gäste lauter Bauern. Sie fühlten sich wohl in seinem Pub. Dort brauchten sie sich nicht zu sorgen, dass die Besserwisser von Davinkill oder Duneamon auftauchten und Bemerkungen über ihre Stiefel oder ihre Kleidung machten. Sie wussten, dass sie nicht so gut rochen wie die Leute, die in der Stadt lebten, und trotzdem wollten sie nicht, dass ein paar Scheißkerle aus der Stadt daherkamen und beleidigende Bemerkungen machten.

Es gab zwei Gründe dafür, dass der wöchentliche Besuch des einen Stadtmenschen in Lambs Pub hingenommen wurde: Er war harmlos, also so gut wie nicht vorhanden. Und sein schmutziges Gerede war für die anderen Pubbesucher so etwas wie das Sexheftchen des armen Mannes. Denn dieser Stadtmensch konnte sechsundzwanzig verschiedene Ausdrücke für die männlichen und weiblichen Geschlechtsorgane und den Sexualakt als solchen aufsagen. Er besaß auch ein ansehnliches Repertoire an Fäkalsprache, das Nonnen zum Erröten gebracht hätte – oder auch nicht.

Alle Welt wusste, dass Paddy Dillon zu arm war um eine Laus zu ernähren und dass seine allwöchentlichen Besuche im Lamb's dazu dienten, sich das Geld für ein Pint zu erbetteln. Die Bauern ließen ihm seinen Stolz, lachten über sein Gestammel und warfen ihm zur Belohnung ein paar Münzen auf den Tresen.

Sie duldeten und vergnügten sich mit Paddy Dillon, doch sein Besuche hatten für sie nicht den gleichen Stellenwert wie für die Wirte der Pubs, in denen keine Bauern verkehrten. Den Bauern fehlte es nie an interessantem Gesprächsstoff. Sie redeten über Viehpreise, Milchpreise, Milchkontingente und den ganzen Papierkram, den sie bewältigen mussten, damit sie von den verdammten Funktionären in Brüssel ein paar Pfund bekamen. Über Religion sprachen sie nie, denn alle waren fromme Katholiken und sahen die Hand Gottes hinter dem Regenguss, der herunterprasselte, wenn sie die Heupresse auf die Wiese schleppten, und auch hinter dem Tod ihrer ruhrkranken Kälber. Sogar wenn ein Kind starb, sagten sie: »Dein Wille geschehe, oh Herr«, anstatt den Doktor grün und blau zu schlagen, der zu betrunken gewesen war um das Kind zu retten.

Doch am Abend des Tages, an dem der Culliton-Junge durch Pfarrer Keegans Heuboden gebrochen war, ging es in ihren Gesprächen um die Begegnung des Kindes mit dem Tod und um seine wundersame Genesung. Mit jedem neuen Gast wurde ein weiteres Detail in die Geschichte hineingeflickt. Und dann erfuhren sie die atemberaubende Neuigkeit über die Prügelei zwischen Fayne und Kelly in der Schule. Noch bevor die Lehrer vollständig durchgehechelt waren, erschien ein Gast, der verkündete, dass Pfarrer Frank Molloy heimgekehrt war. Als diese letzte Neuigkeit Fayne, Kelly und den Culliton-Jungen durch die Hintertür hinausgefegt hatte, kam Paddy

Dillon bereits mit dem ersten Anflug eines Delirium tremens durch die Vordertür herein.

Paulie Lamb war der Einzige, der Dillon bemerkte. Trotz der Unruhe im Pub hatte er deutlich gehört, wie Dillon in seinem Rücken die Tür zuschlug, so wie Paddy es immer tat um auf sich aufmerksam zu machen. Während Dillon aus wässrigen, blutunterlaufenen Augen finster sein aufgeregtes Publikum ansah, erhob sich eine Stimme und ließ das allgemeine Geschwätz verstummen.

»... und ich weiß ganz genau, dass der ehemalige Pfarrer Molloy nicht einmal mehr katholisch ist, das hat er nämlich dem Schinder erzählt ...«

»Dem Scheißer aus Gannonbeg!«

»... als sie sich den Garten auf dem Golfplatz angesehen haben.«

»Verfluchte Bauern!«, murmelte Dillon, der neben der Tür an der Wand stand. Und um die Mistkerle wissen zu lassen, dass er gekommen war um ihnen die Zeit zu vertreiben, drehte Dillon sich zur Tür und schlug mit dem Handteller dagegen. Ein paar Köpfe wandten sich in seine Richtung, aber die Lautstärke des Stimmengewirrs änderte sich nicht. »Schisser, ihr!«

Eine andere Stimme löste sich aus dem Gewirr und übertönte für einen Moment die anderen: »... und diese Mary Delaney aus Gannonbeg hat Pfarrer Molloy aus Miami eine Schachtel Pariser mitgebracht.«

Nach dieser Erklärung herrschte fassungsloses und entrüstetes Schweigen. Keiner der Bauern fühlte sich bei dem Wort Pariser ausgesprochen wohl, aber kombiniert mit den beiden anderen Bestandteilen, den Namen von Pfarrer Frank Molloy und diesem schmächtigen Ding Mary Delaney, war ein hochexplosiver Klatsch entstanden und mitten zwischen sie geschleudert worden. Es folgte ein Ausbruch roher, skandalwitternder Kommentare. Verschiedene Heilige im Himmel wurden beschwörend angerufen und eine wahre Flut von Verwünschungen der Übeltäter wurde ausgestoßen. Nach einiger Zeit entstand eine allgemeine Atempause. Diese plötzliche Stille überrumpelte Paddy Dillon und er bekam nur ein einziges Wort heraus, bevor ihn schon wieder eine Stimme des Gerichts übertönte.

»Die junge Delaney aus Gannonberg mit der ganzen Farbe im Gesicht und auf den Fingernägeln, mit den Ringen an den Fingern und in den Ohren und mit den Armbändern und Halsketten, die auf einem Schiff Musik macht – die war gestern sehr lange beim früheren Pfarrer Molloy ...«

»Diesem Judas!«

»... im Haus. Ist vorher nicht mal nach Hause zu ihrer Mutter gefahren. Nun, Pfarrer Molloy hat in Amerika selber eine Frau gehabt ...«

»Eine Hure, wenn ihr mich fragt ...«

»... und ganz bestimmt hat er's mit ihr getrieben. Seine Frau ...«

»Hure, wenn ihr mich fragt.«

»... war die Frau ...«

»Hure!«

»Hure, wenn dir das lieber ist.«

»Es ist mir lieber.«

»Hör auf mich zu unterbrechen, Hughes, du Schisser. Also: Dieser Pfarrer Molloy hat es, als er in Amerika war, seiner Hure besorgt und sie war nicht mal seine Ehefrau, weil sie nicht in der Kirche geheiratet haben. Wo, zum Teufel, war ich, Hughes, du Schisser? Als Mary Delaney aus Gannonberg mit der vielen Farbe im Gesicht in seinem Haus war – hat er da auch den weißen Pudding in ihr vergraben? Weil sie doch beide aus Amerika kommen und sie Farbe benutzt und er alles bespringt, was nicht schnell genug wegläuft. Werden unsere Frauen vor ihm sicher sein? Das isses, was ich sagen wollte, du Schisser, Hughes.«

In der Nähe der Tür zuckte Paddy Dillon mit den Schultern und tanzte einen kleinen Alkoholentzugssamba. Mit den Händen in der Tasche zog er den Mantel enger um sein fröstelndes Fleisch. Während die Bauern über die sexuelle Sicherheit ihrer Frauen redeten, erhob sich eine andere Stimme und erklärte: »Pfarrer Molloy hat eine Unmenge Fragen über Kit Foley gestellt. Der Schinder ...«

»Dieser Scheißer aus Gannonbeg!«

»... hat gesagt, dass Pfarrer Molloy ...«

»Judas!«

»... schon den Garten untersucht hat ...«

»Den Steinkreis.«

»... und dass er die wilden Rosen von den Steinen weggezerrt hat, wo wir doch gedacht haben, das alles wär vergessen, tot und begraben. Glaubt ihr, die in Dublin haben Pfarrer Molloy angeheuert, damit er rausfindet, was mit Kit Foley passiert ist? Und wenn das so ist, was wird er ausgraben um diesen Ort zu vernichten, so wie er vor Jahren beinahe vernichtet wurde, als jeder Mann der Schuldige war, bis Donaghue ins Wasser ging und sich ertränkte? Werden wir wieder alle schuldig sein?«

Während der lauten Diskussion, die diesem alkoholverursachten Kommentar folgte, schlurfte Paddy

Dillon zur Bar. Er streckte eine schmutzige Pfote in die Luft um Paulie Lamb, der ihn absichtlich ignorierte, auf sich aufmerksam zu machen. »Du Scheißkerl, du siehst mich, du beschissener Scheißkerl«, flüsterte Dillon. Dann rief er, so laut er konnte: »Gimmir'n Drink, Mr. Lamb!«

Paulie Lamb reagierte nicht. In seinem Gesicht zuckte auch nicht der kleinste Muskel.

Paddy Dillon hatte seine Gier nach Alkohol nicht mehr unter Kontrolle. Er schlug mit der Faust so heftig auf den Tresen, dass ihm der Schmerz in den Unterarm schoss. »Mr. Lamb, gimmir'n beschissenen Drink, Mist, stink.«

Als Paulie Lamb sich umwandte, sah er den Speichel an Paddy Dillons stoppeligem Kinn. Plötzlich war das Gesicht des Wirts nur ein paar Zentimeter von Paddys Augen entfernt, dem noch immer eine obszöne Litanei von der Unterlippe troff. »Du scheiß Kanalratte.«

Mit einem Flüstern, so drohend wie der Finger Gottes, der eine grimmige Botschaft in einen harten Fels ritzt, sagte Paulie Lamb zu Dillon, er werde ihm seine verfluchte Kehle herausreißen und in den Arsch stecken, wenn er es noch einmal wagen sollte, mit seinen verfluchten dreckigen Händen seine Bar anzufassen.

Schweigend und wie betäubt wich Dillon von der Bar zurück und von all den Worten, die hinter ihm gesagt wurden, hörte er nur zwei.

»... dass Pfarrer Molloy gotteslästerliche Sachen über das wahre Kreuz gesagt hat, als er beim Schinder war. Er hat gesagt, wenn man alle Reliquien vom wahren Kreuz aneinander legen täte, dann tät es genug Kubikmeter Holz geben, dass man den Curragh damit einzäunen könnt. Wisst ihr, was der Schinder über ihn gesagt hat? Er hat gesagt, Pfarrer Molloy is schlimmer als die Protestanten, die 'ne Speckseite in ein Schaufenster gehängt und ›Die Hure des Kuraten‹ drunter geschrieben haben. Isses nich schrecklich, zu sagen, die Priester machen's mit den Schweinen?«

Dillon schleppte sich zur Tür und ohne die Hand aus der Tasche zu nehmen drückte er die Klinke herunter. So fest in den Mantel gewickelt wie in einen Verband fiel sein zuckender Körper in die Dunkelheit, von keinem bemerkt außer von Paulie Lamb, der immer mit einem Ohr zur Tür seines Pubs hinhorchte.

20. Kapitel

Karwoche

Montag, 14.05 Uhr

ELISABETH MOLLOY WIES die Annäherungen ihres Mannes nur selten zurück und setzte nie ihren Körper ein um ihren Willen durchzusetzen. Sie genoss es, wie ihr Mann sie zum Orgasmus führte, bevor er seine Reliquie in ihrem bebenden Reliquiar versenkte.

Aber Elisabeth Molloy wusste auch, dass die Minuten unmittelbar nach dem Sex besondere Momente waren. Es schien, als würden die Hürden, die das bestens abgeschirmte tiefste Innere ihres Mannes umgaben, durch das körperliche Eindringen ein Stückchen niedriger. Als sie nach einer leidenschaftlichen Begegnung an einem feuchten Nachmittag umschlungen von den Gliedmaßen ihres Mannes dalag, machte sie Gregory deshalb – als Eröffnungszug – den Vorschlag, er solle seinen Bruder Frank besuchen. Gregory lehnte schlaftrunken ab und sie versank in Schweigen. Dann verkündete sie, als sei ihr der Gedanke eben erst gekommen, dass sie ihren Schwager besuchen werde.

Da er wusste, dass eine Antwort, die nicht zum Widerspruch reizte, mit ein paar Minuten ungestörten Schlafs belohnt würde, nahm er ihre Absicht mit einem Brummen zur Kenntnis und gab ein paar Sekunden später einen grunzenden Schnarcher von sich.

Während sie so beieinander lagen, hörte Elisabeth dem Regen zu, der auf das Dach prasselte, so lange, bis Gregory sich abrupt umdrehte und auf die Uhr schaute.

»Teufel!«, knurrte er und legte den Arm wieder über den heißen Körper seiner Frau. »Der Inspektor kommt in einer halben Stunde.« Er schob sich näher an sie heran und beide streckten die Beine aus um ein paar Minuten Bauch an Bauch zu liegen. Dann stand Gregory mit einem Schwung aus dem Bett auf und ging unter die Dusche. Elisabeth wickelte sich in die Bettdecke ein und kuschelte sich in die Wärme, die ihr Mann zurückgelassen hatte.

Gregorys lautstarke Rückkehr aus dem Badezimmer riss sie schließlich aus den Armen des Schlafs. Er zog sich neben dem Bett an und zählte dabei halbherzig die Gründe auf, warum er sich nicht mit seinem Bruder versöhnen könne.

Schweigend hörte Elisabeth zu. Sie drehte sich auf den Rücken und legte die Hände unter den Kopf. Und bevor Gregory gegen ihren Entschluss Frankie zu besuchen eine Offensive starten konnte, lenkte sie ihn mit der Frage ab, ob Claudine Duchosal seiner Ansicht nach ahne, dass ihre Arbeitgeber am helllichten Nachmittag im Bett herumtollten.

»Nennst du das, was wir tun, herumtollen?«, fragte Gregory und berührte ihren Fuß unter der Bettdecke.

»Das wollte ich dir übrigens erzählen: Claudine hat mich gestern gefragt, ›wie lange braucht der Tee zu malen‹ – ich musste laut lachen. Ich fürchte, ich habe sie sehr entmutigt.«

»Vielleicht geht ihr alles zu schnell – mit der Sprache.«

Elisabeth ging zur Badezimmertür. »Wenn ich die Kinder abgeholt habe, fahre ich zu Frankie. Vielleicht nehme ich ihm einen von Claudines frischen Kuchen mit. Das wird helfen das Eis zu brechen.« Elisabeth wollte eigentlich im Bad verschwunden sein, bevor Gregory antworten konnte. Es gelang ihr nicht.

»Ich habe nicht gedacht, dass du heute dorthin willst. Der Inspektor kommt in ein paar Minuten.« Gregory stellte einen Fuß auf den Rand des Heizkörpers und band sich die Schnürsenkel zu.

»Oh, Gregory, wirst du nicht ohne mich fertig? Man braucht kein Genie zu sein um ein paar Spalten in diesem Buch auszufüllen. Barry hat es schon öfters gemacht. Ich muss das Eisen schmieden, solange es heiß ist. Und außerdem ist es so regnerisch, dass ich Frankie bestimmt zu Hause antreffen werde.«

»Welches Eisen hast du denn im Feuer?« Gregory band sich den zweiten Schuh zu.

»Meinen Entschluss Frankie zu besuchen.« Sie hob die Hand. »Nein, das ist es nicht. Sondern dass du nichts dagegen hast, dass ich gehe – das ist das heiße Eisen.«

Immer wenn Gregory feststellte, dass seine Frau versuchte rückhaltlos ehrlich zu ihm zu sein, musste er an die Zeit denken, als er frisch verliebt war in Elisabeth. Die Erinnerung vernichtete den letzten Rest seines Starrsinns. Sein Stolz verlangte jedoch, dass er nicht so schnell nachgab. »Warum drängst du so sehr darauf, Lizzybeth?« Er schob die Arme in sein Jackett.

Dass er ihren Kosenamen benutzte, verriet ihn auf der Stelle. Elisabeth wusste: Die Auseinandersetzung war zu Ende. Doch sie war immer noch entschlossen ihren Mann von seiner Sturheit zu befreien. »Er ist mein Schwager, er ist der Onkel unserer Kinder, seine Töchter sind die einzigen Cousinen, die unsere Kinder haben, und sie sind deine Nichten. Frank ist ein Teil dieser Familie und mir gefällt die Idee einer Großfamilie.« Sie sagte nicht: Er ist dein Bruder.

»Er hat seine Beziehung zu dieser Familie geändert, er hat auf uns alle gespuckt und nicht ein einziges Mal gesagt, dass es ihm Leid tut.«

Elisabeth hatte den gleichen Satz schon öfters gehört, Wort für Wort. Wenn Gregory das alte Klagelied anstimmte, hatte sie sich immer wieder gefragt, ob er nicht nur aus alter Gewohnheit wütend auf seinen Bruder war. In diesem Fall würde sich das ganze Problem plötzlich in Luft auflösen, wenn Frankie seinen Bruder einfach um Verzeihung bäte. Doch Verzeihung wofür? Vielleicht erhielt Gregory seine feindseligen Gefühle nur aus Loyalität gegenüber seiner Mutter und seinem Vater am Leben.

Ehe Gregory sein immer wiederkehrendes Lamento bis zur Hälfte abgespult hatte, wurde Elisabeth klar, dass sie wieder das Thema wechseln musste. Sie öffnete ihren Bademantel und sah ihren Mann übermütig an. »Ich hoffe, wir haben bald wieder einen Regentag«, sagte sie. »Wartest du auf mich? Ich habe keine Lust einer misstrauischen Claudine allein gegenüberzutreten. In einer Minute bin ich fertig.«

»Mann, wenn du vor dem Sex genauso verschämt wärst wie hinterher, bekäme ich dich nie ins Bett.« Gregory lächelte einen Moment lang in sich hinein. Doch kaum war die Badezimmertür ins Schloss gefallen, überfluteten andere Gedanken seinen Kopf.

Es war nicht zu übersehen, dass Elisabeth seiner Tiraden gegen Frankie allmählich überdrüssig wurde. Er fühlte, dass sie sie mehr über sich ergehen ließ als wirklich mitzufühlen. Spürte sie schon, was er selbst zu vermuten begann? In sein Bewusstsein drängten sich lang verbannte Dinge. Sich mit ihnen auseinander zu setzen war unangenehm. Als er sich vorbeugte um im Spiegel seinen Krawattenknoten zu betrachten, stellte er sich vor nackt in einem Dornbusch zu stecken, Kopf, Körper und Gliedmaßen von langen stachligen Ranken umschlungen. Er würde Energie und Geduld brauchen um sich herauszuwinden ohne in Stücke zu zerreißen. Während er Hemdkragen und Krawatte zurechtrückte, damit Inspektor Barry Curry nicht auf den Gedanken kam, dass er im Lauf des Nachmittags die Kleider abgelegt hatte, versuchte Gregory einige der Ranken von sich abzuzupfen.

Schon bei der Auseinandersetzung mit Eddie Keegan vor ein paar Tagen hatte es ihm gedämmert, dass die Gefühle, die seinem Zorn zugrunde gelegen hatten, längst vergangen waren.

Ging es ihm vielleicht nur darum, sein Gesicht zu wahren? Hielt er an seinem Zorn auf Frankie fest, weil er nicht wusste, wie er sich davon befreien sollte?

Nun, da Frankie nach Hause zurückgekehrt war, war er wieder zu einem Menschen geworden, er war kein Objekt mehr, kein Mühlstein an seinem Hals. Den Mühlstein abzuwerfen hieße die Märtyrerrolle aufgeben zu müssen: Schaut mich an, wie arm ich dran bin, seht die schwere Last, die ich tragen muss – die Schande einen Judas in der Familie zu haben. Seht meinen Bruder, den Judas, und bedauert meine Schande.

Gregory schloss die Augen und knirschte mit den Zähnen. Er wusste, wenn er eine Scham abschüttelte, die ihm zur Gewohnheit geworden war, würde sich in seinem tiefsten Innern etwas verändern. Der Mühlstein um seinen Hals musste entfernt werden.

Er betrachtete sich im Spiegel und sagte sich, dass es sein eigenes großes Mundwerk gewesen war, das ihn in die Ecke gedrängt hatte, in der er jetzt stand. Man erwartete einen Kampf von ihm. Er kam sich vor wie ein kleiner Rabauke auf dem Schulhof, der nicht kneifen kann, als er dem Feind gegenübersteht, über den er vor allen anderen hergezogen hat.

»Ich war so verdammt selbstgerecht!« Er erschrak, als er seine eigene Stimme hörte, und warf einen Blick zur Badezimmertür. Die Dusche lief noch. Wäre Elisabeth bloß da gewesen, als die ganze Frankie-Sache losbrach. Sie hätte nicht zugelassen, dass er die lächerlichen Dinge tat, die er damals getan hatte. Er wusste, wie viel Glück er hatte eine Frau wie Elisabeth geheiratet zu haben und dabei dachte er nicht einmal an ihr zügelloses Temperament im Bett. Sie hatte ihn schon öfters gewarnt, wenn er sich kopfüber in ein schlechtes Geschäft stürzen wollte. Er hatte ihr die Einmischung nie übel genommen. Häufig hatte er ihr gesagt, wie tröstlich es für ihn sei, sie in seiner Nähe zu wissen. Das war auch der Grund, warum er wollte, dass sie zu Frankie ging. Das Widerstreben, das er geäußert hatte, war ein kindischer Versuch gewesen sich aus seiner dünkelhaften und dummen Lage herauszuwinden. Doch obwohl ihr gesunder Menschenverstand ihn schon oft erfolgreich zwischen Skylla und Charybdis hindurchlaviert hatte, glaubte er nicht, dass sie jetzt imstande sein würde einen Ausweg zu finden, ohne dass jemand – insbesondere er selbst – am Ende als kompletter Narr dastehen würde. Die Leute im Dorf würden zweifellos ihren großen Tag haben, wenn sie ihn mit seinem eigenen Dornbusch kämpfen sahen, mit finsterer Miene, die Lider, Ohren,

Lippen, Nasenflügel, Wangen, Kinn, Hals und Stirn mit roten Kratzern und Narben übersät.

Gregory zügelte den Galopp seiner Gedanken. Er horchte auf das Prasseln des Duschwassers, doch alles war still. Elisabeth trocknete sich schon ab und sie sollte die Angst nicht sehen, in die er versunken war. Durch die Badezimmertür rief er ihr zu, wenn er jetzt nicht gehe, komme er zu spät. Sie müsse Claudine Duchosal allein gegenübertreten.

21. Kapitel

Karwoche

Montag, 14.05 Uhr

KEIN LÜFTCHEN REGTE sich und der Regen fiel schnurgerade nieder, als ob es seit jeher regnete und niemals aufhören würde. Das Geräusch des strömenden Regens durchdrang die Welt und hypnotisierte alles, was lebte.

Die Kühe standen erstarrt auf den Wiesen, die Regentropfen massierten ihre Rücken und Hinterteile. Das Wasser lief an ihren Flanken herab, tropfte von den feinen Haaren an ihren Bäuchen, glich flüssigen Eiszapfen, die sie mit der Erde verbanden. Die Kühe blickten in die Ferne, soweit ihre Kurzsichtigkeit es erlaubte, und blinzelten nur, wenn ihnen ein Regentropfen direkt in die Augen fiel.

Spatzen und Stare drängten sich mit ihresgleichen auf den kahlen Zweigen der Sträucher zusammen und zwitscherten zornig, wenn ein Nachbar ihrem Gefieder zu nahe kam. Nervös rutschten sie hin und her um den Abstand voneinander zu wahren.

Vollkommen gleichmäßig fiel der Regen von dem niedrigen grauen Himmel auf durchweichten Boden. Nasse Wolken bedeckten die Erde und es war schwierig, sich vorzustellen, dass in anderen Teilen der Welt die Sonne auf warme Strände und bräunende Körper fiel.

Frank Molloy hatte vergessen, wie so ein nasser Tag in Irland war. Er blickte durch das beschlagene

Wohnzimmerfenster und hörte eigentlich mehr, als er sah. Der Regen, der gleichmäßig auf das schiefergedeckte Dach prasselte, klang wie das Schnurren einer großen Katze. Ohne dass er viel darüber nachdachte, hatte seine Erinnerung passende Bilder für das gefunden, was er sah, und diese Bilder waren alle anheimelnd.

Ein Bild wäre unbeachtet vorbeigeflitzt, wäre es nicht mit Gefahr bestückt gewesen. Als er und Gregory noch klein waren, hatte der Vater sie an Regentagen zur Schule gebracht. Im Wagenschuppen kletterten die Kinder an den Speichen der wackligen Räder hinauf, nachdem Mr Molloy sich schon auf dem hölzernen Sitz des Karrens niedergelassen hatte und sich bemühte das nervöse rote Pony zu zügeln. Unter dem Wellblechdach, eingehüllt in das ohrenbetäubende Trommeln des Regens, glich das Pony einer bebenden Maschine voll angestauter Kraft.

Die Kinder machten es sich im goldenen Stroh auf dem Boden des Karrens gemütlich, den Rücken an den Kutschersitz gelehnt, die Füße gegen die hintere Wand gestemmt. Sie kuschelten sich unter den wasserdichten Umhang und ihre Mutter prüfte, ob sie gut zugedeckt waren.

Sobald sie zufrieden war, sagte sie: »Sei vorsichtig, John.« Mr Molloy ließ die Zügel auf den Rücken des Ponys fallen und es schoss pfeilschnell los, begleitet von Kettengeklirr und dem Rattern der eisenbeschlagenen Räder. Wenn sie durch den Hof zum Tor flitzten, steckte Frankie die Hand durch die Öffnung im Umhang und winkte der Mutter. Die Erinnerung daran, wie sie mit einem alten Mantel über Kopf und Schultern zur Küchentür ging, war tief in sein Gedächtnis eingemeißelt. Sie hatte Frankies Hand immer gesehen und zurückgewinkt.

Das Pony galoppierte den Feldweg entlang. Für die Kinder entstand die Illusion großer Geschwindigkeit, weil sie entgegen der Fahrtrichtung saßen und Hecken, Felder und Bäume nur so vorüberflitzen sahen. Es war, als werfe hinter ihnen ein riesiger Maler Skizzen auf eine Riesenleinwand und schaffe auf magische Weise ein immer mehr zusammenschrumpfendes Bild.

Durch tiefe Schlaglöcher und über ungepflasterte Straßen zog das rote Pony mühelos den Karren. Wasser und Steine schossen zur Seite, das Pferdegeschirr klirrte, der hölzerne Karren ächzte, die Räder protestierten. Die immer gegenwärtige Angst vor einem Unfall wurde durch die Geschwindigkeit und den Lärm noch größer.

Über ein halbes Jahrhundert später, als der Regen vor ihm die Scheibe hinunterrann, erinnerte sich Frank Molloy daran. Erst als er das Klopfen hörte, sah er hinter dem nassen Fenster die Stirnseite eines Wagens an der Wheat Mill Lane.

»Gregory!« Er hatte ein Gefühl, als sackten ihm plötzlich zwanzig Liter Blut in die Magengrube. Und als er öffnen ging, hörte er nichts von den Brandenburgischen Konzerten, die den Raum erfüllten.

Er war nicht sicher, ob er den Wagen sofort erkannt hatte oder erst, als er Mary Delaney sah. Gregory verschwand aus Frank Molloys Kopf.

Mary Delaney trug einen Rotkäppchenmantel, nur war er nicht rot, sondern schwarz. Und sie trug etwas in den Händen. Eine Art Schachtel.

Lust.

Es schnürte ihm die Kehle zu. Sein Körper zitterte vor Lust. Er wusste, dass es zwischen ihnen zu Sex kommen würde. Wie sandte sie das Signal aus? Mit welcher Antenne fing er das Signal auf, das sein Blut sofort dickflüssiger machte? Ließ er sie draußen im Regen stehen, weil sein Über-Ich sich zu Wort meldete? Oder überrumpelten die Gefühle und Argumente ihn so rasch, dass sie sein Zögern gar nicht bemerkte? Machte das Knistern ihrer und seiner Signale die Luft zwischen ihnen so dünn, dass er nicht mehr atmen konnte?

Wortlos lud er sie in die schützende Wärme seines Hauses ein.

Komm in mein Wohnzimmer.

Sie reichte ihm schweigend die Schachtel, doch ihre glänzenden Augen und das offene Lächeln waren beredt und durchaus nicht subtil. Deutlich hörte er, was sie sagten.

Da es draußen so nass war, überraschte es ihn, dass sich das Haar trocken um ihr Gesicht wellte. Er hob die Hände und sie drehte sich um und ließ den Rotkäppchenmantel von den Schultern gleiten.

Sie trug einen schwarzen Hosenanzug mit Messingnieten. Molloy sah weder Make-up noch Schmuck, obwohl Mary Delaney unterwegs angehalten und im Rückspiegel ihre Augen blauer und ihre Wangen rosiger geschminkt hatte.

Später sollte Molloy sich erinnern, dass jedes Wort, das sie gewechselt, jede Geste, die sie gemacht hatten, bevor sie schließlich zu ihm auf die Couch kam, nur Teil des Vorspiels und umso erregender gewesen waren, weil sie beide gewusst hatten, was geschehen würde. Die letzten Barrieren waren schon zerbröckelt, als sie einander an der Haustür gegenübergestanden hatten. Während sie auf der Couch saßen, benutzten sie ihr Gespräch um den Punkt zu erreichen, an dem körperliche Annäherung unvermeidliche Folge wurde, logisch und atemberaubend lustvoll.

Molloy hängte ihren glänzenden Mantel auf und wies mit der Hand auf die Couch. Er wusste, wenn er jetzt etwas sagte, würde sie seiner Stimme die Erregung anmerken. Sogar seine Stimmbänder waren geschwollen.

Kaum zierte Mary Delaneys Körper seine Couch, fragte sie errötend: »Also, Sie Expriester Frank Molloy, wie haben Sie es so weit gebracht, dass Sie ohne mit der Wimper zu zucken sagen können: ›Die Pest soll den Glauben holen!‹?«

»Ha!« Molloy lachte laut auf. »Ich kann auch sagen: Ich glaube nicht an Gott, ohne dass ich fürchte vom Blitz getroffen zu werden. Ich muss nur aufpassen, mit wem ich zusammen bin. Manche Leute schauen sich nervös um. Gewöhnlich werfen sie einen Blick gen Himmel ... Sie haben also mit Ihrer Mutter über mich gesprochen.«

»Selbstverständlich. Sofort als ich nach Hause kam, habe ich ihr erzählt, dass ich Miss Duggan besuchen wollte und Sie hier gefunden habe.«

»Hat sie sich an mich erinnert?«

»Ja. Sie hat gesagt, Sie seien ein neugieriger Knabe gewesen. Das waren ihre Worte: neugieriger Knabe.«

»Ich bin sicher, sie hat intellektuell neugierig gemeint.« Molloy lächelte.

»Ich weiß nicht, was sie gemeint hat, aber ich bezweifle, dass meine Mutter weiß, was intellektuelle Neugier ist. Sie sagte, sie sei mit Ihnen eine Zeit lang in dieselbe Klasse gegangen. Werden Sie mir meine Frage beantworten?«

»Welche?«, fragte Molloy und überlegte, ob sie wohl spürte, wie seine Augen ihr Gesicht abtasteten und zu ihrem Hals weiterwanderten.

»Wie ist aus einem Priester ein Gotteslästerer geworden? Das war meine kleine Frage.«

Sein Blick glitt über ihre Brüste und er wusste, dass sie es sah. »Zu der kleinen Frage gehört eine große Antwort – sie umfasst etwa dreißig Jahre, die inzwischen Geschichte sind.«

»Nennen Sie mir bloß die Kapitelüberschriften oder die Titel der einzelnen Bände – was geeigneter ist.« Mary Delaney legte den Arm auf die Rückenlehne der Couch, sodass ihr Körper ungeschützt war. Ihre Hand hing locker über die Polsterung wie in der Sixtinischen Kapelle die Hand Adams, der bereit war von Gott das Leben zu empfangen. »Sagen Sie mir in einem Satz, warum Sie Ihr Priesteramt aufgegeben und geheiratet haben, was mit Ihrer Frau geschehen ist und warum Sie ohne Ihre Kinder nach Hause zurückgekommen sind, obwohl Sie wussten, dass Sie Ihrem Bruder Kummer bereiten würden, weil er durch Sie in große Verlegenheit kommt.« Sie holte laut Atem und lachte. »Sehen Sie? Wenn ich alle Fragen in einen Satz packen kann, können Sie auch in einem Satz antworten.«

»Sie scheinen ja schon sehr viel über mich zu wissen.«

»Nach dem, was meine Mutter mir erzählt hat, scheinen Sie hier in der Gegend jahrelang für Unterhaltung gesorgt zu haben.« Sie stellte die Beine nebeneinander und schlüpfte aus den Schuhen.

»Der Klatsch ist wie ein Schneeball auf einem Hügel«, sagte Molloy. »Er rollt hinunter und nimmt dabei immer mehr Schnee auf. Ich war der brave Mann, der in ein fremdes Land ging und den Versuchungen der Welt erlag. Mein Absturz wurde von der Fantasie der Menschen ausgeschmückt, die nie von zu Hause weggekommen sind. Ich fürchte, die Unterhaltung, die ich lieferte, war ziemlich eintönig.«

Mary Delaney zog die Beine hoch, setzte sich auf ihre Füße und legte ihre Michelangelo-Hand wieder auf die Couchlehne.

Molloy wartete, bis sie sich zurechtgesetzt hatte. Dann fuhr er fort. »Ich wurde Teil eines Priestertums, das nur in meinem Kopf und in der Vorstellung der Priester existierte, die in die Schulen kamen um für die Kirche zu werben. In Wahrheit war dieses Priestertum wie etwas, das man unter einem Stein findet, der seit hundert Jahren an derselben Stelle lag. Und die ganze Zeit, während ich Priester war, habe ich versucht mich aus der dunklen Unterseite der Kirche hervorzutasten ... Und jetzt bitte Abstand halten, während ich für den historischen Teil der Antwort tief Atem hole.«

Molloys Brust weitete sich und als er anfing zu sprechen, spürte er, wie ihre Finger auf der Rückenlehne der Couch die seinen berührten – Adam, der Gott das Leben gab. »Nachem ich das Priesteramt aufgegeben hatte, heiratete ich und wir bekamen zwei Töchter. Meine Frau ist vor ein paar Jahren plötzlich gestorben und ich bin zurückgekommen um mir zu beweisen, dass ich ein ganzer Mensch bin – oder vielleicht auch, weil ich mich einsam fühlte, meine beiden Töchter sind verheiratet und können mich hier besuchen oder ich kann sie besuchen –, und der Kummer, den mein Bruder dadurch zu ertragen hat, ist sein Problem, wie finden Sie das? Ich habe noch immer Luft übrig.« Molloy blies die Luft heraus, bis seine Brust einfiel.

Mary Delaneys Finger bewegten sich nicht mehr. Nach ein paar Sekunden fragte sie: »Was meinen Sie mit der dunklen Seite der Kirche?«

Während Molloy sprach, strich er mit den Fingerkuppen über ihre Haut. »Ich denke, die helle Seite der Kirche ist das Götzenbild, das wir zu sehen bekommen, das auf Hochglanz polierte Publicrelations-Bild, die hart arbeitenden, sorgenden, hingebungsvollen, frommen Nonnen, Priester und Bischöfe, die in geschwisterlicher Liebe miteinander leben. Die Wirklichkeit ist ganz anders. Das niedrige, schleimige Leben, das man unter einem Stein findet, hat sein Gegenstück hinter den Kulissen der Kirche.« Molloy ließ seine Finger in den Grübchen zwischen ihren Mittelhandknochen ruhen.

»Präziser wollen Sie nicht werden? Was genau meinen Sie eigentlich?«

Molloy ließ seine Finger die Grübchen entlangwandern. Seine Fingerspitzen berührten ihr Uhrarmband. »Warum interessieren sich die Menschen so für Priester und das, was sie tun?«, fragte er. Er nahm seinen Arm von der Rückenlehne der Couch und umfasste locker ihr Handgelenk. »Warum sind Sie so neugierig?«

Mary Delaney rückte nicht näher heran, setzte sich aber so zurecht, dass sie sich mit Anmut auf ihn zubewegen konnte. Sie wollte nicht wie ein gestrandeter Seehund aussehen, wenn der Augenblick kam.

»Es ist wie mit der Mafia«, sagte sie. »Weil sie so geheimnisvoll ist, finden die Menschen sie interessant. Ein Beispiel: Hat Pfarrer Molloy jemals mit einer Frau geschlafen?« Blick und Tonfall verliehen ihrer Frage eine lustvolle Nuance.

Molloy wusste, dass ihm jeden Moment das Blut ins Gesicht steigen würde, doch anstatt dagegen anzukämpfen, akzeptierte er es als Teil des knisternden Geschlechterspiels, das zwischen ihnen stattfand, als Vorspiel zur Nacktheit, zu der all dies führen musste.

»Ja, ich habe als Priester mit mehreren Frauen geschlafen. Aber meinen Sie nicht, dass die wichtigere Frage lautet, wie lange ich noch Priester geblieben bin, nachdem ich meinen Glauben verloren hatte? Ich kannte Priester, die schon zwei oder drei Jahre nach ihrer Weihe den Glauben verloren hatten, aber in der Kirche alt wurden, weil sie entweder Angst hatten auszusteigen oder weil es ihnen zu gut ging.« Molloy umkreiste mit dem Daumen ihr Handgelenk.

»Mit wie vielen Frauen?« Mary Delaney errötete noch tiefer.

Molloy begriff, dass Mary versuchte das Gespräch darauf auszurichten, was zwischen ihnen geschehen würde. Dies war nicht der richtige Augenblick für eine Diskussion über Priester ohne Glauben, noch war es die richtige Zeit für einen Vortrag über die dunkle Seite der Kirche. »Während ich noch Priester war, habe ich mit ungefähr einem Dutzend Frauen geschlafen.«

»Und wo haben Sie's gemacht?« Mary bewegte sich wieder auf der Couch und Molloys Finger glitt weiter an ihrem Arm hinauf.

»An verschiedenen Orten. Hauptsächlich in Pfarrhäusern. Einmal in einer Schlossruine. In einer leer stehenden Garage, auf einem Heuboden, auf der Toilette ...« Molloy schob die Hand ihren Arm entlang. Er legte Daumen und Zeigefinger aneinander. »Ich sage das nicht um mich zu entschuldigen, ich stelle es nur fest: Meist ging die Initiative von den Frauen aus. Natürlich signalisierte ich, dass ich dazu bereit war.« Mit fast unmerklichem Druck wurden Zeigefinger und Daumen zu einer Fessel um Marys Handgelenk und er zog sie sanft zu sich herüber. Anmutig und alles andere als schwerfällig und unbeholfen glitt Mary Delaney über die Couch. Sie legte den Kopf an seine Schulter und den rechten Arm um seine Mitte. Ihr Duft brachte seine Geruchsnerven und andere Nervenenden völlig in Aufruhr.

»Wir hatten im Seminar einen geistlichen Direktor, der dafür berühmt war, dass er die Studenten vor einer gewissen Sorte Frauen warnte, die hinter jedem Mann in Uniform her sind, selbst wenn er so hässlich wie die Sünde ist. Wegen dieses Satzes blieb er unvergessen: Selbst wenn er hässlich wie die Sünde ist. Damals hielten wir diese Behauptung nur für eine seiner Verrücktheiten. Aber er hatte Recht. Erst als ich das erste Mal mit einer Frau schlief, wurde mir klar, wie oft man mir schon mehr oder wenige versteckte Anträge gemacht hatte.«

»Wie alt waren Sie, als es zum ersten Mal passierte?«

»Ungefähr siebenundzwanzig. Und wie war das bei Ihnen?« Molloy legte ihr den Arm um die Schultern und streichelte ihr Haar.

»Siebzehn.«

»Wo? Wann? Mit wem? Jetzt sind Sie an der Reihe

etwas zu erzählen.« Er schob die Hand unter ihr Haar, berührte ihren Nacken. Ein Schauer überlief sie.

»Mit wem?« Mary Delaney hob den Kopf von seiner Schulter. Sie setzte sich auf und rückte näher, Schenkel an Schenkel. »Ich hab's mit ... Also, als ich's das erste Mal versucht habe, war's mit einem Jungen namens Seamus Reagan. Er war erst vierzehn. Man könnte sagen, ich habe ihn verführt, zumindest hatte ich es vor.« Sie schob ihre und Molloys Finger ineinander. »Er war so erregt, dass er kam, bevor ich ihn überhaupt angefasst hatte. Es war einer von den Reagans aus Tubbermore.« Sie sah Molloy an, hob den Kopf und er streifte mit den Lippen ihren Mund. »Jesus!«, sagte Mary Delaney. Sie schluckte und setzte sich anders zurecht. »Das erste Mal geschafft hab ich's mit einem Zwanzigjährigen, der seine Kenntnisse über Sex aus der Beobachtung der Pferde bezogen hatte. Er war so feinfühlig wie ein Hengst. Während meine blauen Flecke abheilten, fing ich an mich zu fragen, was am Sex angenehm oder vergnüglich sein soll. Dann lernte ich einen älteren Mann kennen – nun ja, er war älter als ich, ungefähr fünfzig. Ich begegnete ihm ungefähr zwei Stunden, bevor wir in St. Thomas festmachten. Bis das Schiff vor Anker ging, hatte er mein Interesse am Sex wieder erweckt.«

Molloy löste seine Finger aus den ihren und ließ sie über ihre linke Brust gleiten. Dabei berührte er kaum ihre Kleidung. Mary Delaney stöhnte leise auf.

»Was war der gewagteste Ort, an dem Sie es getan haben?« Molloy streichelte ihr Gesicht mit der Hand, die ihre Brust gestreift hatte. Mit dem Mittelfinger zog er ihre Lippen nach. Berührte ihre Stirn mit der seinen.

Mary Delaney tat einen tiefen Atemzug und antwortete: »Auf einem belebten Strand in San Croix. Der Mann war Zahlmeister auf dem Schiff. Gott! Er war ein Adonis mittleren Alters. Trug Jeans und ein T-Shirt. Ich einen kurzen Rock. Er wollte wetten, dass ich mich nicht traue. Unverzüglich blieb ich stehen, schleuderte die Sandalen von den Füßen und legte ihm die Hand auf die Schulter um das Gleichgewicht nicht zu verlieren. Dann schob ich die andere Hand unter den Rock und zog den Schlüpfer aus. Ich sehe sein Grinsen noch vor mir.«

Molloy fuhr mit dem Mund über ihre Lippen.

»Scheiße!« Durch ihre leicht geöffneten Lippen atmete Mary Delaney heftig aus. »Wir gingen ein Stückchen weiter und ich sagte ihm, er solle den Reißverschluss aufmachen und sein Dong rausholen.«

»Dong?«

»Ding heißt es, wenn's klein ist. Wenn's groß wird, heißt es Dong.«

»Ich habe ein Dong.«

»Gott!« Ihre Hand glitt über seinen Hosenschlitz.

»Jesus!«

Reglos saßen sie da, als müssten sie wieder zu Atem kommen.

»Er legte sich in den Sand und ich ließ mich rittlings auf ihn fallen. Mein Rock deckte zu, was bedeckt werden musste. Ich hob die Hüften ein bisschen an und er schob sein Dong an die richtige Stelle. Gott! Ich flog zigmal zum Mond und wieder zurück. An seinen Namen kann ich mich nicht mehr erinnern.«

Mit der rechten Hand hob Molloy ihr Gesicht an. Sie küssten sich und berührten sich sanft, streichelten sich lange. Schließlich standen sie auf und zogen sich vor dem Heizstrahler aus. Sie zwängten sich durch die Schlafzimmertür, hinüber zum Bett und ließen sich auf die Decke sinken.

Bald darauf schrie sie, das Gesicht in die Kissen vergraben, wie ein Tier unter Schmerzen. Als sie sich erholt hatte, stöhnte er wie ein verwundeter Bär, während sie mit Armen und Beinen versuchte ihre beiden Körper zu einem zu verschmelzen. Still lagen sie da, bis sie fühlten, dass ihre Körper voneinander abließen, und die kühle Luft sie unter die Bettdecke trieb.

22. *Kapitel*

Karwoche

Montag, 14.48 Uhr

KURZE ZEIT NACHDEM sie ihre postkoitale Dusche genommen hatte, parkte Elisabeth Molloy ihren Wagen vor der Klosterschule und wartete auf ihre Kinder. Die Autofenster waren beschlagen und der Regen prasselte auf das Dach. Sie schaute gerade auf ihre Uhr und stellte fest, dass sie noch über zehn Minuten totzuschlagen hatte, als die Beifahrertür aufgerissen wurde und Dr. O'Leary sich wassertriefend und unaufgefordert neben sie setzte.

Er begrüßte Elisabeth, ließ das Wetter unerwähnt und berichtete ihr sofort den neuesten Klatsch.

»Jeder Klatsch findet den Weg an das Ohr eines guten Doktors und ich bin gut.« Er lächelte strahlend und selbstgefällig. »Als Frankie Molloys Frau starb, hat er in New York etwas mit dem Delaney-Mädchen aus Gannonbeg angefangen, der Musikerin, die auf einem Kreuzfahrtschiff arbeitet. *Zufällig* ist sie ein paar Tage nach Frankie nach Hause gekommen und jetzt treiben sie es in der Wheat Mill Lane miteinander. Grob gesagt, sie vögeln sich das Hirn aus dem Kopf.«

Elisabeth fand die Grobheit des Doktors nicht gerade amüsant.

»Angenommen, Mary Delaney hat Frankie tatsächlich eine Schachtel Pariser mitgebracht, als sie ihn auf dem Weg zu Mama besuchte. Woher will man das überhaupt wissen?« O'Leary zuckte mit den Schultern. »Den Gerüchten zufolge war sie so heiß – entschuldigen Sie –, dass sie's nicht ausgehalten hat, musste sich erst mal flach legen lassen, bevor sie zu ihrer Mutter heimging, aber das klingt mir eher nach den Fantasien eines Mannes, der nicht ... Entschuldigen Sie!« Jetzt wandte O'Leary sich Elisabeth zu, Regentropfen auf der plumpen braunen Wange. Gleichgültig zu welcher Jahreszeit, der Doktor sah immer so aus, als wäre er eben von einem Urlaub am Mittelmeer zurückgekommen.

Elisabeth hatte es die Sprache verschlagen und sie war nicht sicher, ob die Dreistigkeit des Doktors oder der Inhalt seiner Bemerkungen die Ursache dafür war. Sie fragte sich, was wohl wirklich passiert sein mochte, was der Auslöser dafür war, dass solche Geschichten in die Welt gesetzt wurden. Und sie überlegte, ob es klug war, den einzigen Doktor im Dorf wissen zu lassen, dass man ihn für einen Rüpel hielt.

O'Leary beugte sich vor und wischte mit den Fingern die beschlagene Windschutzscheibe ab. »Und wie geht es Gregory?«, fragte er mit selbstgefälliger Vertraulichkeit. »Leugnet er noch immer die Existenz seines verlorenen Bruders? Er sollte zugeben, dass er einen Narren aus sich gemacht hat, und zur Tagesordnung übergehen.« Wieder warf O'Leary einen Blick auf Elisabeth. Sie starrte ihn mit offenem Mund an. Der Doktor hatte bisher noch nie erlebt, dass sie einmal sprachlos gewesen wäre. Er fragte Elisabeth, ob es ihr gut gehe, und als sie nickte, tätschelte er ihr die Hand und sagte: »Wenn mir Frankie mal über den Weg läuft, werde ich ihm sagen, er soll sich von meiner Frau und meinen Töchtern gefälligst fern halten.

Man erzählt sich, dass er's mit allem treibt, das nicht schnell genug wegläuft.« Er lächelte.

Elisabeth schluckte und spürte, dass sie rot wurde.

»Na ja, ich muss los«, sagte er, fuhr aber fort: »Ken Considine denkt wieder mal daran zu sterben. Ich habe heute Vormittag bei Mrs Westman die Nachricht hinterlassen, dass es diesmal endgültig zu Ende geht und er die allerallerletzte Ölung bekommen sollte. Das ist dann das fünfte Mal. Ich habe ihm ein Aspirin gegeben und hoffe, dass er dran erstickt. Obwohl jede Schlacht, die ein Doktor schlägt, am Ende eine verlorene ist, ist ein Fall, bei dem man sich so stark engagieren muss, schlecht fürs Geschäft. Bei Considine hat keiner mehr was zu gewinnen. Dieser Expolizist ist entschlossen meine Praxis zu ruinieren, bevor er stirbt. Machen Sie sich nicht die Mühe mir für den neuesten Klatsch zu danken, Elisabeth.« O'Leary lächelte schief, stieg aus dem Wagen und trat in den prasselnden Regen.

Trotz allem, was sie eben über Frankie gehört hatte, fragte sich Elisabeth, ob O'Leary sie mit seiner derben, sexuell gefärbten Sprache wieder einmal anmachen wollte oder ob dies einfach einer seiner unüberlegten Versuche gewesen war sich in den Freundeskreis der Molloys hineinzuschmuggeln. Wie benommen saß sie im Wagen, bis die Kinder, die Schulranzen auf dem Kopf, kreischend vom Schulhof gerannt kamen.

23. *Kapitel*

Karwoche

Montag 14.48 Uhr

FRANK MOLLOY LAG auf dem Rücken, Mary Delaney auf der Seite. Sie sah ihn an. Den linken Arm hatte er ihr unter den Nacken geschoben, ihr linker Arm ruhte auf seiner Mitte. Nach ihrer lautstarken Kopulation herrschte im Haus wieder das Geräusch des Regens vor, der auf das Dach prasselte.

»Der Regen«, sagte er. »Ich hatte den Regen vergessen.«

Nach einer Weile fragte Mary Delaney: »Nun, oh Expriester Frank Molloy, warum hat meine Mutter gesagt, Sie seien ein neugieriger Knabe gewesen?«

Molloy überlegte, ob es richtig war, der Tochter von seinen Erlebnissen mit der Mutter zu erzählen. Aber, sagte er sich, schließlich waren sie damals noch Kinder gewesen. »Als ich zehn war, wollte ich rausfinden, wie Mädchen zwischen den Beinen aussehen. Ein kleines Mädchen namens Mary Tonnery sauste Rad schlagend einen Hügel hinunter und ich bekam einen vorpubertären Anfall. Meine Neugier besiegte mein Schüchternheit.«

»Hast du gefunden, was du suchtest?«

»Nein. Es ist schwierig, sich auf etwas Bestimmtes zu konzentrieren, während man einen Hügel runterrollt und einem jemand dabei ins Gesicht schlägt.« Molloy ließ die Hand über ihren Bauch gleiten und legte sie auf ihre Schamhaare.

Mary Delaney fuhr ihm mit den Fingernägeln über die Rippen. »Sie hat gesagt, ihr hättet in der Schule ein Jahr lang nebeneinander gesessen.«

»Haben wir. In der Klosterschule. Das bedeutet, ich bin so alt wie deine Mutter, was bedeutet, ich könnte dein Vater sein.«

»Höre ich da eine Wertung heraus?«

»Keine Wertung. Eine Frage.«

»Heiraten werde ich einen Mann, der mir dem Alter nach näher ist, aber ältere Männer können besser mit einem weiblichen Körper umgehen. Ältere Männer sind nicht selbstsüchtig. Außerdem hat es was, wenn man es mit einem Priester macht, selbst wenn er keiner mehr ist.«

»Und ich habe mir die ganze Zeit eingebildet, es wäre mein Charme. Nur gut, dass ich meinen runden Kragen nicht getragen habe.«

»Uniformen machen mich nicht an.«

Molloy tauchte in den Schlaf ein, der ihn unmerklich umhüllt hatte.

»Was ist mit deiner Frau passiert?«, hörte er schließlich Marys Stimme durch das Labyrinth seines Bewusstseins dringen.

Frank war noch nicht vollständig aus dem Schlaf aufgetaucht, doch er merkte, dass er bereits sprach und etwas sagte, das er nicht sagen wollte. »Ich habe an der nächsten Station gewartet, auf sie gewartet und ...« Sein Atem stand plötzlich still, er rang kurz nach Luft, dann war er hellwach. »Padrake«, sagte er. »Sie hieß Padrake.« Er hielt inne und konzentrierte sich.

»Deine Frau?«

»Was habe ich gerade über eine Station gesagt? Ich hatte einen Traum.«

»Du hast gesagt, du hast an irgendeiner Station auf sie gewartet.«

»Ja, ich habe sie jeden Tag vom Bahnhof abgeholt. Was hattest du mich gefragt?«

»Was ist mit deiner Frau geschehen?«

Molloy holte tief Atem. »Sie ist plötzlich gestorben. Es war eine schlimme Zeit. Als wir uns kennen lernten ...«

»Schon gut«, sagte Mary Delaney. »Mir war nicht klar, dass ihr Tod noch ...«

»Danke, ja, er ist noch ...« Lange Zeit lauschten sie dem ruhigen Trommeln des Regens. Molloys Gedanken wanderten in ein griechisches Restaurant in Mineola. Er erzählte Padrake eine Geschichte über Ziegenaugen und Robert Kennedy, der mit Robert MacNamara die Türkei besuchte.

»Bist du schon Großvater?«

»Noch nicht, aber im Juli ist es so weit.«

»Dann bist du der erste werdende Großvater, mit dem ich's getan habe.«

»Eine großväterliche Reliquienpolitur.«

»Eine was?«

»So nennen es die Leute hier – die Reliquie polieren.«

»Also deiner ist bestimmt keine Reliquie.«

»Tja, ob er's nun ist oder nicht, ich habe die Pilgerfahrt zu deinem Schrein jedenfalls genossen.« Sie kicherten durch die Nasen. »Komisch, wie viele Namen wir für die gewissen Körperteile haben. Sylvia Plath hat sie Truthahnkropf genannt.«

»Was hat sie so genannt?«, fragte Mary.

»Die männlichen Genitalien in gebrauchsfähigem Zustand.«

»Truthahnkropf! Dorothy Parker hat die Vagina als ›bärtige Klaffmuschel‹ bezeichnet.« Molloy lachte kurz auf. Er schob Mary die Hand zwischen die Beine und ließ sie auf ihrem Hintern liegen.

Einen Orgasmus später übertönte Coplands Ballettsuite »Billy the Kid« den Regen auf dem Dach, die Geigen kamen im Spitzentanz durch die Küchentür geschwebt.

Mary Delaneys von dunklen Haaren umrahmtes Gesicht glühte. Sie und Molloy tranken in der Küche Tee. Molloy fragte: »Welchen Weg bist du gegangen um an einem Punkt anzukommen, an dem du dich so völlig vom Glauben deiner Väter lösen konntest?«

»Das habe ich dich gefragt«, sagte Mary, den Mund voller Teekuchen. Der Kuchen stammte aus dem Inhalt des Päckchens, das sie mitgebracht hatte.

»Und ich frage dich dasselbe.«

Sie nahm einen Schluck aus der Tasse und stellte sie auf die Untertasse zurück. »Bevor ich das Land verließ, war mir nicht klar, dass der katholische Glaube, in dem man mich erzogen hatte, mich mehr unterdrückte als befreite. Ich kam zu dem Schluss, dass jede Religion, die unterdrückt, ein Haufen Scheiße ist. Das ist alles. Ich habe einige Zeit gebraucht um mich von den Folgen dieser Unterdrückung zu erholen.«

»Wenn man aus deinem Enthusiasmus im Bett Rückschlüsse ziehen kann, dann hast du dich zumindest von der sexuellen Unterdrückung völlig erholt.«

Lächelnd berührte Mary Molloys Hand. »Es gibt noch immer Zeiten, in denen ich spüre, dass ich unter dem Einfluss einer unterdrückenden Lehre stehe. Dann muss ich mich noch gründlicher davon reinigen.«

»Ich bin auch nicht frei«, erklärte Molloy. »Ich bezweifle, dass ich es je sein werde, aber ich tue immer mein Bestes.«

Sie hörten, wie »Billy the Kid« im Wohnzimmer erschossen wurde, und zwischen den Schüssen hörten sie den Regen auf dem Dach. Sie schauderten.

»Ich bin froh, dass du heute gekommen bist«, sagte Molloy.

»Ich auch. Aber ich hatte auch noch ein paar andere Gründe. Erstens.« Mary beugte sich vor und griff in die Schachtel, die neben ihr auf dem Boden stand. »Hier ist eine andere Art von Reliquie – von Miss Duggan, *Der scharlachrote Buchstabe.* Weißt du noch, ich hab dir erzählt, dass sie mir das Buch schenkte, als ich das letzte Mal hier war.« Sie reichte Molloy das Bändchen. »Ich werde es nie lesen und es gehört zu diesem Haus.«

Molloy blätterte es schnell durch und entdeckte an den Rändern verwischte Notizen. »Danke«, sagte er. »Ja, es ist Teil der Geschichte des Hauses. Erinnerst du dich, dass du mir die Geistergeschichte aufschreiben ...«

Mary Delaney hob die Hand. »Wir wollen darüber schweigen, dass meine Mutter sich mächtig aufgeregt hat«, sagte sie und beugte sich abermals zu der Schachtel hinunter. Mit einem Bilderrahmen in der Hand tauchte sie wieder auf. Sie reichte ihn Molloy.

Auf schwarzem Hintergrund war ein Blatt Papier aufgezogen. In der Mitte über der Überschrift prangte ein weißer Totenschädel. »Miss Duggans Geistergeschichte.«

»Jesus!«, rief Molloy. »Das hättest du wirklich nicht tun müssen!«

»Reg dich nicht allzu sehr auf. Ich habe die Geschichte in dem Büro in Duneamon, in dem meine Schwester arbeitet, in einen Computer eingegeben und den Text mit dem Kopierer auf die Größe einer Seite verkleinert. Den Rahmen habe ich im Haus meiner Mutter hinter einem Schrank gefunden.«

Molloy betrachtete die verkleinerte Schrift und merkte, dass er die Brille aufsetzen musste um die winzigen Buchstaben lesen zu können. Die handschriftliche Anmerkung am Ende der Seite war dagegen viel größer. Sie lautete: »Wie ich es Mary Delaney so oft erzählt habe.«

»Miss Duggan hat Kit Foley in der Geschichte nie erwähnt«, sagte Mary, »deshalb habe ich ein paar Daten und Fakten auf die Rückseite geschrieben.«

Molloy drehte den Rahmen um und las: »Kit Foley, siebzehn Jahre alt, wurde von Miss Duggan auf dem Golfplatz von Davinkill ermordet aufgefunden. Man glaubt, dass Tony Donaghue, der sich später das Leben nahm, sie getötet hatte. Kit Foley war vergewaltigt worden. Zum Zeitpunkt ihres Todes war sie in der fünften Woche schwanger. Miss Duggan war elf Jahre lang ihre Musiklehrerin gewesen.«

Frank Molloy sah Mary Delaney an. »Armes Mädchen«, sagte er.

»Ja«, wiederholte Mary, »armes Mädchen.«

»Ich wusste nicht, dass sie hierher kam um Musikstunden zu nehmen.«

»Ihre Mutter starb, als Kit zwei Jahre alt war. Auch ihr Vater starb, als sie noch klein war. Sie lebte bei ihren beiden älteren Brüdern. Als sie sechs war, baten die Nonnen aus der Schule Miss Duggan, Kit als Schülerin anzunehmen. Meine Mutter sagt, Kit habe sehr an Miss Duggan gehangen – sie wohnte beinahe hier.«

Molloy legte den Bilderrahmen auf den Tisch. »Vergangenen Freitag war ich in Dunneamon und ging ins Büro von *The Times* um mir eine Kopie der Ausgabe mit der Mordgeschichte zu holen. Es stellte sich jedoch heraus, dass alles, was älter ist als fünf Jahre, in der National Library liegt. Jetzt bin ich froh, dass ich nicht hingefahren bin. Ich wollte nur so zum Spaß danach suchen und damit herumprotzen, eine Legende darum spinnen. Aber es geht da um richtige Menschen: ein mutterloses Mädchen, eine alte Frau, die keine Tochter hat; ein junges Mädchen – schwanger, vergewaltigt und ermordet. Himmel, ich komme mir so blöd vor, weil ich die Geistergeschichte an die Wand hängen wollte. Wie viel Trauer muss das Ereignis ausgelöst haben.«

Der Regen schnurrte auf dem Dach.

»Tut mir Leid, dass du dir so viel Mühe gemacht hast, aber ich weiß jetzt, dass ich's nicht aufhängen kann. Es ist mehr als nur ein Stück Geschichte. Es ist ein Bericht voller Schmerzen und es gibt hier Leute, denen der Kummer noch immer gegenwärtig ist. In hundert Jahren, wenn das Leid nicht mehr mehr lebendig ist, kann man die Geschichte vielleicht als Kuriosität an die Wand hängen.«

»Du hast Recht«, sagte Mary Delaney. »So habe ich es nicht gesehen. Es ist eine traurige Geschichte. Traurig auch für die Familie Donaghue. Sie muss den Gram noch immer fühlen und Kits Brüder auch.«

Der Regen trommelte unablässig auf das Dach. Es gab kein Anzeichen, dass der stetige Guss nachlassen würde. Als Kind hatte Frank Molloy sich an Regentagen vorgestellt, dass es genauso gewesen sein musste, als Gott die Sintflut schickte. Als alle Menschen begriffen, dass der Regen nicht aufhören und das Wasser nicht mehr abfließen würde. Der Regen fiel und das Wasser stieg und die Menschen wurden es müde, die Kinder auf den Schultern zu tragen. Sein Vater hätte ihn und Gregory ertrinken lassen müssen. Was für ein Entsetzen, wenn die Füße den Boden nicht mehr berührten.

Molloy seufzte laut.

»Hast du eigentlich John O'Brien gefunden?«, fragte Mary.

»Gefunden habe ich ihn, hatte aber keine Gelegenheit etwas über die Geschichte des Hauses von ihm zu erfahren. Eine Frau war im Weg.«

»Oh?«

»Maura Gilligan.«

»Das ist eine Nummer, nicht wahr? Sie und O'Brien haben was miteinander.«

»Haben was miteinander?«

»Sie vögeln.«

Molloy lachte laut über Marys lakonische Ausdrucksweise. »Anders kann man ihre Beziehung nicht beschreiben«, sagte Mary Delaney. »O'Brien hat schon gestunken, als ich noch klein war. Dieser Geruch – hast du zufällig eine Nase voll erwischt?«

»Habe ich. Es riecht wie schwerer Faulbrand.«

Mary hob die Hand und ihr Körper nahm die Haltung eines Setters an, der einen Fasan ortet. »Es ist jemand an der Tür«, sagte sie. Molloy horchte, doch alles, was er hörte, war der Regen auf dem Dach und Aaron Copland im Wilden Westen.

Er stand auf. »Jedes Mal wenn ich ein Klopfen höre,

hoffe ich, es ist mein Bruder Gregory.« Als er an Marys Stuhl vorüberkam, bückte er sich und vergrub die Lippen in ihrem Haar.

Im Vorbeigehen stellte er den CD-Spieler leiser und der Gesang des Regens klang lauter. Ängstlich öffnete er die Tür.

Draußen stand Eddie Keegan und der Regen klatschte in die Pfützen zu seinen Füßen. Trotz des Regenschirms hing die Krempe seines Hutes schlaff herunter und dicke Wassertropfen fielen ihm auf die Schultern. Der Priester lächelte.

»Komm rein, Eddie.«

Keegan trat durch die Tür. Er drehte sich um und schüttelte den Regenschirm aus. »Willkommen in Hibernia, Frankie«, sagte er, »dem Land des Winters. Wenn Sankt Patrick etwas richtig gemacht hat, dann, dass er diesem Ort, in dem du zu jeder Jahreszeit Winter haben kannst, diesen Namen gab.« Keegan schloss den nassen Regenschirm. Dann ging er weiter ins Wohnzimmer hinein.

Molloy nahm ihm Mantel, Hut und Schirm ab.

»Hoffentlich hast du nichts dagegen, dass ich einfach so hereinschneie, Frankie. Ich war eben bei Maura Gilligan und sie hat mir die Leviten gelesen. Hast du dir einen Wagen gekauft?«

Molloy zeigte mit dem Daumen hinter sich und sagte ruhig: »Ich habe Besuch, Eddie.« Wie auf ein Stichwort erschien Mary Delaney in der Küchentür.

Molloy stellte die beiden gegenseitig vor, obwohl es nicht nötig gewesen wäre, denn der Priester und die Frau kannten sich. Er hatte ihre Eltern getraut und Mary getauft.

Während Mary auf eigenen Vorschlag die Hausfrau

spielte und in der Küche frischen Tee aufbrühte, wischte Pfarrer Keegan die Regentropfen von seiner Brille und sprach über das Wetter. Frank und er ließen sich auf der Couch nieder. Gleich darauf trug Mary Delaney auf einem flachen Teller, den sie als Tablett benutzte, den Tee und ein Stück Kuchen herein. Molloy stand auf und holte den Stuhl vom Fenster herbei. »Ich freu mich, dass Sie noch zur Messe gehen, Mary«, sagte Pfarrer Keegan. »Hab Sie gestern mit Ihrer Mutter gesehen.«

Mary stellte das Tablett auf den Stuhl und richtete sich auf. »Ich gehe nur in die Kirche, wenn ich zu Hause bin, Herr Pfarrer«, sagte sie. »Es macht meine Mutter glücklich. Darüber hinaus habe ich zur katholischen Religion keine Beziehung mehr, außer dass sie vielleicht noch immer Einfluss auf den persönlichen Anstand hat.«

»Nun, das mit dem Anstand ist doch wenigstens etwas. – Viele Leute, die emigrieren, verlieren den Glauben.«

Frank Molloy forderte Mary mit einer Handbewegung auf sich ans andere Ende der Couch zu setzen, doch sie hatte etwas zu sagen und wollte den Augenblick nutzen. Ihre Stimme klang emotionsgeladen. »Oh, ich habe meinen Glauben nicht verloren, Herr Pfarrer. Ich habe ihn fortgeschleudert, so weit ich nur konnte.«

Sie wandte sich an Molloy. »Ich gehe jetzt, Frank«, sagte sie. »Ich habe meiner Mutter versprochen für sie zu kochen – die ersten Cheeseburger in Gannonbeg.«

Frank Molloy ging zur Tür um ihren Regenmantel zu holen.

Pfarrer Keegan stellte seine dampfende Tasse auf

die Untertasse zurück. »Ärgern Sie sich über die Kirche, Mary?«, fragte er.

»Nein, Herr Pfarrer. Wenn ich meine Zeit damit verschwenden würde, mich über die Kirche zu ärgern, wäre ich nicht frei von ihr.«

Molloy stand hinter ihr und hielt ihr den Mantel. Als sie mit den Armen in die Ärmel schlüpfte, fragte Keegan: »Sind Sie wirklich frei von der Kirche?«

»Oh ja, Herr Pfarrer, und das mit Wonne.« Sie schob die Finger kurz unter die Haare im Nacken und zog sie aus dem Mantelkragen heraus. »Es ist, als käme jemand nach zwanzig Jahren Dunkelhaft aus einer feuchten Gefängniszelle heraus.« Sie knöpfte den Mantel zu und schaute dabei auf ihre Hände hinunter. »Wenn ich daran denke, ist mir nach Tanzen zumute.«

Pfarrer Keegan stand auf. »Nun, Mary, ich werde weder mich noch die Kirche verteidigen. Ich freue mich, dass du im Frieden mit dir selbst bist. Glücklich schaust du jedenfalls aus.« Er streckte die Hand aus. Mary Delaney ergriff sie.

»Danke, Herr Pfarrer.«

Frank brachte sie hinaus. Einen Augenblick standen sie in der offenen Tür. »Sehe ich dich wieder?«

»Und ob du mich wieder siehst«, sagte Mary leise. »Du hast einen höllischen Freudenpfriem, ehemaliger Pfarrer Frank Molloy.«

»Einen was?«, fragte Frank Molloy, aber sie war schon in den Regenguss hinausgelaufen. »Fahr vorsichtig!«, rief er ihr nach.

Er wartete, bis sie auf der schmalen, morastigen Straße gewendet hatte. Als sie wieder an ihm vorüberfuhr, lächelte sie wie eine Katze, die in einem Baum verschwindet.

24. Kapitel

Karwoche
Montag, 15.35 Uhr

EDDIE KEEGAN PICKTE mit der Zeigefingerkuppe die Kuchenkrümel vom Teller, als Molloy lächelnd über Mary Delaneys neuesten Ausdruck für sein Dong zur Couch zurückkehrte.

»Möchtest du noch ein Stück, Eddie?«, fragte er.

»Nein, danke, das ist genug für mein Alter.« Aus dem Klang von Keegans Stimme schloss Molloy, dass sich die Laune des Priesters, herzlich und brüderlich in Marys Gegenwart, rapide verschlechtert hatte. Er zog das Kinn ein und suchte seine schwarze Kleidung nach Krümeln ab. Obwohl er keine sah, wischte er mit den Fingern an sich herum.

»Du hast Marys Ansichten sehr gelassen hingenommen. Ich war überrascht, dass du ihr nicht ein bisschen den Arm verdreht hast um sie in deinen Pferch zurückzuholen.« Molloy setzte sich ans andere Ende der Couch.

Wie unter einem Wasserhahn entfernte Keegan imaginäre Krümel von seinen Händen, die er dabei weit von sich abhielt, damit das imaginäre Wasser ihn nicht bespritzte. »Vor ein paar Jahren hätte ich es vielleicht getan. Jetzt beneide ich sie.«

Einen Moment lang war Frank sprachlos. Dann sagte er: »Heißt das, du steckst in der dunklen Höhle, die Mary erwähnt hat?«

Pfarrer Keegan schlürfte Tee, bevor er antwortete.

»Der Enthusiasmus ist dahin, Frankie, und als er verschwand, schienen die nebensächlichen Dinge nur noch wenig Sinn zu haben – und sogar auch ein paar von den zentralen Dingen ...« Keegans Stimme versiegte, als habe er seinen Gedanken aus den Augen verloren oder absichtlich fallen lassen.

»Nur wenige Menschen können ihren Enthusiasmus ein Leben lang auf dem Höhepunkt halten, Eddie«, sagte Molloy. »Christus ist mit dreiunddreißig entkommen. Wäre er alt geworden, hätte er die ganze Sache irgendwann satt gehabt. Auch vorher war er schon stocksauer, weil die Apostel sich aus dem Hinterhalt bekriegten und nicht kapierten, worüber er sprach. Maria Magdalena hat sich ihm an den Hals gehängt und Martha und Maria haben gemeckert, weil er sie nicht jeden Tag besuchen kam.«

Ein schwaches Lächeln glitt über Keegans Gesicht. Mit einem kaum wahrnehmbaren Schulterzucken ließ er das heikle Thema fallen, das er unversehens berührt hatte. »Wie dem auch sei, ich habe eine Menge Arbeit und die lenkt mich ab – zum Beispiel musste ich Maura Gilligan bitten ihre Beagles nicht mehr auf dem Golfplatz spazieren zu führen. Ich habe es höchst ungern getan. Aber keiner im Golf-Komitee wollte es freiwillig tun, also haben wir das Los entscheiden lassen.«

Ein heftiger Regenschauer, der an die Häuserwand schlug, zeigte an, das endlich Wind aufgekommen war. Die Wolken würden in Bewegung geraten und weiterwandern. Die beiden Männer fröstelten.

»Es war sehr tapfer von dir, überhaupt hinzugehen«, sagte Molloy lachend.

»Ich hasse so etwas. Vor Jahren hat ein Amerikaner

in der Grafschaft Clare eine Studie angefertigt. Ein Satz daraus hat mich sehr beeindruckt, ich habe ihn auswendig gelernt: ›Die Gemeinde kann in Familienangelegenheiten eingreifen und die Mitglieder einer Familie durch Klatsch, verbalen Tadel oder direkte Intervention vonseiten des Priesters steuern.‹ Gegen den Klatsch oder den verbalen Tadel kann ich nichts tun, doch ich war nie diese Art Priester, obwohl viele Leute mich in eine solche Rolle drängen wollten. Ich möchte mich nicht als Vertreter klatschsüchtiger Frauen oder Männer in die Angelegenheiten einer Familie einmischen.«

»Ich bin überrascht dich so reden zu hören«, sagte Molloy.

»Oh, ich bin kein aufgeklärter Soziologe, Frankie. Ich mag es nur nicht, die Leute in ihren Häusern zu überfallen und ihnen zu sagen, wie sie ihr Leben führen sollen. Zu leicht wird man in jede kleine familiäre Auseinandersetzung hineingezogen. Ich weiß zu viel über die einzelnen Menschen in dieser Gemeinde. Es wird gut sein, wenn ich hier rauskomme. Zweiunddreißig Jahre! Der Bischof ist schwer krank und wird, wie es heißt, nur noch wenige Tage leben. Sobald der neue Mann ernannt ist, bin ich hier weg.«

»Du *hoffst* von hier wegzukommen. Doch das hängt davon ab, dass ein Mann stirbt und Rom sich schnell für einen Nachfolger entscheidet. Vielleicht wird der Typ, den Rom einsetzt, sich mit Veränderungen Zeit lassen. Es könnte sein, dass du noch ein paar Jahre hier bleiben wirst, Eddie.« Molloy nahm den Becher des Priesters vom Stuhl. »Ich will ein paar Kartoffeln fürs Abendessen aufsetzen. Komm mit in die Küche.«

Während Pfarrer Keegan Molloy durch das Wohnzimmer folgte, zählte er die Namen der Geistlichen auf, die möglicherweise zum Bischof ernannt werden würden, und die Namen derjenigen, die auf eine Ernennung hofften. Ein paar dieser Namen kannte Molloy aus seiner Zeit in Winter Hill und im Seminar.

Molloy füllte einen kleinen Topf mit Wasser und der Priester nahm sich einen Stuhl und setzte sich an den Tisch. Molloy drehte den Wasserhahn zu. »Ich hätte nie gedacht«, sagte Keegan, »dass ich mich einmal so darauf freuen würde, diesen Ort zu verlassen. Es kommt mir so vor, als hätte schon seit Jahren ein Gewicht an meinem Hals gehangen. Ich weiß, dass alle Pfarreien im Grunde gleich sind – die gleichen Leute, die gleichen Probleme. Aber eine Weile wird mir alles frisch und neu vorkommen. Vor allem werde ich den hiesigen Leiter der Knabenschule los sein. Kürzlich musste ich ihn mir vornehmen, weil er sich in einem Klassenzimmer mit einem anderen Lehrer einen Faustkampf geliefert hat. Für ihn war nur wichtig, dass der andere angefangen hatte. Gott, was für eine Erleichterung das sein wird!«

Frank nahm Miss Duggans Exemplar von *Der scharlachrote Buchstabe* vom Tisch. »Ich weiß genau, wovon du redest, Eddie«, sagte er. »Aber deine Erleichterung wird nicht annähernd so groß sein wie meine, als ich mein Amt niederlegte. Die wunderbarste Folge war die sofortige Anonymität. Ich gehörte niemandem mehr. Kein schwarzer Anzug und kein weißer Kragen, die Notleidende und Bettler anzogen wie ein Haufen Scheiße die Schmeißfliegen. Kein Mensch sprang mehr auf und bot mir seinen Sitzplatz an, als wäre ich eine alte Frau. Und diese ganze Verbeugerei und die Kratzfüße! Man hätte denken können, ich sei der Messias.«

Molloy legte drei Kartoffeln auf den Tisch und nahm mit der freien Hand Mary Delaneys gerahmte Geistergeschichte um sie beiseite zu räumen. Aber Keegan legte die Hand auf den Rahmen und hielt ihn fest, den Kopf zur Seite geneigt um die Worte zu entziffern. »Miss Duggans – was?«, fragte er.

Molloy überließ dem Priester den Rahmen. »Miss Duggans Geistergeschichte«, sagte Frank und da er sich umgedreht hatte um den Kartoffelschäler zu suchen, sah er nicht, wie Keegan kurz in sich zusammensackte. »Mary Delaney hat sie mir gebracht. Es ist die Geschichte, die Miss Duggan ihren Schülerinnen erzählte. Mary hat sie aus dem Gedächtnis aufgeschrieben.« Während Molloy in der Schublade kramte, versuchte Keegan sich zusammenzureißen. Er schluckte.

Der Wind pfiff schrill durch die Eibenhecken am Haus und die dicken Regentropfen klatschten an die Fensterscheiben.

Keegan kniff die Augen zusammen und konzentrierte sich auf die kleine Schrift. Mary Delaney hatte Miss Duggans Geschichte Wort für Wort aufgeschrieben. Er legte den Rahmen auf den Tisch zurück. »Hätte ich jedes Mal zugehört, wenn sie mir die Geschichte erzählte, dann hätte ich sie auch auswendig gekannt. Warum ist der Text eingerahmt?« Er holte tief Atem und hielt die Luft an.

Den Kartoffelschäler in der Hand, setzte sich Molloy an den Tisch. »Ich wollte sie an die Wand hängen, habe es mir aber anders überlegt. Wie oft hat sie dir die Geschichte erzählt?«

»Oft. In einer schwer verständlichen Sprache, fast wie Altenglisch. Sie murmelte die Geschichte mit gesenktem Kopf vor sich hin. Gott! Den ganzen Mist, den wir nur aufgrund unserer Amtskleidung zu hören bekommen! Wie du gesagt hast, Schmeißfliegen auf einem Scheißhaufen. Unzählige Male hätte ich ihr am liebsten gesagt, sie soll sich ihre verdammte Geschichte sonst wohin stecken.«

Molloy zog bei Keegans rüder Ausdrucksweise die linke Braue hoch.

»Weißt du, um was es da geht – in der Geistergeschichte?«

»Jeder weiß, dass sie von Kit Foley handelt, dem Mädchen, das auf dem Golfplatz ermordet wurde. Sie und Miss Duggan hatten eine Art Mutter-Tochter-Beziehung und Miss Duggan war nach dem Mord nicht mehr ganz bei Trost. Sie erzählte die Geschichte jedem, ob er sie hören wollte oder nicht.«

»Warum denn das?«

»Weil sie verrückt war.«

»Vielleicht hatte sie nur ein gebrochenes Herz. Ich war auch einmal vor Kummer so verzweifelt, dass ein paar Leute mir einreden wollten, ich sei verrückt.«

Es schien, als habe es Keegan angesichts solcher Vertraulichkeit für einen Moment die Sprache verschlagen. »Vielleicht hast du Recht. Vielleicht hatte sie ein gebrochenes Herz. Irgendetwas ist mit dem ganzen Dorf passiert, als Kit getötet wurde und Donaghue Selbstmord beging. Das ist wie eine Wunde, die nicht heilen will, weil unter der Haut noch etwas schwärt. Niemand war mit der Erklärung zufrieden, die uns die Wachleute gaben.« Den Kopf in die linke Hand gestützt rührte Keegan in seinem Tee. »Ein paar

Leute denken, dass Tony Donaghue es gar nicht getan hat und jemand ungestraft mit dem Mord davongekommen ist.«

»Aber warum hätte Donaghue sich dann umbringen sollen?«, fragte Frank.

»Die Polizei hat ihm vorgeworfen, er habe Kit getötet. Sie behaupteten, es sei nur eine Frage der Zeit, bis sie alle Beweise beisammen hätten. Vielleicht hat Donaghue geglaubt, er sei schon verurteilt, weil man ihn beschuldigte. Du kennst doch das Leben in einer kleinen Gemeinde. Andererseits – vielleicht hat er sie doch ermordet.«

»Was meinst du, Eddie?«

»Ich glaube nicht, dass es Tony Donaghue war«, sagte Keegan. »Warum wolltest du die Geistergeschichte an die Wand hängen?«

»Sie gehört zur Geschichte dieses Hauses. Sie ist ein Teil von Miss Duggan«, erwiderte Molloy und zeigte auf den Bilderrahmen. »Ich hab's mir anders überlegt, weil sie nicht alt genug ist. Die Trauer ist noch lebendig.«

»Es ist traurig. Es war schrecklich«, sagte Keegan. »Sie lag da draußen im Gras, ein junges Mädchen, die obere Körperhälfte mit einem Mantel zugedeckt, sodass man die schreckliche Halswunde nicht sah. Sie war mit einem stumpfen Metallgegenstand erstochen worden, einem Meißel vielleicht. Ich weiß noch, als ich auf sie zuging, dachte ich daran, wie kalt ihre Füße sein mussten, weil sie keine Schuhe anhatte. Ich musste den Mantel von ihrem Kopf ziehen um ihr die Letzte Ölung geben zu können und so habe ich die klaffende Halswunde gesehen.«

Dies ist vielleicht das erste Mal, dachte Frank, dass

Keegan mit jemandem über ein riesiges Trauma in seinem Leben spricht.

»Ich hatte noch nie etwas so Hässliches gesehen. Strähnen ihres langen Haars hatten sich mit dem getrockneten Blut und dem gezackten Fleisch vermischt. Es war keine saubere Wunde, sie sah aus, als habe man den Meißel immer wieder darin herumgedreht. Und der Meißel hatte Haare tief in die Wunde hineingedrückt.«

Keegan zögerte, so als reiße er seinen Blick gewaltsam von der Wunde los. »Du hättest ihr Gesicht sehen sollen! Es war eine Maske des Entsetzens – als habe sie nicht nur gewusst, dass man sie umbringen wollte, sondern auch, wie schmerzhaft es sein würde.« Keegan hielt inne und schauderte. Der Wind rüttelte am Fenster.

»Ein paar Tage später musste ich Tony Donaghue die Letzte Ölung geben. Die Wachleute hatten ihn umgedreht und mit dem Hinterkopf im Wasser liegen lassen. Sie waren zu viert und einer flüsterte einem der anderen dauernd zu, er solle sich zusammenreißen. Die ganze Zeit kam es mir so vor, als ob ich ein lautes Flüstern hörte, so erbittert, dass ich im Geist die Form des flüsternden Mundes sah: gespannte Lippen und zornige Augen.« Wieder hielt Keegan inne, als horche er und warte darauf, dass das eindringliche Flüstern verstumme.

»Tony Donaghue war ein großer Mann. Jetzt sah er wie ein gestürzter Riese aus, wie eine Gestalt aus einem Märchen. Ich erinnere mich, wie ich zum Flussufer hinuntergerutscht bin und dabei Angst hatte mit dem Gesicht voran ins Wasser zu fallen und nicht wieder hochzukommen.« Es folgte wieder eine Pause.

»An der Schläfe hatte er einen dunklen Bluterguss, das Gesicht war furchtbar anzusehen. Es war hart, ihm die Letzte Ölung zu geben. Am Abend zuvor war Donaghue mit seinem jüngsten Kind auf dem Arm bei mir gewesen, mit Peggy – sie ist das Mädchen, das an der Sorbonne studiert hat. Er erzählte mir, dass man ihn in die Kaserne von Duneamon vorgeladen hatte, wo er zum Mord an Kit Foley vernommen werden sollte. Er war Automechaniker. Am Abend bevor Kit Foley tot aufgefunden worden war, hatte er bis spät gearbeitet, weil draußen auf der Glin Road ein Bus eine Panne gehabt hatte.«

Molloy musterte forschend Keegan, der den großen Mann vor sich sah, über den großen Motor gebeugt, in einer Hand eine Taschenlampe, in der anderen einen Schraubenschlüssel.

»Er war ein netter Mann. Groß und sanft. Mit dem Kind auf dem Arm sah man ihn bei der Heiligen Kommunion – und das Kind war so leicht wie eine Feder für ihn. Er wollte nicht beichten, als er zu mir kam. Aber nicht nur ich als Eddie Keegan, sondern auch als Priester sollte wissen, dass er Kit Foley nicht getötet hatte. Das war sein Anliegen. Er sprach mit einem merkwürdig singenden Tonfall, einem Akzent aus Donegal, und es war hübsch, ihm zuzuhören. Als ich zu ihm an die Tür kam, wollte er nicht eintreten. Er traute sich nicht Platz zu nehmen, voller Sorge, weil man ihn mit dem Mord in Verbindung gebracht hatte. Man wollte nur von ihm wissen, ob er am Abend zuvor auf dem Heimweg etwas gesehen hatte, aber er war sehr nervös. Du weißt, was für eine seltsame Beziehung wir in diesem Land zum Gesetz und zur Polizei haben, Frankie. Das ist ein Relikt aus der

Zeit mit den Engländern, als sich ein Ire nicht einmal im Tod dabei ertappen lassen wollte, dass er mit einem Polizisten sprach. Der alte Denunziantenwahn. Donaghue sagte, er sei so unschuldig wie das Kind auf seinem Arm. Trotzdem ließ er sich einfach nicht beruhigen. Ich habe vorgeschlagen ihn zu begleiten, aber davon wollte er nichts hören, mit mir an der Seite würde er nur aussehen wie ein verängstigter Junge. Er ging nach Hause, verabschiedete sich von Frau und Kindern und fuhr mit dem Motorrad nach Duneamon.« Molloy sah, wie Keegan auf das Tocktock des leichten Motorrads horchte, das Donaghue für immer aus seinem Leben fortgetragen hatte.

»Als ich ihn dort auf dem Rücken liegen sah, sah es aus, als wäre er bloß ein Hollywood-Requisit aus Plastik und Farbe. Ein paar Stunden vorher war er bei mir gewesen und ich hatte ihn durch meine Finger schlüpfen lassen. Wenn ich mich nur durchgesetzt hätte und mit ihm in die Kaserne gefahren wäre, dann wäre er nun zu Hause bei seiner Familie gewesen und hätte nicht tot im Fluss gelegen. Doch da lag er, mit dem Hinterkopf im Wasser, die Augen halb geschlossen, die Fingerknöchel von der Arbeit an den Motoren aufgeschürft.« Pfarrer Keegan schob die Hände unter die Brille und rieb sich die Augen. Molloy sah die roten Druckstellen auf beiden Seiten seiner Nase, als der Pfarrer die Hände vom Gesicht nahm und ihm die Brille auf der Stirn sitzen blieb.

»Als seine Frau mich in der Haustür stehen sah, wusste sie natürlich sofort, dass etwas passiert war, nur dachte sie, man hätte Donaghue verhaftet und des Mordes angeklagt. Dervla Donaghue sagen zu müssen, dass ihr Mann tot war und auf welche Weise es geschehen war ...« Keegan schüttelte den Kopf. »Sie blieb aufrecht stehen, doch ich konnte sehen, wie sie innerlich zusammenbrach. Sie bat mich zu bleiben, während sie es den Kindern sagte.« Keegan horchte auf die geflüsterte Botschaft der Mutter und das Aufweinen der älteren Kinder in dem engen Flur des Cottages.

»Ich fühlte mich für Tony Donaghues Tod verantwortlich und tue es noch immer.« Keegan atmete tief ein. Beim Ausatmen sackten seine Schultern nach vorn. Über den Tisch hinweg sah er Frank Molloy an. »Um also auf deine Frage zu antworten: Nein, ich glaube nicht, dass Tony Donaghue Kit Foley getötet hat.«

Der Wind nahm weiter zu. Heftige Böen rüttelten an den Fenstern, durch haarfeine Risse und stecknadelgroße Löcher drang Kälte ins Haus. Der Regen auf dem Dach klang jetzt, als würde das Wasser aus Eimern auf die Schindeln geklatscht.

Als Molloy aufstand um die Platte unter dem kochenden Wasser abzustellen, sagte Keegan: »Einmal im Monat bringe ich dem Polizisten, der als Erster zur Stelle war, nachdem sie Tony Donaghues Leiche gefunden hatten, die Heilige Kommunion. Er heißt Ken Considine. Er wirkt viel älter, als er tatsächlich ist. Seine Frau wurde vor langer Zeit von Willie Gormans Bullen getötet. Considine liegt im Sterben und Doktor O'Leary sagt, es gebe gar keinen Grund dafür. Jedes Mal wenn ich Considine sehe, muss ich an diesen Tag auf der Insel Scattery denken. Er war derjenige, dem dauernd etwas zugeflüstert wurde. Es fiel ihm schwer, mit der Leiche umzugehen, und einer der anderen Wachleute schimpfte unablässig mit scharfem Flüstern auf ihn ein.«

Molloy nahm ein scharfes Messer mit zum Tisch und begann die Kartoffeln, die er gerade geschält hatte, in Scheiben zu schneiden. »Miss Duggan war also nicht die Einzige, die Kit Foleys Tod berührte«, sagte er und ging zum Lichtschalter an der Tür.

»Alle waren davon berührt«, sagte Keegan. »Ein paar von den älteren Frauen geben immer noch Acht, wohin sie gehen und wohin ihre Töchter gehen. Die Polizei hat nämlich nie offiziell bestätigt, dass Tony Donaghue Kit getötet hat. Die Akten wurden geschlossen. Und weil der Fall undurchsichtig blieb, haftete der Verdacht auf jedem Mann in dieser Gegend. Der Geruch dieses Verdachts, egal wie vage er war, ist niemals ganz verflogen.«

»Du hast Recht«, sagte Frank Molloy. »Die Kit-Foley-Geschichte scheint die größte Touristenattraktion der Gegend zu sein. Seit ich nach Hause gekommen bin, stoße ich immer wieder darauf. John O'Brien hat mir den Garten auf dem Golfplatz gezeigt. Nach allem, was du mir eben erzählt hast, verstehe ich, warum man ihn so verwildern und unter Unkraut ersticken ließ. Alle versuchen es zu vergessen.«

»Nicht genug, dass ihre Brüder auf dem Friedhof einen großen, auffälligen Gedenkstein auf ihr Grab setzten, sie mussten da, wo man sie gefunden hatte, auch noch diesen Garten anlegen«, sagte Keegan. »Hielten wie Pech und Schwefel zusammen und tun es noch.« Eddie Keegan schob die Brille von der Stirn auf die Nase und schaute auf seine Uhr. Augenblicklich stand er auf. »Ich hatte keine Ahnung, dass es so spät ist. Um halb fünf kommt jemand zu mir. Ich weiß, sie wird eine halbe Stunde lang über ihren betrunkenen Ehemann jammern und: Kommen Sie doch bitte zu uns und reden Sie mit ihm, Herr Pfarrer ... Als ob das etwas ändern würde.« Keegan folgte Molloy ins Wohnzimmer, wo Mozarts Klarinettenkonzert das spärliche Mobiliar unterhielt, ohne dass jemand zuhörte. »Ich hasse es, mit Betrunkenen zu reden«, sagte Keegan.

Molloy nahm den Mantel des Priesters vom Haken. Keegan wandte ihm den Rücken zu und während er die Hände durch die Armlöcher schob, sagte er: »Das neueste Gerücht, das über dich umgeht, Frankie, ist, dass Mary Delaney dir, noch bevor sie zu ihrer Mutter fuhr, eine Schachtel Kondome aus Amerika gebracht hat.« Er zog sich den Mantel über die Schultern. »In den Pubs erzählt man sich, du hättest in Amerika mit ihr eine Affäre gehabt, ehe deine Frau starb und ...«

Keegan drehte sich bestürzt um, als Molloy in lautes Gelächter ausbrach. Er wollte gar nicht aufhören zu lachen und Keegan versuchte seine Verlegenheit zu verbergen, indem er den Kopf neigte und sich den Mantel zuknöpfte. Molloy legte ihm die Hand auf die Schulter.

»Weißt du, Eddie, für manche Leute ist der beste Sex der, den in ihrer Fantasie die anderen Leute haben. Maura Gilligan muss ein Fernglas oder ein Teleskop haben, aber sie deutet falsch, was sie sah. Kondome!« Molloy lachte wieder. »Hat Maura gesagt, dass es Kondome mit Schokoladenguss waren?«

Keegan, dem jetzt selbst ein Lächeln um die Lippen zuckte, wartete, bis Molloy aufhörte zu lachen. »Es war nicht Maura Gilligan, die mir das erzählt hat. Es kam aus den Pubs. Man sagt auch, die Männer hätten Angst, dass du ein Weiberheld bist und es auf ihre ...«

»Jesus, Eddie, überleg mal, was du da sagst! Bald

werden sie mich beschuldigen Kit Foley getötet zu haben. Sie werden herkommen und mich am nächsten Baum aufhängen.«

»Ich gebe nur den Klatsch wieder, Frankie.« Keegan nahm den Regenschirm vom Haken.

»Nun, dann bedanke ich mich, dass du's mir gesagt hast, Eddie. Ich muss mir wohl Vorhänge für meine Fenster kaufen, sonst stehen draußen bald die voyeure Schlange.«

»Dies ist ein kleiner Ort, Frankie. Es tut mir schon Leid, dass ich's dir erzählt habe. Wenn es dir lieber ist, werde ich nicht ...«

»Oh, erzähl mir nur alles, Eddie. Es ist gut zu wissen, was die Nachbarn von einem denken.« Molloy reichte Keegan den nassen Hut. »Ich begleite dich nicht bis zum Wagen, Eddie. Sag mir, wann du so weit bist, dann mache ich dir die Tür auf.«

Keegan rückte sich den Mantelkragen zurecht und fragte: »Hast du von Gregory gehört?«

»Nein. War das zu erwarten?«

»Nun ja, ich habe gehofft, er würde sich überwinden und mit dir sprechen.«

»Tja, das hat er nicht«, sagte Molloy und fragte dann: »Bist du gekommen um mir zu sagen, ich soll's nicht mit Mary Delaney treiben, Eddie?«

»Nein, Frankie, das war nicht der Grund. Aber ich bin gekommen um dir zu sagen, was die Leute reden.«

»Als du kamst, hast du behauptet, du wolltest dich nur von deinem Besuch bei Maura Gilligan erholen.«

»Ich habe mich bemüht diplomatisch zu sein.«

»Mir wäre lieber, du wärst aufrichtig zu mir. Aus meiner Sicht wirkt es, als wolltest du ein wenig Druck auf mich ausüben, damit ich mich anpasse. Wie war doch noch der Satz über die Einmischung des Gemeindepfarrers, den du zitiert hast?«

Keegan sah aus, als hätte man ihm einen Tiefschlag versetzt. »Deshalb bin ich nicht gekommen, Frankie. Mir ist egal, was du in deinem Haus tust. Ich habe dir als Freund berichtet, was die Leute sagen.«

»Aber warum sagst du es mir, wenn du mein Verhalten damit nicht ändern willst?« Molloys Stimme klang verärgert.

»Frankie! Mir ist egal, was du tust. Ich habe dir erzählt, was die Leute sagen, weil ein paar Leute diese Gerüchte so ernst nehmen, als wären es Tatsachen. Man könnte dir wegen deines Verhaltens einmal massive Vorwürfe machen, wenn du es am wenigsten erwartest.«

»Und was meinst du mit ›massive Vorwürfe‹, Eddie?«, fragte Molloy mit übertriebener Wissbegier in der Stimme.

Einen Augenblick lang sagte Keegan nichts. Er schaute auf seine Füße. »Frankie«, sagte er ruhig, »du bist für mich wie ein Bruder, der lange verschollen war. Streite nicht mit mir.« Er hob den Kopf und sah Molloy in die Augen. »Als dein Freund habe ich dir erzählt, was die Leute über dich sagen. Und zwar damit du weißt, dass du vorsichtig sein solltest.«

Molloy holte tief Atem, als sei es Teil einer Entspannungsübung. »Was kann ich tun, wenn eine Schachtel Macadamianüsse mit Schokoladenguss irrtümlich für eine Schachtel Kondome gehalten wird?«

»Nichts.«

»Warum erzählst du mir dann den Klatsch?«

»Weil Mary Delaney hier war, als ich heute kam.«

»Na und?«, fragte Molloy gereizt.

»Wenn die Leute wissen, dass eine Frau dich besucht, Frankie, dann glauben sie nicht, dass du Unzucht treibst, sie wissen es«, antwortete Keegan nicht weniger verärgert.

»Scheiß auf die Leute«, sagte Molloy.

Einen Moment blieb es still, nur Regen und Wind waren zu hören. Dann lachte Keegan über Molloys Unverblümtheit. »Ich bin froh, dass du nach Hause gekommen bist, Frankie. Ich möchte, dass du bleibst. Sei vorsichtig.«

Molloy legte die Hand auf den Türriegel. »Ich bleibe, Eddie. Komm wieder. Du bist sehr willkommen.« Er schob mit dem Daumen den Riegel hoch. »Sollte ich gerade mit jemandem im Bett liegen, wenn du kommst, huste einmal und klopfe dreimal. Dann werde ich nicht an die Tür kommen, solange ich nichts am Leib trage als ein Kondom.« Molloy lachte. Er öffnete die Tür und sagte im Kommandoton: »Beeil dich, Eddie, bevor der Regen hereinweht.«

Er klopfte Keegan auf die Schulter und schob ihn hinaus in den peitschenden Regen.

25. Kapitel

Karwoche

Montag, 16.05 Uhr

ALS ELISABETH AM Anfang der Roongarry Lane den Wagen anhielt, wurde ihr klar, dass die Gerüchte, die sie von Doktor O'Leary zu hören bekommen hatte, schon zu einem festen Bestandteil des Frankie-Phänomens in ihrem Kopf geworden waren. Alles Negative, das sie über ihren Schwager erfahren hatte, war miteinander verschmolzen und hatte in ihr die Erwartung erweckt, er müsse verbittert und verschroben sein. Ihre Fantasie gaukelte ihr vor, sie werde eine Art Quasimodo vor sich sehen, wenn sie ihn kennen lernte.

Ein paar Wochen zuvor war Frankie für sie ein Mensch gewesen, der in Amerika verschollen war, ein Fotograf, ein junger Mann im weißen Hemd und grünen Pullover, einer aus einer Gruppe junger Männer, die eine Flinte zum Tontaubenschießen über der Schulter trugen, Frühlingsgrün an den Sträuchern hinter sich und ein paar Hand voll Baumwolle am blassblauen Himmel über sich.

Als sie den ersten Gang einlegte, hörte sie ein lautes mechanisches Geräusch. Einen Sekundenbruchteil fürchtete sie, dass sich ein Teil des Motors aus der Aufhängung gelöst hatte. Gleich darauf seufzte sie erleichtert auf. Der Traktor von Sankt Willie Gorman donnerte auf der Downs Road vorüber, Sankt Willie zwischen zwei Feuerrädern aus Dreck, der von den

Reifen des Traktors aufflog. Er selbst sah so nass und schmutzig aus, als wäre er gerade aus der Gülle oder dem Urschlamm gekrochen. Als er mit aufschwimmenden Reifen vorbeiratterte, lüftete er seinen zerbeulten Hut und lächelte Elisabeths Wagen selig an.

Elisabeth lachte laut auf, denn das Heck des schmutzverkrusteten Dungstreuers schaukelte wie das Hinterteil einer watschelnden Ente.

Sie lächelte immer noch, als sie schließlich nach rechts abbog, und sie fragte sich, ob ihre Nervosität der Grund dafür sei.

Nach einer halben Meile bog sie abermals rechts ab und begegnete Eddie Keegan, der in seinem Wagen darauf wartete, in die Downs Road einbiegen zu können. Elisabeth hielt rasch an und kurbelte das Fenster hinunter. Der Priester öffnete ebenfalls sein Fenster und zwei der vier saubersten Menschen der gesamten Grafschaft sahen sich über einen etwa dreißig Zentimeter breiten, mit Regen ausgefüllten Zwischenraum hinweg an. »Eddie«, sagte Elisabeth, »Sie werden nie erraten, wohin ich unterwegs bin.« Wassertropfen flogen ihr ins Gesicht, während sie sprach. »Ich will Frankie besuchen, den verlorenen Schwager.«

»Bringen Sie das Kriegsbeil mit um es zu begraben?«, fragte der Priester.

»Das Nächstbeste. Einen Kuchen, den Claudine gebacken hat.«

»Ich hoffe, er wird ihn als Friedensangebot akzeptieren. Ich war eben bei ihm.« Keegan wies mit dem Kopf in die Richtung von Franks Haus. »Er ist gut in Form.« Eine Regenbö klatschte ihm ins Gesicht und er kurbelte das Fenster bis auf einen fünf Zentimeter breiten Spalt hinauf. Keegan hob die Stimme. »Ich hab's ein bisschen eilig. Hoffentlich geht alles gut, Elisabeth.« Er winkte und sein Wagen setzte sich in Bewegung. Elisabeth legte den Gang ein.

Wahre Regenwände, geformt wie riesige Segel riesiger Segelschiffe, fegten über die Fairways des Golfplatzes. Elisabeth fuhr langsam die schmale Straße zwischen den verlassenen Greens entlang. Der berühmte Baum der Miss Duggan seufzte den grauen Himmel an, die langen, dünnen Äste schlugen in dem windigen Regenwetter aneinander wie die Knochen eines Skeletts, das an der Rahe eines verlassenen Schiffes vergessen hin und her schwang. In ihrem warmen Auto mit den beschlagenen Scheiben lief Elisabeth ein Frösteln das Rückgrat hinunter.

Ein ermordetes Mädchen im Moor mit einer furchtbaren Wunde am Hals. Das hätte aus einem Roman von Conan Doyle stammen können. Aber Holmes hätte den Mörder entlarvt.

In der ungepflasterten Wheat Mill Lane kroch der Wagen durch schwappendes Wasser, kleine Fontänen spritzten unter den Rädern heraus und fielen auf das Gras am Straßenrand wie gezackte Scheiben schmutzigen Glases.

Kurz bevor sie das Haus erreicht hatte, hielt Elisabeth den Wagen an einer Stelle an, wo er von keinem Fenster aus gesehen werden konnte. Sie drehte den Schlüssel herum, der Motor verstummte. Sie ließ den Kopf auf ihre Handrücken sinken, die auf dem Steuer lagen.

Ich hoffe, er ist nicht gehässig und verbittert. Gott! Hoffentlich sage ich das Richtige!

Sie richtete sich auf, holte tief Atem und zog sich die Kapuze ihres Mantels über das Haar. Dann suchte sie mit den Fingern nach losen Haarsträhnen auf ihren Wangen. Sie beugte sich zum Rückspiegel hinüber und stellte mit einem kurzen Blick fest, dass alles in Ordnung war.

Als sie mit der Kuchenschachtel in der linken Hand in den Regen hinaustrat, öffnete sich die Haustür. Die Gestalt eines Mannes füllte den Türrahmen aus wie ein lebensgroßes Gemälde eines Dynastiebegründers, das über einem Kamin hing. Der gelbe Glanz des elektrischen Lichts hinter ihm tauchte sein Gesicht in Schatten. Elisabeth suchte sich einen Weg durch die Pfützen, die Schultern hochgezogen, den Kopf in den Wind geneigt. Als sie aufblickte, sah sie Überraschung im Gesicht des Mannes. Er trat zurück um sie ins Haus zu lassen. Sie hörte Musik, etwas Bekanntes von Tschaikowsky, doch sie war zu nervös um es zu erkennen.

Die beiden sahen einander an, er mit offenem Mund, sie mit der Hand an ihrer Kapuze. Sie suchte im Gesicht des Mannes nach einer Ähnlichkeit mit Gregory, fand jedoch keine.

»Frankie Molloy, nehme ich an?«, sagte sie in scharfem Tonfall, da sie plötzlich unsicher wurde. Die Musik erfüllte den Raum mit Trompeten und Tanz und ließ für ihre Worte kaum Platz.

Er lächelte. »Und darf ich raten, dass dein Name Elisabeth Molloy ist?«

»Ich bin deine Schwägerin.« *Gott! Ich plappere.*

»Als du durch den Regen kamst, hab ich dich im ersten Moment für jemand anders gehalten – Mary Delaney aus Gannonbeg. Entschuldige, dass ich dich verwechselt habe. Mary war vorher hier und ihr habt den gleichen Regenmantel. Außerdem hatte sie auch eine Schachtel unter dem Arm.«

Elisabeth Molloy wurde rot, und aufgrund der Dinge, die sie erst vor einer Stunde von Peter O'Leary gehört hatte, fuhren eine Warnung, eine Angst, ein Schauer durch ihren Körper und ihre Knie wurden weich.

»Gib mir deinen Mantel«, sagte Frank.

Sie schlüpfte aus dem Regenmantel und nahm dabei die Schachtel aus einer Hand in die andere. Ein leichtes Kopfschütteln und das blonde Haar umrahmte in gewohnter Ordnung ihr Gesicht.

Ihr Schwager hatte nichts von einem Quasimodo an sich. Er sah nicht aus wie ein Mann, der sein Priesteramt hingeworfen hatte, und auch nicht wie ein Mann, der verheiratet gewesen und jetzt verwitwet war. *Wie soll ein ehemaliger Priester eigentlich aussehen? Irgendwo in einem Winkel meiner Vorstellung habe ich erwartet, dass er wie Kain ein Mal auf der Stirn trägt oder zumindest irgendwie verunstaltet ist. Was bin ich doch für eine Närrin!* Sie merkte, dass Frank sie ansah und etwas sagte, und sie fühlte sich wie eine ertappte Voyeurin.

»Du siehst enttäuscht aus. Ich habe das Gefühl, dass ich irgendeiner Erwartung nicht entspreche.«

»Entschuldige, ich habe dich angestarrt, nicht wahr?« sagte Elisabeth.

»Ja, das hast du.« Noch immer lächelnd. »Willst du dich setzen?« Molloy winkte sie zur Couch. »Und hättest du gern eine Tasse Tee?«

Elisabeth hatte Mühe ihn durch die mitreißende Musik zu verstehen. »Danke, nein, wenigstens jetzt noch nicht. Ich habe dir etwas mitgebracht.« Sie reichte ihm die Kuchenschachtel.

Frank wog die Schachtel in beiden Händen. »Danke. Was ist drin?«

»Eine Biskuitrolle. Unser schweizerisches Aupairmädchen hat sie gebacken.«

»Ein Biskuitrolle?« Frank lächelte. »Das ist der zweite Kuchen, den ich heute bekomme. Mary Delaney hat mir auch einen mitgebracht. Wenn ich noch mehr Besuch bekomme, kann ich eine Konditorei eröffnen. Ich bringe ihn in die Küche, setz dich.«

Wie ein Kellner mit einem Tablett ging Molloy mit der Kuchenschachtel auf der Hand hinaus. Elisabeth sah sich hastig um und sah die zahlreichen Stellen im Raum, die dringend der Hand einer Frau bedurften. Unwillkürlich stellte sie im Geiste um, nahm weg, fügte hinzu. Dann sah sie aus den Augenwinkeln Frank durch die Küchentür hereinkommen und wusste, sie würde das Wort *mönchisch* benutzen, wenn Gregory sie nach Frankies Haus fragte. Vielleicht konnte Frankie ein paar von den Möbeln gebrauchen, die sie in einem leeren Büroraum eingelagert hatten.

Die Musik machte eine Pause und stürmte dann weiter, als untermale sie eine Zirkusnummer mit Elefantenbullen, die am Rande einer mit Sägespänen bedeckten Manege rhythmisch die Rüssel schwingen. Im Vorbeigehen drückte Frank einen Knopf an der Musikkonsole. Bevor die Geräusche von Wind und Regen wieder hörbar wurden, sagte er wie zur Verteidigung: »Tschaikowskys *Italienisches Capriccio*. Manche Leute sagen, er sei ein schrecklicher Komponist. Doch ich verstehe nicht genug von Musik um ihn nicht zu mögen.« Dann: »Ich glaube, ich habe noch mehr gehofft als erwartet, dass du kommst.« Plötzlich schien ihm seine kleine Rede peinlich zu sein. »Wie dem auch sei, ich bin froh, dass du hier bist.«

»Danke«, sagte Elisabeth und als ihr Schwager am

Ende der Couch Platz nahm, hatte sie das Gefühl das Durcheinander in ihrem Innern wieder zurechtgerückt zu haben. Sie schlug die Beine übereinander und wischte etwas nicht Vorhandenes vom Knie ihrer braunen Freizeithose.

»Wieso hast du mich erwartet?«, fragte sie.

Molloy blickte auf die kleine Schachtel in seiner Hand, die er aus der Küche mitgebracht hatte. Er nahm den Deckel ab und sagte: »Eddie Keegan hat mir berichtet, dass er mit Gregory gesprochen hat. Als er mir sagte, was für ein Mensch du bist und was du gesagt hast, als ihr zu dritt über mich diskutiert habt, da dachte ich eben, dass du kommen würdest.« Molloy stellte die offene Schachtel in die Mitte der Couch. »Das sind Macadamianüsse mit Schokoladenüberzug. Mary Delaney wollte sie Miss Duggan schenken, als sie vor ein paar Tagen nach Hause kam. Als sie feststellen musste, dass Miss Duggan gestorben war, habe ich die Nüsse geerbt. Sie kommen aus Hawaii.«

Elisabeth beugte sich hinüber und betrachtete die Schokoladebrocken. »Ich versuche später eine«, sagte sie und wurde rot. »Sie scheinen ziemlich gehaltvoll zu sein.« Elisabeth wusste, dass ihr Erröten nicht zu übersehen war. Sie legte die Hände an die Wangen und sagte: »Ich muss wirken wie ein Schulmädchen, das dauernd rot wird.«

»Ich habe gehört, dass es Leute gibt, die auf Schokolade allergisch sind. Ich bringe sie weg.« Er streckte die Hand nach der Schachtel aus.

Gleichzeitig streckte Elisabeth ihre Hand aus um ihn daran zu hindern und ihre Finger berührten sich. Sie zog ihre so hastig zurück, als sei sie auf etwas

Heißes gestoßen. »Nein, ich bin nicht allergisch ...« Sie schaute Frank an und war plötzlich sprachlos.

Sein Gesicht sah aus, als fielen auf einmal die ersten Strahlen der aufgehenden Sonne darauf. Sie war überrascht, als er lachte, den Mund weit geöffnet, die Schneidezähne entblößt. Frank hob die Hand und schlug auf das Kissen neben sich. Er erinnerte Elisabeth an einen Hund, der eben aus dem Wasser kam und sich einen Sprühregen aus dem Fell schüttelte, der in der Sonne glitzerte.

»Du hast den Klatsch gehört«, sagte Frank, nachdem er sich wieder gefasst hatte. Er sah Elisabeth an, dass er den Nagel auf den Kopf getroffen hatte. »Und hast du auch gehört, dass Mary Delaney und ich in New York eine Affäre hatten?«

Elisabeth nickte, die Hände noch immer an die heißen Wangen gepresst. »Ja, ich habe die Gerüchte gehört.«

Frank hob die Schachtel mit den Macadamianüssen hoch. »Siehe, eine Schachtel Kondome«, sagte er. »Ich hoffe, du hast nicht geglaubt, was du gehört hast.«

»Ich weiß nicht, ob ich die Geschichten geglaubt habe. Jedenfalls haben sie sich in meinem Kopf eingenistet. Und sie haben meine Vorstellung von dir beeinflusst.«

»Aber hast du sie geglaubt?«

»Ich weiß es nicht. Ich kann nur sagen, dass ich sie nicht glauben wollte.«

»Warum nicht?« Molloy stellte die Schachtel mit den Nüssen wieder auf die Couch.

»Als Gregory mir sagte, dass du nach Hause kommst, war ich begeistert. Du bist ein neues Mitglied unserer Familie und bereicherst unser Leben –

du und deine Töchter. Ich wollte nicht, dass du bist, was der Klatsch aus dir machte.« Die Röte war aus Elisabeths Gesicht gewichen. Sie legte die gefalteten Hände um ihr Knie.

»Was ist mit Gregory?«

»Was mit Gregory ist?«, wiederholte Elisabeth. »Ich bin nicht hier um für Gregory zu sprechen. Ihr beide müsst eure Meinungsverschiedenheiten selbst bereinigen. Und ich will nicht die Vermittlerin sein.«

Einen Augenblick war es still zwischen ihnen. Sie hörten, wie der Wind die Regenböen an die Wand des Hauses peitschte. Dann sagte Frank: »Ich glaube, das bedeutet, dass du mich akzeptierst, mit allen Fehlern und Schwächen.«

Elisabeth lächelte und streckte die Hand aus. »Ja, mit allen Fehlern und Schwächen, wie Cromwell sagte.« Auch Frank streckte die Hand aus und als er die ihre berührte, sagte sie: »Willkommen daheim, Frankie.« Sie drückten sich die Hände und sahen einander schweigend an, beide mit einem angespannten Lächeln auf den Lippen.

Als Frank ihre Hand losließ, sagte sie: »Jetzt hätte ich gern eine Tasse Tee.«

»Ich mach dir eine.« Die Schachtel mit den Macadamianüssen in der Hand, stand Frank auf. Elisabeth erhob sich ebenfalls und folgte ihm in die Küche.

Dort erzählte ihr Frank, sie sei die dritte Person, die seit Mittag mit ihm an diesem Tisch gesessen habe.

»Ich habe Eddie unterwegs getroffen«, entgegnete Elisabeth. »Er hat mir gesagt, dass er dich besucht hat.«

»Hat er dir auch erzählt, dass Mary Delaney hier war, als er kam?«, fragte Frank.

»Machst du Witze? Eddie ist ein solcher Geheimniskrämer, dass ich mich manchmal frage, ob er sich selbst etwas über sich verrät. Ich war überrascht, dass er mir überhaupt sagte, er sei bei dir gewesen. Er meinte, du seist gut in Form.«

»Gut in Form, wie ein Rennpferd.« Frank drehte den Warmwasserhahn auf und spülte im Spülbecken zwei Becher aus. »Und da wir gerade bei den Pferden und dem Pferdehandel sind, erzähl mir, wie ihr euch kennen gelernt habt, du und Gregory. Ihr kommt mir nicht wie ein Paar vor, das besonders gut zusammenpasst.«

»Der Altersunterschied ist ziemlich groß.«

»Das sehe ich, aber da ist noch mehr.«

»Zum Beispiel?«

»Gregory kann sich über hirnrissiges Gequatsche nicht so hinwegsetzen wie ... Entschuldige. Du hast nicht die Komplexe, die Gregory hat – oder meiner Ansicht nach hat.«

»Wir alle sind Kinder unserer Zeit und Umgebung und den Ausdruck ›hirnrissiges Gequatsche‹ ertrage ich durchaus«, sagte Elisabeth. Sie legte die Ellenbogen auf den Tisch, probierte verschiedene Haltungen aus und merkte, dass sie sich mit auf dem Tisch verschränkten Armen am wohlsten fühlte.

Frank sah sie an und wandte sich dann wieder den seifigen Bechern im Spülbecken zu. »Also erzähl. Wie seid ihr zusammengekommen, du und Gregory?«

Während Frank die Becher abtrocknete und den Tee aufbrühte, erzählte sie ihm dieselbe Geschichte, die Gregory ihr viele Male erzählt hatte, weil sie ihn immer wieder darum bat – so wie ein Kind, das wieder und wieder sein Lieblingsmärchen hören möchte.

Doch sie erzählte die Geschichte eintönig, ohne Höhepunkte und Nuancen und ohne das Kichern, das Teil dieses Spiels war, welches unvermeidlich zum Sex führte.

Gregory hatte sie zum ersten Mal unter Tausenden von verschwommenen Gesichtern bei der Dublin Horse Show entdeckt. Sie stand mit dem Rücken zu einem braunen Stutfohlen und strich ihm mit der Hand über die Flanke. Gregory Molloy war stehen geblieben und starrte sie an. Als sie seinen Blick erwiderte, wurde er vor Verlegenheit rot und ging weg.

Um die Mittagszeit sah er sie in der riesigen, scheunenähnlichen Cafeteria wieder. Sie saß ganz allein da. Er beobachtete aus sicherer Entfernung, wie sie an einem Sandwich knabberte, während sie die auf dem Tisch ausgebreitete Zeitung las. Hastig aß er zu Ende und ging hinter ihr vorbei. In seiner Fantasie entstand durch einen intensiven Blick auf ihr Haar und ihre Hände eine enge Beziehung zwischen ihnen.

Sie war es, die ahnungslos die erste Begegnung herbeiführte. Nachdem Gregory sich angesehen hatte, was andere Züchter anboten, kehrte er am Spätnachmittag zu seinen eigenen Pferden zurück. Sie unterhielt sich gerade mit Barry Curry, Gregorys damaligem Stallburschen. Die beiden standen neben Timahoe Two, einer trägen Stute, der jegliche Motivation fehlte. Gregory schaute Elisabeth so lange an, bis Barry Curry auf ihn aufmerksam wurde.

Sie hieß Elisabeth Delacy und Barry Curry war gerade dabei, ihr etwas über Timahoe Two vorzuschwindeln. Doch Gregory Molloy war an dem Handel nicht interessiert. Es fiel ihm schwer, sich richtig auszudrücken, und er machte einen so ungeschickten

Versuch Barry Curry loszuwerden, dass Elisabeth vor Curry begriff, was Gregory wollte. Der Stallbursche brauchte so lange um den Wink zu verstehen, dass Gregory und Elisabeth, als er endlich ging, unwillkürlich lächeln mussten. Dann erklärte Gregory ihr, warum sie an Timahoe Two keine Freude haben würde. Zu seinem eigenen Erstaunen lud er sie zum Essen ein und er staunte noch mehr, als sie die Einladung annahm.

Zwei Jahre später nahmen Elisabeths Eltern die Ankündigung, dass Gregory und Elisabeth heiraten wollten, mit Freuden auf – abgesehen von einer Bemerkung über den Altersunterschied, den sie gegenüber ihrer Tochter machten.

Dies lag inzwischen dreizehn Jahre zurück. Elisabeth war damals dreiundzwanzig und Gregory einundvierzig Jahre alt. Er hatte die Sticheleien der männlichen und weiblichen Klatschbasen aus dem Dorf über sich ergehen lassen müssen, diesmal wegen »Verführung einer Minderjährigen«.

»Bist du glücklich?«, fragte Frank, nachdem Elisabeth ihre Geschichte beendet hatte. Er stellte die Becher auf den Tisch.

»Ja, ich bin glücklich«, antwortete Elisabeth. »Ich lebe wahrscheinlich mit den gleiche Ängsten, die jeder Durchschnittsmensch hat, doch im Wesentlichen bin ich glücklich.«

»Wovor hast du Angst?«

»Oh, vor den üblichen Dingen – dass den Kindern etwas passiert oder dass Gregory vom Pferd fällt oder von einem Pferd getreten wird.«

Dann erzählten sie sich von ihren Kindern, tauschten Erinnerungen an die ersten Zähne, Windpocken und Knochenbrüche aus. Sie mussten lachen, weil die Erziehung ihrer Kinder sich in so vielen Details glich – als hätten sie bei der Entfernung und durch die unterschiedliche Kulturen, in denen sie gelebt hatten, ganz andere Erfahrungen machen müssen. Und während sie noch lachten, begriff Elisabeth, dass Frank ihr Gespräch über Kinder in die Länge zog, weil er danach über sich würde sprechen müssen.

Während sie ihren Tee tranken, fiel ihm das Geschenk ein, das Elisabeth mitgebracht hatte. »Möchtest du ein Stück Kuchen?«, fragte er.

»Nein, aber ich möchte jetzt eine Macadamianuss kosten«, sagte sie. Bisher hatte Frank es geschickt vermieden über sich selbst zu sprechen. Sie beobachtete ihn, wie er die Schachtel mit den Nüssen holte, ausrief, die Macadamianüsse seien zu groß um auf einmal in den Mund gesteckt zu werden, einen kleinen Teller aus dem Küchenschrank holte, die Schranktür schloss und sich dann erinnerte, dass er die Papierservietten vergessen hatte. Er setzte sich wieder und sie sah, dass seine Miene sich verändert hatte, dass er sich den Fragen widersetzte, die sie stellen wollte. Sie würde sie dennoch stellen, denn sie war fest entschlossen ihrer verwandtschaftlichen Beziehung eine gute Grundlage zu geben.

Molloy legte die Ellenbogen auf den Tisch und kreuzte die Unterarme, als ob er eine Abwehr vor seinem Körper aufbauen wollte.

Elisabeth nahm sich nicht sofort eine Nuss. »Warum bist du zurückgekommen?«, fragte sie.

»Wenn Padrake noch lebte, wäre ich nicht hier«, sagte Frank. »Alle Wurzeln, die ich in Amerika besaß, sind schnell verdorrt, nachdem sie gestorben war.«

»Und was ist mit den Mädchen?«

»Karen und Jeanne. Als Karen und Jeanne so klein waren wie deine Kinder, konnte ich mir nie vorstellen, dass sie heranwachsen und mich einmal nicht mehr brauchen würden. Aber als sie heirateten, war nichts mehr da, das mich in Amerika gehalten hätte. Ich kann die Mädchen von Irland aus fast genauso mühelos besuchen wie von New York. Jeanne lebt in Maine, Karen in New Mexico. Nächstes Jahr sind sie vielleicht in Alaska oder Hawaii. Die Amerikaner ziehen so unbekümmert um, dass die Europäer dagegen so unbeweglich wirken wie Clocowen Castle.«

Elisabeth nahm einen Schluck Tee und zog den Kreis enger. »Woher kommt der Name Padrake?«

»Das war ein Kosename. Als wir uns kennen lernten, haben wir unser Bestes getan um uns gegenseitig zu beeindrucken. Sie kannte ein paar von Padraic Colums Gedichten, nur sprach sie seinen Namen wie ›Padrake‹ aus. Sie hieß Patricia. Anfangs nannte ich sie Padrake um sie zu necken, aber nach einer Weile wurde es ein hübscher Kosename.« Frank hob den Becher, trank und noch ehe er ihn wieder abgesetzt hatte, stellte Elisabeth ihm die Frage, die er inzwischen beantworten konnte ohne die Fassung zu verlieren. Er spielte mit seinem Becher, während er sprach. »Vor ein paar Jahren hat ein Mann ganz in der Nähe von New York City in einem Zug ein paar Leute erschossen. Unter anderen Padrake.« Er sah zu Elisabeth hinüber. Sie hatte einen Ellenbogen auf dem Tisch gestützt, die Hand bedeckte wie eine Maske die untere Hälfte des Gesichts. Ihre Augen glänzten, als würde sie den Kampf gegen die Tränen verlieren. Doch sie blinzelte erfolgreich dagegen an.

»Eines Tages werden wir ausführlicher darüber sprechen. Meist schaffe ich es, den Schmerz von mir fern zu halten. Aber manchmal schießt er unerwartet an die Oberfläche – vor allem in Lebensmittelläden: Wir haben das Essen immer gemeinsam eingekauft.«

Elisabeth wusste, wie sinnlos es wäre, irgendetwas Tröstliches sagen zu wollen. »Über solch eine Schießerei wurde hier in den Zeitungen berichtet. Stell dir vor, ich habe das gelesen und hatte nicht die geringste ... Diese Sinnlosigkeit ...«

»Die Sinnlosigkeit ist es, die einen so zornig macht. Warum musste dieses Arschloch das tun?« Die Art, wie Frank die Worte aussprach, so absolut tonlos, zeigte auch die Sinnlosigkeit der Frage, die er schon Millionen Mal gestellt hatte. »Er kam ins Gefängnis, wurde aber schon im ersten Monat umgebracht. Siebenunddreißig Stiche ins Gesicht und in den Hals – mit einem Löffelstiel, auf dem Fußboden einer Zelle spitz geschliffen. Verdammt soll er sein.«

Danach saßen sie eine Weile schweigend da, fummelten beide an ihren Bechern herum. Elisabeth versuchte ihn abzulenken von dem, was er vor sich sah.

»Deshalb bist du also zurückgekommen. Weil es dort nichts mehr gab, was dich hielt.«

»Da war noch mehr«, sagte Molloy. Seine Schultern schienen zu zucken. »Ich schätze, ich werde nie so recht wissen, warum ich nach Hause gekommen bin. Nach Hause gekommen. Zurückgekommen. Blickt jeder, der von zu Hause fortgeht, mit Sehnsucht auf das zurück, was früher war, und hofft irgendwie, dass er auch die Möglichkeit haben wird zu dem zurückzukehren, was war?« Er sah zu Elisabeth auf. »Ich wusste, dass ich hier nicht das verlorene Paradies finden würde. Aber ich weiß, ich werde etwas finden. Nur hier zu sein, wo mein Vater und meine Mutter lebten, wo unsere Nachbarn lebten, weckt in mir schon irgendein Gefühl. Sie sind alle tot, aber noch nicht ganz. Sie sind noch hier, verweilen in der Erinnerung der Menschen, die sie gekannt haben. Ich gehe gern auf den Friedhof. Alle Familien, die ich gekannt habe, als ich jung war, haben jemanden dort oben begraben.« Er machte eine Pause und sie wartete. »Vielleicht möchte ich nur an dem Ort sein, an dem sich die alten Zeiten abgespielt haben. Schon das an sich gibt mir ein Gefühl, das ich nicht erklären kann. Vielleicht ist es leichter, an einem Ort zu sterben, wo alles um dich herum von Dauer ist. Man treibt hinein. Man ist einfach an der Reihe.«

Während er sprach, hatten sie einander angesehen, sie hatte ihm zugehört und zu ergründen versucht, was er war, wer er war. Sie verglich ihn mit Gregory, denn ihr Mann war der Einzige, an dem sie diesen neuen Schwager messen konnte.

»Ist es wirklich wichtig, weshalb ich zurückgekommen bin?«, sagte Frank. Es war keine Frage.

Elisabeth wollte etwas sagen, hatte jedoch zu lange geschwiegen, sodass sie sich erst räuspern musste. »Ich bin froh, dass du hier bist, Frankie – zu Hause, wenn auch nicht in Roongarry. Und ja, ich denke, für Gregory wird es irgendwann wichtig sein, warum du nach Hause gekommen bist.«

Frank unterbrach sie: »Wieso irgendwann?«

»Wenn er die ganze selbst eingebrockte Peinlichkeit überwunden hat, dann wird er vernünftig genug sein um dich unbefangen zu sehen und er wird begreifen, dass es nicht Unverfrorenheit war, die dich wieder nach Hause geführt hat.«

»Denkt er jetzt wirklich so?«, fragte Frank leicht erstaunt. »Wie kann er nur auf einen solchen Gedanken gekommen sein?«

Obwohl Elisabeth Frankie zustimmte, hätte sie nie etwas Negatives über ihren Mann geäußert. »Ich habe dir gesagt, dass ich nicht zwischen euch vermitteln werde. Aber ...« Sie setzte den Becher ab und legte den Kopf in ihre Fäuste. Mit gespitzten Lippen betrachtete sie die Tischplatte. Endlich blickte sie auf und ihr Haar fiel so leicht und anmutig zurück wie ein wogendes Weizenfeld in einer Augustbrise. »Wenn ich ein Aber einwerfe, breche ich meinen eigenen Vorsatz.« Sie sah Frank direkt in die Augen und las keine Bitte, keinen Hilferuf in seinem Blick. »Ist Gregory dir wichtig?«, fragte sie.

»Natürlich ist er das«, antwortete Frank. »Ich weiß, er wünschte, ich wäre nicht zurückgekommen. Und es scheint vermessen, zu hoffen, dass er mich jemals so akzeptieren wird, wie ich bin, denn mehr erwarte ich nicht von ihm. Ich bin kein schlechter Mensch und was für ein Unterschied ist es für ihn ...«

Elisabeth streckte die Hand aus und brachte Franks Redeschwall zum Verstummen. »Du hältst ein Plädoyer in eigener Sache, Frankie. Aber das alles musst du Gregory selbst sagen, ich lasse mich ganz bestimmt nicht hineinziehen. Ich akzeptiere dich so, wie du bist. Was immer sich zwischen dir und deinem Bruder entwickelt, es wird nicht zur Spitze eines Keils in meiner Ehe werden. Für mich gibt es in dieser Sache keine unterschiedlichen Parteien. Ich habe mich bereits für Gregory *und* dich entschieden.«

Sie sahen sich über den Tisch hinweg an. Es regnete nicht mehr und der Wind hatte schon begonnen die aufgeweichte Erde zu trocknen. Sein Rauschen erfüllte das Haus und steigerte ein Gefühl der Wärme. Frank ließ den Arm langsam auf den Tisch sinken. Er legte seine Hand auf Elisabeths Arm und sagte: »Danke.«

Dann zog er die Hand wieder zurück und fügte hinzu: »Auch wenn du nicht die Vermittlerin spielen willst, wirst du Gregorys Haltung beeinflussen, ohne dass es ihm bewusst wird, da bin ich ganz sicher. Doch wenn es etwas gibt, was ich sagen oder tun kann ...«

Bedächtig schüttelte sie den Kopf. »Es wird noch eine ganze Weile dauern, Frankie. Gregory ist jetzt in dem Stadium, in dem er denkt, du solltest ihn um Verzeihung bitten für die Art und Weise, wie du dein Leben gelebt hast.«

Frank bemühte sich es mit Humor zu nehmen. »Vielleicht sollte er Roongarry in Canossa umtaufen.«

Elisabeth hob fragend die Brauen.

»Du hast nie wie die Seminaristen die Kirchengeschichte studiert. Um das Jahr 1000 herum verbrachte einmal ein Kaiser des Heiligen Römischen Reiches drei Wintertage vor einer Burg, in die sich der Papst verkrochen hatte, und wartete auf Vergebung. Diese Burg stand in Canossa.« Ein breites Lächeln flog über Franks Gesicht. »Und soweit ich mich erinnere, war der damalige Papst ein Gregor. Ha!« Er lachte laut auf.

Elisabeth lachte ebenfalls. »Es gibt da einen entscheidenden Unterschied. Du hast keinen Grund um Verzeihung zu bitten.«

Sie sahen sich an, hörten den heftigen Wind, der auf

das Haus einschlug, und soweit es der Küchenstuhl erlaubte, entspannte sich Elisabeth, so wie sie sich in Gegenwart eines alten Freundes entspannt hätte.

»Erzähl mir etwas über deine Familie, deine Brüder und Schwestern«, sagte Frank.

Elisabeth bezog ihn ein, machte ihn mit den Heiligen und Sündern bekannt, mit Käuzen und Säufern, Jammerlappen und Siegern, Selbstmördern und Helfern, mit den Kletten und Abenteurern, wie sie das Gefüge aller Familien bilden.

Als sie zum Ende ihrer Saga kam, war Frank nahe daran eine Rede zu halten – so nahe wie seit seiner letzten Predigt nicht mehr.

»Du hast mich in einen Kontext zu diesem Ort gebracht und das liebe ich, so wie ich es liebe, aus diesem Ort zu stammen, so wie ich den Gedanken liebe inmitten meiner nächsten Verwandten, meiner entfernten Verwandten und den Familien meiner ehemaligen Mitschüler auf dem Friedhof begraben zu werden. Ich werde Padrake nach Hause holen und sie hier beerdigen.«

26. *Kapitel*

Karwoche

Montag, 21.35 Uhr

NIEMAND IN DAVINKILL fragte Paddy Dillon jemals: »Wie geht es dir, Paddy?« Leute, die ihm auf der Straße begegneten, wandten bis zum letzten Moment den Blick ab. Dann brummten sie etwas, das man auf keinen Fall als Ermunterung zu einem Gespräch auffassen konnte. War der christliche Grundsatz »Liebe deinen Nächsten« dem Anschein nach erfüllt, beschleunigten die widerwilligen Samariter den Schritt und hofften, der geifernde, dreckige Dillon habe sie nicht einmal wahrgenommen.

Niemand in Davinkill, nicht einmal Pfarrer Keegan oder Doktor O'Leary, wusste irgendetwas über Dillon, alle kannten nur das seltsame und manchmal kriminelle Verhalten, das er an den Tag legte. Niemand schloss von seiner äußeren Erscheinung auf die mögliche Aktivität seines Gehirns. Und niemand sah in der letzten Albernheit, die er gesagt oder getan hatte, mehr als einen Witz.

»Hast du gehört, was Dillon gestern Abend getan hat? Ist auf die Straße gerannt und hat ›Feuer! Feuer!‹ geschrien. Als alle rausstürzten und fragten, wo das Feuer ist, hat er gesagt: ›In jedem Haus, nur nich in meinem.‹ Ist das kein guter Witz?«

Wie der Samen eines Unkrauts war der schieläugige Dillon samt seiner schielenden Frau und den drei schielenden Kindern in diesen Ort geweht worden.

Die Kinder waren geistig behindert, von Anfang an unterernährt und hatten sogar *in utero* gehungert. Aber an ihrer geistigen und körperlichen Schwäche war nicht nur die Unterernährung schuld. Dillon und seine Frau waren Halbgeschwister. Sie hatten einen gemeinsamen Vater, der nicht Dillon geheißen hatte. Ihre Mütter, die Dillon hießen, waren Schwestern. Und sie waren Kusinen des Mannes, der sie beide am selben Tag geschwängert hatte. Alle drei wurden an einer gebirgigen Straße zum Geschlechtsverkehr angeregt, als sie durch eine Hecke beobachteten, wie ein Bulle eine Kuh bestieg. Die Aktivität des Bullen war ihr einziges Vorspiel gewesen.

Als Paddy Dillon und seine Ehefrau und Schwester entdeckten, dass sein Penis nicht nur gelbes Wasser absonderte, hatten sie angefangen in dem Bett zu vögeln, das sie ihr Leben lang im Haus ihrer Mutter miteinander geteilt hatten.

Sie zogen aus den Bergen nach Davinkill um näher am Postamt zu sein. Ihre Ehe wurde nie infrage gestellt, da sie bei ihrer Ankunft drei Kinder hinter sich herzerrten, unterernährt, viel zu klein für ihr Alter und selten bis nie gewaschen.

Als Paddy Dillon aus seinem Reihenhaus hinausrannte und »Feuer! Feuer!« schrie, verstanden die Leute, die davon hörten, nicht, dass Paddy Dillon sagen wollte, ihm sei kalt und seiner Frau und seinen Kindern auch. Nicht, dass er sich lange damit aufhielt, ihren Jammer zu beklagen, denn er hatte an seinem eigenen genug. Als er »Feuer! Feuer!« schrie, wussten die Leute nicht genug über ihn um zu verstehen, dass seine Kinder sich in einer Ecke seiner Küche wie ein kleiner Wurf Ferkel benahmen, sich um ein warmes

Fleckchen stritten, sich immer wieder gegenseitig wegstießen und dann von neuem anfingen übereinander zu purzeln. Die Leute kamen nicht auf den Gedanken, dass Paddy Dillon in seinem Haus frieren mochte, dass er wie ein durchgedrehter Affe in seinem schmierigen Gabardinemantel auf dem Küchenfußboden saß und durch den Schlitz spähte, den die hochgestellten Revers vor seinem Gesicht freiließen. Im Dämmerlicht blickte er zu seiner ebenfalls verrückten Ehefrau und Schwester hinüber, die, in ihren fadenscheinigen Mantel gewickelt, mit über der Brust gekreuzten Armen neben der brennenden Kerze saß, die vor dem toten Kamin auf dem Boden klebte. Die Hände in den Ärmeln versteckt schaukelte sie mit dem Oberkörper vor und zurück und nur ihr Scheitel schaute aus dem Loch heraus, das ihr bis oben zugeknöpfter Mantel freiließ. Die vier mageren Kinder in der Ecke waren ständig in Bewegung, winselten vor Hunger und Kälte, schauten ständig zu der warmen Flamme der Votivkerze hinüber, der sie sich nicht nähern durften.

Der elektrische Strom war kurz nach ihrer Ankunft in ihrem neuen Heim abgeschaltet worden. Die Saint Vincent de Paul Society zahlte allmonatlich die Miete der Dillons direkt an das Büro des Grafschaftsrats.

Zwei Matratzen und ein paar Decken waren die einzigen Einrichtungsgegenstände im Haus, sonst war alles leer. Sogar die Pfosten des Treppengeländers waren verschwunden. Es gab weder Stühle noch einen Tisch.

Paddy Dillon besuchte in der Fastenzeit die Frühmesse um sich zu wärmen und um in der Marienkapelle Votivkerzen zu stehlen, immer nur zwei auf einmal, damit es nicht auffiel. Ganz Davinkill wusste von den Votivkerzen, doch niemand war gewillt die Sache an die Öffentlichkeit zu bringen um in den Pubs nicht als »gemeiner Hurensohn« gebrandmarkt zu werden.

An Regentagen, wenn sich der Schulhof rasch leerte, stahl Dillon sich in die Klassenzimmer und klaute Kreidestücke, bevor Mrs O'Meara kam um die Fußböden zu kehren. Die Kreide war zunächst hart, aber wenn man sie einmal weich bekommen hatte, schmeckte sie nicht schlecht. Sie trocknete Dillons Verdauungssystem aus und er schiss danach ein paar Tage lang Kugeln.

Die Hintertür des Klosters war ein Ort, an dem man zuverlässig etwas zu essen bekommen konnte, aber Dillon hatte zu hören bekommen, er dürfe nur zweimal wöchentlich dort erscheinen. In einer leeren Schokoriegelschachtel legte die Küchennonne all die kleinen Essensreste zurecht, die sie nach den Mahlzeiten gesammelt hatte: ein halbes Frühstückswürstchen, eine dünne Apfelsinenscheibe, ein Viertel eines geschälten Apfels, einen Löffel Kohl, ein halbes gekochtes Ei in der Schale, die Rinde einer Speckschnitte, einen großen Löffel Steckrübenmus, kleine Kartoffeln, viele Kartoffelschalen, Brotrinden, Kuchenkrümel, Erbsen.

Unfähig sich an das Bild seiner verhungernden Kinder und seiner verhungernden Frau zu erinnern, konnte Dillon seinen brüllenden Hunger meist nicht beherrschen und aß, während er den Klosterhof verließ, alles auf, riss den Pappdeckel fort um ihn abzulecken und ließ die zerfetzte Schachtel auf den Boden fallen. Wenn er ein Stück Ei aß, dann verschlang er es mit der Schale. Sein Zahnfleisch blutete danach und er wunderte sich, weil seine Spucke rot war.

Und die ganze Zeit über gierte sein Körper nach Alkohol. Geld existierte nur um Alkohol davon zu kaufen. Das gesamte Essen für ihn und seine Familie wurde entweder gestohlen oder erbettelt. Geld war eine andere Form von Alkohol. Das Geld, um das er bettelte, das Geld, das er in Pubs auf dem Fußboden fand, wurde sofort in Alkohol umgesetzt. Wenn seine Frau jeden vierten Montag, zehn Minuten bevor die Pubs öffneten, aufs Postamt ging, wartete Dillon schon auf sie, ging mit ihr durch die grüne Tür, von der der Lack abblätterte, zu dem hohen, zerkratzten Tresen, stand neben ihr, wenn das Kindergeldbuch abgestempelt wurde, hielt die Hand auf, damit die Posthalterin das Geld hineinzählen konnte. Ängstlich vermied sie es, die dreckige Pranke zu berühren, und verzog das Gesicht um den Schmutz, die Hässlichkeit nicht sehen und den Gestank nicht riechen zu müssen. Mit seiner Frau auf den Fersen, die ihn verfolgte wie ein Truthahn einen anderen, dem ein Stück Futter aus dem Schnabel hing, steuerte Dillon das nächste Pub an und seine Mantelschöße flogen im Wind.

Sie blieben im Pub, bis das Geld weg war. Betrunken stützten sie sich gegenseitig auf dem Heimweg, kotzten in die Gosse, kotzten sich gegenseitig voll. Wie zwei Sumpfgeschöpfe betraten sie ihr dunkles Haus, fielen aufs Bett, stießen ihre Kinder weg wie die lästige, schnüffelnde Nase eines Hundes. Wenn die Kinder sich schließlich damit abgefunden hatten, dass es nichts zu essen gab, suchten sie Wärme und schliefen neben, zwischen und auf ihren betrunkenen Eltern ein.

Seit der Empfängnis ihres vorletzten Kindes hatten Dillon und seine Frau nicht mehr miteinander geschlafen. Alkoholismus und Unterernährung waren bei ihm so weit fortgeschritten, dass er nicht mehr an Sex dachte.

Er hatte keine Ahnung, dass er nicht der Vater seines jüngsten Kindes war. Jemand hatte seine betrunkene Frau geschwängert, nachdem eines Abends das Kindergeld in ihren Hirnen eine totale Verwüstung angerichtet und er sie auf dem Nachhauseweg verloren hatte. Sie hatte sich im Torbogen zu Pfarrer Keegans Hinterhof hingelegt und nicht bemerkt, dass ein jungfräulicher Bauer mittleren Alters mit dem Fahrrad vorbeikam und im Licht der Straßenlaterne die Gelegenheit seines Lebens erblickte. Der Bauer, nicht sehr wählerisch, was den Zustand der Öffnung anbelangte, die er durch seinen aufgeknöpften Hosenschlitz vögelte, hatte sich seither stets diesen Augenblick in Erinnerung gerufen, wenn er in seinem Kuhstall onanierte. Dillons Ehefrau und Schwester hatte ebenfalls keine Ahnung, dass Dillon nicht der Vater ihres jüngsten Kindes war.

Paddy hatte zu lange mit körperlichen Schmerzen gelebt um zu wissen, dass sein Körper in jedem wachen Moment seines Lebens Schmerzen absorbierte. Obwohl in seinem Mund nur ein Zahn zu sehen war, faulten in seinem Zahnfleisch noch mehrere Stummel vor sich hin. Nur wenn die Nerven eines dieser Stummel direkt mit einem Apfelkern oder einem anderen kleinen, harten Bissen in Berührung kamen, schoss der Schmerz in sein Bewusstsein.

Er hatte noch nie in einem Zahnarztstuhl gesessen. Wenn er sich schnitt, heilte sein Fleisch nur sehr langsam. Seine Handrücken waren immer verschorft. Im Lauf seines Lebens hatte er sich drei Zehen gebrochen, einen Knochen im rechten Fußknöchel und einen im rechten Handgelenk. Sie waren von selbst wieder zusammengewachsen. Bei dem entsprechenden Wetter – und es war fast immer entsprechend – meldete sich in den schlecht verheilten Brüchen der Rheumatismus. Sein hartnäckiger, trockener, stoßweiser Husten hätte jeden Arzt sofort zu einer Untersuchung auf Tuberkulose veranlasst und der Arzt hätte in der Lungenaufnahme seines Patienten tatsächlich die typischen Schatten gefunden.

Dillon wusste nicht viel über die Welt, in der er lebte. Er wusste eigentlich gar nichts darüber, sondern er existierte einfach in einem Haus in einer Reihe anderer Häuser in der Nähe des Postamts und der Pubs. Aber er wusste, wo Miss Duggan in der Wheat Mill Lane gewohnt hatte, denn als sie noch lebte, hatte sie ihn manchmal ins Haus geholt und ihm einen Becher Tee und eine dicke Scheibe Brot vorgesetzt, die er dann am Küchentisch aß, während sie ihm eine Geschichte erzählte in Worten, die er nicht verstand, auch wenn er so tat, als verstünde er sie. Als er noch jung gewesen war, hatte ihm jemand gesagt, der Mond sei die Rückseite der Sonne, und er hatte nie wieder daran gedacht, hatte nie an die Sonne und den Mond gedacht. Die Sterne hatte er seit seiner Kindheit nicht mehr gesehen und jetzt hatte er vergessen, dass es sie gab.

Am Montagnachmittag der Karwoche war Paddy Dillon in den Obstgarten des Priesters gegangen und hatte das hohe braune Gras nach einem Apfel abgesucht, der im Herbst vielleicht übersehen worden war. Willkürlich wanderte er zwischen den Bäumen hin und her und erwartete jeden Moment einen runden

Apfel unter seinem Stiefel heraushüpfen zu sehen. Dies war das achte Mal seit der Apfelklauzeit, dass er das Gras absuchte. Immer wenn der Hunger sich ihm ins Mark fraß, kam er in Pfarrer Keegans Garten. Als er jetzt unter einem tief hängenden Ast hindurchging, wurde ihm die Mütze vom Kopf gerissen. Laut verfluchte er den Ast und verfluchte seine Mütze. Er bückte sich um sie aufzuheben und in diesem Moment rief eins der beiden Culliton-Kinder, das ihn lange durch die Hecke beobachtet hatte: »Du dreckiger Schisser!«

Paddy Dillon hörte die Stimme nicht, denn als er sich bückte, schoss im das Blut in den Kopf und rauschte ihm in den Ohren. Er setzte die Mütze auf. »Du widerlicher Scheißhaufen!«, rief ihm jetzt der andere Culliton-Junge zu. Diesmal hörte Dillon etwas und ging zur Hecke um nachzusehen, die Hände in den Taschen seines Gabardinemantels vergraben, den er sich gegen die Kälte fest um den Leib gewickelt hatte. Er entdeckte die beiden Gestalten hinter dem unbelaubten Liguster. »Wahaste gesagt?«

Eine der Gestalten antwortete: »Er hat gesagt, du bist widerliche Scheiße.« Die andere Stimme sagte: »Und er hat gesagt, du bist 'n dreckiger Schisser.«

»So leckt mir doch«, antwortete Dillon ungerührt. »Leckt mir und de Möse von euer Mudda hat Zähne.« Er entfernte sich von der Hecke. Dann drang irgendetwas aus den Tiefen seiner Erinnerung in sein Bewusstsein. Er blieb stehen, drehte sich aber nicht um, obwohl er im Geist die beiden Gestalten hinter der Hecke ansprach: »Euer Mudda is de Schwester von euern Vadda. Leckt mir, ihr Mösen mit Zähnen.« Er verließ den Obstgarten und schlurfte weiter in Pfarrer

Keegans Hinterhof. Paddy Dillon war zu hungrig um zu merken, dass er hier nichts zu suchen hatte, doch aus irgendeinem Grund empfand er ein Gefühl der Sicherheit. Dieses Gefühl entsprang der vagen Erinnerung, dass Pfarrer Keegan am Nachmittag meistens Golf spielte. Von der anderen Seite der Hecke aus wurden ihm Worte nachgeschrien, die keinen Sinn ergaben – etwas über Schisser und Mösen und Verrückte und schielende Kinder. Paddy Dillon ließ die Worte auf sich niederprasseln wie vereinzelte Regentropfen und ging weiter in den Hof des Priesters.

In seinem Gehirn funkte es und er drehte plötzlich nach rechts ab, schlurfte zur Hintertür des Hauses. Dillon hämmerte mit der Faust dagegen, erwartete jedoch nicht, dass ihm jemand öffnete. Er wusste, dass ihm niemals jemand öffnen würde.

Er ging weiter durch den Torbogen, vorbei an der Stelle, an der seine bewusstlose Frau unwissentlich geschwängert worden war, und blieb auf dem Fußweg stehen. Das Einzige, was Dillon auf dieser Welt gehörte, waren seine Ehefrau und Schwester und seine Kinder, sein Name und die Kleider, die er am Leib trug. Darüber hinaus war er besitzlos wie eine Krähe in einem winterlichen Baum. Es wäre völlig egal gewesen, ob er nach rechts ging oder nach links. Er kam aus dem Nichts und wusste nicht, wohin. Er war sehr hungrig, so viel wusste er. Er wusste nicht, dass es in seinen Zahnstummeln pochte, dass seine alten Knochenbrüche schmerzten. Aber die Schmerzen sickerten in ihn hinein, untergruben auch das letzte bisschen Vernunft, das ihn noch mit der Menschheit verband.

Er bog nach links ab und fluchte laut über die beiden Schisser hinter Pfarrer Keegans Hecke. Er fluchte über das verdammt kalte Wetter und fluchte über Pfarrer Keegans verdammte Haushälterin, die sich immer versteckte, wenn sie merkte, dass er kam: »Du olle Möse, verrotten sollste inner Scheiße mit Zähnen.« Er verfluchte Pfarrer Keegans Obstgarten, in dem nie ein einziger verdammter Apfel herumlag, verfluchte FitzGibbon und die Scheißkerle, die in seinem Pub tranken, alle zu geschwätzig um daran zu denken, ihm das Geld für ein Pint zu geben: »Verdammte Bande ihr, ganz geil drauf, über den Scheißkerl zu reden, der aus Amerika nach Hause kommen is!« Er verfluchte die Bauern in Lamb's Pub, die so taten, als sähen sie ihn nicht, »die mit ihren verdammten Bullen und Heuballen und keiner tät dir auch nur den Schaum von seiner verdammten Pisse geben«.

Die Taschen seines Mantels auf den Schritt gepresst, ging er weiter und erinnerte sich an die zwei großen Feuer, die er einmal entzündet hatte, und einen flüchtigen Moment lang – so flüchtig, dass ihn das Gefühl nur wie ein Hauch anwehte – spürte er die Freude, die es ihm bereitet hatte, die Scheune eines verdammten Bauern bis auf den Grund niederzubrennen, die Farben der großen Flammen im Dunkeln tanzen zu sehen, die herrliche Glut zu spüren, die die Vorderseite seines Körpers erhitzte, die Freude, wenn dann für den verdammten Bauern nichts mehr blieb als die gekrümmten Balken, die wie verbrannte Knochen in den nächtlichen Himmel ragten.

»Verdammte Bauern«, sagte Paddy Dillon laut und Schulkinder auf dem Heimweg drückten sich erschrocken an die Hauswände um ihn vorbeizulassen. Doch die Kinder wussten, dass sie damit nun gewissermaßen etwas Besonderes zu bieten hatten, denn sie würden vor den Erwachsenen die verbotenen Worte wiederholen können, die sie von Dillon gehört hatten. »Heut Abend ist das Pub von Mansfield dran und ich brenn euch alle nieder, mitten in der verdammten Nacht, damit mir warm werd, ihr Mösen mit Zähnen.«

Frierend auf dem Küchenfußboden hockend, in seinen Mantel eingewickelt wie ein durchgedrehter Affe, spähte Paddy Dillon durch den Schlitz, den das Revers des Mantels vor seinem Gesicht freiließ. In der flackernden Flamme der Votivkerze sah er seine Frau in der Nähe des toten Kamins auf dem Fußboden sitzen und vor und zurück schaukeln, die Arme vor der Brust gekreuzt, die Hände in den Ärmeln versteckt. Die vier mageren Kinder in der Ecke waren beinahe still, nur ab und zu wimmerte eines schläfrig im sterbenden Licht.

Die Votivflamme loderte auf, stand ein paar Sekunden auf Zehenspitzen und erlosch.

Lange Zeit rührte sich niemand in der schwarzen Dunkelheit und Dillon starrte auf die Stelle, wo die Flamme gewesen war. So wie der Körper eines gerade ausgebrüteten Vogels nach Futter schrie, so schrie Dillons Körper nach Alkohol und sein Zittern entsprang eher den Entzugserscheinungen als der Kälte. Wieder dachte er an die roten und gelben Flammen, die aus Heuschobern loderten, aber die Flammen waren kein Trost. Er dachte an ein großes Glas Porter, schwarz mit dem Priesterkragen aus Schaum obendrauf. Aber die Scheißkerle wollten ihm nichts geben, alle redeten und redeten und sahen ihn nicht und als er Lamb um einen Drink gebeten hatte, da hatte der erwidert, dass er sich verpissen solle. Nur halb bei Bewusstsein streckte Paddy Dillon die Hand nach dem Pint Porter aus, das seine Fantasie ihm vorgaukelte. Und alles, was er hörte, war das Gerede über den Amerikaner.

Es war Zeit, sich auf die Matratze zu legen, und Dillon beugte sich vor, bis er auf die Hände fiel. Als er sich vom Boden abstieß, trat ihn im Dunkeln jemand auf die Finger. Er knurrte wütend vor Schmerz und quiekte: »Du Scheißkerl! Ich stech dich gleich ab.«

27. Kapitel

Karwoche

Dienstag, 14.35 Uhr

WIEDER STAND FRANK Molloy am offenen Gattertor des Abdeckers.

Die Wolken, die an tief hängende Knäuel schmutziger Wolle erinnerten, hatten die gesamte Umgebung verändert. Verglichen mit dem ersten Mal, als er hier gewesen war, wirkte alles trostlos und abstoßend. Die schmutzigen, massigen Wolken hatten alles Leben aus der Welt gequetscht. Farbiges hatte übermäßig gelitten, so als hätte man es tausend Jahre zwischen den Seiten eines dicken Wälzers gepresst.

Molloys Stimmung entsprach dem Grau des Tages und er wusste nicht, warum. Der gestrige verregnete Tag hatte ihn im Haus gehalten, doch er hatte drei unerwartete Besucher empfangen. Mit einer hatte er geschlafen, mit einem alte Mauern eingerissen und eine hatte ihn in der Heimat willkommen geheißen. Dennoch war er niedergeschlagen.

Sein finsterer Blick fiel auf die fünf Schilder am Zaun des Abdeckers. Es dauerte einen Augenblick, ehe die Bedeutung der Schrift in seinem trägen Gehirn ankam.

Abdecker. Unbefugten ist das Betreten verboten. Abholung von toten Tieren. Das Gesundheitsamt. Fleisch für Windhunde.

Molloy schloss die Augen und erkannte die Depression, in die er hineinglitt, eine vertraute enge Höhle, dieselbe, auf die er erstmals vor vielen Jahren in Falworth gestoßen war. Rasch schlug er die Augen auf und unternahm häufig geübte Schritte um zu verhindern, dass er noch tiefer hineingeriet. Wieder hörte er, wie Nina Borusso nach Padrakes Tod die Schichten seiner Depression durchstieß, wie sie ein um das andere Mal die Taktiken wiederholte, die ihm helfen sollten sich gewaltsam aus dem tiefen schwarzen Loch herauszuarbeiten, zu dem sich die Höhle entwickelt hatte.

Ganz bewusst und angestrengt zwang er sich nach einer Ablenkung Ausschau zu halten. *Die Schinderei. So sollte er diesen Ort nennen. Die Elendskolonie. Die Brutstätte. Das Pfarrhaus, die Bäckerei, die Schinderei. Er sollte* SCHINDEREI *auf ein Schild schreiben und es an einen Galgen hängen, mit Teilen von Tierkadavern drumherum, Nieren, Lebern, Herzen, Mägen, verschmelzend mit den Buchstaben wie die Uhren in »Beharrlichkeit der Erinnerung«. Die Beharrlichkeit des Verfalls – so könnte man es nennen.*

Die Wolken über der Abdeckerei rührten sich nicht von der Stelle. Dünne Streifen hatten sich von der Hauptwolke losgerissen, drehten und wanden sich wie Fantasiefische an barbarischen Widerhaken.

Die Beharrlichkeit des Verfalls. Alles verfällt – Dinge, Menschen, Ideen. Wer nicht gerade geboren wird, ist schon dabei zu sterben. Woher stammt das? Aus einem alten Lied.

Molloy erblickte eine menschliche Gestalt. O'Brien, der durch das offene Tor des großen Schuppens schritt, so vermutete er. Die Gestalt verschwand, tauchte aber fast augenblicklich wieder auf. In der Hand trug sie etwas, das wie eine Bügelsäge aussah. Sie wandte sich in die Richtung, aus der O'Brien das erste Mal gekommen war.

Wenn du es nicht klug anstellst, verbringst du dein Leben festgefahren in dem faulenden Unrat der anderen. So wie ich in Fäulnis versank, als ich mich der Gemeinschaft der Priester anschloss. Zwar habe ich versucht zu flüchten, bin aber mit jedem Schritt tiefer hineingeraten. Ging unter in Verwesung.

Er stand am Tor der Abdeckerei, den Sattel des Motorrads an den Oberschenkel gelehnt, und während er ziellos ins Weite blickte, entglitt sein Geist in die Höhle, in das Pfarrhaus in Falworth, in den Raum, der für ihn zum Symbol der Zurückgewiesenheit und der Verbitterung geworden war.

Die zahlreichen Einzelheiten seines Lebens dort hatten sich seit langem in seiner Erinnerung verdichtet, so wie die vielen Harztropfen aus einem uralten Baum sich verdichten und verhärten.

An einem Spätsommertag war er mit den Ernennungspapieren des Bischofs in der Tasche aus London an dem Pfarrhaus in Falworth eingetroffen, bestärkt von einem schmierigen Lächeln im zerknitterten bischöflichen Gesicht, das ihm versicherte, sein erster geistlicher Vorgesetzter sei ein gütiger, väterlicher Mann. Auf sein ängstliches Klopfen hin öffnete Reverend Canon Walter Cotswold die Tür. Der neue Priester stellte sich vor und Cotswold, durch seinen erhöhten Standort drei Stufen oberhalb des Gehsteigs klar im Vorteil, sprach die folgenschweren Worte: »Ich habe Sie nicht erwartet, Herr Pfarrer. Offen gesagt, ich brauche Sie nicht.«

Wie das Ätznatron, mit dem sein Vater die Hörner neugeborener Kälber säuberte, brannten sich Cotswolds Worte in Franks Seele ein.

Es entstand eine lange Pause, weil Molloy zu keiner

Antwort fähig war. Schließlich sprach der Reverend, abermals von der dritten Stufe aus: »Der Generalvikar dieser Diözese verbringt seinen Urlaub hier bei mir. Er wohnt im Gästezimmer. Wenn Sie wollen, können Sie die Dachkammer nehmen. Im Sommer und im Herbst haben wir hier ununterbrochen Priester zu Gast. Sie kommen um die Seeluft zu genießen. Ich will also sehen, ob ich Sie brauchen kann, wenn die Urlaubszeit vorüber ist. Sicherlich haben wir bis dahin genug zu essen für Sie.«

In der Abgeschiedenheit der Dachkammer schlug der Samen der Bitterkeit erste zaghafte Wurzeln – zaghaft deshalb, weil sich die Bitterkeit gegen das richtete, was er seit seiner Kindheit geliebt und wovon er geträumt hatte. Zaghaft, weil die Bitterkeit schon drei Monate nach seiner Weihe zum Priester, auf die er sich sein Leben lang vorbereitet hatte, in seiner Brust aufkeimte. Cotswold forderte ihn nie zu etwas auf, bezog ihn nie in die Gemeindearbeit ein, ließ ihn am Esstisch nie an der allgemeinen Unterhaltung teilnehmen.

Reverend Canon Cotswold verließ selten seinen Amtssitz, wo er über seine kleine Welt herrschte, wo er mit diktatorischem Ernst bestimmte, wie viel Wasser man für ein Wannenbad verbrauchen durfte, oder anordnete, dass im Pfarrhaus und in der Kirche mehrere hundert Schlösser eingebaut werden mussten.

Am Sonntag ging er nach dem Frühstück mit der Kollekte in sein Zimmer und spielte bis tief in die Nacht hinein mit den Münzen, streichelte die braunen Penny-Stapel. Er zählte die Münzen und türmte sie auf, füllte sie in Beutel, leerte die Beutel wieder um sich zu überzeugen, dass er richtig gezählt hatte. Er erstellte eigene Formulare mit Spalten für Halfpennys, Pennys, Dreipennystücke, Sechspennymünzen, Shillings, Zweishillingmünzen, Halfcrowns, Zehnshillingnoten und Pfundnoten, die bei den zwei Kollekten in sieben Sonntagsmessen zusammenkamen – vierzehn Münzenstapel, mit denen man spielen konnte, die man liebevoll streicheln konnte. Er schob die Säulen aus aufgetürmten Münzen auf seinem Zähltisch hin und her und baute sie auf, wo sie am besten zur Geltung kamen, sodass sie größer aussahen, als sie tatsächlich waren.

Bevor er schlafen ging, füllte er die Münzen ein letztes Mal in Beutel und warf die Formulare mit den Zahlenreihen weg. Am Montagmorgen öffnete er die Tür des Pfarrhauses für die bewaffneten Männer, die in einem Panzerwagen vorfuhren um seinen Schatz in die Stahlkammern der Bank von England zu bringen.

Cotswold verbrachte sein Leben abgekapselt in seinen Gemächern, arbeitete am Vormittag an seinen Geschäftsbüchern, in die peinlich genau jeder eingenommene und jeder ausgegebene Penny eingetragen wurde. Er läutete mit der kleinen Handglocke nach seiner Haushälterin, die ihm frisches Wasser und seine Pfeife bringen und das Radio einschalten musste, wenn es Zeit für sein Lieblingsmusikprogramm war. Das Mittagessen wurde ihm in seinem Arbeitszimmer serviert und während er aß, beobachtete er durch das Erkerfenster den Verkehr auf der Tanner Street. Am Nachmittag las er Agatha Christie, schlief ein bisschen und las wieder. Wenn er in der Kleidung, die seinem kirchlichen Rang entsprach, zum Abendessen im Speisezimmer erschien, legte er seine Ansichten über das dar, was er zur Mittagszeit auf der Tanner Street beobachtet hatte.

Der Tisch im Speisezimmer war seine Bühne, auf der er für den jeweiligen klerikalen Gast, der gerade im Hause weilte, »großes Theater« aufführte. Mit den empörendsten rassendiskriminierenden Verunglimpfungen, den obszönsten Witzen und mit dozierend vorgetragenen Thesen bemühte er sich seine Gäste zu unterhalten und hörte nicht das Kriecherische und die offensichtliche Unaufrichtigkeit im Gelächter der andern.

Jeden Donnerstagnachmittag ging er aus. Er besuchte das Kloster um den Nonnen die Beichte abzunehmen und verzehrte dann in einsamer Pracht das frühe Abendessen, das sie ihm servierten. Wenn er ging, wurde er mit Jubel verabschiedet – von den Nonnen, den Alten, den Blinden und den Lahmen.

Unterdessen versuchte Frank Molloy getreu dem Gehorsamsgelübde zu leben, das er vor dem Bischof und seinen Vertretern abgelegt hatte. Drei Monate lang lief er wie ein zorniges gefangenes Tier in seinem Zimmer hin und her, versuchte zu lesen, schaute auf die Dächer, die hügelabwärts unterhalb des Pfarrhauses lagen, unternahm nächtliche Spaziergänge am steinigen Strand. Eines Nachmittags im November, als er gerade wütend aus einem der Mansardenfenster schaute und sich bemühte unerwünschte Gedanken zu verdrängen, klopfte es an seine Tür. Sie öffnete sich, noch ehe er vom Fenster zurücktreten konnte.

»Darf ich reinkommen, Pfarrer Molloy?«

»Ja, selbstverständlich.«

Cotswold schloss die Tür und sah sich im Zimmer um, seine Blicke flitzten wie aufgeregte Zaunkönige in einem Ilexstrauch umher. »Ich hatte vergessen, wie hübsch dieses Zimmer ist. Es muss Jahre her sein, seit ich das letzte Mal hier war. Ich freue mich, dass Sie nicht noch mehr Nägel in die Wände eingeschlagen haben.« Er ging zu einem der Fenster mit Blick auf die See. »Ich liebe diese schrägen Decken und wie man sich vorbeugen muss um hinauszuschauen.«

Als Cotswold zurück in die Mitte des Zimmers trat, sah Molloy auf seinem spitzen Schädel die Spuren, die die Zähne eines Kamms dort hinterlassen hatten.

»Wollen Sie einem alten Mann keinen Platz anbieten, Herr Pfarrer?«

Molloy zog einen Lehnstuhl, auf dem eine Decke lag, vom Bett weg und machte eine einladende Geste.

»Die Decke, Herr Pfarrer?«

»Sie hält das Füllmaterial im Polster zurück.«

»Ich ziehe den Stuhl ohne die Decke vor. Man muss mit dem vorhandenen Mobiliar zufrieden sein, Herr Pfarrer.«

Frank nahm die Decke weg und kleine Stückchen Schaumgummi fielen zu Boden.

»Wir dürfen uns über so kleine Dinge wie diese Füllung nicht aufregen, nicht wahr, Herr Pfarrer?« Cotswold schlug die Beine übereinander und Frank sah die Schuhe mit den silbernen Schnallen und die roten Socken.

»Setzen Sie sich, Herr Pfarrer, es gibt da ein paar Dinge, die ich Ihnen sagen muss.« Cotswold winkte Molloy mit dem Handrücken zum Bett.

Als Molloy sich setzen wollte, stieß er mit dem Fuß gegen den Bettpfosten und fiel fast auf die Matratze.

»Passen Sie auf!«, rief Cotswold und streckte die Hand aus um Molloy zu stützen.

Molloy wich vor der ausgestreckten Hand zurück und in diesem Moment, in dem er Cotswolds Hand wie eine Klaue vor sich sah, wurde im klar, dass nichts, was der Kanonikus jetzt anzubieten hatte, den Schaden wieder gutmachen konnte, den seine Seele seit seiner Ankunft in diesem Pfarrhaus genommen hatte. Es war zu spät. Dicht unterhalb von Franks Bewusstsein braute sich wie Magma unter einem Berggipfel die Gewissheit zusammen, dass er mit der Kirche fertig war. Aber wie das brodelnde Magma brauchten die Kräfte in seiner Brust Zeit um sich zu sammeln, bis der Augenblick reif war um den Berggipfel wegzusprengen und bis die Lava brennenden Zorns die Hänge hinunterfließen würde.

»Ist das Bett bequem, Herr Pfarrer?«

»Ja.«

»Nun, wenigstens ein Möbelstück findet ihren Beifall.«

Der Geistliche blickte zum Winkel der Zimmerdecke hinauf, holte tief und laut Atem und sagte dann: »Es ist ihr Glück, über das ich mit Ihnen sprechen möchte, Herr Pfarrer.« Laut ließ er die Luft aus seinen Lungen entweichen und die flinken Vogelaugen spießten Frank mit ihrem tödlichen Blick auf. »Als Sie vor drei Monaten herkamen, waren Sie quietschvergnügt und hatten strahlende Augen. Sie waren begeistert, weil Sie Priester waren. Sie sind in die Kirche gegangen und haben Ihre Gebete gesprochen. Sie sind abends nie ausgegangen.« Er machte eine Pause. »Doch Sie haben sich verändert. All das hat sich geändert.« Cotswold machte mit den Armen eine umfassende Geste um zu zeigen, wie groß die Veränderung war. »Sie lächeln nie. Sie beteiligen sich beim Abendessen nie an der Unterhaltung. Ich musste Sie bitten mir einen Platz anzubieten, als ich eben zu Ihnen kam. Was ist aus dem lächelnden, höflichen irischen Jungen geworden, der vor ein paar Monaten auf meiner Schwelle stand?« Kanonikus Cotswolds kleine Augen wurden in ihren Höhlen riesengroß und bildeten unter seinen dünnen Brauen die Punkte zweier Fragezeichen. Als ihm klar wurde, dass er keine Antwort bekommen würde, legte er den Kopf schief und bewegte unruhig die Hände im Schoß, scharrte mit den rot bestrumpften Füßen.

»Sie haben nichts zu sagen!« Das klang pikiert. »Sie beten nicht mehr. Das ist gefährlich, Herr Pfarrer. Ich muss Sie daran erinnern, dass ich nicht nur Ihr Seelsorger, sondern auch Ihr geistlicher Vorgesetzter bin und Sie vor den Gefahren warnen muss, in die man gerät, wenn man seine Gebete unterlässt.« Er unterstrich den Ernst der Gefahr, indem er die rechte Hand hob und senkte. »Ich möchte, dass Sie in meinem Haus glücklich sind, Pfarrer Molloy. Ich möchte, dass Sie die Haushälterin als Ihre Schwester betrachten. Und mich als Ihren Vater.«

Frank wandte den Blick ab von dem blassen, aufgedunsenen Gesicht, von dem toten Fleisch, das in seinen Augen die Fortsetzung der inneren Fäulnis dieses Mannes war, der zu lange unter dem Felsen der Kirche gelebt hatte. Cotswold verfolgte Molloys abirrenden Blick mit seiner eindringlichen Stimme, ein Nörgler, der immer dicht bei seinem Opfer bleibt.

»Sondern Sie sich nicht von uns ab. Kommen Sie mit Ihren Problemen zu mir.« Frank hörte nur leere, leblose Worte und fühlte sich wie in einer Zwangsjacke. Ihm fiel nichts ein, was er hätte sagen können.

Sein Zorn hatte sich so in ihm festgefressen, dass er nicht sprechen konnte, und er wusste, wenn die Wut sich einmal löste, würde die Eruption hemmungsloser Schmähreden nicht ohne Strafe bleiben.

Cotswold fuhr fort. »Ich bin seit vielen Jahren in diesem Geschäft und weiß, was Sie durchmachen. Kehren Sie zu Ihren Gebeten zurück und bleiben Sie abends zu Hause.« Die rote Socke und der Schnallenschuh wippten vor und zurück. »Ich weiß, dass Sie sich Ihr Gehorsamsgelübde zu Herzen nehmen und tun werden, was ich sage. Möge Gott Ihnen die Gnade erweisen, dass es gelingt. Ich bete darum.«

Eisige Verlegenheit senkte sich wie ein Leichentuch auf Frank herab, als er Cotswold von Gott und von Gnade sprechen hörte. Der Geistliche stand auf. »Ich verlasse Sie jetzt, damit Sie über das nachdenken können, was ich Ihnen gesagt habe.«

Wortlos folgte Frank dem Kanonikus zur Tür. An der Rückseite von Cotswolds Soutane klebte weißes Füllmaterial. Kath, die schwesterliche Haushälterin, würde es abbürsten. Frank öffnete die Tür. Cotswold ging an ihm vorbei und sagte: »Möge Gott Ihnen Kraft geben.«

Nachdem Frank die Tür wieder geschlossen hatte, lehnte er sich mit dem Rücken dagegen. Er schaute zum Fenster auf der gegenüberliegenden Seite des Zimmers und sah, dass von der See her dicke graue Wolken heranrollten. Sie wälzten sich näher wie die Rauchschwaden, die im Frühling aus den Haufen brennenden Strauchwerks auf Irlands Feldern aufstiegen und über das Land wehten.

Zentimeterweise entfernte Frank sich von der Tür und ließ sich langsam zu Boden gleiten. Er fiel auf die

Brust und ohne sich dagegen zu wehren rutschte er in die kleine Höhle hinein, die er kürzlich entdeckt hatte.

Angestachelt von einem Zorn, den er nicht anders auszudrücken wusste, hämmerte er mit der Faust auf seinen linken Handteller ein. Das Geräusch glich dem eines Vogels, der kreischend in seinem Gehirn umherflatterte.

Er schmetterte die Faust gegen die Höhlenwand und nun klang es, als fliege ein verängstigter Vogel im Dunkeln schreiend an seinem Gesicht vorbei.

Geistiger Vater! Aufgeblasener Arsch!

Durchgedrehte Vögel kreisten und kreischten in seinem Kopf wild durcheinander.

In der dunklen Höhle riss er seinen Kragen ab und schleuderte ihn zu Boden. Seine Finger öffneten die obersten Knöpfe seiner Soutane, dann riss er sie ungeduldig auf, sodass die Knöpfe in alle Richtungen davonflogen. Vögel schrien, beschimpften Cotswold. Ehe einer von ihnen verstummte, fielen sechs andere ein. Ehe sechs aufhörten, fingen zwanzig an und Cotswold flog ihm in kleinen Stücken um die Ohren.

Wieder hieb er mit stählernen Fäusten auf die schwarze Wand ein, bis sie schließlich einstürzte. Die Schreie der verstörten Vögel klangen wie das Geräusch der fallenden Mauerbrocken. Er kletterte auf den Steinhaufen und schmiss seine zerrissene Soutane hinter sich.

Wie mit Eisenschuhen stieg er den rotschwarzen Steinhaufen hinunter und sah Cotswold in seinem rosa Lehnstuhl sitzen und *Die Morde des Herrn ABC* lesen. Die Vögel waren verschwunden.

»Sie hätten auch die Tür benutzen können, Herr

Pfarrer«, sagte Cotswold ohne von seinem Buch aufzublicken.

Frank war Simson von Gaza, riss Tür und Türrahmen des Geistlichen aus der Wand.

Die zerzausten Vögel kreischten und sanken im Sturzflug herab, als er die Tür vor Cotswolds Sessel auf den Boden warf.

»Jetzt können Sie immer sehen, wer vorübergeht. Ganz mühelos. Sehen, wie ich abends aus dem Haus gehe. Brauchen nicht mehr den Spanner zu spielen.«

Ohne den Schritt zu verlangsamen ging Frank auf Cotswold zu und beförderte Agatha Christie mit einem Fußtritt an die Decke. Tausend kreischende Schnäbel stürzten sich auf das Buch und verschlangen es. Schon tauchte ein neues Exemplar von *Die Morde des Herrn ABC* in Cotswolds Händen auf. Frank riss dem Geistlichen an seinen dünnen Haaren den Kopf nach hinten, bis er den Mund aufsperrte. Dann stopfte Frank ihm das Buch tief in den Rachen. Prompt erschien ein neues Exemplar und der Leser las weiter.

Die Soutane barst, als Frank sie unter Cotswolds Füßen hervorkickte. Er riss das Telefon aus der Wand, zerschmetterte es am Kamin und die Scharen wahnsinniger Vögel in seinem Hirn schrien misstönend.

»Jetzt werden Sie nicht mehr hören, wer anruft. Werden es nicht hören. Aber Sie können deutlich sehen, wer vorübergeht.«

Frank sah seinen eigenen halb nackten, dampfenden Körper. Zwischen den einzelnen Muskeln bildeten sich glitzernde Rinnsale aus Schweiß.

Er machte einen Satz durch das Zimmer zum Geldzähltisch und brach ihn auseinander, riss die zwölf Schlösser heraus. Er zerfetzte die Geschäftsbücher. Er zerschmetterte alle Fenster und hackte die Schlösser aus den Fensterrahmen. Die wahnsinnigen Vögel befreiten sich von den Scherben und rissen mit ihren Krallen die dreiundsiebzig Schlösser aus Türen und Schränken der Kirche. Sie zogen die fünf Schlösser aus der Eingangstür des Pfarrhauses. Sie ließen Cotswold die siebenundsechzig Schlösser aus den übrigen Türen und Fenstern des Hauses vor die Füße fallen.

Frank sah die mächtigen Muskeln seiner eisernen Arme, die violetten Venenstränge, die Muskeln und Knochen verbanden. Seine Finger waren stählerne Zinken, die die Schlösser, die Tür, das Telefon, die Geschäftsbücher, den Geldzähltisch zermalmten und so lange kneteten, bis sie ein weicher Teig waren. Und während er knetete, krächzten die blindlings in seinem Kopf herumflatternden Vögel heiser »O Salutaris Hostia«. Das geknetete Metall und Holz in seinen Händen nahm die Form des toten Mannes mit den klaffenden Löchern in Händen und Füßen an. Das hässliche, schmerzverzerrte Gesicht starrte, wohin der schlaff herabhängende Kopf sich drehte. Der verwesende Leichnam verfärbte sich grün, die Vögel schrien. »Wir verehren den verfaulten Leib des toten Christus. *Adoremus*. Der tote Christus. Der verfaulende Christus. *Adoremur cernui.*«

Frank stürzte sich auf Cotswold, packte ihn an Kehle und Genitalien, hob ihn hoch und schleuderte ihn gegen den sich zersetzenden Leib – Stücke verwesten Fleisches platschten auf Franks Beine.

Die Vögel versammelten sich zu einer gefräßigen Orgie auf den Lebenden und den Toten.

»Das ist es nicht!«, schrie Frank. Brennende Tränen des Zorns hinterließen glühende Spuren. Er legte sich die zerschundenen Hände aufs Gesicht und zog die blutigen Finger über die Wangen. Die Vögel gackerten in der Dunkelheit und Frank fiel auf die Knie.

»Es sollte warm sein wie im Haus des Priesters. Dem Haus des Priesters. Hier gibt es keine Wärme.«

Er presste die Hände auf die Ohren um seine eigenen Worte der Erkenntnis nicht hören zu müssen. »Ich habe Brot erwartet und man hat mir einen Skorpion gereicht.«

Er beugte sich vor und hämmerte mit den Fäusten auf den Boden. Die Vögel flohen lautlos in die grauende Ferne. Tränen tropften ihm vom Kinn und er sah, wie seine weißen Hände auf das brüchige Linoleum des Fußbodens in seinem Zimmer einschlugen.

»Oh Jesus Christus«, flüsterte er, jedoch nicht im Gebet. Er ließ den Kopf von einer Seite auf die andere rollen. »Oh gottverdammter Jesus Christus, worauf habe ich mich eingelassen?« Er wischte sich mit dem Handrücken die Tränen ab. »Wo bin ich hineingeraten?«

Vom Fußboden aus sah er seine Koffer, die er unters Bett geschoben hatte. Fünf Wochen nach der Ordination hatte er sie voller Begeisterung und mit großer Erwartung gepackt.

»Oh gottverdammter Christus, mit Begeisterung und großer Erwartung.«

Er stand auf und schauderte vor Verlegenheit, als er sich daran erinnerte, wie naiv er noch vor wenigen Monaten gewesen war. Er zog den kleineren Koffer unter dem Bett heraus, stopfte Socken und Unterwäsche hinein. Zu jeder vollen Stunde fuhr ein Zug nach

London. Wenn er sich beeilte, würde er noch den um vier Uhr erreichen.

Er öffnete die Haustür und strömender Regen schlug ihm entgegen, bildete in den Rinnsteinen schäumende Blasen auf dem Wasser. Er trat ins Freie und senkte den Kopf vor dem Regenguss, unterdrückte den Wunsch zurückzugehen und einen Schirm zu holen. Denn er könnte Cotswold begegnen.

Der drei Monate alte Kofferanhänger der Fluggesellschaft hing noch am Griff des Koffers und zuckte wie ein sterbender Fisch im Wind, bis er sich mit Wasser vollgesogen hatte und kleben blieb. Mit leuchtend grünen Buchstaben verkündete er: LON.

Er hörte die Autos über die nasse Fahrbahn zischen, sah sie jedoch nicht. Sie spritzten Wasserfontänen in seine Richtung und er tat nichts um ihnen auszuweichen.

Das braune Wasser im Rinnstein floss in die Richtung, die er eingeschlagen hatte. Seine Augen, sein brennender Verstand wurden angezogen von dem, was auf der Oberfläche schwamm.

Er bog um eine Ecke und der Regen fiel jetzt schräg und stach wie Nadeln. Das Wasser lief ihm den Nacken hinunter, in seinen Schuhen schwappte es bei jedem Schritt – den weichen Kalbslederschuhen, dem Geschenk seiner Mutter zur Ordination. Er sah das Gesicht seines Vaters vor sich, das voller Stolz war, weil er einen Priester in der Familie hatte. Er sah Gregory.

Den Pfützen auszuweichen hatte jetzt keinen Sinn. Der Koffer schimmerte nass und der Kofferanhänger hatte sich aufgelöst.

Noch bevor Frank den Bahnhof sehen konnte,

machte er kehrt, denn er wusste, dass er nirgendwohin fahren würde. Er kannte niemanden in London. Er hatte nicht einmal das Geld für eine Fahrkarte.

Er nahm den Koffer in die andere Hand und ging langsamer. Der Wind pfiff in den Telefondrähten und das Regenwasser lief ihm vom Kopf herunter, lief über Brust und Rücken, bis er durch und durch nass war. Diese Nässe sollte er noch sieben Jahre lang spüren. Denn so lange sollte der Druck noch wachsen, der es ihm schließlich möglich machen würde, das Gefühl zu überwinden seinen Vater, seine Mutter, seinen Bruder und all die Leute zu verraten, die ihn ausgesandt hatten um die Welt zu erobern. Bis diese sieben Jahre vorüber waren, sollte er Rituale ausführen, an deren Wert er immer weniger glaubte; er würde eine verspätete Pubertät durchleben, eine durch sein Alter monströse Pubertät, eine geradezu anstößige Pubertät für alle um ihn herum; er würde in drei Pfarreien versetzt werden und in jeder eine Abart von Cotswold finden; er würde verbitterter und noch unangepasster werden; er würde mit vielen Frauen schlafen; er würde England verlassen und in einem letzten verzweifelten Versuch sein geistliches Amt zu retten in die Vereinigten Staaten gehen. Und er wusste, all das war auf den Augenblick zurückzuführen, in dem Cotswold ihn so zurückweisend und von oben herab behandelt hatte.

Frank Molloy spürte einen Schmerz in der Seite. Sein Blick kehrte aus der ziellosen Weite zurück und konzentrierte sich wieder auf das Anwesen des Abdeckers. Er schob das Motorrad von seiner Hüfte weg.

Ich habe Sie nicht erwartet, Herr Pfarrer. Ehrlich gesagt, ich brauche Sie nicht. Molloy rieb sich die Hüfte. *Noch wenn ich sterbe, werden die Worte dieses Mistkerls in den*

Nischen meiner Erinnerung nachhallen. Ich habe Padrakes Tod überwunden ... Nein, das habe ich nicht. Aber Cotswold liegt dreißig Jahre zurück und ich bin noch nicht über ihn hinweg, habe mich noch nicht umgedreht, weggeschaut, mich völlig von ihm entfernt.

Sein Blick fiel auf den Abdecker, der im Tor seines Schuppens stand, die Hände auf den Hüften, die Beine gespreizt – wie das Plakat eines Hollywoodstars, das dessen neuesten Film ankündigt.

Ich werde seine Worte nie vergessen. Ihr Echo wird leiser, aber es ist noch vorhanden, ein ewiger Nährboden für Hass. Liebe und Hass! Wir können genauso leidenschaftlich hassen, wie wir lieben können.

Durch die Weite der eingezäunten Abdeckerei drang ein Ruf von John O'Brien. Es war ein wortloser Ruf, der jedoch eine Frage enthielt. Frank winkte als Antwort und fragte sich, ob er einfach kehrtmachen und nach Hause fahren sollte.

Er fühlte sich stets erschöpft, wenn der Höhlenbewohner von Falworth ihn heimsuchte, ausgelaugt, niedergeschlagen. Aber wieder hörte er Nina Borrusos Stimme, die ihre zweite Regel zur Bekämpfung von Depressionen zitierte. »Es ist wie bei jedem Ballspiel. Weich nie aus, greif den Ball immer an. Genauso ist es mit einer Depression. Geh los, direkt darauf zu. Hau drauf. Zwing dich mit Menschen zusammen zu sein. Zwing dich mit Menschen zu sprechen.«

Er nahm seine ganze Willenskraft zusammen und schob das Motorrad auf den Bauchaufschlitzer, den Enthaupter, den Verstümmler zu, der von Tieren alles verwertete bis auf die Löcher.

Die Beharrlichkeit des Verfalls! Vielleicht hat Cotswold mich auf eine perverse Art davor bewahrt, mein Leben da-

mit zu vergeuden, in dem ganzen sich zersetzenden Chaos herumzutappen und mit jedem Schritt tiefer in die Fäulnis einzusinken. Nach ihm war es leichter, den Verfall auch in anderen zu sehen, all die Verstellungen zu durchschauen, die Priester benutzen um ihre Nutzlosigkeit zu bemänteln, die Leere ihres Lebens.

Er schob sein Motorrad auf den Abdecker zu, auf diesen Kadaverbeseitiger, auf diesen Mann, der die letzte Chance wahrnahm mit totem Fleisch seinen Lebensunterhalt zu verdienen, bevor es als ranzige Flüssigkeit in der Erde versickerte.

Er muss flink auf den Beinen sein um der Verwesung zuvorzukommen, der Verdorbenheit anderer Menschen.

An der Art, wie der lange Körper des Abdeckers sich entspannte, merkte Frank, dass er erst erkannt worden war, als er bis auf zwanzig Meter an das Tor des Schuppens herangekommen war.

»Dacht mir schon, dass Sie's sein müssten, wegen dem Motorrad. Hab aber nicht erwartet Sie so schnell wieder zu sehn. Das verdammte Aug is auch bald beim Teufel.« Er war noch genauso angezogen wie vor zwei Tagen, das Gummi der Fliegerbrille schnitt an derselben Stelle dieselbe Schneise in die ausgeblichenen dichten roten Haare.

Als ihn der Gestank aus dem Schuppen traf, blieb Frank stehen. »Hallo, John«, sagte er. »Was machen die Geschäfte?«

»Gehn gut für mich, schlecht für die Bauern«, sagte O'Brien ohne zu lächeln. »Ich hab einen großen Ochsen am Haken und zwei Kühe im Laster. Wollen Sie sie sehen? Zwei große Kühe von Sweeney unten in The Derries. Sie haben das Öl gesoffen, das er vom Traktor abgelassen hatte. Die Kühe waren dumm genug es zu saufen, aber Sweeney war noch dümmer, weil er's da stehen gelassen hat, wo sie's saufen konnten. Ich muss vorsichtig sein, damit ihre Gedärme nicht platzen. Dann tät ich nämlich das ganze Öl abkriegen, ganz zu schweigen davon, dass das Fleisch versaut wär. Kommen Sie, ich zeig sie Ihnen.«

Frank lehnte das Motorrad ans Tor. Er folgte dem Abdecker in den Schuppen. O'Brien fuhr mit der Hand in die Tasche seiner blauweißen Schürze. Er nahm zwei eingepackte Bonbons heraus und hielt Frank einen hin. Ohne zu zögern nahm Frank das haarige Ding und begann es auszupacken.

Er wusste, Nina Borusso hätte ihm applaudiert.

28. Kapitel

Karwoche

Dienstag, 20.44 Uhr

FÜNF TAGE ZUVOR, als der Culliton-Junge von Pfarrer Keegans Heuboden gefallen war, hatte der Pfarrer geglaubt, man werde ihn nun mit dem Tod von Kit Foley in Verbindung bringen. Noch immer fühlte er die Wogen der Angst. Das Beweisstück war inzwischen verstreute Asche, doch dass er nur um Haaresbreite der Entlarvung entkommen war, hatte sein altes Schuldgefühl gegenüber Tony Donaghue aufgefrischt wie heißes Wasser eine Rosine. Als seine Gewissensbisse wieder bleischwer geworden waren, hatte er schließlich den Kanal entdeckt, durch den er die Schuld ableiten konnte. Seit dreißig Jahren hatte er nach einem solchen Kanal Ausschau gehalten und erst als er sich in Frank Molloys Küche zur nackten Wahrheit durchgerungen hatte, war ihm klar geworden, dass er endlich einen Menschen gefunden hatte, dem er sein Geheimnis anvertrauen konnte.

Ängstlich und erleichtert zugleich freute sich Keegan darauf, endlich seine Seele bloßzulegen. Aber er musste sicher sein, dass Frankie die Gründe für sein Handeln wirklich verstand. Deshalb hatte der Priester die letzten fünf Tage damit verbracht, sich auf sein Geständnis vorzubereiten. Er würde Frank Molloy auffordern, durch sein Guckloch zu schauen, doch er selbst würde den Blickwinkel bestimmen.

Der Priester schaltete in den zweiten Gang herunter

und bog in die Wheat Mill Lane ein. Sobald der Wagen über die schlammige, ungepflasterte Straße fuhr, schweiften Keegans Blicke in die Leere, dahin, wo die Lichtkegel seiner Scheinwerfer endeten. Erst als der Wagen, der langsam durch flache Schlaglöcher holperte, endgültig stehen blieb, fiel Keegan ein, dass er den Fuß von der Kupplung nehmen musste. Noch immer starr geradeaus blickend schaltete er in den ersten Gang und setzte die Fahrt fort.

Er beobachtete das hüpfende Scheinwerferlicht, das den Zustand der Straße schlimmer darstellte, als er war, und dabei wurde ihm klar, dass er schon die ganze Zeit gewusst hatte, dass er eines Tages diese Fahrt unternehmen würde. Aber er hatte nicht gedacht, dass es so sein würde – dass er hier durch die Wheat Mill Lane zum Haus eines atheistischen Expriesters fahren würde. Oft hatte er sich als Pünktchen auf einer von Bäumen gesäumten Straße gesehen, wie er mit den langsamen Schritten eines alten Mannes den verschwommenen Umrissen eines fernen Klosters entgegenstrebte. Aber seit Frank Molloy ihm am vergangenen Donnerstag mit so viel Aufrichtigkeit begegnet war – einer Aufrichtigkeit, wie Keegan sie noch nie erlebt hatte –, war an die Stelle des verschwommenen Klosters, das anonyme Mönche beherbergte, der scharfe Umriss von Frank Molloys Haus getreten, in dem der einzige Mensch auf der Welt lebte, der etwas über ihn wusste. Schon bei ihrem ersten Treffen, bei dem Molloy ihn gefragt hatte, ob er je mit Dervla Donaghue geschlafen habe, schon damals hatte Keegan plötzlich ganz sicher gewusst, wohin seine Wallfahrt ihn führen würde. Und Mary Delaneys rückhaltlose Ehrlichkeit bei ihrer Begegnung in Frankies Haus hatte den Moment seines Geständnisses noch schneller herbeigeführt.

»Ich habe meinen Glauben nicht verloren, Herr Pfarrer. Ich habe ihn fortgeschleudert, so weit ich nur konnte.«

Und nun, da der Augenblick gekommen war, in dem er sich einem anderen Menschen offenbaren wollte, glühten seine Synapsen auf eine Weise wie niemals zuvor. Die Angst, dass er vielleicht nicht fähig sein würde bei seinem Vorsatz zu bleiben, hatte ihn so abgelenkt, dass er mit seinem Wagen mitten auf dem Weg stehen geblieben war.

Doch er begriff nicht, warum ihm das Blut so heftig in den Schläfen pochte. Er wusste nicht, weshalb er so kurzatmig war. Sein Herz klopfte so stark, dass es Schockwellen durch seinen Oberkörper schickte, sein Anus krampfte sich zusammen, ganz zu schweigen von den seltsamen Gefühlen, die durch seine Genitalien stürmten. Keegan rutschte mit dem Hinterteil auf dem Wagensitz herum um sich von den fremdartigen Empfindungen zu befreien. Er hörte auf die Scheinwerferkegel anzustarren, hustete, rieb sich die Nase, fuhr mit der Zunge über die trockenen Lippen, atmete tief ein und aus.

Jesus! Werde ich jemals imstande sein es zu tun?

Zum hundertsten Mal überlegte er, wie er es anfangen sollte, die Geschichte so zu erzählen, dass er genauso als Opfer angesehen wurde wie Kit. Er wusste, dass seine Version der Geschichte einen entscheidenden Pferdefuß hatte, sobald man sie von ihrem Ende aus betrachtete: Kit Foley und Tony Donaghue waren tot. Vielleicht hätte er nichts tun können um Kit zu retten, aber bei Donaghue sah es anders aus.

Je näher er an Frankies Haus herankam, desto ängstlicher wurde er. Doch er musste sprechen. Nicht nur das, er musste Frankie bitten ihm Miss Duggans Geistergeschichte zu geben.

Keegan hatte ein Gefühl, als ob eine Million Mikroben in seinem Dickdarm Skateboard fuhren, und wieder rutschte er mit den Hinterbacken auf dem Autositz hin und her. Dann fand er sich plötzlich am Ende der Wheat Mill Lane wieder, vor Frankie Molloys Haus.

Er warf einen Blick auf Frankies Tür, stieg zögernd aus dem Wagen, zog sein Taschentuch heraus, schüttelte die Falten auf und trocknete sich die feuchten Handteller ab.

Lenk die Aufmerksamkeit auf die Brüder. Sie sind die Schurken.

Bei diesem Gedanken hörte Keegan unwillkürlich das Stöhnen des Mädchens, als Martin Foley seinen erigierten Penis zwischen den Beinen seiner Schwester herausriss.

Unwillkürlich sah Keegan die schlaff um nackte Knöchel hängende Männerhose, sah knochige Knie, dünne, haarlose Beine, das zuckende Glied unter einem behaarten Bauch. Aus der rembrandtartigen Beleuchtung tauchte Kit Foleys Körper auf, mit dem Rücken auf zweimal zwei Strohballen liegend, das Kleid bis ans Kinn hochgezogen. Es dauerte noch einen Moment, ehe der zweite Bruder, Mick, sich aus dem Halbdunkel löste. Er kniete auf dem Boden und hielt Kits Handgelenke fest. Martins raue, dreckige Hand hob sich langsam von der rechten Brust des Mädchens. »Wer 's 'n das?«, fragte er heiser, als er in die Dunkelheit hinter dem Lichtschein der Lampe blinzelte.

Gott! Und Mick, der wie ein Leopard aus dem Stroh sprang und irgendetwas in der Hand hielt. Die Angst, die durch Keegans Körper rann wie der rote und gelbe Schweiß über den Körper eines halb nackten Gießereiarbeiters. Die Angst, die seine Füße am Boden festnagelte.

Gedankenverloren schob Keegan seinen Hut zurück und berührte das Scheitelbein dort, wo ihn die Waffe getroffen hatte, die Mickey Foley vor dreißig Jahren schwang.

Als er die Hand hob um zum zweiten Mal an Frank Molloys Tür zu klopfen, drang Musik an sein Ohr, Klavier, und er ärgerte sich, weil Molloy ihn nicht gehört hatte.

Verfluchte Musik! Erträgt er die Stille nicht?

Er klopfte lauter und die Tür wurde aufgerissen, noch bevor er seine Hand weggenommen hatte.

»Eddie!« Frank Molloys fröhliche Begrüßung machte den ohnehin nervösen Keegan noch gereizter. In einem Winkel seines Gehirns hatte er erwartet Frankie so ängstlich vorzufinden, wie er selbst es war. Seine Gedanken irrten durch riesige Weiten, als er nach einer annähernd freundlichen Erwiderung suchte. Er zwang sich zu einer scheinbar fröhlichen Miene und legte eine gezwungene Leichtigkeit in seine Stimme.

Während Keegan Frank Hut und Mantel übergab, klang das laute Klavier in seinen Ohren wie das schrille Pfeifen eines Kessels mit kochendem Wasser.

Als Frank Mantel und Hut der Geistlichkeit an den Haken hängte, klang die Musik für ihn wie das Flüstern des Heus in einem wirbelnden Feenwind auf einer Sommerwiese, klangen die Akkorde von Beethovens 5. Klavierkonzert so glücklich wie Flaschenteufelchen, befreit aus einer Wunderlampe. »Ich freu mich dich zu sehen, Eddie«, sagte Frank.

Keegan wusste, dass er in seiner Aufregung oberflächliches Geplauder nicht ertragen würde. Ihm sickerte schon durch die Poren ins Gesicht und auf die Stirn, was er Frankie von Tony Donaghue erzählen wollte. Er tat, als hätte er Franks Begrüßungsworte nicht gehört, um ihn dazu zu bringen, die Musik abzustellen. »Ich habe dich nicht verstanden«, log er. Und in dem Moment, in dem er die Lüge aussprach, verlor er die Entschlossenheit seine Rolle beim Tod von Tony Donaghue preiszugeben.

Mit erhobener Stimme wiederholte Molloy, was er gesagt hatte, und ging zum Verstärker, als der Pianist gerade das Genie Beethoven zu höchster Vollendung brachte. Frank schaltete das Gerät aus und entschuldigte sich im Stillen bei Solist und Komponist dafür.

Da sein ehemaliger Entschluss ihm jetzt schlabbernd um die Fußknöchel hing wie eine heruntergelassene Pyjamahose, befand sich Keegans Seele plötzlich in einem Zustand voller aufgestauter Energie. Blindlings tastete er nach einem Entlastungsventil und geriet in einen Sog, in dem er unbeabsichtigt viel von seinem tiefsten Inneren enthüllte. Zu seiner Bestürzung hatte er das, was er Frankie nun zu Füßen legte, selbst noch nie vorher erkundet.

Frank wollte sich gerade auf die Couch setzen, als Keegan so machtvoll explodierte. Fast eine ganze Stunde lang sprudelten unüberlegte, unredigierte Enthüllungen aus ihm heraus, genährt von der Energie, die er eigentlich hatte nutzen wollen um die Rolle darzulegen, die er beim Tod von Kit Foley und Tony

Donaghue gespielt hatte. Es war, als habe Keegan Frankie am Handgelenk gepackt und ihn im Galopp auf eine Besichtigungstour seiner unerforschten Seele mitgenommen. Und zeitweise war Keegan selbst genauso überrascht wie Frankie über diese Dinge, die vor so vielen Jahren schon begraben worden waren. Nachdem er einmal in Schwung geraten war, konnte er nicht mehr aufhören, die angestaute Spannung floss aus ihm heraus, während er in Molloys Wohnzimmer auf und ab schritt, manchmal leise sprechend, manchmal brüllend, die geballten Hände halb erhoben, die meiste Zeit über ohne jeden Zusammenhang von einem Thema zum anderen springend.

»Der Bischof ist tot. Er ist gestern um zwei gestorben und sobald ein neuer Bischof ernannt ist, wird er mich versetzen, an irgendeinen Ort schicken, wo keiner mich kennt, wo ich ganz neu anfangen kann. Es ist so, wie es in den Sechzigerjahren dieser Mensch in Amerika sagte, der wie ein Prophet gesprochen hat. Endlich frei, endlich frei, Gott dem Allmächtigen sei Dank, wir sind endlich frei.«

Und dann fuhr Keegan mit vor Bitterkeit strotzender Stimme fort: »Es gibt in dieser Diözese drei oder vier Burschen, die heute Nacht ins Bett machen vor Sorge, weil sie der nächste Bischof sein möchten. Wenn sie nicht gewählt werden, wird es ein anderer sein, und das ist schlimmer, als dass sie nicht gewählt wurden. Die Eifersucht untereinander ist so schlimm wie der Sexualneid unter Katzen. Dieses unreife Sich-ständig-gegenseitig-übertrumpfen-Wollen um sich in eine günstige Position hineinzumanövrieren ist wahrhaftig schwer zu ertragen. Und alles läuft bloß darauf hinaus, dass sie Zuneigung suchen, Liebe. Da draußen gibt es Burschen, denen es so an Liebe mangelt, dass sie alles tun würden um sie von einem Vorgesetzten zu bekommen. Sie hungern so sehr nach Anerkennung, dass sie sich in das Urinal eines Bischofs legen und anpissen lassen würden. Seit sie dreizehn waren, haben sie unter dem Mangel an Liebe gelitten, so wie man an Vitaminmangel leidet. Sie leiden an emotionalem Skorbut. Zuneigung kommt nur von der höchsten Spitze der Kirche. Du hast das anomale Verhalten selbst im Seminar erlebt: diese Burschen – wie ausgedörrte Gefangene in einer tiefen Grube, die Arme nach oben gestreckt, laut rufend, man möge sie bemerken. ›Schau mich an. Schau mich an, wie gut ich bin. Gib mir ein Amt. Es ist mir egal, welches. Gib mir eine Aufgabe. Nur heb mich aus den anderen heraus. Mach mich zum Aufseher über die Nachttöpfe. Es ist mir egal. Tu mit mir, was du willst, aber übersieh mich nicht. Schlag mich grün und blau, aber übersieh mich nicht. Hol mich aus den Reihen dieser Kerle heraus, die alle gleich angezogen sind mit ihren schwarzen Soutanen und weißen Kragen. Mach mich zu etwas Besonderem. Ich kriech dir in den Arsch, ich will deine Hure, dein Prügelknabe sein.‹« Keegan hielt einen Moment inne, atmete ein paar Mal tief ein und voller Zorn wieder aus.

»All diese Burschen schreien nach Liebe seit dem Tag, an dem sie mit dreizehn Jahren nach Winter Hill kamen. Wir beide auch, Frankie, du und ich. Du weißt noch, wie es war. Der Schock – wie ein kalter Stahlmeißel, der einem ohne Warnung in den Hintern gerammt wurde. Du erinnerst dich noch an alles so gut wie ich, an die ausgehungerten Gefühle. Keine Liebe, keine Nähe, und das in unserem Alter. Die emotionale

Wüstenei. Die Sintflut der Hormone. All das und keine Möglichkeit es zu steuern. Mit Männerspielen wie Fußball auf kalten, schlammigen Feldern sollten wir es abtrainieren, statt dass man uns jemandem in die Arme legte, der uns liebte, auch wenn wir nicht besonders liebenswerte Halbwüchsige, Arschlöcher waren. Wir hätten mit Sex experimentieren sollen, doch alles wurde zur Sünde verteufelt, als etwas schrecklich Unrechtes und Krankes dargestellt, weil Augustinus Aurelius aus Hippo sich in einem Hurenhaus in Kairo mit einer Geschlechtskrankheit infiziert und dann zu Jesus gefunden hatte. Es sind Augustinus' abartige Ansichten über Sex, die sich die Kirche zu Eigen gemacht hat – die Ansichten von jemandem, der aussprach, was er über Sex zu sagen hatte, als Würmer aus seinem kranken Penis krochen. Und erinnerst du dich an die alljährliche Brunftzeit in Winter Hill? Genau um die Zeit, in der die Oper aufgeführt wurde? Gilbert und Sullivan. Die Oper! Die jüngeren Knaben spielten die Mädchenrollen mit Rouge und Puder auf den Wangen und in Kleidern. ›Zwanzig liebeskranke Mädchen sind wi-ir.‹ Und während der Schülervorstellung standen die älteren Jungen im Dunkeln und umklammerten in den Hosentaschen ihre Erektion. Wenn die Vorstellung zu Ende war, trieb die Erinnerung die älteren Jungen dazu, die als Mädchen verkleideten Jüngeren in Ecken zu drängen und zu bespringen, denn die Erinnerung diente demselben Zweck wie der Geruch einer Stute dem Hengst. Die alljährliche Winter-Hill-Brunft. Von einem großen Jungen in eine Ecke geschubst zu werden, der sich so lange an dir rieb, bis er einen Orgasmus hatte, weckte eine Illusion von Liebe, von Zuneigung.

In Winter Hill gezüchtig zu werden war besser als unbeachtet zu bleiben. Wenigstens war da ein Kontakt, wenn die Mistkerle deine Hände und deinen Hintern mit der Lederpeitsche bearbeiteten. Alle Priester dieser Diözese waren in Winter Hill, bevor sie ins Seminar kamen. Nun, sie sind noch genauso. Sind noch immer kleine Jungen, die sich danach sehnen, dass sich jemand an ihnen reibt. Ich sehe sie jeden Sonntagabend beim Poker. Es ist alles noch da in dem gekünstelten Zynismus, in dem Übermaß an Whiskey, in den schmuddligen, verschwitzten Anzügen, die seit dem Kauf nicht mehr gereinigt wurden, in den lauten, dramatischen Reden, die sie alle schwingen und denen niemand zuhört. Es ist in ihren schmutzigen, nie gebadeten Körpern, in den schmutzigen Geschichten, in der Grausamkeit gegeneinander. Mich nennen sie Stinkefuß, die Mistkerle.« Keegan spie seinen Schmerz und seine Bitterkeit aus. Er war ein schluchzendes Kind, das nach Hause lief um der Mutter von den Rüpeln zu erzählen, die es geschlagen hatten, das nach Hause lief um liebevoll in die Arme genommen und an warme Brüste gezogen zu werden. Aber unter der schäumenden Flut lag die Erleichterung darüber, dass er im letzten Moment davor zurückgeschreckt war, Frank von der anderen Sache zu erzählen.

Frank Molloy saß in seiner Couchecke wie ein kaltblütiger Empirist, der den plötzlichen Einsturz dicker psychologischer Mauern beobachtete. Er schien sich nicht im Geringsten vor dem zu fürchten, was als Nächstes aus der Begräbnisstätte im Hirn seines Freundes exhumiert werden würde. Keegan begann seiner Mutter zu erzählen, warum die anderen Jungen angefangen hatten ihn Stinkefuß zu nennen.

Mit den Jahren hatte sich in Keegans Seele als Form der inneren Verwesung eine unvorstellbare Öde ausgebreitet wie ein Pilz. Wenn er sich erlaubte daran zu denken, manifestierte sich dieser Seelenzustand in einem Körpergefühl, für das er nur einen Vergleich hatte: Ihm war, als wäre sein Kopf in die widerlich stinkenden Dämpfe brennenden Anthrazits gehüllt.

Der Priester hatte nie darüber nachgedacht, warum seine beunruhigenden Gefühle die Form dieses grässlichen Geruchs annahmen, bis er vor ungefähr zwölf Jahren eines Morgens beim Frühstück seine Post öffnete. In dem Augenblick, in dem er mit dem Daumen über das geprägte Emblem eines der Umschläge strich, stieg ihm der Geruch von brennendem Anthrazit in die Nase.

Winter Hill.

Der Umschlag enthielt den Bittbrief eines ehemaligen Klassenkameraden aus dem Seminar, Patrick O'Loughlin, nunmehr geistlicher Direktor von Eddie Keegans High-School-Internat. Bis er an diesem Morgen das Logo berührte, hatte Keegan mit gleichgültiger Neutralität an Winter Hill gedacht. Doch als er den Umschlag mit dem Rücken seines Frühstücksmessers aufschlitzte, spürte er plötzlich einen Schwall Galle im Mund. Wie blind starrte er auf das weiße Tischtuch hinunter, vor sich sah er die vier langen Reihen eiserner Bettgestelle in dem offenen Schlafsaal.

Der riesige Schlafsaal lag im dritten Stock am Ende einer breiten Treppe. Aus der Heizung im Keller wehte der Rauch des brennenden Anthrazits in Schwaden durch das weitläufige Treppenhaus und durch die Schlafsaaltür.

In einem Bett in der Nähe der Tür lag der dreizehnjährige Eddie Keegan fröstelnd in der winterlichen Morgenluft, den Rand der dünnen weißen Steppdecke wie eine Mönchskapuze um den Hinterkopf gezogen. Das von der brennenden Kohle erhitzte Wasser erreichte nie das Rohr an der Schlafsaalwand. Es waren nur die Dämpfe des Heizkessels, die so weit kamen, und wenn sie Eddie Keegan in die Nase stiegen, liefen schon lautlos seine Tränen in sein Kissen. Er fror nicht nur, er hungerte auch nach Essen und er hungerte nach der Liebe seiner Mutter. Seine Selbstachtung hatte am Tag vorher einen schweren Schlag erlitten, als Pfarrer Ryan, der Direktor, ihm einen Tritt versetzte, weil er im Korridor mit einem Tischtennisball gespielt hatte. Lautlos war Ryan von hinten an ihn herangetreten, hatte ihn mit der Schuhspitze in den Anus getreten, den Ball mit dem Daumen zerquetscht und war weitergegangen ohne ein Wort zu sagen. Wenn Keegan damals gewusst hätte, was er jetzt wusste, dann hätte er gemerkt, dass dies die kirchliche Version des alten englischen Arbeitshauses für Arme war, nur nannte die Kirche diese Institution das Vorseminar der Diözese.

Eddie Keegan weinte vor Sehnsucht nach der warmen Umarmung seiner Mutter. Er weinte um sein eigenes warmes Bett, um Spiegeleier und Würstchen und das selbst gebackene Brot seiner Mutter.

Die beißenden Dünste des Anthrazits schlichen sich in seine Lungen und von dort trug sie sein Blut in jeden Teil seines Körpers. Er spürte und schmeckte die sandigen Partikel, aus denen der Rauch bestand. In den dunklen Seitengängen seiner Seele wurde das brennende Anthrazit zum Synonym für verzweifelte

Einsamkeit und Zurückgewiesenheit. Als sein Daumen über das geprägte Emblem fuhr, hatten sich diese dunklen Seitengänge aufgehellt.

Bis zu dem Moment, in dem Pfarrer Keegan das erhabene Logo berührte, waren die Schrecken von Winter Hill tief begraben unter seiner Dankbarkeit gegenüber seinen Eltern, die ihm eine höhere Bildung ermöglichten. Er fragte sich, ob es mehr als ein Zufall war, dass diese Schrecken wieder ans Licht kamen, und schon begannen ihn die ersten Zweifel zu beunruhigen, sich auf ihn zu stürzen und um ihn herumzusummen wie ein lästiger Stechmückenschwarm im Sommer, bevor er sie unbesehen und ungeprüft verjagen konnte.

Keegan hatte den Briefumschlag mit dem eingeprägten Logo zusammengeknüllt. Hatte den Brief zusammengeknüllt, in dem um Geld für die Renovierung von Winter Hill gebeten wurde. Und erst als er das Papier zu einem harten Ball zusammendrückt hatte, war ihm das Ausmaß seines Zorns bewusst geworden. Er war vom Frühstückstisch aufgestanden und hatte einen sehr kurzen, sehr unüberlegten Brief geschrieben.

»Lieber Patrick! *Putrefiat*. Eddie Keegan.«

Putrefiat. Lass es verrotten.

Klerikaler Klatsch, der bösartigste und der sich am schnellsten verbreitende Klatsch der Welt, sorgte dafür, dass die Geschichte über diese Antwort schon am nächsten Sonntagabend am Pokertisch erzählt wurde. Seither hatte Keegan bei den Priestern der Diözese seinen Spitznamen weg – Stinkefuß, *Putrid Feet* von *putrefiat*.

»Diese Arschlöcher!« Wutentbrannt schleuderte

Eddie Keegan in Frank Molloys Wohnzimmer seinen Peinigern sein allerschlimmstes Wort entgegen.

Sein Zorn blendete ihn und er stürzte sich unbesonnen und kopfüber in ein Gebiet, das er aus Angst bisher noch nie erkundet hatte. Er hob den Kopf und sah Frank an wie blind. »Ich glaube nicht mehr an das, was ich tue.« Er hielt inne um den Nachhall seiner Worte zu hören, Worte, die, einmal laut vor einem anderen ausgesprochen, eine Veränderung bewirkten, unwiderruflich wie die Worte eines Ehepartners, der dem anderen eingestand untreu gewesen zu sein. Während diese folgenschweren Worte noch zwischen den beiden Männern in der Luft hingen, stürzte Keegan sich plötzlich in ein anderes Dickicht seines unerforschten Selbst, riss unbesonnen nieder, legte ruckartig frei. »Ich hasse, was ich tue. Ich hasse es, Priester zu sein.« Er legte das ganze Gewicht auf das Wort Hass. »Ich hasse das Wort Priester. Ich hasse es, zu heucheln. Ich hasse ... Gott! Was sage ich da?« Er merkte, dass er bis an den Rand einer gefährlichen Klippe vorgestoßen war, dass er sich jetzt fürchtete über den Rand hinwegzuschauen und dort die Wahrheit zu sehen, und er suchte Hilfe und Zuversicht bei Frank.

Doch von Frank kam keine Hilfe. Er hatte keine zu bieten. Der Rettungsgürtel eines anderen würde Keegan in dem Sumpf, in dem er unterging, keinen Auftrieb geben. Nur seine eigenen Rettungsgürtel konnten ihm von Nutzen sein, sofern er in seiner Seele für einen Notfall wie diesen welche parat hatte. Ruhig und fest erwiderte Frank Keegans Blick und machte nicht die kleinste Geste der Hilfe und Ermutigung.

Keegan verbarg das Gesicht in den Händen, seine

Finger schoben die randlose Brille auf die Stirn. Lange stand er reglos da, ein Ellenbogen berührte ein Regalbrett, sein Anker. Schweigend hing er in Todesqualen an dem Kreuz, das er sich selbst gezimmert hatte.

Frank hörte eine Krähe krächzen, die über das Haus flog um einen verspäteten Ausflug zur Saatkrähenkolonie in den Cloncroghan Woods zu unternehmen. In seiner Erinnerung sah er augenblicklich das Bild seines Vaters vor sich, wie er mit zwei Pferden auf dem Hügel von Hollow Field pflügte. Die Krähen hüpften hinter ihm über die frisch aufgeworfene Erde und zankten sich um die ersten roten Frühlingswürmer.

Eine lange Zeit schien vergangen, bis sich die Schatten im Raum zu sammeln begannen. Kleine Stückchen aus Halbdunkel zogen sich gegenseitig an und bildeten Flächen aus Dunkelheit. Und aus den tiefer werdenden Schatten heraus sagte Keegan: »Das nebensächliche Zeug ergibt keinen Sinn mehr und sogar die zentralen Doktrinen ...« Der Priester hörte, wie er von sich selbst als einer leeren Hülse sprach. Aus der abgeschiedenen Welt des Seminars, wo der menschliche Zustand *ad abstractum* studiert wurde, war er in die fremde Welt der Realität geworfen worden. Während der ersten Jahre seiner Priesterschaft hatte er sich willig die Rolle auferlegen lassen, die die Leute ihm zuordneten. Sie hatte ihm den Glauben an sich selbst bewahrt. Die Erwartungen der Menschen hatten ihm Kraft gegeben, dadurch hatte er weitergemacht ohne je seine eigenen Motive infrage zu stellen. Damals teilte er mit der gleichen Leichtigkeit gute Ratschläge an seine Pfarrkinder aus, wie er an den Sonntagabenden beim Spiel mit den Priesterkollegen die Karten gab. Die Antworten glitten ihm so mühelos über die Lippen, wie die Spielkarten aus seinen Fingern auf das grüne Tuch glitten. Er brauchte nicht einmal zu überlegen. Mund und Finger reagierten automatisch. Ob fromme Worte oder Spielkarten: Sie fielen immer auf den richtigen Fleck.

Doch die Anforderungen der Gemeinde hatten allmählich ihre Macht verloren und die Fähigkeit ihn zu motivieren eingebüßt. Seit langem spürte er diese Taubheit der Seele, diesen Geruch nach Anthrazit. Die nicht beachteten Zweifel hatten seinen Glauben an sich selbst ausgehöhlt und auch die Überzeugung, dass die Art, wie er lebte, die richtige war.

Die Weisheit, die er spendete, war reines Nachplappern vager, hoffnungsvoller Phrasen über die Rolle, die Gott in den Angelegenheiten der Menschen spielen mochte. Seine Reden waren genauso weise und so vage wie die eines Astrologen. Er hatte den Punkt erreicht, an dem er Menschen mit Worten tröstete, in denen er selbst keinen Trost mehr fand. Zum ersten Mal fühlte er sich saft- und kraftlos, wenn er die Menschen mit ein paar wohlgesetzten, gottgefälligen Phrasen abspeiste. Viele Jahre hatte er den weniger gebildeten Leuten der Gemeinde die immer gleichen frommen Sprüche vorgebetet und seine schlimmste Sorge war nun, dass eines Tages sogar einer dieser Ungebildeten zu ihm sagen würde: Glauben Sie diesen Scheiß eigentlich wirklich, Herr Pfarrer?

»Es ist gar nicht nötig, dass man an irgendetwas glaubt. Anpassen muss man sich. Schließlich kann man die Glaubenstemperatur eines Menschen nicht messen.«

Seit einigen Jahren war Keegan immer mehr von

den vorgefertigten Phrasen abgewichen, die sein automatisches Antwortsystem bereithielt.

Zu allem Übel war da auch noch der Stress mit den ... – »Schuhen«, hätte Keegan um ein Haar gesagt, doch er korrigierte sich im letzten Moment: »... mit der Ausbildung der Donaghue-Kinder«. Vor Schreck darüber, dass er sich beinahe selbst verraten hätte, fiel er in ein langes Schweigen.

Die Stille hielt an und Keegan brach der kalte Schweiß aus, als ihm klar wurde, wie viel er von sich preisgegeben hatte. Er staunte über den Zusammenbruch seines eigenen Sicherheitssystems. Frank Molloy hatte nicht bloß durch das Guckloch des Priesters geschaut – Keegan hatte seine Haustür aus den Angeln gehoben, Frank am Kragen gepackt und Franks Nase in seinen ganzen verborgenen Mist eingetaucht. Hätte er Molloy gesagt, dass er für Donaghues Tod verantwortlich war, dann hätte das auch nicht schlimmer sein können. Der kalte Schweiß stand Keegan auf Gesicht und Rücken und sein Körper sackte kraftlos zusammen.

Wie ein Mann, dem erst hinterher klar wird, dass die attraktive Frau des Nachbarn, mit der er spontan seiner Lust gefrönt hat, verheiratet ist, schaute Keegan nun entsetzt auf das, was er eben getan hatte.

Wie derselbe Mann, der sich von der Frau abwendet, die nun für ihn tabu ist, und dann feststellt, dass der Geschlechtsakt sie so verhängnisvoll mit ihm verbunden hat wie ein Dutzend Harpunen einen Wal an eine Barkasse binden, drehte Keegan sich langsam um, wandte den Blick von Frank ab. Und er verabscheute sich.

So wie der Mann, der in seine eigene Falle getappt

war und jetzt spürte, wie die Säfte der Lust allmählich auf seinen Lenden auskühlten, der es der Frau übel nahm, dass sie allzu bereitwillig die Beine gespreizt hatte, genauso nahm Keegan Frankie übel, dass er die Atmosphäre geschaffen hatte, in der es ihm so leicht gefallen war, sein Innerstes nach außen zu kehren.

Seit dem Tag seiner Ordination war niemand mehr in eine zwischenmenschliche Beziehung zu Keegan getreten, noch hatte Keegan selbst eine solche Beziehung zu jemandem geknüpft. Deshalb hatte er keine Ahnung, was er als Nächstes sagen sollte. Er wäre am liebsten im Erdboden versunken.

Nach scheinbar endlos langer Zeit, in der er auf eine Reaktion von Molloy wartete, der so gemütlich auf seiner Couch saß wie eine Fliege auf einem Scheißhaufen, platzte Keegan schließlich heraus: »Nun sag doch etwas, Frankie!«

»Was gibt es da zu sagen, Eddie?«, antwortete Molloy gelassen.

»Gottverdammt noch mal, Frankie!«, fauchte der Priester. Er drehte sich zum Bücherregal um und schlug mit der flachen Hand auf ein leeres Brett. Inzwischen war es fast völlig dunkel im Raum. Alle Teile der Dunkelheit hatten sich vereint um das Licht zu töten. Kein Geräusch drang von draußen ins Haus und auch im Haus selbst war es ganz still. Keiner der beiden Männer konnte den Atem des anderen hören.

»Ich habe einen schrecklichen Narren aus mir gemacht«, sagte Keegan leise. Dann brüllte er, sodass Frankie zusammenfuhr: »Um Christi willen, sag was!«

»Ich habe nichts zu sagen.«

»Du musst doch Fragen haben, gottverdammt!«

»Nein, hab ich nicht.«

»Oh doch, du hast!«

»Sag mir, was ich dich fragen soll, Eddie.«

»Sei kein Patriarch, Frankie. Du musst mich doch fragen wollen, warum ich Priester geblieben bin. Das ist es, was du mich fragen willst.«

»Warum bist du nicht gegangen, Eddie?«

»Verflucht, Frankie, sitzt da, als wärst du ein Gehirnklempner und ich dein irrer Patient.«

»Warum bist du so wütend auf mich, Eddie?«

»Weil es bei dir so leicht ausgesehen hat zu ... Weil du getan hast, als wäre es so leicht.«

Dann sagte Keegan leise aus dem Dunkel: »Ich gehe nach Hause. Bitte bleib sitzen.«

Über den Fußboden schlurfend ertastete er sich den Weg zur Haustür, fühlte nach Hut und Mantel, klapperte mit dem Riegel und schickte sich an in die Dunkelheit hinauszuschlüpfen.

Da hörte er eine kraftvolle, klare Stimme: »Ich bin für dich da, Eddie.«

Keegan antwortete nicht. Leise schloss er die Tür hinter sich.

29. *Kapitel*

Karwoche

Mittwoch, 13.15 Uhr

ALS FRANK MOLLOY die Tür öffnete und Mary Delaney sah, war er dermaßen erregt wie ein Teenager, der zum ersten Mal vor einem nackten Mädchen die Hose aufmacht.

Das Blut wich aus seinem Gehirn in die unteren Körperregionen und er fiel in eine Art Trance. Die einzige Botschaft, die aus dem Gehirn noch in sein Bewusstsein drang, war die, dass er alt genug war um der Vater dieser Frau zu sein. Doch ein erigierter Penis kennt kein Gewissen und kaum Vorsicht, sondern führt sich auf wie der ewige Opportunist und da Frank Molloy wusste, wie unwahrscheinlich es war, dass er zeit seines Lebens noch einmal in so eine Situation geraten würde, ließ er sich von seiner Erektion so bereitwillig leiten wie ein Bulle am Nasenring.

Während Mary Delaney lächelnd in der Tür stand und ihren Körper darbot, fielen Frank Molloy die Frauen ein, die ihn allem Anschein nach aufgefordert hatten zur Sache zu kommen. Erst nachdem er gelernt hatte, wie das mit den Frauen war, hatte er mit Bedauern festgestellt, was er versäumt hatte. Es war ihm unglaublich peinlich daran zu denken, wie er sich gegenüber manchen dieser Frauen verhalten hatte. Jesus! Eine von ihnen hatte ihn sogar in ihr Schlafzimmer mitgenommen und ihm erzählt, dass ihre Eltern den ganzen Abend nicht zu Hause seien, hatte ihn auf dem Rand ihres Bettes sitzen lassen und er hatte noch immer nicht verstanden, was sie ihm sagen wollte. Das war in London gewesen und ihr Name war Jackie. Die Szene mit Jackie löste sich in Luft auf, als sie aus irgendeinem unerfindlichen Grund begann ein großes Stück gelben Käses zu essen. Ihr Haar war auch gelb.

Irgendwann im Lauf seiner katholischen Erziehung hatte man Molloy gelehrt, dass Frauen unfähig seien sexuelle Annäherungsversuche zu starten. Das könnten nur Männer, doch der Mann, der so etwas außerhalb der Ehe tue, begehe eine Todsünde. Da Molloy bis zu seinem siebenundzwanzigsten Lebensjahr kaum Erfahrung mit Frauen hatte, gab es für ihn keinen Grund nicht zu glauben, was man ihm gesagt hatte. Er war dumm genug gewesen um die Lehren zu befolgen. Und jede Frau, die eine sexuelle Sünde beichtete, hatte er – um zu beurteilen, wie schwer die Sünde wog – gefragt: »Hast du dabei Lust verspürt?«

Jesus! Wenn jemand wüsste, wie blöd ich damals war!

Doch damals hatte er auch noch nie die Stimme einer Frau, die gerade einen Orgasmus hatte, an seinem Ohr gehört.

Und jetzt stand Mary Delaney in seiner Tür. Obwohl sie einen Mantel trug, wusste er, dass ihre Brüste sich ihm mit harten Brustwarzen entgegenreckten, dass ihre Schenkel für ihn bereit waren.

Molloy hoffte zu Gott, dass er nicht sterben würde, ehe er sie berühren und sie ausziehen konnte. Er spürte, wie seine Hand über eine glatte, feste Brust zu ihrer Brustwarze glitt, spürte, wie seine andere Hand über ihren Rücken hinunterwanderte, bis seine Fingerspitzen in der Falte ruhten, die ihre Hinterbacken teilte.

Warum hat Gott den Menschen zwei Paar Backen gegeben? Weil aus dem ersten Paar ein Hintern geworden war.

Als Frank Schüler in Winter Hill gewesen war, hatte der geistliche Direktor, ein kleiner Mann mit einer Unmenge nervöser Zuckungen und Ticks, den Jungen gesagt, die Oberarme einer Frau anzusehen, sei eine lässliche Sünde – *pars inhoneste* hatte er sie genannt, unanständige Teile. Im Geist liebkoste Molloy schon Delaneys unanständigste Körperteile.

Derselbe Inhaber nervöser Zuckungen und Ticks hatte ihnen auch gesagt: »Es ist eine Sünde, euer Glied zu berühren, selbst wenn ihr meint, dass es explodieren wird wie eine Bombe. Die Genitalien sollt ihr auch nie gesondert waschen, *id est* stellt euch nie vor ein Waschbecken und wascht euch nur ›dort‹ – die Gefahr, dass ihr euch erregt, ist zu groß. Es ist besser, wenn ihr euren John Thomas beim Baden wascht.«

»Komm herein«, sagte Frank Molloy, »bevor Maura Gilligan dich durch ihr Fernrohr sieht und vom Schlag getroffen wird.«

Delaney trat ein und in dem kurzen Augenblick, in dem er die Tür zumachte, war sie bereits aus den Schuhen geschlüpft, hatte sich mit dem Rücken an die Wand gelehnt, die Arme in die Hüften gestützt und sich auf die Zehenspitzen erhoben.

Als Molloy sich umdrehte und sie sah, fürchtete er, jeden Moment einen Herzinfarkt zu bekommen. Er fürchtete auch, dass sein einäugiges Hosenmonster kopfüber durch den Metallreißverschluss an seinem Hosenschlitz springen würde. Er schob es mit den Fingern zur Seite. Was er dabei spürte, erinnerte ihn immer an die Kaninchenjagden in seiner Kindheit: ein

Frettchen in einem Sack, das ununterbochen in seinem Gefängnis herumhüpft oder sich aufrecht hinstellt, verrückt vor Erregung durch den Wildgeruch der Kaninchen.

Mary an der Wand lächelte nicht. Sie war heiß.

Sein Herz klopfte wie ein Generator, bei dem sich eine der Verankerungen gelockert hatte. Mit seitlich herunterhängenden Armen ging Molloy auf sie zu. Er war geil.

Er berührte ihre Lippen mit den seinen und drückte sie sanft an die Wand als wäre sie ein seltener Schmetterling, aufgespießt auf einer Nadel. Sie öffnete ihm die Lippen und er musste an das Fleisch eines Pfirsichs denken. Ohne dass sich ihre Körper an anderer Stelle berührten, zogen sie einander tiefer in die lustvollste animalische Begierde, genetisch ererbt und von den Katholiken als schwerste Sünde verpönt. Sie bewegte die Arme und er wusste, dass sie ihren Mantel aufknöpfte. Als sie die Arme wieder fallen ließ, hob er die rechte Hand. Er ließ sie langsam sinken und berührte Haut.

Amazing Grace I Love your face, I love you in your nightie; and when the moonlight flits across your tits – O Jesus Christ Almighty!

Sie trug den knappsten aller BHS – gerade groß genug um eine aufmerksame Beobachterin zu täuschen, eine Mutter, die einmal von demselben Mann befummelt worden war, den nun die Tochter besuchen wollte. Molloy ließ die Hand an Marys Seite hinuntergleiten und fühlte keinen Stoff bis hin zu der Schnur an ihrer Hüfte.

Dieser Umstand erwies sich als vorübergehende Ablenkung für beide. Die Nervenenden ihrer Lippen verloren ihre Lüsternheit, Molloys Hosenmonster büßte seine Wildheit ein und Mary Delaneys Körper schüttelte sich, als sie versuchte ihrer Belustigung Herr zu werden. Molloy ließ den Schmetterling los und trat zurück um Mary anzusehen. Der BH war nicht viel mehr als ein schmales Band, das die beiden Brustwarzen fast vollständig freiließ. Der Schlüpfer war ein keilförmiges, winziges Stückchen Stoff wie ein pinkfarbenes Fähnchen. Der sexuelle Genuss, den er verspürte, wurde eine Sekunde lang abgelöst durch die Bewunderung von Marys Dreistigkeit und dem Entzücken über ihren Humor. Als er das Nichts von einem Schlüpfer betrachtete, bemerkte er, dass ein kleines Stückchen des pinkfarbenen Stoffs rot war. Er stellte sich vor, wie sie, fast nackt unter ihrem Mantel, von den kritischen Augen der Mutter verfolgt das Haus verlassen hatte; dass sie das Risiko eingegangen war, sich so nach einem Unfall in der Notaufnahme des Duneamon County Hospitals wiederzufinden – wie hätten die Schwestern sich gewundert über Mantel und Schuhe, über ein schmales Band und ein winziges Fähnchen Stoff mit einer Schnur an den drei Ecken. Aber Molloy war so erregt, dass er alles Interesse an diesen Gedanken verlor und sie mit einem animalischen Laut wieder an die Wand spießte. Seine Hände glitten ihren Rücken hinauf und tasteten nach den Häkchen, die ihren BH hielten. Doch es war nur eine Schleife, die ihn zusammenhielt, und als er an einem Ende zog, ließ die Spannung nach und das Band öffnete sich. Langsam glitten seine Finger wieder ihren Rücken hinunter. Er zog an einer weiteren Schnur und fühlte, wie sie durch ihre Schlaufen glitt. Das dreieckige Fähnchen fiel und er presste sein Becken an ihres. Doch ihre Hände waren im Weg.

Während sie seine Hose öffnete und seinen Masttopp aus der Unterhose befreite, erkundeten seine Fingerspitzen lüstern die Hügel und Täler ihres Hinterns. Als sie seine Hoden in der hohlen Hand hielt wie ein zerbrechliches Ei, musste er daran denken, dass ihm vor Ende der Zwanzig – abgesehen davon, dass er einst scheu die Brust von Eddie Keegans Schwester betastet hatte – nur einmal etwas widerfahren war, das einem sexuellen Erlebnis annähernd gleichgekommen war: und zwar als in der vierten Klasse die Gesundheitsfürsorgerin ihre Hand in seine Hose geschoben und seine Hoden untersucht hatte. Anders als Eddie Keegan war Frank bei der großen Brunft nach den Opernaufführungen in Winter Hill nie in eine dunkle Ecke gezerrt worden. Der Stimmbruch hatte ihn davor bewahrt.

Seine Zunge liebkoste die Innenseite ihrer Lippen und seine Hände glitten langsam hinauf und nach vorn über ihre Brüste. Sie stöhnte auf, als habe ein Zahnarzt mit dem Bohrer einen Nerv getroffen. Mit den weichen Daumenkuppen begann er ihre Brustwarzen zu umkreisen, bis ihre Oberschenkel zuckten und sich wanden. Mit der Hose um die Fußknöchel kam er näher und ihre Beine öffneten sich seinem drängenden Knie. Er fühlte ihre Hitze und ihre Feuchtigkeit an seinem Bein. Sie lehnte sich an ihn, zermalmte seine Daumen zwischen ihren Körpern. Er fuhr fort ihre Brustwarzen zu streicheln.

Um die Temperatur seiner Frau zu messen benutzte einmal ein Mann statt eines Thermometers ein Barometer. Er stellte fest, dass sie feucht und windig war.

Delaney löste den Hintern von der Wand und rutschte auf seinem Bein nach vorn. Den linken Arm um ihre Taille geschlungen, erkundeten seine Finger das tiefste Tal zwischen ihren Hinterbacken und die Fingerspitzen streiften über die Rosette der anderen Öffnung. Mary Delaney ächzte und entzog ihm ihren Mund. Ruckartig legte sie das Gesicht an seine Schulter und ritt auf seinem Schenkel einem ungestümen Orgasmus entgegen, stöhnte Christus und Jesus und ohverdammt und aaah und oooh und klammerte sich die ganze Zeit an sein Bein, als wäre sie in Gefahr aus der Welt hinauszufallen. Allmählich zuerst und dann abrupt wurde sie still und als Molloy sein schmerzendes Bein senken und auf den Boden stellen wollte, flüsterte sie: »Beweg dich nicht.« Dann lachte sie und sagte schwer atmend: »Ich sterbe, wenn du dich bewegst.«

Molloy behielt die Hände da, wo sie waren, denn er wusste, wie nahe Lust und Schmerz beieinander liegen konnten, wenn ein Orgasmus erreicht war.

Langsam senkte er sein Bein, weil er es nicht länger oben halten konnte, und sie keuchte, als sie sich voneinander lösten. Während er wartete, bis sie sich erholte, gab das Wissen um das, was kommen würde, seiner Erektion neues Leben. Sie war ein wenig schlaff geworden, während er Mary in den Orbit der Klitoris geschleudert hatte.

Tritt zurück, sagte Adam zu Eva, ich weiß nicht, wie lang dieses Ding wird.

Als wäre sie lange Zeit geschwommen, holte Mary Delaney tief Atem und lachte noch ein paar Mal kurz auf. »Jesus Christus«, sagte sie, »ich hab gedacht, ich muss sterben.«

Molloys Begierde war schon so groß, dass er nicht mehr antworten konnte. Er schob seine Hand zwischen ihre Körper und als er seine Erektion ihrem Venushügel entgegenbog, öffnete sie die Beine und nahm ihn zwischen die Schenkel. »Du wirst einen Moment warten müssen.«

Noch immer im Mantel, begann sie ihn zur Couch herumzudrehen. Ihre Schenkel hielten seinen Penis weiter gefangen. Mit kurzen, von seinen heruntergerutschten Hosen behinderten Schritten folgte er ihr zur Couch. Doch dahin wollte sie gar nicht, sie hatte nur einen freien Platz auf dem Fußboden gesucht. Plötzlich nahm sie seinen Penis in die Hand, ließ sich auf den Boden sinken und zog ihn sanft herunter und auf sich.

Der Mann sagte in den Flitterwochen zu seiner Frau: Ich weiß nicht viel über Sex, aber halt das mal kurz fest und wir werden sehen, was passiert.

Irgendwie gelang es Mary, die Arme aus den Mantelärmeln zu ziehen. Völlig nackt lag sie da, die Beine gespreizt, die Arme ausgebreitet, als erwarte sie von ihm gekreuzigt zu werden. »Fick mich, Molloy«, sagte sie lächelnd. »Aber lass mich John Thomas für den Besuch noch hübsch anziehen.« Wie ein Zauberer, der eine Münze aus der Luft holt, hielt Delaney plötzlich ein Kondom in der Hand. Während sie die Verpackung aufriss, stand Molloy auf und zog sich aus. Dann setzte er sich rittlings auf sie, die Knie zu beiden Seiten ihres Nabels. Er beugte sich vor und stützte seine Hände in der Nähe ihres Kopfes auf den Boden. Sie zog ihm das Kondom über, fasste mit einer Hand nach seinen Hodensack und strich, der Linie seines Penis folgend, mit einem Finger zwischen seinen Beinen entlang.

Besorgt, dass seine Erregung zu groß werden könnte, schob Molloy die Knie wieder zwischen Marys Beine. Er legte den Bauch auf ihren, bewegte sich auf ihr, bis er fühlte, dass er an ihrer Schwelle war. Er glitt jedoch nicht mühelos hinein, wie er vermutet hatte. Sie war verkrampft und er musste vier- oder fünfmal sanft zustoßen, ehe der Tunnel sich vor ihm öffnete.

Mary Delaney stöhnte laut, als Molloy vollkommen und so langsam in sie eindrang, wie die Titanic ins Meer versunken war. Als er ganz in ihr war, hörte er auf sich zu bewegen.

Auf die Ellenbogen gestützt, blickte Molloy Mary in die Augen und begann zu ihrer Überraschung zu sprechen. »*Little Miss Muffet sat on her tuffet, eating her curds and whey; when down came a spider and sat down beside her and said, ›Whatcha eating, bitch?‹*« Er hielt inne.

»Was ist das?«, fragte Mary. »Eine Zauberformel um deinen Orgasmus zu steigern?«

»Das ist ein Kinderreim, du vernachlässigtes Kind. Wo warst du, wenn die Nanny vorgelesen hat?«

»Kinderzimmer, du meine Güte!«, sagte Mary. »Warum sagst du das gerade jetzt auf?«

»Damit ich nicht zu schnell komme, du Idiotin«, sagte Frank. »Du fliegst Samstag wieder zurück und wir werden das hier nie wieder tun. Ich will, dass es dauert.«

»Deshalb sagst du etwas auf.«

»Genau, Delaney. Jetzt kennst du also mein verborgenstes Geheimnis. Ich sage irgendetwas auf um mich abzulenken.« Plötzlich zog er sein Glied heraus und stieß es wieder hinein und Marys Blick verschwamm. »Ich habe von einem Mann gehört, dem seine Frau die

Rede von Gettysburg beibrachte um zu verhindern, dass er zu früh kam.« Er zog sich wieder zurück, bis er das Portal ihres Allerheiligsten erreicht hatte, und glitt dann langsam wieder hinein. »Aber man muss den alten Kerl ab und zu ein bisschen bewegen, damit er nicht einschläft«, sagte er.

»Muss man das?«, fragte Mary und leistete Widerstand gegen sein Eindringen.

»Man muss«, sagte Molloy und stieß plötzlich zu.

»Diese Unterhaltung ist doch einfach unglaub...«

Bevor sie ihren Satz zu Ende führen konnte, zog Molloy sich abermals zurück und zwängte sich wieder hinein. Mary stieß einen Laut aus. Mit geschlossenen Beinen erhob er sich auf Fuß- und Fingerspitzen, bis er über ihr schwebte, und zog sich zurück, bis nur noch die Spitze seines erigierten Penis in ihr war. Immer wieder stieß er kurz zu und zog sich wieder zurück.

»Hör nicht auf«, sagte sie. »Ich bekomme gleich einen Orgasmus.«

»Orgasmus, Orgasmus. Wir begehen eine verdammte Todsünde.«

»Wir begehen eine Todsünde, weil wir vögeln. Jesus!« Sie warf sich an ihn, packte mit ihren nicht gekreuzigten Händen seine Hinterbacken und versuchte ihn mit Kopf, Bauch, Hüften und allem in ihre Vagina hineinzustopfen. »Jesus! Beweg dich nicht!« Reglos hielt sie sich an ihm fest und stieß Laute aus, die das jeweilige Stadium ihres Orgasmus verrieten. Endlich atmete sie aus und kicherte. Dann stieß sie keuchend ein paar Worte hervor: »Beweg dich noch nicht. Wenn ich mich nicht erst entspanne, zerspringe ich wie buntes Glas.«

Molloy hatte den Verdacht, er würde am nächsten Morgen mit wunden Ellenbogen aufwachen. Er legte die Handteller auf den Fußboden und stieß sich ein Stück von ihr ab. Ihre Bäuche klebten noch in Lust aneinander.

Ich weiß nicht, ob sie intim miteinander waren, euer Ehren, aber an der Tür waren sie so dicht beieinander, dass ich nicht wusste, wem die Eier gehörten, die raushingen.

»Man wurde gefickt«, sagte Mary und lächelte, so wie Frauen lächeln, wenn sie befriedigt waren. »Du bist ein verdammt guter Ficker, Molloy.«

»Verzeihen Sie, Madam, haben wir etwa schon mit dem Sex begonnen?«, fragte Molloy gewählt.

»Was sagt eine Engländerin nach dem Sex zu ihrem Mann?«

»Erzähl's mir.«

»Geht's dir besser?« Mary Delaney lachte.

»Lach nicht«, sagte Molloy, »du vertreibst sonst den Besucher.« Er zog sich wieder zurück und stieß erneut zu. »Tut es weh?«

»Aber nein, wieso denn? Ich kann schon noch einige Ausfälle vertragen.«

Molloy machte einen Ausfall und Mary hob die Knie, hob die Beine und ermöglichte ihm ungehindert einzudringen. Sie schlang ihm die Beine um die Hüften. Er bewegte sich weiter, bis er fürchtete, den Punkt erreicht zu haben, an dem er nicht mehr zurückkonnte. Doch er hatte rechtzeitig innegehalten. »Lieg still«, sagte er und begann sofort sich abzulenken. Mary nahm die Beine herunter.

»Welches Wort fürchtet die Kirche am meisten?«

»Vagina.«

»Und das zweite?«

»Kondom.«

»Das dritte?«

»Orgasmus.«

»Ich bin nicht deiner Meinung. Orgasmus sollte das erste sein.«

»Falsch. Wenn der Papst einmal eine Vagina zu sehen kriegte, würde er auf der Stelle tot umfallen.«

»Falsch. Er hätte einen Orgasmus und stünde in seinem Ornat zitternd da wie ein Frosch, der Eier legt.«

Delaney lachte.

»Lach nicht. Du vertreibst gewaltsam den Untermieter.« Molloy schob und zog den Mieter hinein und heraus.

»Wie lange hältst du's aus ohne zu kommen?«, fragte sie.

»Wenn ich mich ablenke, halte ich's vielleicht noch ein paar Minuten aus, vorausgesetzt, die Ablenkung geht nicht so weit, dass ich erschlaffe.«

»Du darfst nicht schlaff werden, sonst rutscht das Kondom runter. Erzähl mir was über Kondome.«

Molloy schürte sein Feuer und forderte Mary dann auf mit ihm den Platz zu tauschen. Sie versuchten es ohne sich voneinander zu lösen, aber in dem Moment, in dem sie sich auf seinen Bauch schwang, wurden sie getrennt. Mary kniete nieder und führte den Joystick wieder ein. Molloy legte die linke Hand auf ihre rechte Brust, tastete mit der rechten nach ihrer Vagina, bis er mit dem Daumen die Klitoris fand. Mary lehnte sich zurück wie eine Reiterin, nachdem das Pferd eine Hecke übersprungen hatte. Zischend sog sie durch die Zähne Luft ein. »Vorsicht mit der Klit«, sagte sie, nahm seine Hand und hielt sie fest.

»Kondome«, begann Molloy seinen Vortrag. »Die

Haltung der Kirche zum Sex hat den Menschen größeren Schaden zugefügt als die spanische Inquisition. Sie hat Millionen von Gewissen auf den steifen Schwänzen geiler Ehemänner aufgespießt. Sie hat Keuschheitsgürtel erfunden und Millionen verheirateter Frauen darin eingesperrt. Kannst du dir den psychischen Stress vorstellen, den das zur Folge hatte, den psychotischen Stress?« Molloy hob plötzlich die Hüften vom Fußboden und die Reiterin beugte sich vor. Sie schnappte nach Luft. »Hör dir meinen Vortrag an«, sagte Molloy, hob und senkte ein paar Mal den Hintern.

»Du hast ein unfreiwilliges Publikum«, sagte Mary. »Ich bin auf deinem John Thomas aufgespießt, nur für den Fall, dass du nicht ...« Aber Molloy drang so tief in sie ein, wie er nur konnte, und es verschlug ihr den Atem.

Als Molloy wieder zu reden begann, klang seine Stimme belegt, so als spreche er unter großen Schmerzen, doch er versuchte nur den Orgasmus zurückzuhalten. »Die Kirche hält Seminare über Sex und die Ehe, Sex und Kinderkriegen, verantwortungsvollen Sex, verantwortungslosen Sex, kontrollierten Sex, alle Arten von Sex, aber nie über die Freude am Sex. *Plaisir d'amour*. Die Kirche sollte ihren eigenen Keuschheitsgürtel lockern und ein guter Anfang wäre es, die Kondome zu segnen. Möge der Herr euch beschützen und bewahren. Jesus! Lieg still.« Während Molloy sprach, war Mary auf seinem Freudenspender hin und her geglitten. Sie ließ sich langsam herunter und ihre Klitoris legte sich auf seinen Daumen. Er streichelte sie mit der Daumenkuppe und schob die andere Hand über ihren Nabel hinweg in ihr Haar hinunter, streichelte die Schamgegend mit den Fingerspitzen. Mary lehnte sich zurück, streckte die Schenkel und legte den Kopf nach hinten, bis sie über sich die Zimmerdecke sah. Dann rief sie ein paar Mal Jesus an und warf den Kopf wieder nach vorn. Sie biss die Zähne zusammen und stieß mehrmals »ohfuck« und »Christus« hervor. Schließlich umklammerte sie sein Handgelenk, riss seine Hand von ihrer Klitoris weg und atmete wie ein Pferd, das lange aus dem Trog getrunken hatte.

»Von hier habe ich einen wundervollen Ausblick auf deine Titten«, sagte Molloy. »Und wenn ich jetzt bitte ohne weitere Unterbrechung fortfahren könnte.« Er legte die Handflächen auf ihre Schenkel. »Bei jeder Trauung müsste es einen Segen der Kondome geben. Oh gesegnetes Kondom, wir preisen deinen Erfinder, der unser Volk aus den Fesseln spiritueller Kastration in die Freiheit der furchtlosen Penetration entlassen hat. *Sancta Condomanus, laudate.* Und jetzt, Mary, steig von mir runter und nimm die Missionarsstellung ein, damit dein Herr und Meister endgültig kommen kann.«

Wieder versuchten sie die Stellung zu verändern ohne sich voneinander zu lösen, aber es war einfach zu feucht und glitschig. Ohne dass Mary mit der Hand nachhelfen musste, glitt der Penis in die Vagina zurück. Bevor Molloy eindrang, hob sie die Beine und präsentierte ihm ihre wundervolle Spalte auf das Vorteilhafteste. Nur dreimal noch stieß er zu, dann begannen die Säfte des Entzückens und der Fortpflanzung zu strömen. Molloy brachte ungeniert Laute orgasmischer Anstrengung hervor und sein Erbgut veranlasste ihn mit jeder Spermawelle erneut zuzustoßen. Nachdem der orgasmische Höhepunkt überschritten war, blieb er in ihr und Marys Arme und Beine fesselten sie aneinander.

Als die Spitze seines Penis den letzten Tropfen abgeworfen hatte, sagte Molloy: »Rühr dich nicht. Er bricht sonst ab.«

In ihrem Endorphinbad dehnten sich ihre Gehirne und entspannten sich. Mary blickte zur Decke, ihre Wange an seiner, er schaute auf den Boden. So entstand ein zweigeschlechtlicher Januskopf. Das dunkle Gold der Holzdecke erinnerte Mary an spanische Gitarren. Er sah dicht vor seinem Gesicht den Fußboden und roch das Alter des Hauses.

Als der erste Fangarm des Schlafes nach ihm griff, begann Molloy sanft hin und her zu rutschen und sie löste ihre feuchten Schenkel von seinem verschwitzten Körper. Er neigte sich zur Seite, ließ die Hand zwischen ihre Körper gleiten, ergriff den Rand des Kondoms und zog den erschlafften Penis aus der Scheide. Mary stöhnte auf.

Molloy stützte sich auf einen Ellenbogen und streifte das Kondom ab. »Da war mal ein Mädchen«, sagte er, »und eines Abends, nachdem sie auf den Rücksitzen eines Autos gevögelt hatte, tat sie ganz verliebt und sagte zu ihrem Freund: ›Wenn's ein Mädchen wird, nennen wir's Melissa, und wird es ein Junge, soll er Augustin heißen.‹ Der Typ hielt ein Kondom in die Höhe und sagte: ›Wenn er da rauskommt, nennen wir ihn Harry Houdini.‹« Mary lachte leise und Molloy lehnte sich zurück und legte das Kondom hinter sich auf den Boden. Als er an ihre Seite zurückkam, legte er den Arm unter ihren Kopf. Sie strich ihm mit der Hand über den Bauch und ließ sie schließlich auf seiner Brust liegen.

Lange Zeit starrten beide in die Luft ohne etwas zu sehen. Dann fragte Mary: »Was von Gregory gehört?«

»Nein.«

Nach einer weiteren langen Pause sagte Molloy: »In meinem ersten Jahr in Winter Hill, ich war vierzehn, hatten wir einen Priester, der geistlicher Direktor genannt wurde. Er sprach immer so, als fürchte er, jemand könnte aufspringen und ihn auslachen. Einmal erzählte er uns von einem Jungen, der ein Muster an Vollkommenheit gewesen war. Aber der Junge wurde krank und starb. Als seine Eltern eines Tages sein Grab besuchten, stand der Sarg neben dem Grab und der Deckel war offen. Die Eltern waren über diesen Vandalismus ganz verzweifelt und begruben den Sohn noch einmal mit dem ganzen beschissenen Drum und Dran. Aber am nächsten Tag passierte dasselbe und am dritten Tag ebenso. Ich erinnere mich nicht mehr, wie sie es geschafft haben, dass der Sarg unten blieb, doch der wichtigste Teil der Geschichte war: Der Ortspfarrer wusste aus der Beichte, dass der Junge ein Onanist gewesen und wohl mit dieser Todsünde auf der Seele gestorben war. Deshalb kam der Sarg immer wieder aus dem Grab heraus.«

»Was für ein unglaublicher Haufen Scheiße!«, sagte Mary.

»Nur für einen Vierzehnjährigen war es kein Haufen Scheiße, denn für ihn war sein Schwanz der Mittelpunkt der Milchstraße. Gott! Wir haben um feuchte Träume gebetet, damit wir wenigstens ein bisschen Erleichterung bekamen.«

Mary sagte: »Uns hat man davor gewarnt, Jungen zur Sünde zu verführen, sie zum Onanieren zu verleiten, nehme ich an. Die Kirche hätte sich nie um Sexangelegenheiten kümmern dürfen. Eine Institution, die kopflastig aus mürrischen alten Junggesellen besteht, sollte den Mund halten, wenn es um Sex geht. Sie sprechen von Theorien über Sex, nicht über die Wirklichkeit.«

Molloy stützte sich auf den Ellenbogen und blickte auf ihren Körper hinunter. Er legte die Finger auf ihre Schamhaare, beugte sich vor und legte das Gesicht auf ihre Brust. »Ich geh mich jetzt waschen. Soll ich dir eine warme Decke bringen?«

»Du bist ein Gentleman, Molloy.«

»Gehört zum Service«, sagte Frank und stand auf.

»Und was für ein Service das war!«

»Du holst das Beste aus mir heraus, Delaney.« Er hob Hose und Unterhose vom Boden auf.

»Vielleicht können wir uns noch einmal treffen, bevor ich abreise. Morgen Vormittag fahre ich allerdings mit Ma nach Dublin.«

»Was machst du am Freitag?«

»Karfreitag. Am Nachmittag muss ich einen Onkel und eine Tante besuchen. Aber vielleicht kann ich so tun, als hätte ich im Dorf etwas zu besorgen, und gegen zehn bei dir sein.«

»Ich werde hier sein und dich so dringend erwarten, dass ich eine Todsünde begehen muss, wenn du nicht kommst. Und das ist dann deine Schuld.«

»Dein Sarg wird aus der Erde kommen.«

Lächelnd wandte Molloy Mary seinen nackten Hintern zu und verließ das Zimmer.

30. Kapitel

Karwoche

Mittwoch, 15.20 Uhr

NACKT WIE EIN Eichelhäher stand Mary Delaney in der Mitte des Raums, als Molloy aus dem Schlafzimmer kam. Sie hatte ihre Kleider in der Hand, doch Molloy sah sie nicht. Er betrachtete ihren Körper, ließ die Augen vom Gesicht zu den Brüsten und weiter zu den Schenkeln schweifen.

»Ist alles noch am selben Platz wie vorher?«, fragte sie.

»Ja. Du bist perfekt gebaut.«

»Danke.«

Frank ging zu ihr und küsste sie auf den Mund, die rechte Hand auf ihrer Brust, die linke auf ihrem Gesäß. »Gott«, sagte er, als sie sich voneinander lösten, und griff sich in den Schritt, »John Thomas bewegt sich im Schlaf.«

»Sorg nur dafür, dass er am Freitag hellwach ist.«

Endlich sah Molloy die Kleidungsstücke in Marys Hand. »Wo hast du denn die her?«, fragte er.

»Als ich kam, warst du so sehr mit der Wölbung in deiner Hose beschäftigt, dass du die Wölbung in meinen Manteltaschen gar nicht bemerkt hast.«

Sie ging ins Schlafzimmer um sich anzuziehen und Molloy betrachtete das erste Paar Backen, das Gott ihr gegeben hatte. Als er in der Küche gerade den Kessel aufsetzen wollte, hörte er vor dem Haus Reifen über den Kies knirschen. Molloy trat ans Fenster und sah einen Mann an Mary Delaneys Wagen vorübergehen. Frank ging zurück ins Wohnzimmer und rief: »He, Delaney, wir kriegen Besuch. Komm nicht im Schlüpfer raus.« Aber Mary war im Badezimmer, hockte auf der Schüssel und erleichertete sich durch ausgiebiges postkoitales Wasserlassen.

Molloy öffnete die Tür. Der Mann – sonnengebräunt, wie Frank sofort auffiel – hatte gerade die Hand gehoben um zu klopfen.

»Mr. Molloy?«, sagte der Mann.

»Und wer fragt das?« Molloy hatte zu lange in New York gelebt um schon jetzt die gewohnten Vorsichtsmaßnahmen abzulegen.

»Doktor O'Leary.« Der Mann streckte die Hand aus.

Schon hob auch Molloy die Hand, doch bevor er einschlug, blitzten bereits unzählige Warnlichter in seinem Kopf auf. »Was für ein Doktor?« Er hielt seine Hand zurück, bis O'Leary antwortete: »Der Medizin.«

Während sie sich die Hände schüttelten, maßen sie einander mit Blicken. Dann fragte Molloy: »Kann ich etwas für Sie tun?«

»Ein Sterbender möchte, dass Sie ihm die Beichte abnehmen«, sagte O'Leary.

Während O'Leary auf Antwort wartete, forschte er nach sichtbaren Symptomen, die ihm etwas über den Zustand von Gregory Malloys berühmtem Bruder verraten konnten. Den Augen und deren unmittelbarer Umgebung nach glaubte er auf eine Nierenschwäche schließen zu können. Als er seine Prüfung fortsetzten wollte, wurde der Doktor von einer Bewegung hinter Molloys linker Schulter abgelenkt. Dort stand mit gesenktem Kopf eine Frau, die dabei war ihren Rock zurechtzuziehen.

Der ehemalige Priester sagte: »Lecken Sie mich am Arsch.« Dann warf er die Tür zu.

Er lehnte sich an die geschlossene Tür, den linken Handteller auf dem Scheitel, den Mund geöffnet. Sein Herz hämmerte. Gewöhnt an die Anonymität New Yorks, lehnte er sich voller Wut dagegen auf, dass jemand in einen so privaten Bereich seines Lebens eindrang und auch noch einen ganzen Sack voller Dreistigkeit und Anmaßung mitbrachte. Eine hitzige, irrationale Stimme in seinem Innern schrie, er solle die Tür wieder aufreißen, hinausrennen, den Doktor anbrüllen und ihm begreiflich machen, dass er Grenzen überschritten hatte, denen er sich noch nicht einmal hätte nähern dürfen.

Ratlosigkeit in Gesicht und Stimme, fragte Mary Delaney: »Was ist los, Frank?«

Molloy sah Mary an. »Irgendein Kerl im Anzug, der behauptet Arzt zu sein, hat mich eben gebeten jemandem die Beichte abzunehmen.«

Mary Delaney kam zu ihm hinüber. Als sie ihn berührte, nahm er die Hand vom Kopf. Er löste sich von der Tür und wollte ihre Berührung erwidern, als es erneut klopfte. Molloys Körper zuckte, als habe er einen Elektroschock bekommen.

»Jesus, Frank«, sagte Mary leise. »Du siehst aus, als wärst du einem Gespenst begegnet. Wer ist da draußen?«

Sie ging um Frank herum und öffnete die Tür.

O'Leary erwartete nicht vor einer Frau zu stehen, als die Tür aufging. Es war, als erlebe er plötzlich ein optisches *non sequitur*.

»Doktor O'Leary!«, sagte Mary Delaney, legte den Kopf schief, kniff ein Auge halb zu und sah O'Leary an, als habe sie eine neue Abart von Schleim entdeckt.

Mary Delaneys Anblick verzerrte sich durch das bunte Prisma der Gerüchte, die O'Leary über ihre und Molloys Promiskuität gehört hatte. Trotz seiner Bildung, seiner Reisen, trotz seines Misstrauens gegenüber Dorf- und Kleinstadttratsch konnten O'Learys irisch-katholische Augen in Mary Delaney hier in Molloys Tür nur eine Hure sehen. Vor seinem inneren Auge zog er Delaney schnell die Kleider aus, sah die Hure nackt, musterte mit lasziven Blicken ihre Scham. Schließlich schluckte er, würgte seine Fantasien hinunter, räusperte sich und sagte: »Guten Tag, Mary.«

Mary Delaney antwortete nicht auf den Gruß des Doktors. In heiklen Situationen war sie stets in der Lage eine gelassene Ruhe zu bewahren, die ihr erlaubte ganz klar zu sehen, in wessen Feld der Ball lag, und sie besaß auch die Geduld unbegrenzt auf die Rückkehr des Balles zu warten. Obwohl O'Leary den größten Teil ihres Lebens ihr Arzt gewesen war, ließ sie sich nicht von ihm einschüchtern. Sie hatte seine Art immer herablassend gefunden, als brauche er kein Einkommen und rette die in der Scheiße hockenden Eingeborenen aus reiner Menschenliebe vor den Verheerungen der Tsetsefliege. Das Einzige, was ihm noch fehlte, waren ein englischer Akzent und ein Tropenhelm.

Auge in Auge mit dem Doktor, eine Hand am Türrahmen, die andere an der Tür, verteidigte Mary Delaney trotzig Frank Molloys Haus gegen O'Learys Dreistigkeit.

»Ich bin gekommen um mit Mr Molloy zu sprechen«, sagte O'Leary.

»Sie haben ihn wütend gemacht.«

»Ich glaube, er hat mich nicht richtig verstanden.«

»Er sagte, Sie hätten ihn gebeten jemandem die Beichte abzunehmen.«

»Das habe ich getan, doch ich hätte ihm auch sagen sollen, dass ich ihn als letzte Rettung darum gebeten habe. Ken Considine stirbt und alle Priester dieser Diözese sind bei der Beerdigung des Bischofs.«

»Considine stirbt schon seit Jahren. Er wird durchhalten, bis Pfarrer Keegan wieder da ist.«

Frank Molloys Stimme drang über Marys Schulter nach draußen. Übertrieben laut und für den Doktor bestens zu verstehen rief er: »Und sag ihm auch, dass ich an die Scheiße nicht mehr glaube.«

Mit unbewegter Miene sagte Mary Delaney: »Ich soll Ihnen von Frank ausrichten, dass er nicht mehr an die Scheiße glaubt.«

O'Leary wollte etwas sagen, aber Mary trat zur Seite und die Tür ging ganz auf.

Molloy starrte den Doktor mit wildem Blick an, bereit ein Fass voller beleidigender Schimpfworte über seinem Haupt auszuleeren, doch plötzlich drängte sich wie ein Rülpser die Erinnerung in sein Bewusstsein, wie er selbst vor Cotswolds Pfarrhaus in Falworth gestanden hatte. Langsam legte er Mary Delaney die rechte Hand auf die Schulter und schob sie leicht beiseite. Er forderte den Doktor auf einzutreten.

Bevor er der Einladung folgte, sagte O'Leary: »Tut mir Leid, wenn ich mich vorhin nicht deutlich genug ausgedrückt habe.«

»Selbst wenn Sie sich deutlicher ausgedrückt hätten – ich hätte genauso reagiert.« Molloy schloss die Tür und fuhr fort: »Ich finde es anmaßend von Ihnen, zu erwarten, dass ich mir eine Beichte anhöre. Wollen Sie sich nicht setzen?« Molloy zeigte auf die Couch.

Seit dem Tag, an dem er sein Medizinstudium beendet hatte, war Arroganz O'Learys hervorstechendste Eigenschaft gewesen und jetzt sah er sich plötzlich einem Mann gegenüber, der nicht wusste, welche Stellung der Doktor in der Gemeinde einnahm.

»Ich werde mich nicht setzen, danke.«

»Wie Sie wollen«, sagte Frank und blieb, mit dem Rücken zur Tür, ebenfalls stehen.

O'Leary sagte: »Ich habe nicht geahnt, dass ich mit meiner Bitte in einem Notfall ein Sakrament zu spenden einen solchen Aufruhr verursachen würde.«

»Sie haben mich um nichts gebeten. Sie haben eine Erklärung abgegeben und erwartet, dass ich durch Ihren Reifen springe. Religion bedeutet mir nichts mehr.«

»Haben Sie mit Ihrer Religion auch das Interesse an Ihren Mitmenschen weggeworfen?«

O'Leary legte den Akzent auf das Wort »weggeworfen«, was Frank nicht entging.

»Ja, weggeworfen ist das richtige Wort, denn das tut man nun einmal mit Scheiße«, sagte er. »Und nein, mein Mitgefühl für meine Mitmenschen habe ich nicht verloren.«

»Warum wollen Sie dann nicht Considines Beichte hören?«

»Ich habe Ihnen eben gesagt, dass ...«

»Sie müssen doch von *ecclesia supplet* gehört haben?«

Ecclesia supplet. *Jesus! Vor dreißig Jahren war das alles Hypothese.* Ecclesia supplet. *Das ist nur noch mehr von derselben Pferdescheiße.*

»Ich glaube auch nicht an *ecclesia supplet.*« Er wusste, dass er gar nicht daran glauben musste, aber seine Wut auf O'Leary drängte sich vor.

»Das müssen Sie auch nicht«, sagte der Doktor.

»Was ist *ecclesia supplet*?«, wollte Mary Delaney wissen.

Ohne zu zögern, ohne sie anzusehen erwiderte der Doktor, als beantworte er einer Nonne eine Frage aus dem Katechismus: »Muss ein Priester, dem es am rechten Glauben mangelt, ein Sakrament spenden, wird die Kirche an seiner statt den Glauben beisteuern.«

Trotz seiner atheistischen Beteuerungen ließen Molloys Stolz und ein Rest von Unreife es nicht zu, dabeizustehen und zuzuhören, wie O'Leary theologische Fragen erläuterte. Er drehte sich demonstrativ zu Mary um. »Es bedeutet, Mary, dass ich, obwohl ich ein ungläubiger Priester bin, in einem Notfall noch immer ein Sakrament spenden darf.«

Der Doktor war nicht imstande sich zurückzuhalten. »Das ist richtig«, sagte er wie ein kleiner Junge, der sich auf Kosten eines anderen vor der Nonne aufspielt. »Nach dem Gesetze des Melchisedek bist du ein Priester in alle Ewigkeit.«

Molloy sah immer noch Mary an und schloss die Augen, als er O'Leary aus dem Ordinationsritus zitieren hörte. Er ließ einen Moment vergehen, bevor er fortfuhr: »Was ich sagen wollte: Die Menschen, die die Kirche ausmachen, fügen dabei den Glauben hinzu, der mir fehlt. *Ecclesia supplet,* die Kirche vervollständigt. Nur noch mehr Hokuspokus.«

»Für Considine ist es kein Hokuspokus«, sagte O'Leary.

In Marys Augen sah Frank die Bitte nachzugeben und dem Sterbenden die Beichte abzunehmen.

Gefangen zwischen Marys Wunsch und seinem eigenen Bedürfnis den Doktor zum Teufel zu jagen, huschte Nina Borruso durch Molloys Bewusstsein. Sie lachte über seine Beschreibung irischen Zorns: »Hartnäckige emotionale Verstopfung, die man nicht mal mit Dynamit beseitigen kann.«

Frank wandte sich an Doktor O'Leary. »Ich war unhöflich«, sagte er, »doch ich muss sagen, dass ich Ihre Dreistigkeit empörend fand – um es milde auszudrücken.« Er hörte Nina Borruso begeistert applaudieren, hörte sie lachen, sah, wie sie sich nach hinten neigte und dann nach vorn sank und wie ihre Hände in die Falten ihres langen Rockes zwischen den Knien fielen.

»Es tut mir Leid, wenn ich Sie beleidigt habe«, sagte O'Leary. Er streckte die Hand aus und Molloy umfing sie mit festem Griff.

»Selbstverständlich werde ich die Beichte des Mannes hören.«

»Ich fahre Sie hin«, sagte der Doktor. »Diesmal stirbt Considine wirklich und ich glaube nicht, dass ihm noch viel Zeit bleibt.«

Mary ging hinter ihnen her zum Wagen des Doktors. Sie sagte zu Frank, sie werde warten, bis er zurück sei. Mary sah zu, wie der Wagen in der schmalen Gasse wendete, und blickte ihm nach, bis er am Ende der Wheat Mill Lane um die Ecke bog.

31. Kapitel

Karwoche

Mittwoch, 15.25 Uhr

DIE ERSTEN MINUTEN der Fahrt verbrachten die beiden Männer in verlegenem Schweigen. Franks Zorn war noch nicht vergangen, nahm aber allmählich ab. Nach einer Weile fragte er den Doktor: »Wieso sind Sie so sicher, dass Considine heute sterben wird?«

Es scheint, als habe der Doktor darauf gewartet, dass die Spannung weicht, als habe er auf das Blinzeln des Feindes gewartet, dachte Frank. O'Leary antwortete sofort. »Er hat sich die *Arteria radialis* im linken Arm geöffnet, was heißen will, dass er sich die linke Pulsader aufgeschnitten hat, und das wiederum bedeutet, er hat versucht Selbstmord zu begehen. Er hat es irgendwann heute Morgen mit einer Sicherheitsnadel getan und dann ständig in der Wunde herumgestochert, damit das Blut nicht aufhörte zu fließen. Es ist nicht besonders stark geflossen, aber als ich vor einer Weile bei ihm hineinschaute, delirierte er beinahe. Er hatte jeden Tropfen in seinem weißen Email-Milcheimer aufgefangen.«

»Müsste er nicht ins Krankenhaus?«

»Natürlich müsste er, aber er will sterben.«

Molloy wollte etwas erwidern, doch der Traktor von Sankt Willie Gorman kam mit Getöse um eine lang gezogene Kurve geknattert. Der schwankende Dungstreuer scherte hinter dem großen Hinterrad nach beiden Seiten aus. Nervös wartete Molloy, bis das Rauch speiende Monster vorüber war – samt dem heiligen Willie, der wie ein Zirkusclown grinste und seinen zerknautschten Hut über seinem Kopf in der Luft schwenkte.

»Werden Sie ihn sterben lassen?«, fragte Molloy.

»Ich werde ihn nicht zwingen am Leben zu bleiben. Er versucht seit dreißig Jahren zu sterben.«

»Aber würde er nicht überleben, wenn Sie ihn verbinden?«

»Ich habe ihn verbunden. Er hat gesagt, dass er den Verband wieder abnehmen wird, sobald ich weg bin.«

»Wie steht es mit der Autopsie? Wird man da nicht feststellen, wie er gestorben ist?«

»Ich bin derjenige, der entscheidet, ob eine Autopsie vorgenommen wird oder nicht. Todesursache wird Alkoholismus sein, was auch zutrifft. Die kleine Wunde wird man nicht einmal sehen. Und außerdem wird der Ärmel des Leichenhemdes sie verbergen.«

Die Reifen summten über den Straßenbelag. »Haben Sie keine Angst, ich könnte weitersagen, was Sie mir eben erzählt haben?«

»Ich habe im Voraus gebeichtet.«

»Wenn Sie so viel über *ecclesia supplet* wissen, muss Ihnen auch bekannt sein, dass Sie das nicht können – eine Sünde beichten, bevor Sie sie begangen haben.«

»Aber ich habe die Sache zu einem Gegenstand der Beichte gemacht.«

»Das bezweifle ich«, sagte Frank, »doch ich will das, was Sie mir anvertraut haben, unter dem Siegel des Beichtgeheimnisses betrachten.«

»Danke. Und ich nehme an, dass das, was Sie in

Considines Haus sehen werden, auch unter dieses Siegel fällt.«

»Das aufgeschlitzte Handgelenk. Warum will er denn sterben?«

»Er hat ein schuldbeladenes Gewissen.«

»... was bedeutet, dass ich eine Geschichte zu hören bekommen werde, die schon unzählige Male gebeichtet wurde.«

»Es ist eine gute Geschichte. Ein Jammer, dass Sie damit nichts anfangen können – ebenso wenig wie ich. Ich habe sie auch zu hören bekommen, aber vorher musste ich ihm schwören zu schweigen.«

Zu Beginn ihrer Unterhaltung hatte Frank gedacht, der Doktor sei vielleicht doch kein so übler Kerl und gar nicht der selbstgerechte Schnösel, für den er ihn gehalten hatte, als er vor seiner Tür stand. Doch als er jetzt seinen dummen Stolz bemerkte, der sich ebenso wenig verbergen ließ wie der Gestank eines Furzes, kehrte er zu seiner ursprünglichen Meinung zurück. Seine Antwort entsprang dem Wunsch dem Doktor die Ohren lang zu ziehen. »Wenn Sie es schon geschworen haben, dürften Sie nicht einmal zugeben, dass Sie die Geschichte kennen, finden Sie nicht?«

Der Wagen näherte sich Ken Considines Haus – in ihm ein Mann, der Considine beim Sterben helfen, und ein anderer, der seine Seele retten sollte. Als sie vor der niedrigen Gartenmauer anhielten, sagte O'Leary: »Die Tatsache, dass ich Considines Geheimnis kenne, fällt unter das Siegel des Beichtgeheimnisses.«

»Gibt es eine Beichte ohne Absolution?«

»Dann geben Sie mir die Absolution.«

»Sie machen eine Farce aus der ganzen Sache.«

»Sie glauben nicht einmal dran.«

»Mir ist es lieber, nicht daran zu glauben als daran zu glauben und es zu missbrauchen.«

Frank war nicht sicher, ob es dem Doktor wirklich ernst damit war, dass er ihm die Absolution erteilen sollte. Er erfuhr es sehr schnell.

»Nun?«, fragte O'Leary.

»Nun was?«

»Haben Sie den Text vergessen?«

»Nein, das hab ich nicht.«

»Dann segne mich, Vater, denn ich habe gesündigt.«

Frank legte den Kopf in die Hände. Dann sagte er: »Als Buße versuchen Sie sich nicht wie ein Arschloch zu benehmen.« Während er die Worte der Absolution sprach, sah er, dass der Körper des Doktors sich aufbäumte vor Zorn.

Am anderen Ende der niedrigen Gartenmauer wucherte seit Jahren eine wilde Buchsbaumhecke, die inzwischen zweieinhalb Meter hoch war. Sie war so ungepflegt wie das Haar eines Obdachlosen, dem alles gleichgültig geworden war. Das Unkraut im Kies zwischen Mauer und Straße war eine verfilzte Masse aus frischen und verrotteten Gewächsen. In der Maueröffnung wuchs hohes Frühlingsgras und der Doktor musste die Pforte anheben um sie zu öffnen, denn die untere Angel war weggerostet.

Frank ging hinter dem Doktor zur Haustür. Trotz des Verfalls sah man, dass einmal ein geschickter Gärtner in diesem Haus gewohnt haben musste. Noch immer säumten Zwergbuchsbäume die geometrisch angelegten Blumenbeete. Das Unkraut des vergangenen Sommers hatte seine vertrockneten Stängel auf den verwahrlosten Beeten zurückgelassen. Überrascht sah Frank, dass es sogar einen Fischteich gegeben hatte, der jetzt von müdem Buschwerk umgeben war.

Frank folgte O'Leary über den kurzen, von Unkraut überwucherten Pfad an unbeschnittenen Hecken entlang. Die blattlosen, dürren Ranken vernachlässigter Rosensträucher zwischen den schmutzigen Fenstern waren in sich zusammengesunken.

Ohne anzuklopfen hob Doktor O'Leary die Haustür an ihrem braunen Knauf ein wenig an und schob sie scharrend über den Zementfußboden des Windfangs. Die Tür zur Linken stand offen und in der Küche erblickte Frank Ken Considine, halb liegend und halb sitzend in einem kaputten Lehnstuhl. Sein linker Arm hing hinunter, die Hand verborgen in einem rostigen weißen Emaileimer, der neben dem Sessel auf dem Boden stand.

Von dort, wo die beiden Männer standen, war es schwierig festzustellen, ob Ken Considine noch am Leben oder schon tot war. Der Doktor betrat die Küche, während Frank blieb, wo er war, und darauf wartete, ob man ihn rufen werde, damit er einen seiner alten Zaubertricks vorführte.

32. *Kapitel*

Gründonnerstag
10.12 Uhr

EIN STATTLICHES AUFGEBOT an Celli in Franz von Suppés »Ein Morgen, ein Mittag, ein Abend in Wien« ließ die Sonne aufgehen. Doch nur wenn die Celli die Aprilsonne unter der Tür hindurch in das Wohnzimmer der toten Miss Duggan gezogen hätten, nur dann hätte Frank Molloy Suppé überhaupt bemerkt. Das lag weniger daran, dass sein Gemüt durch das, was er in den vergangenen zwölf Stunden erfahren hatte, in Aufruhr geraten war; vielmehr hatten sich seine Gedanken in einem Labyrinth verirrt, das durch sein neues, nicht erstrebtes Wissen plötzlich um ihn herum entstanden war.

»Scheiße!« Molloy drehte sich auf der Couch um, schaute zur Lehne, hieb mit der Faust gegen die Polsterung. Er war erschöpft. Das Feuer in seinem Schädel hatte ihn die ganze Nacht wach gehalten.

Nachdem der Doktor ihn von Considine zurückgebracht hatte, hatte Molloy Miss Duggans Geistergeschichte gelesen. Dann hatte er im Dunkeln an dem Tisch am Vorderfenster gesessen, auf das erleuchtete Fenster von Maura Gilligans Haus gestarrt und versucht sich zu erinnern, was Eddie Keegan ihm über Tony Donaghue erzählt hatte. Er fühlte sich benommen, so viele Entschlüsse hatte er gefasst, überprüft und verworfen. Nachdem bei Maura Gilligan das letzte Licht erloschen war, hatte er auf den schwarzen

Golfplatz gestarrt. Die Kälte in seinen Knochen hatte ihn schließlich unter die warme Bettdecke getrieben.

Doktor O'Leary hatte Ken Considine mit leichten Klapsen ins Bewusstsein zurückgeholt. Dann hatte er die verwahrloste Küche verlassen und Molloy mit dem reumütigen Sünder allein gelassen. Der Sünder fiel von einem Delirium ins andere und in den wenigen wachen Minuten zwischendurch stammelte er die Geschichte von Tony Donaghues Tod und seiner eigenen Rolle dabei heraus. Frank spendete ihm das Sakrament, ging hinaus und wartete, bis der Doktor Considine das durchstochene Handgelenk frisch verbunden hatte.

Entsetzt war Frank zurückgewichen, als Ken Considine ihm schilderte, wie er auf Donaghues Kopf gesessen und ihn unter Wasser gedrückt hatte und wie die anderen Polizisten den Körper noch lange in die Höhe gehalten hatten, selbst nachdem er längst zusammengesackt war, damit der Kopf untergetaucht blieb, bis sie sicher sein konnten, dass Donaghue tot war.

Im Glanz der Aprilsonne atmete Molloy tief ein und aus. Er stellte sich vor, wie es gewesen war, als Donaghue den Atem nicht mehr anhalten konnte; wie er sich gewehrt haben musste – wie ein gefesselter ausgewachsener Bulle, der das kalte Messer spürt, mit dem man ihm den Hodensack aufschneidet um die Hoden zu entfernen. Am Ende musste Donaghue in das wenige Zentimeter tiefe Wasser gekotzt haben, das ihn ertränkte, musste geschissen und sich bepisst haben, als er endgültig begriff, dass es kein Entrinnen gab. Selbst wenn er den Wachleuten hätte sagen wollen, dass er Kit Foley getötet hatte, wäre er nicht dazu imstande gewesen. Hatte er in seinen letzten Augenblicken an seine Familie gedacht oder hatte er sich nur noch vorgestellt, was passieren würde, sobald er seine Lungen geleert hatte und unter Wasser atmen musste?

Als der Doktor endlich aus dem Haus kam, sagte er zu Molloy, dass Considine in ein paar Stunden tot sein werde. Er werde später wieder zu ihm fahren und bei ihm bleiben.

Du willst nur alle anderen von dem Haus fern halten.

Ohne ein weiteres Wort zu wechseln stiegen sie in den Wagen und fuhren zu Franks Haus. Als sie in die Wheat Mill Lane einbogen, sah Frank sofort, dass Mary Delaneys Wagen nicht mehr da war. Er war froh darüber.

O'Leary brach das Schweigen. »Nun, was hat er Ihnen erzählt? Ist das nicht eine Wahnsinnsgeschichte?«

»Was meinen Sie?«

»Considines Beichte. Die Geschichte, wie sie Donaghue im Ausguss ertränkt und dann den Leichnam in den Fluss geworfen haben.«

Frank sah den Doktor an, als habe er einen Trickbetrüger vor sich, der mit gezinkten Karten spielt. »Sie sind wirklich ein Arschloch, O'Leary«, sagte er und wandte das Gesicht zum Fenster.

Doch O'Leary ertrug es nicht, dass man so mit ihm sprach, und als er den Wagen vor Molloys Haus anhielt, begann er: »Ich möchte Ihnen nur eines sagen, Mr Molloy. Ich bin es nicht gewöhnt ...« Aber Frank öffnete die Beifahrertür, stieg aus und ging.

Er schloss die Haustür auf und trat an den Tisch, denn er wusste, dass dort eine Nachricht liegen würde. Sie hatte das gleiche Papier genommen, das er benutzt hatte um Gregory zu schreiben. »Musste weg. Zehn Uhr früh. Bis dahin hast du genug Zeit um dich zu erholen, alter Mann. Delaney, M.« Molloy lächelte nicht.

Er ging zur Couch, ließ sich fallen, streifte den linken Schuh ab und stand wieder auf. Frank war sicher: Er musste Miss Duggans Geistergeschichte lesen, wenn er etwas über Kit Foley und Tony Donaghue herausfinden wollte.

Mit nur einem Schuh ging er in die Küche hinüber. Schon ehe er die erste Zeile zu Ende gelesen hatte, musste er die Brille abnehmen und den Bilderrahmen dicht an die Augen halten. Als Mary Delaney ihm die Geschichte gebracht hatte, hatte er nur ihre Notizen auf der Rückseite des Rahmens gelesen. Doch als seine Augen jetzt den Text überflogen, war er zu nervös um zu merken, dass die Geschichte nur sehr unzulänglich verschlüsselt war; dass ihm, wenn er am Montag auch nur einen Blick auf die Geschichte geworfen hätte, die dünne Tarnung sofort aufgefallen wäre.

Erst später, mitten in der schlaflosen Nacht, erinnerte er sich an Nathaniel Hawthornes *Der scharlachrote Buchstabe* und durchschaute mit einem Mal Miss Duggans Worte so klar, als sehe er Eddie Keegan im Gewand des schuldigen Reverend Arthur Dimmesdale vor sich. Und noch später, während er sich von einer Seite auf die andere wälzte, dachte er: *Deshalb hat sie Mary Delaney das Buch geschenkt. Mary sollte erkennen, was der Inhalt mit der Geistergeschichte zu tun hat, die sie auswendig kannte, nur hat Mary das Buch nie gelesen. Ich frage mich, was sie mit ihrem Wissen angefangen hätte, wenn sie es doch einmal gelesen hätte. Und was soll ich damit anfangen?*

Doch alles Hin- und Herwälzen, alles Fluchen hatte nichts genützt – er hatte keine Antwort gefunden.

Und jetzt stahl sich ein dünner Strahl der Morgensonne in den Raum, während Franz von Suppés Sonne allmählich unterging. Der Laserstrahl des CD-Spielers blendete zu einer Haydnsinfonie in G-Dur über. Doch Molloy, der mit dem Gesicht zur Rückenlehne der Couch lag, hörte es nicht. Er war endlich eingeschlafen.

Die Socken waren ihm heruntergerutscht und ringelten sich um seine Fußknöchel, die Sohlen waren schmutzig. Eine Wade schaute unter der Decke hervor. Die Hände waren über der Brust gefaltet, die Arme, weil die Couch so schmal war, dicht an den Körper gezogen. Der weiße Haarkranz verlangte nach einem Kamm.

Aus der Gesäßtasche ragte ein unordentlich gefaltetes Blatt Papier. Irgendwann in der Nacht hatte er den Rahmen auseinander genommen und Mary Delaneys Geschichte in die Tasche gestopft. Er wollte zu Eddie Keegan fahren, mit der Faust an seine Tür zu hämmern und dem Priester die Geistergeschichte unter die Nase halten. Doch noch er ehe sein eigenes Haus verlassen hatte, überlegte er es sich anders. Erstens war es fast vier Uhr morgens und zweitens hatte er angefangen sich über den Zorn zu wundern, der ihn antrieb. Warum war er überhaupt zornig? All das ging ihn nichts an. Die Verbrechen waren geschehen, während er in New York gelebt hatte. Und wäre er nicht nach Hause gekommen, wäre alles beim Alten geblieben. Er brauchte Considines Beichte nur zu vergessen. Miss Duggans Geschichte, Kit Foley, Tony Donaghue – er musste das alles nur vergessen. Dann konnte er zu Bett gehen und ruhig schlafen.

Er hatte es versucht, doch es war ihm nicht gelungen, denn Miss Duggans Geschichte zufolge hatte man Eddie Keegan mit dem toten Mädchen in den Armen gesehen.

* * *

Ein Sargtuch aus Wolken verhüllte den weiten Himmel vom Zenit bis zum Horizont, der Mond, das himmlische Schiff, segelte blitzend über das windgepeitschte Himmelsgewölbe.

In farblosen Gewändern, grau, stand die Frau unter dem Baum, gealtert, düster, ernst. Eine Sekunde glänzte der Mond weit über den wolkenverhangenen Himmel. So mächtig war sein Glanz, dass die vertraute Landschaft deutlich und scharf umrissen sichtbar wurde wie am Mittag. Und da, ganz nah, stand Arthur Dimmesdale. Ehe die himmlische Bark nicht durch einen Spalt in den Wolken geschlüpft war, hatte es keine Gefahr gegeben, dass ein menschliches Auge Dimmesdale entdeckte.

Sie standen inmitten des merkwürdigen, feierlichen Mondenglanzes und als die traurige Frau zu sprechen begann, irrten Dimmesdales Augen ängstlich in die Richtung, aus der ihre Stimme kam. Er erblickte eine Gestalt unter dem Baum, so dunkel gekleidet, dass er kaum wusste, ob es eine Frau oder ein Schatten war.

Plötzlich wurde das Land um sie herum finster und die Bäume schwankten schwer über ihren Köpfen. Ein starker Ast ächzte traurig, als erzähle er einem zweiten die schmerzliche Geschichte der beiden Menschen, die da standen.

Wieder schickte die goldene Barke ihr Licht durch die zerrissenen Wolken und die traurige Frau richtete den wil-

den Blick auf das Mädchen in Dimmesdales Armen, ihre Tochter, deren unschuldiges Leben geblüht hatte wie eine wunderschöne, unsterbliche Blume; ihre Schönheit strahlte wie ein Heiligenschein über dem Unglück und der Schande, die sie umgaben.

Arthur Dimmesdale sah sich um und die Frau wusste, dass die Hitze der Leidenschaft in seinem Herzen ihn zu einer irren Tat verleitet hatte. Er legte das Kind auf das verdorrte Wintergras, kalt. Er reichte der Frau sein Buch und eine Feder aus Stahl. Sie schrieb ihren Namen mit ihrem Blut und er drückte ihr sein Mal auf die Brust.

Seine Macht über sie fesselte jedoch ihre Worte nicht. »Du magst dein Geheimnis vor der neugierigen Menge verbergen. Mich hast du in einen Bund gelockt, der meiner Seele Verderben sein wird, denn ich werde sprechen, obwohl ich Schweigen gelobt habe. In einem unausweichlichen Augenblick wird die Seele dieser Leidenden erlöst werden und in einem dunklen, jedoch durchsichtigen Strom dahinfließen, alle Geheimnisse ans Licht bringen, alle Missetaten an die Sonne zerren und ihren eigenen pochenden Schmerz in tausend Herzen pflanzen in einem Schwall trauriger Beredtsamkeit.«

Arthur Dimmesdale wandte sich von dem Mädchen ab, schleppenden Schrittes. Das kleine Tal blieb verlassen unter dem alten dunklen Baum zurück, der mit seinen vielzüngigen Ästen und Zweigen lange von dem flüstern sollte, was hier geschehen war. Und kein Sterblicher sollte es je erfahren.

* * *

Anstelle der Haydnsinfonie erklang nun Morricones Musik zu »The Mission«. Die nachdenkliche Oboe sickerte in Molloys Unterbewusstsein und beschwor einen Albtraum herauf: Angst und blitzende Lichter; ein schwarzes Loch in einem silbernen Zug; ein Leichensack, der nicht mit der gebührenden Achtung behandelt wurde; schweigende Menschen, deren Köpfe ihm die Sicht versperrten; die Lichter, die verdammten blitzenden Lichter, was sollen all diese blitzenden Lichter; und dann die unausweichliche, wie eine immer lauter werdende Trommel nahende Erkenntnis, dass Padrake in diesem Leichensack war.

Molloys Brust begann sich schneller zu heben und zu senken, bis es aussah, als versuche sie mit dem Rhythmus einer Trommel Schritt zu halten, die immer schneller geschlagen wurde. Schließlich bewegte sich sein ganzer Körper so, als mache er eine gewaltige Anstrengung sich aus Wasser hinauszuhieven, das ihn ertränken wollte. Ein erstickter Schrei entfuhr ihm auf seiner Flucht zurück ins Bewusstsein. Schließlich lag er wach auf dem Rücken, die Augen weit offen, wie nach einer vorübergehenden Atemlähmung.

Als sein Atem wieder zu seinem normalen Rhythmus zurückfand, hörte er die letzten Melodien der Oboe und er musste an Padrakes Haus denken in jener Nacht, als sie zum ersten Mal miteinander schliefen. »Gabriels Oboe« klang aus den Stereolautsprechern. Sie war während ihres ersten Zusammenseins sehr laut gewesen und am nächsten Tag hatte er ihr als »anonymer Nachbar« einen Brief mit Beschwerden über den Lärm und der Drohung geschrieben mit Plakaten für leisere Orgasmen in diesem Wohnviertel zu demonstrieren. Doch Molloys warme Erinnerungen zersprangen, als ihm wieder einfiel, was er entdeckt hatte.

»Verflucht und zugenäht!«, sagte er laut, denn er hatte an Padrake gedacht und das war ihr Spruch gewesen.

Verflucht und zugenäht! Er schwang die Füße auf den Boden und noch bevor sie das alte, geölte Holz berührten, klopfte es. Er schaute auf die Uhr. Durch das Fenster sah er einen Wagen. *Hat er mich geweckt? Gott! Ich muss aussehen wie ein Stück Scheiße.*

Auf dem Weg zur Tür streckte er sich um den Schmerz aus dem Rücken zu vertreiben und fuhr sich mit den Fingern durch das Haar. Bevor er den Riegel zurückschob, machte er einen vergeblichen Versuch die Falten in seiner Kleidung zu glätten. Er zog die Socken herauf. Als er die Tür öffnete, war er so überrascht, dass er einen Schritt zurückwich.

33. Kapitel

Gründonnerstag
10.52 Uhr

EDDIE!«, STIESS MOLLOY hervor und der Mund blieb ihm offen stehen. Nicht weil Eddie Keegan vor der Tür groß und drohend wirkte. Es war nur deshalb, weil Eddie Keegan der letzte Mensch war, mit dem Frank etwas zu tun haben wollte, denn ihm war klar, dass er dann in Scheiße wühlen musste, die zu glitschig war um auf einer Schaufel liegen zu bleiben, und er wusste, die Beziehung zu seinem alten Freund, das wenige, das sie wieder belebt hatten, würde nie wieder sein wie vorher.

Molloy war so versunken, dass er versäumte Keegans Körpersprache zu lesen. Daher war er noch betroffener, als er die schroffe Stimme des Priesters hörte.

»Ich habe mit dir zu reden, Frankie«, sagte Keegan in einem Ton, der geeignet war um einen Ministranten zur Ordnung zu rufen.

Sie schauten sich an. Abgesehen von dem Schock Keegan vor sich zu sehen steckte Molloy noch immer tief in der Unentschlossenheit, die ihn die ganze Nacht beschäftigt hatte.

Doch diese letzte Unsicherheit verflog schnell, als er erkannte, dass Keegan sich eine Autorität anmaßte, die ihm nicht zustand. In seiner Zeit als Prieser hatte Frank eine heftige Allergie auf einen solchen Ton entwickelt. Doch er reagierte beherrscht.

»Gibt es hier irgendwo einen Hund, den ich nicht sehe, Eddie?«, fragte er.

Keegan, in seiner besten schwarzen Amtstracht mit passendem Hut, Handschuhen und Mantel, fauchte zurück: »Einen was?« Das Licht funkelte in seinen Brillengläsern.

In Frank stieg langsam Zorn auf. »Einen Hund, Eddie! Redest du mit irgendeinem verdammten Hund da draußen, den ich nicht sehen kann, Eddie?«

»Nein, ich spreche nicht mit einem Hund, Frankie.«

»Dann hör auch auf in so einem Ton zu reden!« Molloys Stimme nahm den Tonfall eines autoritären, pedantischen alten Lehrers an. »Zunächst mal, Eddie: ›Guten Morgen, Frankie. Wie geht's dir denn heute, Frankie?‹« Ohne Keegan Gelegenheit zu einer Erwiderung zu geben fuhr er fort: »Willst du reinkommen, Eddie, oder willst du dich noch einmal in deinen Wagen setzen und von vorn anfangen?«

Der Körper des Priesters wurde sofort von einem Krampf unnachgiebiger zölibatärer Starrheit erfasst. »Warum bist du immer ein – ein solches ...«

»Arschloch«, bot Frank an. »Ist das das Wort, das du suchst?«

Beinahe hätte Keegan mit dem Fuß aufgestampft. »Ich habe mit dir zu reden, Frankie. Mir ist verdammt egal, wie es sich anhört. Warum machst du so ein Theater? Ich muss nur mit dir reden.«

»Komm rein«, sagte Frank und machte die Tür weit auf.

»Mir wäre lieber, wir könnten ein bisschen herumfahren. Ich möchte nicht in deinem Haus mit dir sprechen.«

Mit hochgezogenen Brauen sah Frank den Priester

an. *Damit du die Kontrolle behältst?* »Glaubst du, ich habe Wanzen hier drin, sodass man uns abhören kann?«

»Nein, darum geht es nicht.« Keegan streckte die Hände aus, als wollte er einen Ball vor der Brust abfangen. »Könntest du ganz einfach mit mir eine kleine Fahrt machen? Bitte.«

Die Bitte erinnerte Frank daran, dass er Keegan, als er am Dienstagabend in die Dunkelheit hinausgeschlichen war, ein paar beruhigende Worte nachgerufen hatte. Und da er endlich begriff, dass sich der Priester in einem Zustand großer Angst befand, wurde Frank sehr schnell wieder normal und friedlich. »Willst du einen Moment reinkommen, während ich mich fertig mache?«

»Nein, ich warte lieber im Wagen.«

Frank spürte die Luft unangenehm kalt auf seinem feuchten Bart, als er genau vier Minuten später aus dem Haus kam. Keegan hatte den Wagen schon gewendet. Steif saß der Priester da, blickte das Steuer umklammernd starr geradeaus. Frank ging zur Beifahrerseite und stieg ein. Der Wagen fuhr schon an, ehe er nach dem Sicherheitsgurt greifen konnte.

Solange sie die Wheat Mill Lane entlangfuhren, sagte keiner etwas. Keegan bog nach rechts ab, fort von Davinkill. Die schmale Straße schlängelte sich an den Grundstücksgrenzen alter, verfallener englischer Landsitze entlang. Frank erinnerte sich an diese Route. Er kannte sie von früher, als sein Vater die Familie an Sonntagen im Ponywagen auf Ausflüge mitgenommen hatte. Von diesen Ausflügen glaubte Frank auch im Gedächtnis bewahrt zu haben, dass die Straße irgendwo in die Erde versank, doch als er sie jetzt mit Eddie Keegan entlangfuhr, sah er, dass seine Erinnerung falsch war. Nicht die Straße sank ein, das Land rundherum stieg zu Hügeln an und ließ die Straße in den Tälern zurück. Er erinnerte sich, dass es irgendwo vor ihnen eine Abzweigung gab, die zu Clocowen Castle führte.

Seit sie unterwegs waren, hatte Frank zweimal den Eindruck gehabt, dass Keegan sprechen wollte, doch jedes Mal endete der Versuch damit, dass er nervös auf dem Sitz herumrutschte. Frank beschloss, eine kleine Bresche in Keegans Damm zu sprengen um das Schweigen zu brechen.

»Eddie ...« Schon dieses eine Wort wirkte wie eine gut platzierte Ladung Dynamit. Keegans Redeschwall ergoss sich in den Wagen.

»Bis zu diesem Abend vor ein paar Tagen habe ich nie jemandem gestattet etwas über mich zu erfahren.« Wenn der Redeschwall dem Wasser glich, das durch einen geborstenen Damm rauschte, dann glich der Zorn in Keegans Stimme den harten Kieselsteinen auf dem Grund. »Ich weiß nicht, wie es ... Du hast mich verleitet Dinge auszusprechen ...«

»Hör auf, Eddie!«

»Nein, du hörst auf, Frankie. Ich habe dir gesagt, ein Priester kann keine Freunde haben, und du hast mich ausgelacht. Doch ich hatte Recht und du Unrecht. Du hast mich verleitet Dinge zu sagen, die mich vernichten könnten.« Je heftiger der Zorn wurde, in den Keegan sich hineinsteigerte, umso schneller fuhr er. »Solange du in der Nähe bist und mich mit deinem anklagenden Blick ansiehst, kann ich nicht mehr der Priester sein, für den die Menschen mich halten. Du denkst, nur du hast Recht und alle anderen Unrecht.

Warum musstest du überhaupt nach Hause kommen?« Keegan machte plötzlich eine Vollbremsung und die Reifen quietschten laut auf. Als er sich herumdrehte und den rechten Arm über die Sitzlehne warf um leichter durchs Heckfenster blicken zu können, zuckte Frank zusammen und glaubte eine Sekunde lang, Keegan werde ihn ins Gesicht schlagen. Sein Körper fiel nach vorn, als Keegan den Rückwärtsgang einlegte und zurückpreschte.

»Was, zum Teufel, machst du ...«, sagte er, doch der Wagen machte wieder einen Satz nach vorn und Keegan bog in eine Nebenstraße ein, über die er in seinem Zorn hinausgeschossen war. Wieder quietschten die Reifen. »Das gefällt mir nicht, Eddie«, sagte Frank laut.

»Glaubst du, mir gefällt es, Frankie?«, schrie Keegan zurück. »Du hast mich in eine unhaltbare Lage gebracht.«

»Ich rede von deiner Fahrweise, um Himmels willen! Würdest du bitte langsamer fahren?«

»Nun«, sagte Keegan, »jetzt weißt du wenigstens, wie das ist, Frankie.«

»Wie was ist? Fahr bitte langsamer.«

Keegan nahm den Fuß vom Gaspedal. »Wie es ist, wenn jemand Macht über dich hat, wenn jemand anders am Steuer sitzt.«

Frank hatte sich mit den Händen am Armaturenbrett abgestützt. »Ich weiß nicht, worauf du hinaus willst, Eddie, aber das war ein ganz billiges Stück Scheiße. Bildest du dir ein, du müsstest einem Kind eine Lektion erteilen? Oder einem deiner Gemeindemitglieder?«

»Du hast eben gespürt, wie es ist, wenn ein anderer

die Kontrolle über dich hat«, sagte Keegan mit zusammengebissenen Zähnen.

»Du musst mir wirklich nichts demonstrieren, verflucht noch mal«, knurrte Frank zurück. »Und warum, zum Teufel, sollte ich dich unter Kontrolle haben wollen?«

»Es ist keine Frage, ob du's willst oder nicht!« Keegan war nahe daran zu brüllen. »Du weißt, ich bin ein – ein ...«

»Was weiß ich, Eddie?«

»Du weißt, ich glaube nicht an das, was ich tue.«

»Es ist mir scheißegal, woran du glaubst!« Auch Molloy schrie jetzt beinahe.

»Aber du weißt es!«, schrie Keegan zurück. Er drosselte das Tempo und fuhr auf einen leeren Rastplatz an der Straße, der groß genug war für zehn Wagen.

»Was hat es schon zu bedeuten, was ich weiß? Glaubst du, ich werde herumrennen und es allen sagen?«

Keegan zog die Handbremse an, als wollte er sie herausreißen. Aus der Innentasche nahm er einen Briefumschlag und warf ihn Frank auf den Schoß. »Das hat es zu bedeuten«, sagte er. »Und wenn sich mir die Chance bietet, werde ich sie ergreifen. Lies!« Er machte die Tür auf und stieg aus dem Wagen.

Völlig verwirrt und verärgert betrachtete Frank den Briefumschlag. Dann blickte er wieder auf und sah Keegan an. Der Priester überquerte die Straße und ging ohne einen Blick zurück durch eine schmale Schwingtür in der Hecke. Frank beugte sich zur Seite um besser zu sehen, wohin Keegan wollte. Einen Moment lang konnte er nicht glauben, dass er bis jetzt nicht gemerkt hatte, was vor ihm lag: Der Wagen stand am Fuß des Clocowen und auf dem Gipfel thronte die Ruine der uralten Burg wie die zerschmetterte Krone eines Königs. Er betrachtete sie ein paar Minuten lang. Sie war so gigantisch, wie er sie in Erinnerung gehabt hatte. Aus den Augenwinkeln sah er Keegan. Der Priester stieg langsam den Schafspfad hinauf, der zu der eingestürzten zweiten Festungsmauer führte.

Frank richtete den Blick wieder auf den schlichten weißen Umschlag in seinen Fingern. Er nahm den einzelnen Bogen Papier heraus. Das geprägte Zeichen war ein bischöfliches Emblem und die erhabene Adresse des Bischofs, der vor einigen Tagen gestorben war. Das Schreiben trug statt des Datums den Vermerk: »Im Falle meines Todes« und bestand nur aus zwei Zeilen. »Lieber Pfarrer Keegan, Sie sind einer von drei Priestern, die ich dem Heiligen Stuhl als meinen Nachfolger empfohlen habe.« Dann das bischöfliche Siegel über der Unterschrift.

Frank faltete das Blatt und schob es in den Umschlag zurück. Eine Zeit lang starrte er die rau verputzte Mauer vor dem Wagen an. Er dachte an den Dienstagabend und an Keegans Vortrag darüber, wozu Priester bereit waren um die Zuneigung maßgeblicher Leute zu gewinnen. Hatte er alle Priester gemeint oder einfach nur von sich selbst gesprochen? Nach einer Weile zuckte Frank mit den Schultern und sagte laut: »Wen schert das schon, verdammt.« Mit dem Briefumschlag in der Hand öffnete er die Wagentür.

Als Frank keuchend den schmalen Pfad heraufkam, stand Keegan auf dem Gipfel neben einer der eingestürzten Mauern. Der Priester blickte auf die Bauernhöfe in der Ebene, auf das Land, das wie eine

Patchworkdecke von Meilen kreuz und quer verlaufender Hecken unterteilt wurde. Als er Frank näher kommen hörte, drehte er sich um, sein Körper gegen jeden Angriff gewappnet.

»Nun?«, fragte er in einem Ton, der wie Säbelrasseln klang.

Frank reichte ihm den Brief. »Was hast du Miss Duggan angedroht, nachdem sie dich mit Kit Foleys Leiche in den Armen gesehen hatte?«

34. Kapitel

Gründonnerstag
12.22 Uhr

EINEN MOMENT ZUVOR war er ein Ritter mit gezogenem Schwert gewesen, bereit sich gegen jeden Angriff von Frankie Molloy zu verteidigen. Er hatte eine hämische Tirade erwartet, einen Hagel von Pfeilen, gespickt mit Sarkasmus über Heuchelei. Doch jetzt hatte Pfarrer Keegan das Gefühl, als sei Molloy dreist auf ihn zugegangen und habe ihm einen heftigen, verheerenden Tritt versetzt. Der Angriff kam so unerwartet, der Tritt traf so haargenau ins Ziel, dass sich im Kopf des Priesters alles zu drehen begann und sein Körper so kraftlos wurde, dass er sich auf die zerfallene Mauer hinter ihm stützen musste, die gespreizten Finger auf den offenen Mund gepresst.

Während er alles tat um den völligen Zusammenbruch abzuwenden, starrte er Frankie an wie ein König einen zerlumpten Bauern angestarrt hätte, der den königlichen Kopf mit dem Hieb einer rostigen Schaufel vom königlichen Leib abgetrennt hatte, starrte ihn an, als wollte er sagen: ein verdammter Bauer mit einer verdammten rostigen Schaufel.

Frank sah den Zorn in Keegans Augen und sah auch die Verheerungen, die seine Worte angerichtet hatten. Trauer lag im Widerstreit mit dem Zorn, der in ihm schwelte, seit er am Abend zuvor Miss Duggans Geschichte gelesen hatte. Er wollte Keegan in die Arme nehmen. Aber er tat es nicht, denn ob er nun um

Keegans willen traurig war oder nicht, ein Teil von ihm wollte den Priester bestrafen, weil er ihm zwar aufrichtig die Geschichte von Kit Foley und Tony Donaghue erzählt, die Rolle, die er selbst dabei gespielt hatte, jedoch unerwähnt gelassen hatte. Daher umarmte Frank ihn nicht, sondern nahm seinen Arm, wie er den eines alten Mannes genommen hätte, dem man über die Straße helfen muss. Bevor Keegan jedoch auf den sanften Ruck reagierte, sagte er: »Ich habe sie nicht getötet, Frankie.«

Und Frank antwortete: »Miss Duggan hat geglaubt, du hättest in der ›Hitze der Leidenschaft‹ etwas getan.«

Noch immer Arm in Arm unter dem riesigen Mauerbrocken stehend, der seit jener Stunde dort lag, in der Oliver Cromwells Offiziere die Festung gesprengt hatten, antwortete Keegan: »Ich habe ihr gesagt, dass ich's nicht getan habe, aber sie wollte mir nicht glauben. Sie starb in der Überzeugung, dass ich ihrer Ziehtochter Gewalt angetan und sie ermordet hätte. Wie hast du herausgefunden, dass sie mich mit Kit in den Armen sah?«

»Erstens musste ich gestern die Beichte dieses Considine-Menschen hören, während du ...«

»Oh Gott! Das hab ich nicht gewusst. Ich weiß, dass er gestorben ist ...« Man sah Keegans Augen an, dass er Considines Geschichte im Kopf genau überprüfte. »Aber von ihm kannst du nicht erfahren haben ...«

»Gestern Nachmittag habe ich zum ersten Mal Miss Duggans Geschichte gelesen«, fiel Frank ihm ins Wort. »Arthur Dimmesdale bist du.«

»Aber Arthur Dimmesdale war ihr Name für Tony Donaghue. Die Initialen: Anthony Donaghue.«

»Weißt du, wer Arthur Dimmesdale war?«

»Nein.«

»Er war ein Geistlicher, ein Priester, der mit einer Frau namens Hester Prynne Unzucht trieb und Hester die ganze Schuld zuschob. Miss Duggan hat für ihre Geschichte Stellen aus dem Buch *Der scharlachrote Buchstabe* benutzt. Sobald man weiß, dass Dimmesdale Priester war, kann Miss Duggans Geschichte kaum noch ein Rätsel sein.«

Mit offenem Mund starrte Keegan Molloy an. »Es war die ganze Zeit für jedermann offensichtlich?«

»Ja, offensichtlich für jeden, der das Buch kennt. Miss Duggan wollte, dass Mary Delaney es liest und eins und eins zusammenzählt.«

»Gott, Mary weiß es. Was wird sie tun?« Keegan konnte kaum sprechen.

»Es ist kein leicht verständliches Buch. Mary hat nur das erste Kapitel gelesen und das enthält nichts von dem, was in der Geistergeschichte steht. Sie hat mir das Buch gegeben, das Miss Duggan ihr schenkte.«

Keegans Körper schien noch mehr in sich zusammenzusacken. Er atmete laut. Es schienen Minuten vergangen zu sein, ehe er flüsterte: »Jesus. Und ich habe mich so wegen der Schuhe gesorgt.«

»Wegen welcher Schuhe, Eddie?«

Keegan berichtete, dass die Schuhe des Mädchens verschwunden gewesen waren und das ganze Dorf nach ihnen gesucht hatte, während sie hinter dem Vordersitz in seinem Wagen gelegen hatten.

»Komm!« Frank zog Keegan leicht am Arm. »Setzen wir uns dort drüben hin, dort ist es nicht so windig.«

Molloy war mehr als erstaunt über die Verwandlung, die mit Keegan vor sich gegangen war – als ob der Priester von einer Sekunde auf die andere alt geworden wäre, als hätte man etwas Fundamentales aus ihm herausgerissen, das sein ganzes Sein gestützt und zusammengehalten hatte. Wie zur Bestätigung sagte Keegan: »Seit dreißig Jahren habe ich mich vor diesem Augenblick der Entdeckung gefürchtet und immer habe ich mich gefragt, ob ich ihn ertragen könnte. Jetzt weiß ich es.« Sie gingen um die Ecke zu dem tiefen Schacht, den man für einen Brunnen gehalten hatte und der in Wahrheit ein Verlies gewesen war. Die beiden Männer streiften die welken Nesseln des vergangenen Sommers, die am Rand der Lochs standen, und gingen schweigend zur Südseite der Mauern, die den Angriffen von 1650 widerstanden hatten. Keegan ging den schmalen Pfad entlang, Molloy marschierte seitlich davon durch das hohe, leblose Gras. Mit einem leichten Fingerschnippen zeigte er auf die Stelle, wo sie sich in die Sonne setzen wollten.

Während er darauf wartete, dass Keegan ihm erklärte, warum er mit einem toten Mädchen in den Armen gesehen worden war, blickte er hinaus auf das Ackerland, das wie Flickwerk unter ihnen lag und am dunstigen Horizont verschwamm.

Die Hände auf die hochgezogenen Knie gestützt, die Stirn auf den Handrücken, die Augen geschlossen, spürte Keegan, wie sich sein Körper zu entspannen begann. Aber die Furcht, dass Frankie ihn unter Druck setzen würde, sobald er alles offenbart hatte, war groß und es kostete ihn eine ungeheure Energie mit der Geschichte zu beginnen. Wie ein Schwimmer, der zögernd am Rand eines Eislochs steht, schwankte Keegan, bis er plötzlich den Sprung wagte, den Kopf hob und anfing zu sprechen. Den Bruchteil einer Sekunde lang war er der Schwimmer in der Luft – erleichtert, weil er gesprungen war, aber voller Angst den Zusammenprall mit dem eisig kalten Wasser erwartend.

Er brauchte seine Worte nicht zu ordnen. Er kannte die Geschichte so genau wie die Reihenfolge, in der er seine Messgewänder anziehen musste.

»Kit Foley war an dem Tag, an dem sie ermordet wurde, bei mir gewesen. Es war eine sehr schlimme Begegnung. Sie wollte mir sagen, dass ihre beiden Brüder sie regelmäßig missbrauchten, aber sie wusste nicht, wie sie es sagen sollte. Kits Eltern waren tot. Kit hatte Miss Duggan von den Vergewaltigungen erzählt, sich aber zu sehr geschämt um ihr auch zu verraten, wer sie missbrauchte. Miss Duggan hatte sie überredet zu mir zu gehen. Kit war seit mehreren Monaten schwanger.«

Aber sie hatte es anders ausgedrückt: »Ich glaube, ich bekomme ein Baby, Herr Pfarrer.« Nervös hatte das Mädchen im Wohnzimmer des Geistlichen gesessen und ein blau geblümtes Taschentuch zwischen den Fingern zu einem Strick zusammengedreht. Sie hatte den Priester nicht angesehen, seit sie sich auf den niedrigen Lehnstuhl gesetzt hatte. Mit leiser Stimme, die Keegan kaum verstehen konnte, erzählte sie ihm, wie es begonnen hatte, als sie zwölf gewesen war. Ihre Brüder, zehn und zwölf Jahre älter als sie, waren einzeln in ihr Zimmer gekommen, hatten die Hände unter ihre Bettdecke geschoben und ihren Körper berührt, während sie starr dalag, zu verängstigt um sich zu bewegen oder etwas zu sagen. Dann hatte eines Abends einer ihre Hand genommen und zu seiner Erektion geführt. Wie eine Nonne, die die Hand eines Kindes hält um ihm zu helfen die Feder um die Rundungen schwieriger Buchstaben zu führen, hatte er ihrer Hand beigebracht sich auf und ab zu bewegen. Seine Finger hatte er zwischen ihre Beine gezwängt. Nicht lange danach hatte der andere Bruder das Gleiche getan.

»Sie war nicht imstande sehr ins Detail zu gehen. Entweder sie kannte die Wörter nicht oder es war ihr zu peinlich, sie zu benutzen. Der ältere Bruder war der erste, der richtigen Geschlechtsverkehr mit ihr hatte, doch danach wurden die Brüder ein Team, einer hielt sie fest, während der andere sie vergewaltigte.«

Nachdem Keegan und das Mädchen eine Stunde lang ruhig miteinander gesprochen hatten, nachdem Keegan verzweifelt überlegt und ein paar Telefongespräche geführt hatte, kamen der Priester und Kit Foley überein, dass sie am nächsten Tag in ein Heim für unverheiratete Mütter ziehen sollte. An diesem Abend sollte sie zu Miss Duggan gehen und er wollte mit ihren Brüdern sprechen. Am nächsten Morgen wollte er Kit noch einmal nach Hause bringen, damit sie ein paar Sachen holen konnte. Dann wollte er sie in das Heim fahren.

»Als sie ging, stand ich an der Haustür und wartete, bis sie auf ihrem Fahrrad saß. Das arme Mädchen.« Keegan schüttelte langsam den Kopf, sah sie vor sich, wie sie, von winterlicher Dunkelheit umhüllt, die Straße entlangradelte. »Gott, wie zuwider es mir war, diese beiden Bestien aufzusuchen. Was sollte ich zu ihnen sagen? Ich hatte solche Angst, dass ich erst kurz vor acht Uhr aufbrach. Unterwegs überlegte ich mir, dass ich die Vergewaltigungen nicht erwähnen wollte.

Ich würde ihnen nur erklären, dass Kit nicht mehr nach Hause kommen und dass ich sie am nächsten Morgen fortbringen würde. Wenn sie mich fragten, warum, wollte ich sagen, sie wüssten die Antwort bereits.«

Keegan war durch die dunkle, verdreckte, ungepflasterte Gasse gefahren, die zum Haus der Foleys führte. Dicke, schwere Wolken jagten vor dem Dreiviertelmond dahin, der seine Strahlen über der Landschaft verstreute. Keegan wusste, dass das Haus nicht in dieser Gasse lag, sondern an einem Feldweg, der in einem noch viel schlimmeren Zustand und noch dunkler war als der Weg, den er gerade entlangfuhr. Er wusste auch, dass in der Mitte des Hofs ein großer Misthaufen lag; dass er nicht genug Platz haben würde um den Wagen zu wenden; dass er, wenn er bis vor das Haus fuhr, im Rückwärtsgang wieder hinausfahren musste. Am besten war es, wenn er in der Gasse parkte, die Gummistiefel anzog und mithilfe einer Taschenlampe und ein wenig Mondlicht zu Fuß zum Haus ging.

»Es war so dunkel und still, man hörte nur den Wind in den Hecken. Die Gummistiefel platschten durch Schlamm und Dreck. Ich blieb ein paar Mal stehen um zu lauschen und schaltete die Taschenlampe aus um zu sehen, ob ich hinter einem der Fenster ein Licht entdeckte. Als ich den Hof erreichte, blieb ich wieder stehen. Nirgends war Licht. Erleichterung machte sich in mir breit, weil ich den Dreckskerlen heute nicht mehr gegenübertreten musste. Wahrscheinlich sind sie im Bett, dachte ich, und sorgen sich nicht einmal, weil Kit nicht zu Hause ist. Ich erinnere mich, dass es um mich herum ganz still war. Das Licht der Taschenlampe reichte nicht weit und erst als der Mond durch die Wolken brach, merkte ich, dass ich nur noch einen Meter von dem Misthaufen entfernt war.« Keegans Stimme gewann beim Erzählen ihre Kraft zurück.

In dem Moment, in dem er den Misthaufen erkannte, war ihm klar, dass er mit dem Gesicht voran hätte hineinfallen können, und er erschrak wie ein Kind, das sich angesichts eines Schattens vor einem Ungeheuer fürchtet. Sekundenlang hielt seine Angst ihn in Bann. Er konnte sich nicht bewegen, seine Stiefel steckten tief im Dreck, die Hand, die das Licht hielt, war wie gelähmt, als könne ein leichtes Schwanken des Lichtstrahls den Dung ins Rutschen bringen. Dann stellten sich ihm am ganzen Körper die Haare auf und seine Haut kribbelte so unerträglich, dass er den Mund aufmachen musste um die Unmengen dünnen Speichels herausfließen zu lassen, die sich darin gebildet hatten: »Es war ein grauenhafter Laut, so als stürze eine verlorene Seele in Hoffnungslosigkeit.«

Keegan konnte sich nicht bewegen, war nicht fähig, sich zu der Scheune umzudrehen, aus der dieser Laut gekommen war. Er hörte ein Mädchen schluchzen und eine raue, befehlende Stimme schreien.

Was, zum Teufel ...? Sie sollte bei Miss Duggan sein.

Dann hörte er nichts mehr.

»Ich wollte nur noch eines – völlig lautlos von dort verschwinden.«

Ohne einen Fuß zu rühren zwang er sich dahin zu schauen, wo die Geräusche herkamen. Nach einer Weile sah er zwei schmale Lichtstreifen, die sich schnitten und ein verkehrtes L bildeten. Schließlich wurde ihm klar, dass er auf eine geschlossene Tür blickte, hinter der ein schwaches Licht brannte. Reglos atmete er leise aus und hoffte, er werde nichts mehr hören, hoffte sich wegschleichen zu können ohne die Schuld der Feigheit hinter sich her durch den Dreck zu ziehen. Aber er hörte sie stöhnen, hörte Stroh rascheln, hörte eine gedämpfte Stimme. Er hob einen Fuß und begann auf die Tür zuzugehen.

»Ich habe geklopft. Kannst du dir das vorstellen? Ich habe angeklopft!« Er hoffte, dass niemand sein schüchternes Pochen hören würde.

»Ich habe geklopft wie an eine Klosterpforte. Natürlich hörte mich keiner.«

Versuchsweise stieß er mit dem rechten Zeigefinger gegen die Tür und sie bewegte sich lautlos in den Angeln. Er zögerte, stand da, blickte durch den schmalen Spalt, der entstanden war, erkannte schwache Schatten und sah schließlich die Hinterteile von fünf großen Kühen, die in einer Reihe standen. Den Atem anhaltend betrat Keegan die Scheune, ging ein Stückchen nach links. Als seine Augen in dem schwachen Licht den Raum hinter den angeketteten Kühen überblicken konnten, entdeckte er einen aufrecht stehenden Mann, der in sexueller Ekstase sein Becken bewegte.

»Niemand hatte mich gesehen, niemand hatte gemerkt, dass die Tür geöffnet worden war.«

Als die Kühe die Köpfe bewegten, klirrten leise die Ketten, die sie an den Krippen festhielten. Die Geräusche der Tiere, die ihr Futter wiederkäuten, erfüllten die Scheune wie Summen einen Bienenstock. In seinem schwarzen Anzug, schwarzen Handschuhen, schwarzen Stiefeln und schwarzem Hut stand Keegan reglos da. Auf dem Boden am anderen Ende der Strohballen, auf denen das Mädchen ausgestreckt lag, leuchtete eine Laterne. In dem schwachen Licht sah er, wie der, der gerade das Mädchen vergewaltigte, den Kopf wandte. Aber er drehte sich nicht zu Keegan um. Der Mann hatte auf seinen nackten Beinen und seinem nackten Hintern einen kalten Luftzug gespürt. »Isses verfluchte Tor schon wieder offen, verdammt? Is kalt hier drin!«, schrie er barsch. Aber er war schon zu weit um noch aufhören zu können.

»Erst als er wieder anfing zu stoßen, hab ich den anderen Bruder gesehen. Hinter den Strohballen hat er gekniet. Hat die Arme des Mädchens festgehalten. Ich hatte gedacht, sie sei gefesselt.«

Der Mann, der dabei war, seine Schwester zu vergewaltigen, fing an Töne von sich zu geben wie ein Bulle, der zum Orgasmus kommt, seine plumpen Stiefel suchten Halt in dem lockeren Stroh. Auch der andere Bruder begann Laute von sich zu geben. Das Mädchen weinte. »Oh Ma! Oh Ma!« Für den Priester glich diese Szene einer mittelalterlichen Darstellung der Hölle. Licht und Dunkel machten alles noch fantastischer und erschreckender. Als der Vergewaltiger zum Orgasmus kam, klangen die Laute, die er und sein Bruder ausstießen, wie das Stöhnen von Dämonen in der Finsternis und der Vergewaltiger stieß sein Becken in seine Schwester, bis er schließlich auf sie fiel. Sie schluchzte. Die Stiefel des Vergewaltigers mit der halb heruntergelassenen Hose, die um die muskulösen Beine schlotterte und sich an den Knöcheln bauschte, schwangen auf und ab wie ein Ende einer Wippe.

Keegan schien den Augenblick verpasst zu haben,

in dem sich die Situation in der Scheune veränderte, und er fragte sich hinterher, ob er sich bewegt oder gehustet oder geniest hatte. Der Mann, der auf seiner Schwester lag, wurde totenstill und auch der andere hörte auf schwer zu atmen. Dann war der Vergewaltiger plötzlich auf den Beinen, seine groben, schmutzigen Hände ließen von den Brüsten seiner Schwester. Er riss den Penis heraus und seine Schwester stöhnte vor Schmerz. Dann schaute er zum Tor und fragte: »Isn da?« Der andere, der auf dem Boden gekauert hatte, sprang flink wie eine große Katze auf.

»Das Nächste, was ich wahrnahm, bevor ich die Augen öffnete, war der Gestank menschlicher Exkremente. Dann fühlte ich einen Schmerz, als hätte ich einen mächtigen Schlag auf den Kopf bekommen. Ich lag mit der Wange an der Lehne vorn in meinem Wagen und alles tat mir weh. Als ich die Augen aufschlug, war mir, als sei ich mitten in einem Albtraum gelandet statt aus einem zu erwachen.«

Keegan wusste noch nicht, wie er in den Wagen gelangt war, wusste nicht, dass die Tür hinter ihm offen stand und die Innenbeleuchtung über seinem Kopf brannte, er sah auch nicht Kit Foleys Gesicht nur wenige Zentimeter entfernt. Fast eine ganze Minute lang starrte er mit verschwommenem Blick auf die schwarze Höhle ihres halb geöffneten Mundes. Er hob den Kopf vom Sitz, rutschte zurück und erkannte aus größerem Abstand deutlicher die Züge des Mädchens. Sogar als er schon wusste, dass es Kit war, als er hinter den Haarsträhnen, die ihr ins Gesicht gefallen waren, die halb offenen Augen sah, brachte er, was er da vor sich hatte, nicht in Verbindung mit dem, was unmittelbar zuvor geschehen war.

»Ich war noch immer nicht ganz bei Bewusstsein und mein Verstand begann erst einigermaßen zu funktionieren, als ich versuchte etwas gegen die Kälte zu tun.«

Er legte dem Mädchen die linke Hand auf die Schulter. »Kit«, sagte er und schüttelte sie leicht. Er schüttelte sie wieder und dann merkte er, dass seine Hand nass war. Er hielt sie ins Licht. Von seiner blutigen Hand schweiften seine Augen zu ihrem Hals und der klaffenden Wunde, die Tod schrie.

»Frankie, ich habe für mich keinen Ausweg gesehen. Gleichgültig wie sehr ich meine Unschuld beteuert hätte, man hätte mich mit dem Tod des Mädchens in Verbindung gebracht. Es stand zwei gegen einen und es gab nur einen Weg. Es ist leicht zu sagen, ich hätte sofort nach Duneamon ins Krankenhaus, direkt zur Polizei fahren sollen. Natürlich hätte ich das tun sollen. Dreißig Jahre lang habe ich mir gesagt: ›Hättest du ...‹ Aber in diesem Augenblick sah ich nur meinen Wagen mit Kits Leiche, ihr Blut an meinen Händen, sie war schwanger, war eben vergewaltigt worden. Ich war in einem schrecklichen Zustand.«

Wäre Keegan näher auf den Zustand eingegangen, in dem er gewesen war, dann hätte er Frank erzählen müssen, dass er vor Angst in die Hose gepisst hatte, als er dort auf die Hörner seines Dilemmas gespießt gesessen hatte. Der Urin war unter ihm nach hinten gelaufen und sein Hosenboden hatte sich damit voll gesogen.

»Es gab nur einen Ausweg, ich musste ihre Leiche irgendwo loswerden. Ich brachte es jedoch nicht über mich, sie an einem Ort zu verstecken, wo man sie lange Zeit nicht finden würde. Das Beste, was mir einfiel, war der Golfplatz – eine Stelle in der Nähe der Straße. Ich gab ihr die Letzte Ölung und setzte den Wagen in Gang.«

Keegan war in Panik, als er in der Nähe der großen Buche am Straßenrand anhielt. Er stürzte aus dem Wagen auf Hände und Knie, erhob sich und ging mit langen, hastigen Schritten um das Auto herum auf die andere Seite. Aber die Tür war zugesperrt und der Schlüssel steckte noch im Zündschloss. Wimmernd vor Angst lief er zurück auf die Fahrerseite, beugte sich über den Leichnam, entriegelte die Tür und rannte wieder auf die Beifahrerseite. Er hatte nicht geahnt, wie schwierig es war, einen schlaffen Leichnam von der Stelle zu bewegen, obwohl er ihr nur unter die Arme greifen und sie herausheben musste. Er stöhnte bei dem Versuch.

»Es war so schwer, sie aus dem Wagen herauszuholen. Als ob man versuchte einen Wassersack zu heben. Sie ...«

»... rutschte« war das Wort, das er gebrauchen wollte, aber die Erinnerung daran, dass sie ihm jedes Mal aus der Hand gerutscht war, wenn er versuchte sie zu heben, ließ ihn verstummen. Keegan saß neben Molloy am Fuß der dicken Burgmauern in der Sonne.

Seine Panik verwandelte sich plötzlich in leidenschaftlichen Zorn. Er packte die Handgelenke des Mädchens und zerrte es rücklings, mit dem Kopf voraus, aus dem Wagen. Er warf die Tür zu. Der dünne Putz der Vornehmheit war abgeblättert und er merkte nicht mehr, dass es scharf nach Pisse und Scheiße roch. Je einen Fuß zu beiden Seiten ihres Gesichts, bückte er sich, schob die Hände unter die Schultern in ihre Achselhöhlen und packte fest den Stoff ihres Kleides. Er hob sie auf, presste sie an seine Brust. Ihr Haar hing ihm in den offenen, nach Atem ringenden Mund. Mit den Füßen stieß er ihre Füße vorwärts. Ihr Kopf fiel auf die Seite. Zwischen sich und dem Wagen eingeklemmt, stellte er sie aufrecht hin. Er ruhte ein paar Sekunden aus um sein nächstes Manöver zu planen, aber ein Mondstrahl, der zwischen den Wolken hervorbrach, spornte ihn wieder zur Eile an.

»Ich hätte nie gedacht, dass es so schwer sein würde, einen Leichnam zu heben. Fast hätte ich sie dort am Straßenrand im Gras liegen lassen. Es wäre vernünftiger gewesen, doch ich dachte, wenn ich sie ein bisschen weiter von der Straße wegtrage, werde ich längst aus der Schusslinie sein, ehe man sie findet.«

Er drückte sie noch immer mit seinem Körper an den Wagen und legte ihr die Arme um die Taille. Dann drehte er sich so, dass er seitlich neben ihr stand, zog die eine Hüfte zwischen seine Beine und umfasste mit beiden Händen ihre andere Hüfte. Er beugte ein Knie, als ob er einen Knicks machen wollte, und zog sie mit sich hinunter. In der Sekunde, in der sie auf seinem linken Knie saß, und bevor sie anfing nach hinten zu kippen, öffnete er die Hände, schob ihr den linken Arm in den Rücken und die rechte Hand unter die Knie. An der Kälte merkte er, dass seine Hand durch die fast flüssige Scheiße geglitscht war, die an der Innenseite ihres Beins herunterrann. Aber er hatte sie. Taumelnd stand er auf.

»Bevor ich zwanzig Schritte gemacht hatte, erhellte das Mondlicht den Golfplatz und keine zehn Meter von mir entfernt stand Miss Duggan.«

In diesem Augenblick verlor Keegan völlig die Beherrschung, die er sich so mühsam bewahrt hatte. Er wusste nicht, wie lange sie dastanden und sich ansahen. Und dann lag das Mädchen vor ihren Füßen auf der Erde und Keegan versuchte hysterisch der hysterischen Miss Duggan zu erklären, dass er es nicht gewesen war. Doch Miss Duggan wollte nur eines – sich um das Mädchen kümmern. Sie wollte es ihm entreißen, bemüht seinem leidenschaftlichen und eindringlichen Redeschwall zu entkommen. Sie konnte ihn nicht hören. Aber er hörte sie: »Kein Wunder, dass Kit mir nicht sagen wollte, wer es getan hat. Und ich habe sie ausgerechnet zu Ihnen geschickt.«

Sie kniete neben dem Mädchen auf der Erde und Keegan rannte zu seinem Wagen zurück um sein Gebetbuch zu holen, suchte auf den Vordersitzen, schaute auf den Boden, ins Handschuhfach, auf die Rücksitze, fand es endlich und rannte zurück zu der Stelle, wo die alte Frau kniete und den Kopf des Mädchens im Schoß hielt.

Keegan machte kehrt, lief wieder zum Wagen und holte einen Kugelschreiber, weil er dachte, wenn er sie dazu brachte, ihren Namen in sein Gebetbuch zu schreiben, würde er größere Macht über sie haben. Der Kugelschreiber lag auf dem Boden, wohin er gefallen war, als Keegan das Handschuhfach aufgerissen hatte.

Er lief zu dem toten Mädchen zurück, packte Miss Duggan beim Arm, riss sie in die Höhe, presste ihre Hand auf das Gebetbuch und ließ sie vor Gott schwören nie jemandem zu verraten, dass sie ihn hier gesehen hatte. Dann zwang er sie ihren Namen auf das Vorsatzblatt zu schreiben, trichterte ihr ein, das Gesicht nur wenige Zentimeter von ihrem entfernt, wenn sie den Eid je brechen würde, den sie geleistet hatte, werde sie bis in alle Ewigkeit in der Hölle schmoren müssen. Er rannte zum Wagen, ließ Miss Duggan im feuchten Gras knien, über Kit Foleys Leichnam gebeugt, als versuche sie der Tochter, die sie nie gehabt hatte, neues Leben einzuhauchen.

»Das war natürlich nur der Anfang. Tony Donaghue musste auch noch sterben. Doch nachdem ich einmal begonnen hatte meine schuldlose Verstrickung zu vertuschen, wurde das Vertuschen schlimmer als die Verstrickung selbst. Ich habe gelogen, aber Erasmus von Rotterdam hat gesagt, Pietät erfordere manchmal die Wahrheit zu verbergen. Ich habe bezahlt, gebüßt und viele Male wieder gutgemacht, was mein Schweigen Tony Donaghue angetan hat. Frankie, ich bin in den vergangenen dreißig Jahren tausend Tode gestorben, immer in Angst, dass ich entdeckt werde, immer in Angst, dass Miss Duggan erzählen würde, was sie gesehen hatte. Obwohl ich wusste, dass die Foley-Brüder nichts sagen konnten ohne sich selbst zu belasten, hatte ich immer Angst, sie würden anfangen herumzuprahlen, wie sie es geschafft hatten, mit einem Mord davonzukommen. Als Miss Duggan starb, dachte ich, der Druck müsse nun geringer werden, aber die Sache mit den Schuhen letzte Woche hätte beinahe alles ans Licht gebracht. Es war eine große Erleichterung zuzusehen, wie sie verbrannten. Aber dann entdeckte ich die Geistergeschichte auf deinem Küchentisch. Ich wollte dich heute bitten sie mir zu geben.«

35. Kapitel

Gründonnerstag
13.05 Uhr

MOLLOY LEHNTE AN der Mauer, die linke Hand auf dem hochgestellten linken Knie. Er blickte in die Ferne ohne etwas zu sehen.

»Wirst du mir nun, da du alles weißt, die Geistergeschichte geben, wenn wir in dein Haus zurückkommen, Frankie?«, fragte Keegan.

»Ich habe sie hier bei mir. Wollte sie dir heute Morgen um vier schon bringen.« Frank zog den Bogen mit der Geschichte aus der Gesäßtasche und reichte ihn dem Priester.

Keegan nahm das Blatt, entfaltete es, betrachtete es lange Zeit ohne es zu lesen, faltete es dann wieder und versteckte es in der Brusttasche seines Jacketts. »Danke«, sagte er. »Als du mir sagtest, du wüsstest, dass Miss Duggan mich mit der Leiche gesehen hat, wäre ich fast zusammengebrochen. – Ich hatte erwartet, dass du etwas zu dem Brief des Bischofs sagen würdest.«

Als Frank nicht antwortete, fragte Keegan so wie ein Kind, das im Dunkeln mit sich selbst spricht um ein Geräusch zu hören: »Wieso warst du um vier Uhr morgens wach?«

Doch Molloy versuchte nur die richtigen Worte für seine Gedanken zu finden.

»Frank, willst du über den Brief des Bischofs sprechen, mich einen Pharisäer heißen?« Der Priester lachte nervös auf.

Frank sagte: »Du hast zu lange ein Einsiedlerleben geführt, Eddie.« Er drehte sich auf die Knie um, stieß sich ab und richtete sich mit steifen Gelenken langsam auf. Er wischte die Hände aneinander ab und Grashalme fielen zu Boden.

Keegan sah zu ihm auf. »Was meinst du – zu lange ein Einsiedlerleben geführt?« Als wollte er Franks Antwort nicht sofort hören, stand er langsam und umständlich auf. Dann trat er ein paar Schritte zurück, bis er neben Frank an der warmen Mauer lehnte.

»Hast du gewusst, dass Irland bis vor nicht allzu langer Zeit das Land mit der höchsten Rate an Geisteskrankheiten in Europa war?«, fragte Frank, wartete aber nicht auf Antwort. »Ein Grund dafür war, dass ein Bauernsohn, wenn er den Hof erbte, auch seine Eltern miterbte. Nicht viele junge Frauen waren bereit in ein Haus mit eingebauten Schwiegereltern einzuheiraten, also blieb der Sohn oft unverheiratet. Wenn die Eltern dann starben, war es oft zu spät zum Heiraten, denn der Sohn war inzwischen ein alter Mann. Als ich in Roongarry aufwuchs, gab es in unserer Straße acht Häuser. In vieren lebten Junggesellen mittleren Alters, allein. Jeder einzelne war sehr sonderbar, wenn nicht gar unzurechnungsfähig.«

Keegan rührte sich voller Unbehagen. »Was soll das, Frankie, worauf willst du hinaus? Willst du mir sagen, ich sei ein verrückter Junggeselle?«

Doch Molloy war entschlossen sich nicht ablenken zu lassen. »Wenn ein Mensch lange genug allein lebt, fängt er an sich sonderbar zu benehmen, weil niemand ihm Grenzen setzt, weil niemand da ist, der ihm einmal sagt, dass sein Verhalten sich zum Nachteil verändert. Einer dieser vier Männer hatte Hühner und ...«

»Hör auf, Frankie!«, befahl Keegan. »Ich brauche keinen Predigt, um Himmels willen.«

»Du hast mich etwas gefragt, Eddie. Willst du die Antwort hören?«

»Was habe ich dich gefragt?«

»Du hast mich gefragt, was ich damit gemeint habe, als ich sagte, du hättest zu lange allein gelebt.«

»Nun, es klingt ganz danach, als wolltest du mir sagen, dass ich verrückt geworden bin«, fauchte Keegan.

»Ich will nicht sagen, dass du verrückt bist. Was ich sage, ist, dass Menschen, die isoliert leben, niemanden haben, der einmal ihre Ideen, ihr Verhalten abschmettert, deshalb sind ihre Ideen und ihr Verhalten ...«

»Ich bin nicht isoliert, Frankie, und ich verhalte mich ganz bestimmt nicht ...«

Frank hob die Stimme und riss das Gespräch wieder an sich. »Hör doch zu, verdammt!«, sagte er scharf und stieß sich mit den Schultern von der Mauer ab, damit er Keegan ins Gesicht sehen konnte. »Hör einmal jemand anderem zu, nicht nur dir selbst. Nach allem, was du mir erzählt hast, seit ich nach Hause gekommen bin, hast du keine Freunde und sprichst nur mit dir selbst. Seit dich deine Schar Wasserhühner vor dreißig Jahren auf ein Podest gehoben hat, hast du mit niemandem mehr die Klingen gekreuzt. Du bist ein richtiger verdammter irischer Priester. Du glaubst, du kennst jedes verdammte Ding in Gottes verdammter Schöpfung, weißt über alles Bescheid. Lass dir von mir eines sagen, Eddie, du hast ein so isoliertes Leben geführt, dass du nichts Unrechtes darin sieht, dass der Ruf eines unschuldigen Mannes mit seinem Leib im Grab verfault. Ich sage nicht, dass du verrückt bist, aber ich sage, dass du in deiner Dünkelhaftigkeit, deiner Verblendung, deinem Selbstbetrug oder wie immer du's nennen willst, zum Teufel, nicht mehr fähig bist eine objektive Entscheidung zu treffen. Dich selbst möchtest du retten, aber es kümmert dich nicht, dass Tony Donaghue nicht gerettet wird. Du willst ein verdammter Bischof werden, glaubst aber nicht einmal mehr an dein eigenes verdammtes Priesteramt. Hör einmal auf jemand anderen als dich selbst, um Christi willen!« Frank beugte sich ganz nah an Keegans Gesicht heran. »Eddie, du bist ein selbstgefälliges Arschloch.«

Keegan wich vor dem fuchsteufelswilden Gesicht zurück und hob die Hand zur Abwehr der vernichtenden Worte. »Was ich dir sagte, habe ich im Vertrauen erzählt«, stotterte er.

Aber Frank Molloy schrie ihn nieder. »Oh, zum Teufel mit dir, Eddie Keegan! Zum Teufel! Es ist mir scheißegal, ob sie dich zum Bischof machen. Es ist mir egal, wenn du Tony Donaghue weiterhin in deinen Lügen verrotten lässt. Aber etwas weiß ich mit absoluter Sicherheit, Eddie Keegan, du verdammter Priester! Ich will dich nie wieder sehen, weil du mich zum Kotzen bringst. Du bist ein eitler Scheißkerl, der nur an sich selber denkt. Leck mich am Arsch, Pfarrer Keegan!« Molloy drehte sich um und ging mit langen Schritten den Hang hinunter, fort von der dicken Mauer. Als er unten zu dem schmalen Pfad kam, bog er ab, ging um den Hügel herum und verschwand. Seine entschlossenen Schritte ließen keinen Zweifel daran, dass er so schnell wie möglich von diesem Ort wegwollte.

Als er das Schwinggatter erreichte, tobte noch immer der Sturm in seiner Brust. Er glaubte seinen Namen zu hören und blickte zur Burg zurück. Dort, fast schon auf halbem Weg nach unten, stand Eddie Keegan. Es sah aus, als habe der Priester die Hände vor dem Mund gewölbt und das Gesicht gen Himmel gerichtet – wie Hunde es tun, wenn sie den Mond anheulen.

»Frankie! Warte!«

Molloy senkte den Blick, die Ellenbogen auf die Gattertür gestützt. Er merkte, wie schnell er atmete. Frank dachte an frühere Situationen, die ihn so wütend gemacht hatten, und er wusste, dass er in diesem Augenblick bar jeder Vernunft war. Von Zorn übermannt versagten ihm die Nerven und er stieß heftig speichelnd Worte wie Pfeile und Messer hervor. Er wusste, dass dieses Verhalten den Genen seines Vaters zuzuschreiben war. Als kleiner Junge hatte er ein paar Mal erlebt, wie sein Vater durch blindwütigen Zorn zum geifernden alten Idioten geworden war; man konnte glauben, er hätte einen Anfall. Älter geworden sah sich Molloy ähnlichen Empfindungen ausgesetzt, die ihn in einem Zustand völliger seelischer Erschöpfung zurückließen. Er schämte sich hinterher entsetzlich für die Dinge, die er herausgeschrien hatte, auch wenn Nina Borruso ihm gesagt hatte, er habe gute Instinkte und solle nicht versuchen die Dinge schlecht zu machen, die da aus ihm herauskämen.

Nina Borruso hatte ihm auch erklärt, die Ausbrüche würden von Resten von Wut verursacht, die er nicht richtig verarbeitet hatte und die sich in ihm anstauten;

diese Überbleibsel würden so lange zusammengepresst, bis sie sich erhitzten und eines Tages mit einem Gifthauch unkontrollierbarer Schmähungen explodierten. Man könnte, sagte sie, den Ursprung dieses Verhaltens auf ein Gebot der Kirche zurückführen, die Zorn zu einer Todsünde erklärt habe; es erscheine daher leichter, seinen Zorn zu begraben, als dafür ewig in der Hölle zu schmoren. Intellektuell verstand Molloy, was die Psychiaterin meinte; emotional war er nicht imstande ihre Ratschläge über das Herauslassen der Wut auch umzusetzen.

Als Keegan jetzt näher kam, fragte sich Frank, ob sein Zorn deshalb explodiert war, weil Keegan ihn zu lebhaft an die Priesterschaft erinnerte, der er entronnen war, und daran, dass auch er einmal ohne den Schatten eines Zweifels geglaubt hatte, er wäre im Recht.

Was, verdammt, hab ich zu ihm gesagt? Bin ich ein Arschloch oder was?

Keegan lief den Hang herunter wie jemand, der es sehr eilig hatte. Als er näher kam, schaltete Franks Abwehrsystem von allein auf erhöhte Alarmbereitschaft. Er wusste, er war zum Teil deshalb von der Burg weggelaufen, weil er befürchtet hatte, der Priester werde mit ähnlich zornigen Worten zurückschlagen. Voller Furcht erwartete er die vernichtende Antwort, die Keegan ihm jetzt an den Kopf werfen würde. Frank konnte seinen Weg fortsetzen, doch es war besser, stehen zu bleiben und dem Unvermeidlichen die Stirn zu bieten. Dann hatte er es hinter sich. Dies war eine Konfrontation, wie er sie immer zwischen sich und Gregory erwartet hatte.

Als Keegan noch zehn Meter entfernt war, blieb er

stehen. »Ich werde dir zuhören, Frankie«, sagte er mit erhobener Stimme, »und sei es nur deshalb um dir zu beweisen, dass du Unrecht hast.« Dann schlug er Frank mit seinen eigenen Worten wie eine Nonne, die ein Kind am Handgelenk festhält und es mit seiner eigenen Hand ins Gesicht schlägt. »Ich werde dir beweisen, dass ich auch einem anderen zuhören kann, und vielleicht werde ich dir zeigen, dass ich nicht glaube alles über Gottes Schöpfung zu wissen.«

Frank blieb an der Gattertür stehen. Lange blickte er auf seine Füße, dann hob er den Kopf und sagte müde: »Wenn du mir nur zuhören willst um mir zu beweisen, dass ich Unrecht habe, dann hörst du überhaupt nicht zu, Eddie.«

Keegan kam etwa drei Meter näher. »Ich höre zu, Frankie.« In seinem Ton war eine Spur von Spott.

Frank fragte sich, ob sie sich nur gegenseitig mit Finten täuschten wie zwei alte Elchbullen vor dem Angriff, bis endlich klappernd die Geweihe aufeinander prallten. Frank beschloss Keegans Geweih leicht anzustoßen. »Du hättest Tony Donaghue nicht im Stich gelassen, wenn du mit einem anderen Menschen darüber gesprochen hättest.«

»Frankie, ich bin in dieser ganzen Sache völlig unschuldig«, sagte Keegan so leise, als fürchte er, jemand anderer als Frank könne ihn hören, aber mit einer Heftigkeit, die auf eines seiner Gemeindemitglieder vernichtend gewirkt hätte.

»Ja, Eddie, du bist unschuldig, aber nur bis zu einem gewissen Punkt.«

»Nein, ich bin völlig unschuldig. Ich bin den Umständen zum Opfer gefallen und will verdammt sein, wenn ich noch mal so zum Opfer werde.«

»Du bist unschuldig, Eddie, aber du weißt, dass auch Tony Donaghue unschuldig ist.«

»Wenn er unschuldig ist, dann bin ich der Feigheit schuldig.«

Da ist das Wort. Endlich ist es ausgesprochen.

»Glaubst du, die Foley-Brüder lassen es sich gefallen, wenn ich sage, sie hätten ihre Schwester getötet?« Keegan kam näher an das Gatter heran.

»Ist Tony Donaghues Unschuld denn ohne Bedeutung?« Nicht imstande noch länger Keegans Gesicht vor sich zu sehen senkte Frank den Blick.

Als Keegan antwortete, klang seine Stimme nicht mehr so herausfordernd. »Tony Donaghue ist tot und seine Kinder haben eine bessere Ausbildung bekommen, als wenn er am Leben geblieben wäre.«

»Nun, was für ein Glück für die Kinder, dass ihr Vater ermordet wurde.«

Von Franks Stachelspeer durchbohrt, versuchte Keegan einen Gegenangriff. »Du hast in der Beichte davon gehört und du weißt, dass das Siegel des ...«

»Es schert mich verdammt wenig, wo ich's gehört habe.«

Beide schwiegen.

Frank betrachtete das Niemandsland, das sich zwischen ihnen aufgetan hatte, und kam zu dem Schluss, dass der Sarkasmus und der Zorn, den er gegen Keegan richtete, zwecklos waren.

Keegan setzte sich am entgegengesetzten Ende des Tors auf eine niedrige Mauer, den letzten Überrest der ehemaligen äußeren Befestigunganlage der Burg. Er beugte sich vor und legte das Gesicht in die Hände.

Frank wurde plötzlich klar, dass Keegan ihn dazu benutzte ihm aus dem inneren Chaos herauszuhelfen, durch das er blindlings taumelte. Deshalb war Keegan an diesem Morgen zu ihm gekommen und hatte ihm den Brief des Bischofs gezeigt. Deshalb war er ihm von der Burg herunter gefolgt und wollte noch immer reden. Zwar hatte Keegan nicht beabsichtigt über Tony Donaghue zu sprechen, doch nun, da Frank das Thema angeschnitten hatte, wurde ganz offensichtlich, dass es ein wesentlicher Teil des Morastes war, durch den Keegan watete. Frank hob den Kopf und blickte zu ihm hinüber. Wieder schlugen seine Gefühle um und er wäre gern zu dem Priester gegangen und hätte die Arme um ihn gelegt.

Verflucht und zugenäht, wie Padrake gesagt hätte.

»Eddie«, sagte er freundlicher als zuvor, »ich denke, du weißt bereits, was du zu tun hast, und ich glaube, du hast dich auch schon entschlossen es auszuführen.« Er hielt inne und wartete auf eine Reaktion, aber Keegan antwortete nicht, noch nahm er die Hände vom Gesicht. »Du fürchtest dich vor dem ersten Schritt in die Freiheit.« Frank sprach aufs Geratewohl weiter, nicht sicher, ob alles richtig war, was er sagte. »Du denkst, du warst ein Feigling, weil du Angst hattest, als du sahst, wie dem Mädchen Gewalt angetan wurde. Du denkst, du warst feige, weil du nichts getan hast um sie zu retten. Du hast gewusst, dass Tony Donaghue unschuldig war, und hinterher hast du dir eingeredet, deine Feigheit sei daran schuld, dass er ermordet wurde. Und das ist das Geheimnis, das du von Anfang an wahren wolltest – du hattest Angst, dass deine Feigheit ans Licht kommt.«

Keegan presste sich die Finger in die Stirn, als wolle er damit in seinen Schädel eindringen und die Erinnerung herausreißen. Er legte die Hände an die Wangen und quetschte sein Gesicht, bis es außer Form geriet und sein Mund wie ein Doughnut aussah, auf dem jemand herumgetrampelt hatte. Er starrte vor sich hin ins Leere. Frank wartete.

Er hätte nicht gemerkt, dass Keegan schluchzte, hätte er nicht gesehen, dass seine Schultern zuckten. Er schluchzte völlig lautlos. Frank erinnerte sich einer Zeit, bevor er Padrake kennen gelernt hatte. Damals hätte auch er sich geschämt, wenn ihn jemand hätte weinen sehen. Er hatte an Beerdigungen teilgenommen, bei denen der innere Drang die Tränen zu unterdrücken seiner Kehle ganz fürchterliche Dinge angetan hatte. Es war, als hätte er durch die Mandeln geweint.

Ohne sich zu rühren lehnte Frank am Gatter. Er beobachtete den schluchzenden Priester so unbewegt wie einen Goldfisch, der in einem kleinen Fischglas seine Kreise dreht. Und dann glitt sein Blick plötzlich ins Leere, denn er musste daran denken, wie er an dem Abend geweint hatte, an dem Padrake ermordet worden war. Nach der langen Zeit war er jedoch nicht mehr sicher, wann er aufgehört hatte um Padrake zu weinen und stattdessen begonnen hatte schreiend gegen das Arschloch mit dem Revolver zu wüten.

Vor Keegans Gesicht flatterte ein weißes Taschentuch und Frank kehrte aus der Vergangenheit zurück. Der Priester schob die Brille auf die Stirn. Er schnäuzte sich laut, wischte sich hastig über die Augen und steckte das Taschentuch wieder ein. Er räusperte sich und blickte zu Frank herüber. Als er sprach, klang seine Stimme belegt und erstickt. »Was soll ich tun?«

Molloy ließ die Frage eine Weile in der Luft hängen, ehe er antwortete. Er wusste, dass das, was Keegan glaubte tun zu müssen, und das, was er seiner, Franks, Meinung nach tun sollte, zwei völlig verschiedene Dinge waren – einfach deshalb, weil sie sich demselben Punkt aus verschiedenen Richtungen näherten. Einer sah die Zerstörung seines Ansehens vor sich, der andere eine Bresche in einer Gefängnismauer, die Chance zur Flucht in die Freiheit.

Molloy versuchte sich in Keegans Lage zu versetzen, versuchte sich vorzustellen, wie die dreißig in Angst verbrachten Jahre für ihn gewesen waren: die ständige Furcht sich selbst zu verraten, Furcht vor Miss Duggan, Furcht vor den beiden Foleys, die Furcht vor dem Tag, an dem Dervla Donaghue erfahren würde, dass er ihren Mann im falschen Licht hatte dastehen lassen um sich selbst zu schützen, Furcht vor dem Tag, an dem er zugeben musste, dass er es gewesen war, der verhindert hatte, dass die Wahrheit an den Tag kam – die Wahrheit, die die Leute von Davinkill von ihrem Verdacht gegen jeden Mann ab einem bestimmten Alter befreit hätte. Frank hörte auf sich all das vorzustellen und kam zu dem Schluss, dass er sein Leben, den Verlust Padrakes, Cotswold und alles, was mit ihm zusammenhing, jederzeit der Qual vorgezogen hätte, mit der Keegan hatte leben müssen.

Dann erinnerte er sich an das Gefühl der Freiheit, das er empfunden hatte, als er der Wahrheit ins Gesicht gesehen und die Kirche endlich verlassen hatte. Dieses Gefühl der Freiheit und die Vorstellung von Keegans Jahren der Furcht veranlassten ihn zu sagen:

»Mach dich frei, Eddie.«

Er sagte es zunächst mehr zu sich selbst. Dann, noch immer die untere Angel des Tors im Blick, sagte er laut: »Verdammt, Eddie, mach dich frei!«

Frank dachte an den Tag, an dem er endlich den Staub des Priestertums von seinen Sandalen abgeschüttelt hatte, und fügte hinzu: »Ich bin frei.«

Seine Stimme wurde den Clocowen hinauf und über die Felder getragen, die für das erste Frühlingsgrün bereit waren – zurück in seine Vergangenheit, über sein ganzes Leben hinweg zu all den Menschen, die ihn in ihrer Herzensliebe zum Sklaven der Kirche gemacht hatten.

Er schob die Hände in die Taschen. »Ich bin verdammt frei«, sagte er leise und lehnte sich an den hölzernen Zaun zurück. Zorn irrlichterte ihm durch den Kopf und er wusste, es war ein Überbleibsel jener Wut auf ihn selbst, weil er sich nicht schon an jenem ersten Tag in Falworth vor so vielen Jahren von Cotswold und der Kirche abgewandt hatte. *Aber gegangen bin ich. Am Ende habe ich nach der Freiheit gegriffen wie ein Akrobat nach der Trapezstange, die ihn vor dem Sturz ins Bodenlose rettet.* »Und leck mich am Arsch, Cotswold!« Der Klang seiner eigenen Stimme überraschte ihn. Er schaute zu Keegan hinüber um festzustellen, ob er ihn gehört hatte. Sein Blick blieb am Gesicht des Priesters hängen.

Als einer, der in die Freiheit aufgebrochen war, der alles aufgegeben hatte, woran er einst glaubte, der alle von seiner Familie ererbten Überzeugungen verworfen hatte, die Überzeugungen, für die seine Vorfahren gestorben waren, sehnte Frank sich danach, hinüberzugehen, diesen Gefangenen zu umarmen und ihm zu sagen, dass die Freiheit jeden Schmerz wert war, den er erleiden würde. Er stieß sich vom Gatter ab und ging zu Keegan.

Zwei Stunden später kehrten die beiden Freunde

zum Wagen zurück. In drei Tagen, am Ostersonntag, wollte Keegan sich vor die Menschen von Davinkill stellen und seine Seele bloßlegen, endlich Tony Donaghue Gerechtigkeit widerfahren lassen und sich selbst befreien.

Frank entging nicht die Ironie des Umstands, dass auf der Rückseite des Blattes, auf das Keegan den Entwurf seiner Proklamation geschrieben hatte, Miss Duggans Geistergeschichte stand – die Geschichte, nach der die Seele jener Leidenden nun endlich mit dem dunklen, jedoch durchsichtigen Strom dahinfließen, alle Geheimnisse ans Licht bringen, alle Missetaten an die Sonne zerren und ihren eigenen pochenden Schmerz in tausend Herzen pflanzen würde in einem Schwall trauriger Beredtsamkeit.

36. Kapitel

Karfreitag
8.15 Uhr

AUF DER KUPPE eines niedrigen, kegelförmigen Hügels bei Davinkill lag der Friedhof. Von weitem sahen die Grabsteine wie die Symbole und Ornamente auf der uralten Krone eines Herrschers mit zahlreichen Titeln aus.

Im Sonnenlicht der Morgenfrühe konnte Gregory Molloy die beiden hohen Eiben sehen. Da er mit dem nahen Friedhof so vertraut war, wusste er, dass die Eiben die lebensgroße Kreuzigungsgruppe überschatteten, weiße Gestalten an schwarzen Kreuzen, die Bäume zurechtgeschnitten wie die Spitzen normannischer Kirchtürme. Er konnte auch die Reihe hoher, schlanker Zypressen ausmachen, die im Hintergrund des für die Nonnen bestimmten Friedhofteils zum Himmel flehten. Am Kopfende einer jeden schmalen Grabzelle stand dort ein kurzes schwarzes Eisenkreuz mit einem Namen und zwei Daten in weißem Relief.

An diesem Morgen hatte er darauf gewartet, dass ein nur mäßig interessierter Hengst eine widerspenstige Stute deckte. Dabei hatte er den Blick zu der zwei Meilen entfernten uralten Herrscherkrone schweifen lassen und beschlossen das Grab seiner Eltern zu besuchen. Er ging gern am frühen Morgen auf den Friedhof. Da er wusste, dass außer ihm niemand da war, konnte er sich ganz der Trauer überlassen, die ihn manchmal übermannte, obwohl sein Vater und seine Mutter schon so lange tot waren.

Zehn Minuten nachdem er und Barry Curry Hengst und Stute in die noch immer keuschen Boxen zurückgebracht hatten, stoppte Gregory kurz den Wagen um dann nach links in die Downs Road einzubiegen. Er legte den Gang ein, doch als er den Fuß von der Kupplung nehmen wollte, hörte er links von sich ein Fahrzeug um die Ecke röhren. Dröhnend tauchte der Traktor von Sankt Willie Gorman auf. Der Dungstreuer hinter den großen Rädern des Traktors glich einem frechen Terrier, der einer verängstigten Kuh in die Fersen kneift. Gregory reagierte auf Sankt Willies Grinsen und Hutlüften. Dann bog er in die Downs Road ein.

Der Friedhof verschwand hinter einer hohen, unbelaubten Hecke und Gregory fühlte, wie sich sein Innerstes zusammenkrampfte. Die Straße zum Friedhof hatte irgendetwas an sich.

In dem Moment, in dem er in die Derrysheer Road einbog, hatte er gemerkt, wie Säfte in seinen Verdauungstrakt gepumpt wurden, für die es keine Verwendung gab. Egal ob er an einer Beerdigung teilnahm, das Grab seiner Eltern besuchte oder die Derrysheer Road einfach benutzte um von einem Ort zum anderen zu kommen – sein Magen reagierte immer gleich. Es war, als würden die Schnappschlösser einer voll gepackten Truhe plötzlich aufspringen und mit einem kurzen Knall alle Gefühle freigeben, die seit seiner Kindheit mit der Straße zum Friedhof verbunden waren. Es fiel Gregory schwer, diesen emotionalen Ausbruch zu ergründen, die einzelnen Stränge der Erinnerung voneinander zu trennen. Er wusste, dass der

Tod seiner Großmutter dazugehörte. Er erinnerte sich nur schwach an ihre Beerdigung, sah aber ihren hölzernen Sarg vor sich, der auf zwei langen Brettern über dem wartenden Loch stand. Pfarrer Kelly hatte ein langes Gebet gesprochen mit der Stimme von jemandem, der dasselbe Gebet schon zu oft gebetet hatte. Während die müden Worte zwischen die Menschen und die Grabsteine fielen, hatte das Kind Gregory die Augen nicht von dem dunklen Loch unter dem Sarg abwenden können. Er hielt die warme Hand seiner Mutter fest und trotzdem rief ihn das dunkle Loch. Es ging eine Sicherheit von ihm aus, die er tröstlich fand. Wie die Höhle, die er sich aus dem Küchentisch und zwei Decken baute, war das Loch ein sicherer Ort, wo Seelenpein, Ängste, Schmerzen, das Wetter nicht hineinkamen. Und Großmutter würde dort bei ihm sein. Niemand hatte ihm gesagt, dass sie krank war. Niemand hatte gesagt, dass sie vielleicht sterben würde. Plötzlich war sie tot und er hatte nicht lebwohl gesagt. Seine Kindheit war mit ihr gestorben.

Er erinnerte sich, dass sein Vater ihn auf der Fahrradstange zu Beerdigungen mitgenommen hatte, dass er dann ziemlich weit hinten in der Menge gestanden und die schwielige Hand des Vaters gehalten hatte. Er hatte sich geschämt, wenn sein Vater ihn fragte, warum er weine, und sein Tonfall dabei verriet, dass Gregory nicht weinen solle. Aber es war schwer, nicht zu weinen, wenn die großen Leute am offenen Grab es taten. Sie waren es, um deretwillen er traurig war, nicht um ihres Verwandten willen, der begraben wurde. Meist hatte er die Person im Sarg nicht einmal gekannt.

Dann seines Vaters Beerdigung; der Anblick des Leichenwagens im Hof, die Hecktür geöffnet wie ein gieriges Maul; seine Mutter, die niemanden fragte, was dieses Ding hier tat, den Leichenwagen nicht einmal beim Namen nannte, nicht einmal ansah. Das Keuchen der Männer im Haus, die den Sarg um scharfe Ecken manövrierten, ihn senkrecht aufstellen mussten um in die Küche zu kommen, wo sein Vater auf dem kahlen Zementfußboden vor einem Stuhl gekniet hatte um seine Gebete zu sprechen und dabei die nackte Sohle des einen Fußes an dem anderen zu reiben; die Stimmen großer Männer, die leise miteinander sprachen, während sie langsamen Schrittes dem Sarg über die hügelige schmale Friedhofsstraße folgten; das Geräusch ihrer ungleichmäßigen Schritte auf dem harten Belag; der Sarg, der durch das Heckfenster des schnurrenden Leichenwagens so klein aussah, das glänzende Kruzifix und die glänzende Tafel mit dem Namen und den beiden Daten, die glänzenden verzierten Griffe – und er, der sich vorstellte, wie sein Vater in der Kiste aus Föhrenholz in ewiger Dunkelheit auf dem Rücken lag. Was wurde mit ihm begraben? Was war mit der lebenslangen Plackerei, seinen Schmerzen, seinem Zorn, seinen Flüchen, wo war das alles? Wurde es mit ihm begraben? Der schäbige Onkel Eamon in seinem schmierigen Regenmantel ging neben Gregory, Eamon, der nach Freibier roch und verbale Laute von sich gab, die Gregory seiner Ansicht nach sein Mitgefühl erklärten; Gregory, der so tat, als habe er die Fragen nicht gehört, weil er mit seiner Trauer um den toten Vater allein gelassen werden wollte, mit der Trauer um seiner traurigen Mutter willen, die nicht weit hinter ihnen in einem Wagen fuhr, und mit der Trauer um Frankies willen, der nicht einmal wusste, dass sein Vater gestorben war, dem man es nicht mitteilen konnte, weil er irgendwo in Amerika verschollen war. Die Trauer um des ahnungslosen Frankies willen wurde durch Erleichterung gedämpft, denn er und seine Mutter wussten damals als Einzige, dass Frankie sein Priesteramt aufgegeben hatte.

Als Gregory auf den abfallenden, kiesbedeckten Parkplatz neben dem Friedhof fuhr, fragte er sich wieder einmal, ob es klug von seiner Mutter gewesen war, dem Vater nicht die Wahrheit über Frankie zu sagen. Beim Aussteigen überlegte er, ob sie es getan hatte um sich das ständige laute Gejammer darüber zu ersparen, was wohl die Nachbarn denken würden.

Vom Parkplatz aus stieg Gregory die drei Stufen zur Pforte in der Friedhofsmauer hoch. Auf dem drei Hektar großen Gräberfeld waren Grabsteine aus schwarzem Carraramarmor in Form von Kreuzen oder offenen Büchern oder Schriftenrollen zu sehen. Die vergoldeten Inschriften enthielten Namen und Daten, der Marmor und das Gold widerlegten die Vorstellung, dass der Tod der große Gleichmacher war.

Als Gregory sich umdrehte um das eiserne schwarze Tor hinter sich zu schließen, ließ er aus Gewohnheit den Blick zu seinem Hof hinüberschweifen. Und während er zerstreut hinunterschaute, brach so grell und blendend wie ein Blitz eine Erkenntnis über ihn herein.

Die Sekunde der Abwehr, die der brennenden Offenbarung folgte, wurde abgelöst von einer wahren Flut der Akzeptanz, so mächtig, dass sie Gregory zum

Taumeln brachte. Fester umfasste er das Eisentor und das Gefühl, das ihn überwältigte, war Abscheu vor sich selbst. Denn er war der Verräter.

Er war es, der unter dem spürbaren Druck der Gemeinde zusammengebrochen war; der gegen seinen Bruder Partei ergriffen hatte, als dieser ihn am meisten brauchte; er hatte gegenüber der Gemeinde seine eigene Haut gerettet und dafür Frankie nicht nur geopfert, sondern auch allen voran den ersten Stein auf ihn geworfen. Gregory war immer sehr skeptisch gegenüber Familien gewesen, die ihre unverheirateten schwangeren Töchter verstießen. Doch er hatte das Gleiche getan, hatte seinen Bruder verstoßen, als der ihn am nötigsten brauchte.

Langsam drehte er sich um und lehnte sich an die Pforte, die er eben geschlossen hatte. Die hohen, glatten, sauberen Grabdenkmäler aus Kalkstein, geschmückt mit steinernen Herzen und Dornen und Tränen, sah er nicht. Eingemeißelte schwarze Inschriften hielten die Erinnerung an die lebendig, die in den Gräbern ruhten. Die älteren Grabsteine waren mit Flechten und Moos befleckt, die Buchstaben blind, die schwarze Farbe verblasst – die erste Stufe auf dem Weg ins endgültige Vergessen.

Jetzt gestand Gregory sich ein, warum er am Grab seiner Eltern noch immer weinte.

In den letzten Tagen, seit er wusste, dass Frankie nur wenige Meilen von Roongarry entfernt war, hatte Gregory das unwiderstehliche Verlangen verspürt zu seinem Bruder zu gehen und ihn zu umarmen. Doch sein Kopf hatte ihn davon abgehalten. Jetzt sah er, dass er sich auf den Blitz der Erkenntnis vorbereitet hatte. Vielleicht hatte er ihn sogar selbst ausgelöst. Es war überhaupt kein Blitz gewesen. Er hatte sich nur zu seiner eigenen Schwäche gegenüber echtem oder eingebildetem gesellschaftlichem Druck bekannt.

Er stellte sich vor, wie er sich zu Boden warf, hingestreckt vor seinem Bruder lag und sagte: »Ich habe gesündigt. Du bist nicht der verlorene Sohn, der nach Hause gekommen ist. Ich, der ich geblieben bin, ich bin der Verlorene. Verzeih mir.«

Das Eisengitter der kleinen Pforte drückte sich ihm in den Rücken. Er beachtete es nicht. Wie betäubt blickte er über das Gräberfeld. Eingestreut zwischen italienischem Marmor und Kalkstein gab es bescheidenere, ärmlichere Versuche das Vergessen hinauszuzögern.

Er erinnerte sich an die Beerdigung seiner Mutter, gestand sich die Hauptursache seiner Trauer ein. Es war die schreckliche Traurigkeit darüber gewesen, dass Frankie nicht da war.

Gott, wie leer und verlassen er sich gefühlt hatte! Und dann dieses uneingestandene, aber dennoch schmerzliche Gefühl, dass er es war, der verhindert hatte, dass Frankie bei ihm war. Doch als die Emotionen, die dem Tod seiner Mutter gefolgt waren, abklangen, war Gregorys hochmütiger Zorn nach und nach zurückgekehrt und hatte ihn in das ausgefahrene Gleis zurückgeworfen, das er für kurze Zeit verlassen hatte. Bei seinen Friedhofsbesuchen, wenn die Tränen ihn überwältigten, hatte seine Liebe zu Frankie wieder auferstehen wollen. Es war Frankie gewesen, um den er geweint hatte.

Doch jetzt musste er den Augenblick nutzen. Jetzt musste er seinen Stolz hinunterschlucken, seine Selbstgerechtigkeit, seine Blindheit, seine Dummheit aus Schwäche für die falsche Seite Partei ergriffen zu haben.

Er stieß sich von der Pforte ab. Den Kopf gesenkt ging er nachdenklich über den Kiesweg, von neuem Mut erfüllt, weil er seinen Bruder willkommen heißen würde, weil die Verstellung endlich vorbei sein würde. Doch über seine Freude hinaus begann er bereits zu planen, wie er den Schaden an seinem Stolz begrenzen konnte. Wie konnte er diese völlige Umkehr nach außen hin rechtfertigen? Welche Erklärung sollte er sich ausdenken, damit die Leute verstanden, warum er seinen geschmähten Bruder plötzlich in sein Heim einlud?

Grübelnd wanderte er den Hang hinauf, der ihn zu einer Kreuzung des Hauptweges brachte – die kleinere Eibe leitete ihn wie ein Leuchtturm. Er kam an dem Gärtchen mit den schwarzen Eisenkreuzen der Nonnen vorüber, den schmucklosen weißen Inschriften, die sein Blick jedoch nicht einfing. Wie eine blinde, langsam fortschwebende Raumsonde ging er um den Nonnenfriedhof und um die Kreuzigungsgruppe herum. Von dem kreisrunden Pfad um Golgotha gelangte er tiefer in den Friedhof hinein bis zur zweiten Gräberreihe zu seiner Linken. Zwei Gräber von ihm entfernt stand ein weißer Marmorgrabstein mit den Namen, Geburts- und Todesdaten seiner Großeltern, seines Vaters und seiner Mutter, alle in schwarzen Buchstaben mit einem dornenbekränzten Herzen darüber.

Als Gregory bei den Familiengräbern stehen blieb, legte er auch eine Denkpause ein. Noch war ihm keine akzeptable Möglichkeit eingefallen um sein Gesicht zu wahren. Er hob den Kopf und war im ersten Moment überrascht, als er feststellte, wo er war, überrascht, dass er aus reiner Gewohnheit den Weg hierher gefunden hatte.

Er schaute zur Grabstätte seiner Familie hinüber und wunderte sich, wie lange er gebraucht hatte um den älter gewordenen Frankie dort knien zu sehen, dort auf der Grabeinfassung, das Gesicht zu ihm gewandt.

37. Kapitel

Karfreitag
8.35 Uhr

FRANK UND GREGORY sahen einander lange an. Keiner von beiden hörte den Ruf der Trauertaube, die pickend auf dem Kiesweg umhertrippelte, keiner von beiden spürte den Aprilwind, der über die Grabsteine wehte und ihnen auf den Wangen brannte, keiner von beiden sah den Löwenzahn zwischen den kurzen Gänseblümchen tanzen, die gelben Blütenköpfe freudig über das grüne Gras zwischen den Grabsteinen erhoben.

Offenen Mundes stand Gregory da, den Kopf voller Erinnerungen an Kindheit und Jugend. Die Bilder wechselten so schnell, dass er nur flüchtige Blicke darauf werfen konnte. Tontauben und Flinten. Vogelnester. Fischen im See. Burgen. Im Freilauf den Berg hinunterfahren. Dosen mit Karbid explodieren lassen. Mr Murrays Himbeersträucher plündern. Fohlende Stuten. Sonnige Heufelder. Haselnüsse und lange Stangen mit Haken. Kaninchen. Kinobesuche. Im Bett singen. Äpfel pflücken. Schrotflinten. Den Rasen mähen. Schwimmen im sechzig Zentimeter tiefen, kalten Flusswasser.

Und während Gregory dastand und sich an gemeinsam verbrachte Zeiten erinnerte, starrte Frank zurück und sein Gedächtnis holte Erinnerungen hervor, die nicht zur derzeitigen Situation passten: sein erstes Vorstellungsgespräch ein Flop, sein Selbstbewusstsein in Fetzen zu seinen Füßen; der würgende, schmierige Geruch der billigen Pension in Shockapee; der misstrauische Farmer in Ledyard, der hartnäckig Frankies Lügen hinterfragte, als sie neben einem toten jungen Ochsen standen, den der Hitzschlag getroffen hatte; auf ein Trinkgeld hoffen, wenn er jemandem die Aufzugtür aufhielt, während er in New York als Portier arbeitete; am Straßenrand stehen, aufgeben, nachgeben, vergeblich versuchen dieses Was-auch-Immer aufzubringen um sich vor einen Laster zu werfen; der Brief, der ihn endlich erreichte und in dem stand, dass sein Vater sechs Wochen zuvor gestorben war; Tod und Beerdigung der Mutter; Padrake durch das Zugfenster, zusammengesunken, reglos auf dem Sitz – »niemand darf hinein, Sir« – »... nur um ihr die Hand zu halten« – »nein, Sir« – »aber sie ist meine Frau!« – schreiend. Die vier Männer mit dem Leichensack, sie gingen an ihm vorbei und wussten nicht, dass es seine Frau war, die sie trugen. Immer und immer hatte Franks Seele nach Gregory gerufen.

Am Fuß des Grabes stand Frank auf, stützte sich, das Hinterteil in der Luft, mit einer Hand auf die Grabeinfassung. Im selben Moment begann Gregory auf ihn zuzugehen. Als Frankie sich aufgerichtet hatte, war sein Bruder bei ihm und ohne zu zögern, als hätten sie es tausendmal geprobt, lagen sie sich in den Armen.

Nach einer langen Zeit hörten sie die Trauertaube, fühlten den Biss der Morgenbrise, sahen den tanzenden Löwenzahn im Gras.

Zuerst waren sie nicht fähig zu sprechen. Wussten nicht, wie anfangen, wussten nicht, wo anfangen. Nach einer Weile setzten sie sich auf die niedrigen

Vorsprünge, die zu beiden Seiten des Grabsteins ihrer Eltern hervorragten, die Füße auf dem Grab, die Sonne im Rücken. Mit leiser, leidenschaftsloser Stimme begann Frank zu sprechen, verteidigte früheres Verhalten nicht, berichtete nur. Und Gregory hörte nur zu.

Die Priesterschaft war etwas Romantisches gewesen, das Erreichen des Ziels, das große Abenteuer. Die Brüderlichkeit der Priester untereinander sollte die einzige emotionale Stütze sein, die man brauchte. Er sollte eine weiße Soutane tragen und unter der afrikanischen Sonne im Freien vor einer Klasse predigen. Alle würden zuhören und alle würden bekehrt von dannen gehen, so völlig verändert, dass sie nie wieder ein hässliches Wort aussprechen, nie wieder etwas Hässliches denken würden. Es würde keine Feuchtigkeit geben, keinen kalten Regen, keine kalten Pfützen, keine Frostbeulen. Aber er schaffte es nur bis Falworth. Das Pfarrhaus war ein kaltes, muffiges Gefängnis, glitzernde Rinnsale aus Galle liefen an den Wänden hinunter. Keine Sonne schien. Wie immer das Gegenteil von Brüderlichkeit heißt, es nahm überhand. Er kam niemals auch nur in Rufweite an die Brüderlichkeit heran. Es hatte dort nur lebendigen Tod gegeben, keine Freude, keine Spur von Menschlichkeit. Die Priester waren nicht von dieser Welt und die Welt, in der sie lebten, konnte nicht die seine sein. Er brauchte nicht lange um zu erkennen, dass er knietief in intellektueller, geistiger und emotionaler Fäulnis watete.

»Aber ich konnte nicht fort. Ich konnte dich und Daddy und Mammy nicht enttäuschen, nicht nachdem ihr euch alle drei so sehr bemüht hattet mir zu helfen, damit ich Priester werden konnte. Es war, als wäre ich gefangen in einem Zimmer mit vergitterten Fenstern – einem Zimmer voller unablässig schwatzender Irrer.«

Einmal, er und Gregory waren damals noch klein, konnte die Kuh namens Three Spin nach dem Kalben nicht mehr aufstehen. Nach einer Woche ging Vater Molloy los und lieh sich irgendwo ein Schaffell. Alle sagten, das sei nur Aberglaube, das Schaffell werde die Kuh nicht kurieren, ihre Knochen seien verletzt und sie könne nie wieder aufstehen. Aber Peter Molloy legte ihr das Schaffell auf den Rücken und kam sich dabei ziemlich albern vor, so erzählte er es hinterher seiner Familie. Aber zugleich sei er auch verzweifelt genug gewesen um alles zu versuchen, das die Kuh vielleicht retten konnte. Damit das Schaffell nicht hinunterrutschte, band er es auf Three Spin fest. Und am nächsten Morgen stand Three Spin aufrecht da, das Schaffell lag zu ihren Füßen im Stroh. Es hatte keinerlei heilende Wirkung gehabt. Es hatte die Kuh nur wie wahnsinnig gejuckt und der Wunsch es loszuwerden hatte Three Spin wieder auf die Beine getrieben.

»Und genauso ist es mir ergangen. Ich kam an einen Punkt, an dem nicht mehr wichtig war, was ich für dich, Daddy und Mammy empfand. Wichtig war nur eins: rauszukommen, rauszukommen, auf Teufel komm raus mein geistliches Amt abzuwerfen, bevor ich wahnsinnig wurde. Gott! Ich war so wütend auf mich, weil mir der Mut gefehlt hatte mich früher loszureißen.«

In den Jahren, ehe er ging, war er allen, die mit ihm zu tun hatten, unerträglich auf die Nerven gegangen.

Bei jeder Predigt, die er hielt, sah irgendjemand rot. Der Bischof wurde über alles informiert, was Frank auf der Kanzel von sich gab, und erteilte ihm brieflich einen Verweis nach dem anderen.

»Aber das war mir scheißegal. Ich war meinem damaligen Bischof nie begegnet.«

Er hatte seine Pubertät nachgeholt und sie aufs Schamloseste ausgelebt, hatte Frauen in sein Zimmer mitgenommen, hatte mit den meisten von ihnen Sex gehabt, hatte Dope geraucht, Alkohol getrunken. Er war ein Heuchler, der bei jeder Gelegenheit Heuchelei beim Namen nannte. Es gab Streitereien bei Tisch und ab und zu wurde er wegen seines rüden Benehmens hinausgeschickt, damit er in seiner eigenen Frechheit schmore. Je anstößiger er sich gegenüber seinen Amtsbrüdern benahm, desto mehr hatte er mit den normalen Menschen gemeinsam.

»Aber ich war nicht mehr normal. Ich war zu verbittert, überhaupt kein Priester mehr, voller Zorn, weil man mir einen Skorpion gegeben hatte, als ich Brot erwartete. Ich brannte vor Bitterkeit, als ich endlich ging, und es ärgert mich heute noch, dass ich gezwungen wurde aufzuspringen wie Three Spin um das Entsetzen aus meiner Seele zu schütteln. Ich wollte ein guter Priester werden, doch die Kirche ließ mich nicht Mensch sein. Ich verließ England, weil ich sogar nach mehreren Jahren der Desillusionierung noch immer hoffte die ganze Sache in Amerika retten zu können, dass dort alles anders und besser sein würde.«

Es war tatsächlich anders, sodass er noch zwei weitere Jahre bei der Kirche blieb, aber besser war es nicht. Die Verworfenheit war dort noch schlimmer. Es war mehr Geld vorhanden und die Frauen brauchten weniger Zeit um aus den Kleidern zu kommen. Aber wieder entdeckte er die isoliert lebenden alten Männer, die sich ihr Leben lang zurückgezogen hatten, schließlich in einem Reich des Wahnsinns existierten, das nur sie bewohnten, jeder mit sich selbst als einziger Gesellschaft.

»Ich wusste, wenn ich für die professionelle Kirche je akzeptabel sein wollte, müsste ich ein Leben führen wie sie und würde am Ende so werden wie sie.«

Die alten Priester waren so lebensfremd, so hoheitsvoll, dass sie es nicht verstehen konnten, nicht hören konnten, wenn jemand zu ihnen sagte, sie hätten kein Monopol auf Weisheit und sie hätten nicht das Recht je nach Lust und Laune Hummer und Wein auf ihren Tischen zu sehen. Sie stellten ihre Art zu leben nie infrage, ihr Dasein war so behaftet mit Idiosynkrasien, dass die Menschen über sie lächelten und die priesterlichen Überspanntheiten ihrer Heiligkeit zuschrieben. Sie hatten das Verlangen dem offensichtlich exzentrischen Benehmen einen anderen Namen zu geben. Und auch die Schäfchen, nicht nur die Priester, benutzten Lügenmärchen um sich selbst gegen den Zusammenbruch des Glaubens zu schützen, den sie miteinander teilten.

»Was für eine ungeheure Erleichterung das alles abzuschütteln! Ich weiß, wie Three Spin sich fühlte, als sie aufsprang, obwohl ihr die Knochen wehtaten. Ich nehme an, die schmerzenden Knochen waren bei mir mein Schuldbewusstsein. Und das größte Glück für mich war, dass ich nie so werden würde wie diese anderen.« Er war entronnen, würde nicht den Rest seines Lebens damit verbringen müssen, zu lernen, wie man zu einem aufrecht sitzenden, in alte Spinnweben gehüllten Leichnam in einem schlecht erleuchteten Zimmer mit schmutzigen Fenstern wurde.

»Gott! Gregory! Du kannst dir nicht vorstellen, was für ein Gefühl von Freiheit ich damals empfand, jetzt noch empfinde, mit derselben Intensität.«

Er war aus einem Gefängnis entkommen, in dem mumifizierte Männer hausten, die sich noch bewegten, Golf spielten, die Messe lasen, lüsterne, schmutzige Geschichten erzählten, aber einbalsamiert waren von tödlicher Einsamkeit und Abgeschiedenheit. Sie waren emotionale Mumien. Keine Spur mehr von Geistlichkeit. Nur Wahnsinn, der falsch und stets so interpretiert wurde, wie es gerade passte.

»Es spielte keine Rolle, wie schlimm es noch kommen sollte, nie habe ich das Gefühl verloren, das mich überkam, als ich mich endlich taumelnd erhob, den Mantel der Kirche abwarf und meine Freiheit bejubelte. Ich bejuble sie noch immer, noch nach all den Jahren.«

Es war eine Gefangenschaft der Seele, eine Gefangenschaft des Geistes gewesen. Frank brauchte lange um sich in der Welt draußen zurechtzufinden, doch das war bedeutungslos.

»In meiner Unwissenheit und Selbsttäuschung dachte ich, ich bräuchte nur loszugehen, zu sagen, ich sei ehemaliger Priester, und man würde mich sofort zum Firmenchef ernennen.«

Die Selbstüberschätzung des Priestertums hatte auf ihn abgefärbt. Er glaubte noch immer, er sei etwas Besonderes, ein bisschen mehr als andere.

»In Wahrheit war ich in geschäftlichen Dingen dumm wie Bohnenstroh. Ich wusste nicht einmal, was ich mit einem Scheckbuch anfangen sollte. Ja, ich besaß nicht einmal ein Scheckbuch.«

Bis zu diesem Zeitpunkt war für ihn gesorgt worden. Er hatte ein Dach über dem Kopf gehabt. Die Mahlzeiten wurden ihm auf den Tisch gestellt. Seine Kleidung wurde gewaschen und gebügelt. Er bekam Taschengeld. War krankenversichert. Und hatte vier Wochen Urlaub.

»Gott, wie naiv ich war! Ich dachte, jeder hätte den gleichen Lebensstandard wie ich, ungeachtet der nackten Tatsachen.«

So schnell ihn die Ordination durch mehrere soziale Schichten hinaufkatapultiert hatte, so schnell stürzte er wieder ab, als er kein Priester mehr war. Die meisten Menschen, die ihm Freunde gewesen waren, nahmen plötzlich eine neue Haltung ein. Die Kriecher und die Schranzen, die nur am Schulterschluss mit einem Priester interessiert gewesen waren, wussten nicht, was sie anfangen sollten mit Frank Molloy. Ohne Soutane war er ein Niemand.

»Das war zugleich der zweite große Vorteil, den ich daraus zog, dass ich mein Amt aufgegeben hatte. Ich war anonym. Ich war keine lokale Berühmtheit mehr. Ich war kein Magnet mehr, der alle Sorten verletzter und kaputter Menschen anzog, denen ich nichts zu bieten hatte. Gregory, ich war frei und nur das zählte. Ich kam endlich auf die Beine, ergatterte einen Job als Lehrer an einem College und lebte mein Leben wie ein normales menschliches Wesen. Ich nehme an, Elisabeth hat dir erzählt, was mit Padrake geschehen ist ...«

Padrake war auch ein Mensch gewesen, der die Kirche überlebt hatte. Sie hatte ihm beigebracht zu leben, genauso wie ein Physiotherapeut einem kaputten Körper beibringt wieder zu gehen und zu sprechen. Als sie starb, brach etwas in ihm zusammen.

»Passiert es dir manchmal, dass du instinktiv nach jemandem rufst, wenn du an etwas Trauriges von früher denkst – nach Gott oder Daddy oder Mammy? Wann immer mir etwas Schlimmes widerfuhr, war es dein Name, Gregory, der aus mir herausbrach. Ich habe immer dich um Hilfe angerufen.«

Mit diesen letzten Worten schien Franks Gesicht plötzlich zu zerspringen. Bevor er den Kopf in die Hände fallen lassen konnte, liefen ihm Tränen über die Wangen und er stieß mit zitternden Lippen etwas hervor, das wie »Oh Gregory!« klang. Er beugte sich vor und legte das Gesicht in seine Hände, die auf den Knien ruhten. Lautes Schluchzen schüttelte seine Schultern und als sein Bruder ihn berührte, mischten sich Worte in das Schluchzen wie die Rufe eines verirrten Kindes im Dunkeln. Doch was Gregory hörte, war: »Oh Greg! Oh Greg!«

38. Kapitel

Karfreitag
9.25 Uhr

Am Fuss der Kreuzigungsgruppe trennten sich die Brüder. Frank ging zu seinem Motorrad, das vor dem Haupteingang stand, Gregory zu seinem Wagen auf dem Parkplatz. Glücklich über die Versöhnung und Gregorys Einladung zum Osterdinner, hatte Frank das Gefühl den abfallenden Hauptweg des Friedhofs hinunterstürmen zu müssen. Er wusste, wenn er je fliegen, sich wie ein Vogel in die Luft erheben und über den windigen Himmel gleiten könnte, dann war dies der Augenblick dafür. Er erinnerte sich, wie er als Kind an langen Sommerabenden auf dem Rücken im Gras gelegen, die hoch über ihm fliegenden Vögel beobachtet und sich gewünscht hatte mit ihnen über den blauen Berg segeln zu können.

Jetzt wünschte er sich, Padrake könnte diesen Augenblick miterleben. Sie würde lachend mit ihm fliegen.

Ohne einen Gedanken an Cotswold stieg Frank auf sein Motorrad und rollte im Leerlauf auf die steil abfallende Straße hinunter. Er hörte nur das Rauschen des Windes und die kühle Luft auf seinem Gesicht fühlte sich an wie die Hände seiner Mutter, die ihm die fieberheiße Kinderstirn kühlten.

Er staunte noch immer, wie verzweifelt er am Grabstein seiner Eltern geweint hatte. Er war zur Quelle all seiner Trauer hinabgestiegen, bis in die finsteren Tiefen, wo Tränen aus verborgenen Erinnerungen rannen. Die Rinnsale hatten sich zu Bächen und schließlich zu einem Fluss vereinigt, in dessen heilenden Wassern er seine Narben gewaschen hatte. Er hatte um seinen Vater geweint, ihn in Tränen der Reue gebadet, ihn umarmt und ihm gesagt, dass er ihn liebe. Er hatte auch um seine Mutter geweint, ihr einen Umschlag aus warmen Tränen gegen ihre Verzweiflung aufgelegt, genauso wie sie ihm seine kindlichen Wehwehchen und Verletzungen mit Umschlägen aus gemahlenen Graupen und Senf erleichtert hatte.

Sein schweifendes Auge sah Miss Duggan in einer mondhellen Nacht unter einem Baum stehen, vor ihr ein Mann mit einem toten Mädchen auf den Armen, einem Mädchen, das für sie wie eine Tochter war. Ein Fluss aus Tränen musste dieser eisigen Erinnerung entsprungen und Miss Duggans ganzes restliches Leben lang nicht versiegt sein.

Als das Motorrad am Fuß des Hügels angekommen war, drehte Molloy den Zündschlüssel herum und schaltete in den dritten Gang. Der Motor sprang an und das leichte Motorrad fuhr mit neuer Kraft los.

Als Frank auf dem Friedhof seine Trauer von sich abstreifte, hatte er eine ganze Parade toter Familienmitglieder um sich herum aufstehen und segnend die Hände heben sehen, Frauen und Männer, die selbst einmal auf der Suche nach Wegweisern gewesen waren, welche ihnen den richtigen Weg durchs Leben zeigten. Einige winkten wie Betrunkene, waren ins Grab gesunken ohne je die Nebel des Alkohols durchdrungen zu haben, in denen sie gelebt hatten. Andere hatten den irischen Katholizismus mit Stumpf und Stil geschluckt und die Lehre hatte ihre Wirklichkeit genauso wirkungsvoll verändert wie der Alkohol die Wirklichkeit der Trinker. Es hatte auch einen Selbstmörder gegeben, triefend vom Wasser des Straßengrabens, in dem er sich selbst das Leben genommen hatte – verzweifelt, wie Franks Vater gesagt hatte, weil seine Familie auf ungesetzliche Weise Land in Besitz genommen hatte. Die junge Großtante, die 1906 in San Francisco gestorben war, winkte mit ihrer schmalen weißen Hand – Frank hatte einmal ihre schwarz umrandete Todesanzeige gesehen. Die Tante war schwarz gekleidet und trug einen schwarzen Schleier, den sie vom Gesicht zurückgeschlagen hatte. Sie hieß Theresa. Am Ende der Reihe sah er Padrake in dicker Winterkleidung, nur ihr Gesicht war zu sehen, ihr Lachen und in Handschuhen die Hände, die ihm und Gregory applaudierten.

Der Ort unserer Begegnung war gut gewählt. Wenn Tote applaudieren können, dann hat uns ein ganzer Friedhof applaudiert.

Frank bremste, als er die Kreuzung an der Maybridge Road erreichte, nahm die Füße von den Fußrasten und ließ die Schuhsohlen etwa zwei Zentimeter über der Straße dahingleiten. Er hielt nicht ganz an, stellte, als er nach rechts abbog, die Füße wieder auf die Fußrasten und beschleunigte.

Die Art und Weise, wie seine Gedanken umherhüpften, erinnerte ihn daran, wie ihm der Verstand durchgegangen war, als Padrake starb. Damals hatten Medikamente ihn beruhigt, hatten sein rastloses Gehirn innehalten lassen, das Qualen litt wie etwas, das man lebendig in eine heiße Bratpfanne geworfen hatte. Aber er wusste, dass er so nie wieder die Kontrolle über sich verlieren würde. Nina Borruso hatte ihn gelehrt die frühen Warnsignale zu erkennen und sie hatte ihm gesagt, was er tun musste, sobald er sie erkannte. Doch jetzt machte er sich um seinen umhertaumelnden Verstand keine Sorgen. Er wusste, er tanzte vor Glück.

Ihm war schwindlig, sein Kopf war ganz leicht vor Glück, einem Glück, das auch seine Seele durchdrang. Die katastrophalen Erwartungen, wie Doktor Borruso sie genannt hätte, waren angesichts Gregorys unerwarteter Zuneigung zerstoben wie Nebel. Der Druck, der auf Franks Gefühlen gelegen hatte, wich plötzlich, der angestaute Zorn flog davon wie ein mit Helium gefüllter Luftballon, der sein Gas in die Stratosphäre verströmte, sobald der Druck von außen ihn nicht mehr zusammenhielt. Die Welt war schöner als seit langer Zeit. Wenn Eddie Keegen nur schon seine öffentliche Beichte hinter sich gehabt hätte.

Der arme Kerl. Aber wenn der Sonntag vorüber ist, wird es vorbei sein.

Flüchtig tauchte in Franks Vorstellung Nathaniel Hawthornes puritanisches England auf und zurück blieben die verblassenden Bilder von Reverend Dimmesdale und Hester Prynne.

Jesus! Mary Delaney! Sie hat zehn Uhr gesagt. Molloy zog das Handgelenk aus dem Ärmel. Zwei Minuten vor zehn. Sie wird warten.

Er sah sie wieder an seiner Haustür stehen, mit offenem Mantel und kaum etwas darunter, wie Eva im Paradies auf einem Renaissancegemälde, ein Blatt hier und ein Blatt dort.

Jesus!

Molloy schaltete in den dritten Gang und gab Gas. Vor ihm tappte ein Mann die Straße entlang und

Franks Gedanken verließen Mary und kehrten zurück zu Gregory. Zwischen ihnen hatte sich ein Damm aus Zorn und Scham und Missverständnissen aufgestaut und am Ende waren nur ein paar Worte nötig gewesen um das Hindernis zu sprengen. Ohne zu ahnen, dass es geschah, weil sie dieselben Menschen geliebt hatten, waren er und Gregory aufeinander zugegangen und einander körperlich so nah gewesen, dass es keiner Worte bedurft hatte.

Gregory hat einfach die Arme ausgebreitet. Das war so anständig von ihm.

In seiner Erleichterung stellte Frank sich auf die Fußrasten und erhob sich vom Sattel. Wäre vor ihm nicht der Mann mit der Mistgabel über der Schulter gewesen, so hätte er ein lautes Juhu herausgeschmettert. Als Frank näher kam, drehte sich der Mann nach dem Geräusch um. Er stellte den Stiel der Mistgabel vor seinen Füßen auf den Boden und lehnte die beiden eisernen Zinken an seine rechte Schulter. Eine flüchtige Sekunde lang erinnerte er Frank an den Mann auf dem Gemälde *American Gothic* von Grant Wood, der mit seiner Frau vor einem Fenster stand.

Gut gelaunt und vergnügt lenkte Molloy das Motorrad in die Straßenmitte und rief, als er den Mann mit der Mistgabel passierte, »Guten Morgen!«. Aber Paddy Dillon, unterwegs zum alten Duggan-Haus, war von seiner Gier nach Alkohol viel zu benebelt um den Gruß zu erwidern.

Kurz nachdem Molloy den Fußgänger überholt hatte, setzte er die Geschwindigkeit herab, da er sich dem Stoppschild an der Einmündung der Maybridge in die Downs Road näherte. Die beiden Straßen bildeten an dieser Stelle eher ein kalligraphisches y als das übliche stumpfe t. Da der Wind ihm nicht mehr um die Ohren pfiff und das Motorrad ruhig ratterte, drang auch das laute Geräusch eines Motors in sein Bewusstscin, so deutlich, als hätte jemand einen Stein in einen Teich geworfen. Er ließ das Motorrad langsam ausrollen und hielt es so an, dass sein Vorderrad in die Downs Road ragte. Er schaute sich nach dem Ursprung des Geräuschs um und sah den Traktor von Sankt Willie Gorman um die Straßenbiegung schaukeln. Im Sattel sitzend, die Füße auf dem Boden, schob Frank das Motorrad von der Hauptstraße zurück. Die Weißdornbüsche an der Ecke befanden sich jetzt zwischen ihm und dem Traktor mit dem hinterherzockelnden Dungstreuer.

Trotz des Lärms fanden Franks rastlose Gedanken wieder zu Mary Delaney zurück, wie sie spärlich bekleidet an seiner Haustür stand, und er erinnerte sich, wic er sie lange betrachtet hatte um dann auf sie zuzugehen und ihr die Hand auf die Brust zu legen.

Durch den immer dichter werdenden sexuellen Nebel hörte Frank ein neues Geräusch. Einen durchdringenden, scharrenden Ton in unregelmäßigen Abständen, das Geräusch eines riesigen Fingernagels, der über eine Wandtafel kratzte. Er blickte auf und als er den Traktor von Sankt Willie Gorman auf der gegenüberliegenden Seite der Downs Road vorüberflitzen sah und der Heilige grüßend winkte, wusste Frank sofort, dass etwas nicht stimmte.

Der riesige Fingernagel kratzte erneut und im selben Moment wurde Frank klar, was es war.

Der Dungstreuer hatte sich von dem viel zu schnell fahrenden Traktor gelöst und selbstständig gemacht. Ungefähr fünf Meter von Frank entfernt brach er krachend durch die Weißdornsträucher. Frank standen vor Schreck alle Haare zu Berge und er war wie gelähmt. Er konnte nur seine linke Körperhälfte anspannen, so wie er in Erwartung eines Schlages instinktiv die Gesichtsmuskeln gespannt hätte. Kurz bevor der Dungstreuer ihn erfasste, ließ er den Lenker los und streckte die Hände gegen den Schmerz aus, der ihn im nächsten Moment treffen würde.

Für kurze Zeit verlor er das Bewusstsein. Als er wieder zu sich kam, lag er auf dem Rücken. Er hatte keine Schmerzen, aber er fühlte auch sonst nichts.

Er wusste nicht, dass er und sein Motorrad auf den Grassaum der gegenüberliegenden Straßenseite geschleudert worden waren. Das zermalmte Motorrad lag auf seinen zerquetschten Beinen. Das Heck des Düngerstreuers ragte dicht hinter ihm aus dem breiten Straßengraben, zischend entwich die Luft aus dem mächtigen Reifen, der das Motorrad und seinen Fahrer mitgezerrt hatte.

Frank Molloy blickte zum blauen Himmel auf und sah hoch oben auf trägen Schwingen dahinsegelnde Vögel. Die Vögel waren bloß Formen, zusammengesetzt aus Licht und Schatten. Er glaubte, es seien Möwen.

Plötzlich tauchte zwischen Frank und den Vögeln das Gesicht eines Mannes auf, ein formloses Gesicht mit einem formlosen Hut auf dem Kopf, einem Clownskopf wie aus Duffy's Circus, wo er als Kind gewesen war und wo der Clown Purzelbäume schlug, dann aufstand und volle Wassergläser aus der Innentasche seines Mantels zog. Ein zweiter Kopf erschien. Es war der Mann von Grant Woods *American Gothic*, aber die Gabel war irgendwie anders. Der Clown und der *American-Gothic*-Mann sahen einander an, ihre Gesichter waren am Himmel so nah beieinander, dass sie zu zwei Boxern wurden, die sich vor einem Kampf gegenseitig einzuschüchtern versuchten. Die beiden Köpfe verschwanden und die Möwen zogen am Himmel träge Kreise. Molloy begann im rechten Bein einen Schmerz zu fühlen. Er krümmte sich einen Moment lang, doch dann war der Schmerz wieder fort.

Ein Schmerz in seinem linken Oberarm kam und ging. Er hatte das Gefühl, auf feuchter Erde zu liegen und hörte seine Mutter sagen: »Leg dich nicht ins Gras, Frankie, auch wenn es trocken aussieht. Der Boden ist feucht und du wirst krank werden.« Er versuchte aufzustehen, aber sein Körper gehorchte ihm nicht.

Während die Möwen hoch über ihm kreisten, erschien wieder der Kopf des *American-Gothic*-Mannes. Er schwang die Gabel auf eine Art, die Frank an einen Cheerleader erinnerte, der seinen Stock in Zeitlupe wirbeln ließ. Der *Gothic*-Mann packte den Gabelstiel mit beiden Händen, hob die Hände in den blauen Himmel und stieß dann mit aller Gewalt zu. Frank sah Onkel Billy am Rand des Flusses stehen, in den Händen eine lange Stange mit einem Dreizack am Ende und auf den Zinken des Dreizacks krümmte sich ein Salm. Onkel Billy hatte schwarzes, lockiges Haar.

In dem Moment, in dem der *Gothic*-Mann die Mistgabel wieder hob, hatte Frank das sonderbare Gefühl, dass er im Wasser versunken war. Er schloss die Augen gegen seine Panik, sagte sich, dass er nicht im Wasser war, dass er nicht ertrinken konnte. Er öffnete die Augen wieder und sah einen anderen Kopf im Himmel über sich, eine Frau, seine Mutter. Er versuchte das Wasser aus seinen Lungen hinauszuhusten und seine Mutter knöpfte ihm das Hemd auf. Aber er wollte, dass sie ihm den Kopf vom Kissen hob, damit er das Wasser ausspucken konnte, dass sie ihm half sich aufzurichten. Wieder schloss er die Augen und sagte sich: Da ist kein Wasser. Wie konnte Wasser in seinem Zimmer sein, in seinem Bett? Da ist kein Wasser. Er hatte Mühe die Augen zu öffnen und dachte: Vielleicht ist doch Wasser da, vielleicht ist das Wasser schuld, dass ich die Augen nicht aufmachen kann. Mammy. Padrake hat den Ozean geliebt und ich habe starken Sonnenschein gehasst. Während sie im Sommer an den Strand ging, habe ich im Garten unter den Ulmen gesessen. Im Gärtnern war sie großartig, Mam, hat immer`mit neuen Blumen experimentiert. Die Mädchen haben sie über alles geliebt. Du hättest sie auch geliebt, Mam.

Er schlug die Augen auf und die Möwen waren fort. Der Himmel war dunkel, aber nach einer Weile merkte er, dass dicht vor seinem Gesicht Köpfe waren, Köpfe, die sich entfernten und einander zuwandten, ohne Sinn und Verstand. Und er merkte auch, dass er nichts hörte. Wie sonderbar, dachte er, all diese Leute und kein Laut. Was machen sie? In seinen Lungen schien noch mehr Wasser zu sein, aber er war jetzt ruhig. Mammy und Padrake waren da und er erinnerte sich an die Zeit, in der er Medikamente genommen hatte ... Seine Lider waren zu schwer, er konnte die Augen nicht offen halten und als er sie schloss, sah er, dass die Köpfe vor seinem Gesicht sich hektisch bewegten. Aber alles war gut. Großtante Theresa aus San Francisco war da und Granny und Daddy und Onkel Eamon. Padrake. Padrake. Er wusste, er war zu müde um je wieder die Augen zu öffnen, und er wusste, dass Mammy und Padrake sich um ihn kümmern würden, während er schlief. Oh Greg!

Ein grüngelber Krankenwagen hielt, Doktor O'Leary nahm die Daumen von den beiden Löchern in Franks Brust. »Ihr könnt jetzt damit aufhören«, sagte er zu den beiden Frauen, die im Gras knieten, jede mit einer Hand unter Franks Körper, einen Finger auf einem der beiden Löcher in seinem Rücken. Als sie nicht sofort reagierten, fauchte der Doktor sie an: »Er ist tot.« Dann in nicht ganz so aggressivem Ton: »Vielleicht war Dillons Mistgabel ein Segen. Er hat sich, neben allem anderen, auch den Hals und das Rückgrat gebrochen.«

Elisabeth Molloy blickte zu ihrem Mann auf. Mary Delaney sah den Doktor an. Sankt Willie Gorman kniete nahe am Heck seines Dungstreuers, ließ die Perlen des Rosenkranzes durch seine Finger gleiten und hatte die Augen im Gebet geschlossen. Maura Gilligan stand neben John O'Brien, betrachtete den betenden Heiligen und sprach ihn als Arschloch ersten Grades heilig.

Als Doktor O'Leary aufstand ohne sich mit den Händen abzustützen, kam Pfarrer Keegan, einen kleinen Behälter aus rostfreiem Stahl in den Händen, über das Gras geschritten. Die Enden seiner schmalen lila Stola flatterten im Wind. Er fiel auf beide Knie und blickte auf den Kopf seines Freundes, auf den Schädel, der eingedrückt war, wo der Dungstreuers ihn getroffen hatte. Seine Augen glitten zu der nackten Brust und zu den beiden purpurnen, von großen, blasigen Blutkrusten umgebenen Löchern. Er schraubte den Deckel des Behälters ab und tauchte den Daumen in das Öl der Kranken.

Als der Priester den Daumen an Franks Stirn führte um ihm die Letzte Ölung zu spenden, ergriff Mary Delaney sein Handgelenk.

»Tun Sie's nicht«, sagte sie.

39. Kapitel

Ostersonntag

7.55 Uhr

DAS WEISSE SCHULTERTUCH aus Leinen, gestärkt und gebügelt, war so weich wie ein Eiszapfen. Weil es als Erstes umgelegt und mit den beiden an den äußersten Enden befestigten Schnüren zugebunden werden musste, lag es zuoberst auf den anderen Kleidungsstücken des Priestergewandes. Ohne auch nur einen Gedanken daran zu verschwenden, dass die Mesnernonne fast zwei Minuten ihres Lebens damit verbracht hatte, das Schultertuch auszulegen und die Schnüre aufzurollen, trat Pfarrer Keegan an die Anklcidebank, nahm das rechteckige Stück Stoff in die Hand und warf es sich über die Schultern. Er kreuzte die Schnüre vorn und band sie zu einer Schleife. Dann schob er das Schultertuch unter seinen Kragen.

Die Mesnernonne hatte zweieinhalb Minuten gebraucht um das nächste Kleidungsstück zurechtzulegen – die Albe, immer so weiß wie ihr Name, geschnitten wie das Nachtgewand von Ebenezer Scrooge, dem Geizhals aus Charles Dickens' *Ein Weihnachtslied*. Die Nonne hatte die Albe mit der Vorderseite nach unten auf die Bank gelegt und die Rückseite bis zu den Schultern gerafft. Ohne überhaupt an ihre Arbeit zu denken, schob Pfarrer Keegan die Finger unter das aufgerollte Gewand und warf es sich über den Kopf. Er zupfte an den Schultern herum, bis er glaubte, dass es richtig saß, dann band er die beiden kurzen Schnüre im Nacken zu.

Zweieinviertel Minuten ihres Lebens hatte die Nonne damit zugebracht, das Zingulum vorzubereiten, und zwar so, dass die lange weiße Schnur die Buchstaben IHS bildete; Jesus, Heiland, Seligmacher, wie Laien das Monogramm deuteten; Pfarrer Keegan hätte sich nie die Mühe gemacht ihnen zu sagen, das die Buchstaben für *Jesu hominum salvator* – Jesus, Erlöser der Menschen – standen. Ohne zu zögern zerstörte Pfarrer Keegan das Kunstwerk der Nonne, nahm das doppelte Zingulum, legte es sich um und machte vorn einen einfachen Knoten. Die beiden mit Quasten versehenen Enden ließ er einfach hängen.

Er hob die schimmernde weiße Stola hoch. Ihm war nicht bewusst, dass die Stola ihm nur deshalb weißer erschien, als sie tatsächlich war, weil er während der sechs Fastenwochen tagtäglich violett getragen hatte. Auch wusste er nicht, dass die Mesnernonne fünfundvierzig Sekunden gebraucht hatte um die Stola zu arrangieren. Sie hatte einen besonderen kleinen Trick die goldenen Fäden an den beiden Enden auszurichten. Pfarrer Keegan hob die mit einem kleinen Kreuz gekennzeichnete Mitte der Stola an die Lippen und küsste sie. Dann warf er sie wie einen Schal um den Hals. Er beugte sich aus der Hüfte heraus vor und ließ die Stola schwingen, damit er sehen konnte, ob die Enden links und rechts gleich lang waren. Zufrieden richtete er sich auf und band die Stola mit den freien Enden des Zingulums am Bauch fest.

Wie die Albe hatte die Nonne das Messgewand so ausgelegt, dass der Rücken bis zum Hals gerafft und die Schnüre aufgerollt waren wie beim Schultertuch.

Pfarrer Keegan merkte es gar nicht mehr, so oft hatte er es schon getan: Er warf das Rückenteil des Messgewands in die Höhe und machte gleichzeitig einen kleinen Schritt vorwärts. Ohne seine Haare zu berühren fiel das Gewand auf seine Schultern und noch ehe es richtig saß, hatte er die Schnüre in den Fingern und schlang sie sich um die Taille. Er band sie zur Schleife.

Im selben Moment öffnete sich die Tür zur Sakristei der Ministranten. Im Gänsemarsch kamen die Jungen in die Sakristei des Priesters. Alle trugen schwarze Schuhe mit weichen Sohlen, ein weißes Chorhemd und eine rote Soutane. Die Hände hatten sie über der Brust gefaltet und ihre Finger zeigten zur Decke. Leise schloss die Nonne die Tür zwischen den beiden Räumen. Die Jungen blieben hinter dem Priester stehen, die Nonne ließ die Hände seitlich hängen und schaute demütig auf den Fußboden. Pfarrer Keegan sah auf die Uhr mit den großen Zeigern, die am anderen Ende der Ankleidebank hing. Der rote Zeiger stand auf achtundvierzig Sekunden vor acht. Der Priester neigte leicht den Kopf und hob die gefalteten Hände an den Mund. Der Nagel seines rechten Zeigefingers schob sich in die schmale Lücke zwischen den beiden falschen Schneidezähnen. Er beobachtete den roten Zeiger, der sich um die Sechs schwang und anfing der Zwölf entgegenzuklettern.

Zehn Sekunden vor der vollen Stunde verneigte Pfarrer Keegan sich vor dem Kruzifix. Er drehte sich um. Die gut geübten Jungen bildeten flink zwei Reihen und gingen ihm zu der Tür voraus, die in den Altarraum führte. Die Nonne stand bereit um die Tür zu öffnen und als die Füße der beiden ersten Ministranten den Boden des Altarraums berührten, schlug die Glocke im Kirchturm das erste Mal. Acht Uhr. Pfarrer Keegan trat aus der Sakristei und tastete dabei unter das Band seiner Armbanduhr um sich zu überzeugen, dass die Notizen für seine Predigt an Ort und Stelle waren.

Nach der Monotonie der Liturgien in der Fastenzeit und der Karwoche war die Messe am Ostersonntag eine richtige Feier. Den Introitus, die Bußgebete und die Lesungen absolvierte Pfarrer Keegen mit der Hilfe zweier Laienleser und des Chors. Nachdem die Gemeinde aufgestanden war und das Responsorium gesungen hatte, stieg Pfarrer Keegan auf die Kanzel um das Evangelium zu lesen. Es erzählte die wundervoll erhebende Geschichte der beiden Jünger, die aus Jerusalem nach Emmaus gingen, nachdem all ihre Träume am Karfreitag mit Jesus gestorben waren, und wie Jesus, einem Zaubertrick so nah wie nie vorher, sich auf der staubigen Straße zu ihnen gesellte, sich jedoch zunächst nicht zu erkennen gab, bis er sich schließlich doch offenbarte und prompt verschwand. Fehlte nur die Rauchwolke.

Als die Gemeinde sich nach dem Evangelium hinsetzte, las Pfarrer Keegan die Bekanntmachungen vor. Die »Pioneer Total Abstinence Association« veranstaltete am folgenden Sonntag ein Treffen um den diesjährigen Ausflug zu planen. Am Dienstag werde der Unterricht in der Knaben- und der Mädchenschule wieder aufgenommen. Pfarrer Keegan bat die Gemeinde für die Seelen von Kevin Clinton, Mary Donovan, John Cummins, Marry Dunne, Sheila Feeney und Philip Quigley zu beten, deren Todestage sich in dieser Zeit jährten. Dann bat er die Gemeinde für die Erlösung der Seele von Francis Molloy zu beten, der am Freitag an den Folgen eines Unfalls gestorben war.

Als die Leute im Chor mit ihm sprachen: »Mögen ihre Seelen und die Seelen aller gläubigen Dahingegangenen durch Gottes Gnade in Frieden ruhen«, zog Pfarrer Keegan die Notizen für seine Osteransprache unter seinem Uhrenarmband heraus. Er glättete das Blatt auf dem Rand der Kanzel und fragte sich, ob es jemandem auffallen werde, dass dies seine Predigt von vor drei Jahren war. Er liebte diese Predigt, ihm gefiel seine Schilderung, wie die beiden Jünger nach Jesu Verschwinden nach Jerusalem zurückliefen um den anderen zu sagen, dass alles so eingetroffen war, wie man es ihnen prophezeit hatte; und wie ihnen nach ihrem langen Weg von Emmaus nach Jerusalem gesagt wurde: »Wir wissen es. Er ist uns auch erschienen.«

Nach der Predigt wartete Pfarrer Keegan am Altar, während einer der Laienleser die Gemeinde zum Glaubensbekenntnis hinführte. Dann sang der Chor eine Motette und der Priester bereitete inzwischen Brot und Wein für die Wandlung vor. Er sang das Vaterunser ohne einen falschen Ton und forderte die Gemeinde dann auf einander ein Zeichen des Friedens zu geben. Sich selbst bezog er aber nicht in diesen Friedensgruß ein, weil er keine Haut berühren mochte, die nicht so sauber war wie die seine. Als es Zeit war, die heilige Kommunion zu spenden, merkte er, dass seine Furcht geringer war als sonst. Maura Gilligan war die Einzige, die ihn noch aufregte, und er schaffte es, ihrer sabbernden Zunge und den speichelnden Lippen zu entgehen.

Pfarrer Keegan säuberte den Hostienteller, seine Finger und den Kelch. Nachdem er den zugedeckten Kelch beiseite gestellt hatte, las er das letzte Gebet.

Vor dem letzten Segen küsste er den Altar und als er sich aufrichtete, stellte er sich vor, wie er im Dom der Diözese vor dem Altar stand und darauf wartete, dass der ministrierende Priester ihm die Mitra aufsetzte – mit Verve, weil er im Halbschatten des bischöflichen Lichtes stand, weil das bischöfliche Auge auf ihm ruhte. Dann sah er einen Ministranten die Stufen heraufkommen, den reich verzierten Krummstab in den verhüllten Händen, das höchste Symbol des Episkopats. Er sah sich selbst den Krummstab mit einer Hand entgegennehmen, die in einem weißen Seidenhandschuh steckte, sah sich einen Moment lang im vollen Ornat eines Bischofs dastehen – bevor er den Segen zu sprechen begann, den er den Gläubigen im Dom der Diözese spenden würde. Er sah sich von hinten, sah die Mitra mit den zwei Spitzen, sah den glänzenden Krummstab, sah, wie sich seine Hand mit Ring und Handschuh über die Gemeinde erhob und alle Priester der Diözese im Chorgestühl um den Altar den Kopf neigten.

Pfarrer Keegan segnete die Menschen seiner Gemeinde, nahm den zugedeckten Kelch und stieg die Altarstufen hinunter. Auf dem Ballen seines rechten Fußes drehte er sich schwungvoll um, sodass der Saum seines Messgewands ausschwang wie das Gewand eines anmutigen und geheimnisvollen Tänzers. Als die Ministranten bereit waren, beugte er mit ihnen das Knie, erhob sich und ging hinter ihnen her in die Sakristei.

Weil sie wegen eines lange zurückliegenden Fehltritts von Ihrem Verlobten verlassen wurde, unternimmt Catherine Shield einen Selbstmordversuch. Erst in letzter Minute wird sie gerettet. Dr. Gibson, ein New Yorker Psychiater, betreut seitdem die labile junge Schauspielerin.
Wenige Wochen später wird Catherine im Auto des Psychiaters bewußtlos aufgefunden. Wie sich herausstellt, wurde sie brutal mißhandelt und vergewaltigt. Obwohl Dr. Gibson für die vermutete Tatzeit ein Alibi vorweisen kann, gilt er als Hauptverdächtiger. Mit Hilfe einer Kollegin versucht er, Tatverdächtige und Zeugen ausfindig zu machen. Die Spur führt zu vier hochrangigen New Yorker Persönlichkeiten, deren Anwälte auch vor Einschüchterung und Mord nicht zurückschrecken ...

ISBN 3-404-12890-7

BASTEI LÜBBE

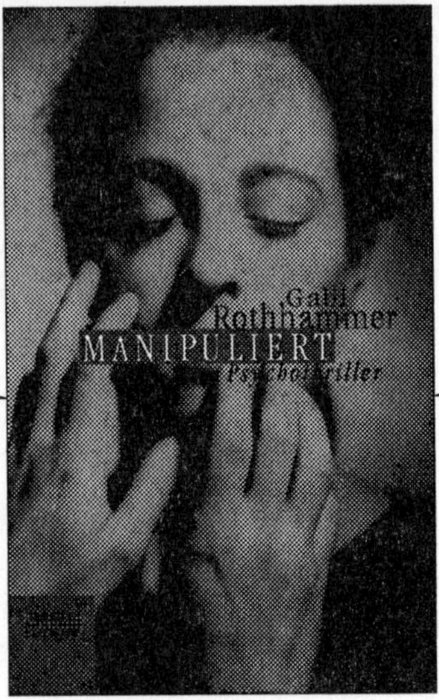

»Wesenheiten sind Verstorbene, die sich bemerkbar machen, weil sie noch etwas zu erledigen haben, das ihnen dort, wo sie jetzt sind, keine Ruhe läßt.«

Vor einem halben Jahr hätte sich Aileen Foote niemals mit derart irrational klingenden Thesen abgegeben. Aber vor einem halben Jahr lebte auch ihr Mann Adam noch.
Sie hatte ihm noch nicht gesagt, daß sie die Scheidung einreichen wollte. Er war noch nicht mit dem Wagen gegen einen Betonpfeiler gefahren. Und sie litt auch noch nicht unter diesen beängstigenden Wahnvorstel-lungen. Damals machte ihr Adam das Leben zwar auch schon zur Hölle, aber er lebte wenigstens noch ..

ISBN 3-404-12915-6

BASTEI
LÜBBE